I0662210

МЕСТО КАРАНТИНА

Вадим Бабенко

Ergo Sum Publishing

www.ergosumpublishing.com

Литературно-художественное издание

Издательство Ergo Sum Publishing, 2018

© Вадим Бабенко, 2018

Все права защищены. Любое копирование, воспроизведение, хранение в информационных системах или передача в любой форме и любыми средствами – электронным, механическим, посредством фотокопирования, записи или иными – любой части книги, кроме цитат и коротких фрагментов, используемых для рецензий, запрещено без письменного разрешения владельцев авторских прав.

ISBN 978-99957-42-28-7 (Электронная книга)
ISBN 978-99957-42-29-4 (Мягкий переплет)
ISBN 978-99957-42-30-0 (Твердый переплет)

Редакторы: Анна Поротникова, Ольга Шепитько, Наталия Шурман

Все персонажи являются вымышленными. Любое совпадение с реально живущими или жившими людьми случайно.

www.ergosumpublishing.com

Вступление и благодарности

Книга является художественной прозой. Описанные в ней изыскания главного героя не претендуют на научную легитимность. При этом я предпринял огромные усилия, пытаясь приблизить изложенное в романе к реальным теориям, развиваемым серьезными учеными. Также я старался избежать всего, что принципиально невозможно с точки зрения современной науки.

Выражаю искреннюю благодарность всем, кто помогал мне в работе. Особо отмечу Джузеппе Витиелло, чьи статьи, советы и консультации сыграли большую роль в формировании важнейших концепций книги. Главная из них – применение квантовой теории поля к описанию механизмов памяти и мышления – во многом перекликается с работами Витиелло, в том числе в соавторстве с Уолтером Фриманом и другими

Большое спасибо Андрею Парначеву за беседу о суперструнах и бранах.

Наконец, отдельная благодарность Александру Бобкову, согласившемуся прочесть большую часть рукописи и высказавшему ряд ценных замечаний.

For self is the lord of self, self is the refuge of self[1].

Gautama Buddha

Неумирание разума ничуть не более фантастично, чем его наличие.

Тео

---

1   Ибо человек сам себе господин, он же сам себе и убежище (англ.).

ПРОБУЖДЕНИЕ

Глава 1

Сначала рождается звук – словно медная струна дрожит где-то рядом. Он отзывается чутким эхом в дальней точке сознания, у самой черты. Затем приходит мысль: там, за чертой, была моя колыбель. Я покинул ее по чьей-то воле, к ней не вернуться.

Звук становится громче, явственней, резче. В нем угадываются мириады гармоник, живущих каждая сама по себе. Их разноголосие невыносимо, оно нарастает, сводит с ума – и вдруг обрывается на предельной ноте. Настает тишина; в ней – память о колыбели, ее последний, едва различимый след. Ее почти неуловимый образ, тень нездешней, очень чужой тоски. Будто восклицание – «Как жаль!» – и все: след теряется среди многих прочих. Вновь слышится медный звук, но теперь он негромок и вполне терпим. В серой мути, как на фотобумаге, проступают контуры и штрихи. Понемногу они связываются в одно, образуя осмысленную картину.

Я вижу свои руки, сложенные на коленях, лестничный пролет, перила и стены. Подо мной ступеньки; я сижу, сгорбившись и глядя в пол. В памяти пусто, я лишь знаю, что я здесь впервые – на этой лестнице, в этом подъезде. Чувствую, что могу вспомнить, кто я, но на это у меня нет сил. Мне очень нравится сидеть вот так – ничего не делая, не меняя позы. Глядеть в бетон ступенек и ни о чем не думать.

Проходит время, и, внезапно, я понимаю, что бездействую слишком долго. Что-то будто подталкивает изнутри; «Тео»,

– произношу я вслух; это мое имя. Звук не умолкает, в поисках его источника я оглядываюсь вокруг. Потом смотрю вверх, и становится ясно, что это вовсе не тугая струна. Все куда обыденнее и проще: тусклая лампа дневного света гудит, потрескивая, у меня над головой. Скоро перегорит, отмечаю я машинально и вздрагиваю – где-то внизу хлопает дверь.

Тут же начинает казаться, что звуки – со всех сторон. Я будто слышу шаги, смех, раздраженные голоса, плач младенца. Слышу клаксоны автомобилей, вопли сирен, городские шумы. Рокот волн и завывание вихрей, шелест травы, листвы, бумаги…

Мне тревожно; недавняя безмятежность улетучивается без следа. Дверь хлопает снова и снова; я встаю и перегибаюсь через перила. Ничего не разглядеть – внизу лишь сумрак и пролеты лестниц, уходящие в никуда. «*Mierda*», – шепчу я, отшатываясь; у меня кружится голова. Уже ясно, здесь нельзя оставаться – и нельзя медлить. Я оглядываю себя, вижу серую куртку, коричневые брюки, ботинки с тупыми носами. Мой вид мне не нравится, но выбора нет. Я поднимаю воротник, застегиваю молнию до подбородка и делаю шаг по лестнице вверх.

Вновь все стихает, как по команде, слышен лишь скрип моих подошв. Я прохожу несколько этажей, неотличимых друг от друга. На каждом – по одной двери без номеров и табличек, за ними ни шороха, мертвая тишина. Стучаться я не решаюсь, да и не горю желанием кого-то видеть. Я вообще не имею желаний, но у меня есть цель, пока еще не ясная мне самому. Пролет за пролетом, я поднимаюсь дальше. Пахнет чем-то казенным, на светло-серых стенах нет изъянов – ни трещин, ни граффити. «В этом доме нет жизни», – шепчу я себе – и тут, оказавшись на очередном этаже, вдруг вижу, что дверь на нем приоткрыта.

За дверью стоит женщина лет тридцати в синем ситцевом платье и летних туфлях. У нее красивые ноги, открытая, приветливая улыбка. Я застываю в ошеломлении: ее присутствие нежданно, едва возможно. Я почти уже свыкся с мыслью, что я один в этом доме и во всем этом странном мире. Однако же незнакомка вполне реальна. «Добро пожаловать», – говорит она, распахивая дверь пошире. Потом представляется: «Я – Эльза», – а я лишь смотрю на нее, сбитый с толку. Ее голос резонирует в пустоте лестниц. Мне кажется, он, как и жужжание лампы, отзывается внутри меня быстрым эхом.

Потом я понимаю, что медлить глупо, и вхожу, протискиваясь мимо Эльзы. От нее исходят тепло и запах – свежести, можжевельника и ванили. Я думаю мельком, что ее мускус, наверное, сладок, как заморский плод – и прохожу в гостиную, осматриваясь кругом. Эльза закрывает дверь, набрасывает цепочку и входит за мной следом.

«Это общая комната, – говорит она. – Мебели немного, но больше и не нужно. По крайней мере, на мой вкус».

Действительно, в гостиной – лишь стол со стульями и большой диван, неудобный на вид. Нет ни одной лампы, но от потолка и стен струится мягкий, нейтральный свет. В дальнем углу – подобие кухни с хромированной раковиной и электроплитой. Справа – окно; я подхожу к нему и смотрю наружу. Там горный пейзаж, сосны, снег. Что-то смутно знакомое и тревожащее память.

«Не верь, – усмехается Эльза у меня за спиной. – Это лишь картинка, их много разных. И, пожалуйста, представься же наконец!»

Я оборачиваюсь – она стоит все с той же приветливой улыбкой. «Иногда меня называют Тео», – произношу я осторожно, прислушиваясь к своему голосу. Он звучит знакомо. «Да, Тео», – повторяю я и пытаюсь ухмыльнуться в ответ.

«Мне *очень* приятно! – говорит Эльза, подходя ближе. – Я так истосковалась одна…»

Я замечаю, что когда она произносит слова, ее губы превращаются в расплывчатое пятно. Почему-то меня это не удивляет.

«Я здесь уже три дня без соседа, – добавляет она. – Многовато, как ты считаешь?»

Я лишь пожимаю плечами и вновь смотрю в окно. По ветвям ближней из сосен прыгает белка, мягкий снег искрится на солнце. Мне кажется, ничего более реального нельзя себе представить.

«Эльза, – прошу я, глядя на белку, – объясни мне, что происходит. Где я, что я – и кто ты? Я ничего не помню – я был болен? Нас похитили и мы в плену?»

Эльза становится рядом, проводит пальцем по стеклу. Я отмечаю, что у нее очень ухоженные руки.

«Мой ответ тебе не понравится, – говорит она, помедлив. – И едва ли поможет – но я и вправду не знаю, как все сказать. Я сначала думала, что надо мной смеются…»

Она замолкает, потом поворачивается ко мне: «Ну, например… Сейчас твоя голова пуста, но, может, ты помнишь, что такое гостевой дом?»

«Дом для гостей. Дом… Мы гости… – повторяю я за ней. – И что с того?»

Эльза морщится: «Или, может, ты помнишь, что такое госпиталь, санаторий? Или – давай попробуем – лепрозорий, чумной барак, карантин…»

Говоря все это, она загибает пальцы – на одной руке, потом на другой.

«Госпиталь… Значит, все же болезнь? – я пытаюсь заглянуть ей в глаза. – Или какой-то несчастный случай? – Потом меня передергивает: – Чумной барак… Что это, пандемия? Страшный вирус?»

«О, *fuck*…» – говорит Эльза и смотрит мне в лицо. Затем всплескивает руками: «Нет, лучше уж так!» – идет к кухонному шкафу, открывает дверцу и протягивает мне табличку, запаянную в пластик.

«Это лежало на столе, когда я вошла сюда три дня назад, – произносит она сердито. – Можешь себе представить, каково мне было? Вообще, тебе знакомо вот это слово: *смерть*?»

Да, почему-то мне знакомо это слово. В нем – удушье, лязг железа, дурная кровь. То, что стирает смыслы, будто влажной губкой с доски. Место, где теряется звук струны.

«Дальняя точка, – проносится в голове. – Колыбель за чертой…»

«*Tantibus*[2], извечный страх», – бормочу я, но Эльза отрицательно качает головой.

---

2   Ночной кошмар (лат.).

На табличке написано заглавными буквами, без знаков препинания:

ПРИВЕТСТВУЕМ ВАС
ВЫ ПЕРЕНЕСЛИ ПЕРВУЮ СМЕРТЬ ТЕЛА

«Чушь!» – думаю я со злостью и читаю вслух следующие две строчки:

СМЕРТЬ ТЕЛА ЗНАЧИТ
НЕ ТАК МНОГО КАК ВАМ КАЗАЛОСЬ

И дальше:

БОЯТЬСЯ НЕЧЕГО
ВЫ НА КАРАНТИНЕ

«Бояться нечего, – повторяет Эльза с нервным смешком. – За три дня я привыкла, что это так. Правда, я вроде не боялась и раньше».

С минуту мы молчим и смотрим друг на друга. Потом Эльза делает шаг ко мне, становится совсем рядом. Я чувствую ее дыхание, ее тепло.

«*Там* ты умер, – говорит она тихо. – Лучше с этим смириться, не искать подвоха. Я понимаю, для тебя это звучит дико, но…»

Для меня это не звучит никак. Полная несуразица, диссонанс гармоник в медном, невыносимо резком звуке. И – предчувствие, замершее неподалеку.

«На карантине…» – бормочу я и отхожу от окна, от Эльзы. Сажусь на диван, тру ладонью висок. Тщетно пытаюсь осознать значение слов. Потом говорю: «Хороша шутка», – и пробую улыбнуться. Но улыбки не получается; челюсти сводит судорогой.

Эльза с досадой машет рукой: «Я знала! Знала, что не смогу тебе объяснить. Никаких шуток – *там* тебя не стало. Все закончилось, *finita, forever, amen*[3]. Скоро вспомнишь – об этом вспоминают быстро. И потом уже сомнений не остается».

Мне становится холодно, меня знобит. В голове роятся тысячи мыслей, а память пуста. Нет, она почти пуста, почти. Что-то в ней шевелится все же, какой-то обрывок, мелочь. Что-то подкрадывается – исподволь, неторопливо. И вдруг накатывает – кошмар предчувствия, неотвратимый ужас. Удушающе, леденяще – как огромнейшая из волн…

Я зажмуриваюсь, быть может даже кричу, захлебываясь в океане страха. На обратной стороне сетчатки вспыхивает как магний: мотоциклист в черной куртке с седоком за спиной, лицо, закрытое шлемом, тусклый блеск стали – пистолет в вытянутой руке. Я помню: потом будут выстрел и мгновенная, страшная боль. Я ощущаю каждым нервом: это было со мной на самом деле. Затем возникает еще кое-что – дом в оливковой роще и женщина, вся в слезах; с ней – лысеющий человек с перекошенным ртом. Дикие джунгли и большая река. Улицы старого города – почему-то я знаю, что это Берн. И – все гаснет, больше ни намека. Я сижу на диване, обхватив руками лицо, в страннейшем мире, который невозможно вообразить!

Потом, понемногу, мне становится легче. Кое-как собравшись с духом, я разлепляю веки. Эльза стоит рядом, смотрит сочувственно, качает головой.

«У меня было так же, – говорит она. – Тоже в гостиной, но за столом, а не на диване. Первое воспоминание – вертолет, прогулка над морем и внезапный взрыв. Точнее – самое начало взрыва, огненный шар, подбирающийся ко мне справа… Да, непросто свыкнуться поначалу. Но теперь-то ты веришь, что все всерьез?»

«Почти», – отвечаю я коротко. В голове мелькает: нужно, наверное, что-то сделать? Может быть – вскочить, метнуться, сбежать вниз по лестнице, вырваться прочь, наружу? Уличить, разоблачить обман или уж удостовериться – самому, без Эльзы. Без

---

3   Конец, навсегда, аминь (итал., англ.).

пластиковых табличек и фальшивых пейзажей… Но нет, мне не под силу – ни действие, ни даже мысль о нем.

Эльза садится рядом, гладит меня по руке. Я почти не чувствую ее прикосновения, но что-то передается все же, какой-то намек на близость. С четверть часа мы молча смотрим в стену напротив. Потом она произносит: «Ладно. Думаю, ты скоро свыкнешься, как и я. Ты мужчина, в конце концов, жалеть тебя как-то глупо. А теперь…»

Поправив волосы, она поднимается и жестом приглашает меня за собой: «Пойдем!»

Я послушно встаю, мы подходим к одной из двух закрытых дверей. «Вот, – говорит Эльза, – это твоя спальня. Мне ужасно не хочется тебя отпускать, но меня предупредили: в первый день – только знакомство и никаких бесед. Так что иди, загадочный Тео. Приходи в себя – увидимся завтра».

У меня кружится голова, перед глазами пляшут блики. Мне очень хочется остаться одному. Я киваю, открываю дверь и плотно затворяю ее за собой.

В спальне – все тот же нейтральный свет, исходящий от потолка и стен. К моему удивлению, там нет кровати – лишь мягкое кресло и журнальный стол перед ним. На противоположной стене – большой экран. Моя комната больше всего похожа на зал для приватных кинопросмотров.

Я подхожу к окну, оно выходит на лужайку посреди леса. У деревьев стоит олень, чутко поводя ноздрями. Он мне неинтересен – я помню, что это лишь картинка. Обманная картинка – сколько их здесь еще?

«Сколько…» – бормочу я и вдруг чувствую острую тоску по Эльзе, с которой мы расстались всего минуту назад. Одиночество, безмерное, как недавний страх, захлестывает меня с головой. Я будто остался наедине, лицом к лицу с мирозданием, с бескрайним космосом, масштабы которого не охватить мыслью. Мне не хочется ни вспоминать, ни думать, я мечтаю хоть о чьем-то присутствии рядом – и с трудом подавляю желание вернуться в гостиную, может даже постучаться в спальню соседки. Что-то подсказывает – этого не следует делать. Обойдя комнату по кругу, я сажусь в кресло и собираюсь закрыть глаза. Но тут экран оживает, на нем появляется человеческое лицо.

Я вижу высокий лоб с небольшим углублением посередине, острые скулы и суженный подбородок, впалые глаза с чуть приподнятыми уголками, как у сфинкса. Губы сжаты в тонкую линию, немигающий взгляд устремлен мне прямо в зрачки. Я уверен, что никогда не знал этого человека – даже несмотря на мою негодную память.

«Я ваш друг, – говорит он внятно. – Ваш помощник. Быть может, наставник – или ваш советник, терапевт. Название не важно, примите просто, что я ваш Нестор».

Он строг и подчеркнуто официален. Его губы движутся не в такт словам, но меня это не беспокоит. В любом случае это лучше, чем расплывчатое пятно.

«Вам не обязательно отвечать взаимностью на мое участие и мою дружбу, – продолжает он, – но знайте, союзников тут у вас не много – не больше двух. У каждого *карантинщика* есть свой Нестор и еще – сосед по квартире. Прочие едва ли будут склонны к общению с вами».

«Тео, меня зовут Тео, – говорю я, подаваясь вперед. – Рад познакомиться, ну и – у меня к вам очень много вопросов!»

Как-то сразу мне становится ясно, что все происходящее, возможно, не шутка. Не обман, не изощренный розыгрыш с какой-то неведомой целью. Тоска отступает, я чувствую прилив сил, лихорадочное желание прояснить все немедля.

Человек на экране качает головой. Тем не менее я продолжаю: «Скажите, это взаправду смерть? Я ведь помню, в меня стреляли… А что *после* смерти, что это за место? И, главное, *как я сюда попал?*»

Нестор морщит рот, поднимает ладонь. «Нет-нет, подождите, – не унимаюсь я. – Объясните, здесь хоть что-то реально? Хоть что-то материально, надежно, прочно или все иллюзия, хуже, чем сон? От Эльзы пахнет можжевельником, но я не чувствую ее руки. На окне фотография, а что за окном?»

«Вот-вот! – усмехается Нестор. – Все сначала спрашивают об одном и том же. Выглянуть в окно или обнять соседа... Слова конечно разнятся, но не суть».

Он глядит куда-то вниз – быть может, роется в своих бумагах – и добавляет: «Завтра вы ознакомитесь с брошюрой для вновь прибывших – в качестве первого, так сказать, шага. Занятно, что вы сразу заговорили о снах, здесь им отводится большая роль. Вы скоро поймете, каждый сон – как заплыв в море без берегов. Путешествие – через обломки воспоминаний, через полунарушенные связи».

«Скоро...» – повторяю я за ним и замолкаю. Вопросы, что рвались у меня с языка, вдруг кажутся необязательными, никчемными. Новая мысль, как острие клинка, пронзает меня насквозь.

«Скажите, Нестор... – начинаю я, потом откашливаюсь и спрашиваю осторожно: – Скажите, Нестор, я бессмертен?» Голос все же подводит; последнее слово звучит фальцетом.

Нестор поднимает на меня глаза. «Боитесь бессмертия? – интересуется он. – Или вы уже вновь боитесь смерти – едва успев пережить ее, простите за каламбур?»

«Но кто?..» – вновь начинаю я и замолкаю, не зная, как продолжить. Мои веки тяжелеют, в ушах звенит – долгая нота, словно струна из меди.

«Вообще, – говорит вдруг Нестор, – то, что вы так растеряны и сбиты с толку, мне представляется несправедливым. Хоть, конечно, за справедливость, как говорится, не с кого спросить. Но мы-то знаем: возрождение – с сохранением памяти и своего 'я' – не должно быть чем-то странным лично для вас, Тео. Вы ведь не типичный случай, не рядовой вновь прибывший с файлом в одну страницу».

Он вновь смотрит вниз и восклицает, вскинув голову: «Взять хотя бы предсказанное вами поле! Или – квазичастицы нового типа. Или, скажем, метапространство – в нем про вас записано больше, чем тут, в вашем файле!»

«Я не помню почти ничего», – бормочу я, будто оправдываясь. Силы вновь иссякают – вдруг и сразу. Мысли путаются, меня охватывает неодолимая сонливость. С каждой секундой я все глубже погружаюсь в нее, как в вязкий омут.

Нестор машет рукой: «Да, да. Память вернется, для этой цели вы и помещены сюда, как все. Это не проблема – сейчас проблем у вас нет. Все они остались позади – пока. Но вам придется дотошно вспомнить, с чего они начались и во что обратились после. Вспомнить листы бумаги, исписанные от и до, квантовые теории, *танец консионов*... Это все вернется к вам – но позже, нынешний день окончен. Вы совершенно исчерпали свой ресурс. Вам нужно спать – пока без сновидений!»

На этом экран гаснет, спинка кресла отклоняется назад. Веки сами собой смыкаются, в темноте пляшут цветные вспышки, а в голове вертятся слова, смысл которых мне не ясен: «петарды», «порох», «пираты»... Вдруг мелькают: обрывок формулы, выписанный мелом на доске, знак интеграла, греческие пи и тета. Они очень важны, их не сотрешь с доски так просто – ни мокрой губкой, ни мыслью о небытие.

Очень хочется узнать еще одну вещь прямо сейчас. «Послушайте, Нестор...» – говорю я из последних сил, не открывая глаз, и тут же проваливаюсь в глубокий сон.

Глава 2

Следующим утром, вынырнув из забытья, я оглядываюсь и прислушиваюсь к себе. Комната не изменилась – все тот же нейтральный свет, окно с обманным пейзажем и экран напротив. Мое тело не утомлено ночью в кресле, в полусидячей позе; голова легка, и разум кажется вполне окрепшим. Я помню вчерашнее – лестничные пролеты, дверь в квартиру и улыбчивую Эльзу. Потом – мотоцикл с двумя седоками, пистолет, направленный мне в грудь. Мельтешат и новые воспоминания – как сполохи, одно за другим. Какие-то люди, громкий смех – и вдруг, пронзительно: тревога, страх. Но страх не за себя.

Я зажмуриваюсь и вижу хрупкую девушку азиатской внешности с чуть косящим взглядом и рыжей прядью в волосах. Ее лицо придвигается совсем близко, я тру кулаками веки, отгоняю слезы. «Тина…» – шепчу я и хочу закричать в голос, но сдерживаю себя усилием воли. Собираюсь с силами и стараюсь мыслить трезво: Тина – я помню, мы были вместе, пусть недолго. Помню, я должен был ее спасти – от кого? Какая опасность ей грозила?.. Пар от асфальта, влажный, горячий воздух, дым жаровен и выхлопы автомобилей – запахи большого города будто вновь щекочут мне ноздри, но я не могу связать их ни с чем. Помню лишь: что-то осталось незавершенным – и вдруг опять наплывает мотоциклист в матово-черном шлеме, а в последний миг перед выстрелом – осознание катастрофы, мгновенная острая тоска по Тине, отчаяние от собственного бессилия и… На этом память пасует, цепочка рвется. В голове – лишь остатки моего голоса: «…на-на-на».

Я вдруг понимаю: смерть – это больше, чем ночной кошмар. Больше, чем губка, стирающая смыслы, чем молчание струны из меди. Дурная кровь не есть ее сущность; сущность – потеря тех, кто тебе дорог. Расставание – навсегда ли? Расставание с Тиной – а с кем еще?

«Навсегда…» – произношу я вслух.

Отчего-то голос звучит фальшиво, фальшь чудится и в самом слове. Я оглядываюсь – фальшь кругом, моим мыслям не за что уцепиться. «Где я?» – спрашиваю сам себя и злюсь: хватит уже валять дурака. Нужно признать, надо мной, очевидно, проводят опыт – что это, галлюциноген, наркотик? Жестокий розыгрыш – в чем его цель? И когда я смогу очнуться?

Тут я слышу покашливание и открываю глаза – с усилием разлепляя веки. Экран на стене ожил, на нем Нестор, глядящий на меня в упор. «С пробуждением, – произносит он. – Сегодня у вас будет насыщенный день».

Я молча всматриваюсь в его лицо. Что-то в нем опять, как вчера, говорит мне: все не так просто. И сомнения отступают, я почти готов поверить, что все взаправду. Что меня не разыгрывают – я умер, но вновь живу, как ни дико предполагать такое…

Очень хочется прояснить все немедля, но я опять не могу подобрать вопросы. Молчание затягивается, мне мучительно не хватает слов.

«Что такое танец консионов?» – спрашиваю я наконец, но получаю в ответ лишь снисходительную усмешку.

«Об этом вы мне расскажете сами, – говорит Нестор. – И, надеюсь, довольно скоро».

Я лишь развожу руками. «Вообще же, – продолжает он, – вам не следует забегать вперед. Здесь есть все, чтобы чувствовать себя комфортно, если не требовать многого от комфорта – а главное, не забудьте, у вас есть сосед. Соседка, если не ошибаюсь; разделение на два пола – это вообще гениальный ход природы!»

«Да, пусть, – соглашаюсь я, – но все же…»

Нестор задумчиво кивает, глядит вниз, перелистывает что-то и вдруг сообщает: «Конец сеанса».

«Уже? – восклицаю я и горячусь: – Стойте, стойте! Мне сейчас, поверьте, не до соседки. Вы мой помощник – мне нужна помощь: пусть кратко, но введите меня в курс… Вы советник – мне нужен совет, мне слишком – *слишком* – многое непонятно!»

«Все советы – по расписанию, – вновь усмехается Нестор, и я чувствую, что с ним не поспоришь. – *По расписанию*, – повторяет он с нажимом, – а в расписании сейчас значится общение с соседом по блоку. Вас наверняка заждались – будьте милосердны», – и он отключается, не попрощавшись.

Еще минуту или две я смотрю в темный экран, потом встаю и подхожу к окну. За ним – все та же лужайка, но без оленя. Он исчез, и вся картинка выглядит как-то слишком статично, будто выключилась анимация или кончился завод пружины.

Напротив окна – раздвижная ширма. Это вход в ванную, там чистота и блеск. Я гляжу на фаянсовый унитаз и в недоумении пожимаю плечами. Потом подхожу к рукомойнику, открываю кран – оттуда и в самом деле течет вода. Я подставляю руки под холодную струю и плещу в лицо – с наслаждением, долго, не боясь замочить одежду.

Выпрямившись, смотрюсь в зеркало – мои черты мне знакомы, пусть смутно. После умывания кожу слегка покалывает, но вскоре это проходит. Я трогаю пальцами лоб и щеки – ощущения прикосновений чуть запаздывают, словно передаются по цифровым протоколам. Полотенце не требуется, на мне не осталось влаги. На полу тоже сухо – это *комфортно*, как и обещал Нестор.

«Что ж, – говорю я вслух. – Общение с соседом, ничего другого не остается». Выхожу из ванной, открываю дверь в гостиную и сразу вижу Эльзу, сидящую на диване.

«Ну наконец-то! – восклицает она. – Я была уже готова стучаться к тебе сама. Вся извелась – а ты спишь и спишь. Все же заселяться первой не очень приятно!»

Сегодня на ней строгий брючный костюм, туфли на каблуках и белая блузка. Она выглядит как менеджер по рекламе или преуспевающий страховой агент. Я оглядываю себя и морщусь – вчерашняя одежда смотрится довольно-таки жалко.

«Доброе утро, – здороваюсь я. – Ты просто красавица, я в восхищении. Как тебе спалось? У тебя есть свой Нестор?»

«Ну конечно, – отвечает Эльза. – Нестор есть у всех. Не правда ли, он такой душка?»

Она встает и подает мне руку: «Прости, что я начала с упрека. На самом деле я на тебя не сержусь. Вообще, мы должны избегать ссор. Здесь это, должно быть, невыносимо!»

Я думаю, что хорошо ее понимаю. «Сейчас я расскажу тебе о квартире, – продолжает Эльза, – но сначала давай поиграем...»

Она идет к кухонным полкам и жестом манит меня за собой. На полках немало утвари, достаточно для небольшой семьи. «Маленькая демонстрация», – говорит соседка, берет суповую тарелку и вдруг, не оборачиваясь, с силой швыряет ее в меня. Мое тело реагирует: одна нога чуть сгибается в колене, отклоняя корпус, голова уходит от удара, плечи разворачиваются и руки выбрасываются чуть вперед. Я принимаю боевую стойку, а тарелка, просвистев мимо, попадает в стену и беззвучно рассасывается в ней, не оставляя ни следа, ни осколков.

«Вот так-то, – Эльза качает головой. – А ты уже готов со мной драться. Расслабься, мы не воюем. Просто такая вот здесь жизнь. И еще – смотри...»

Я усмехаюсь, расслабляю мышцы и опускаю руки, а она идет ко мне, покачивая бедрами. Подходит близко, потом совсем близко, делает еще шаг и вдруг проходит сквозь, оказываясь позади. Я не ощущаю прикосновения, мне лишь чудится запах можжевельника, а Эльза улыбается как ни в чем не бывало.

«Поверь, я сделала это очень тактично, – говорит она. – На улице некоторые так и норовят пройти сквозь тебя *грубо*, суки. Со мной в первый же день так поступила одна тварь... Извини за лексику – вообще-то я почти не употребляю плохих слов. Я из приличной, образованной семьи».

«Это правда, что от тебя пахнет можжевельником?» – спрашиваю я.

«Обманка, – машет она рукой. – У нас, как ты уже понял, что-то вроде фантомов вместо тел. От тебя, по крайней мере, ничем не пахнет. Даже обидно – в той, первой жизни все отмечали, что у меня очень приятный запах».

Меня коробит небрежная легкость, с которой соседка говорит о «первой жизни». Подозрительно… Вдруг и она – часть заговора, одна из тех, кто против меня? Я чувствую, как во мне вновь ворочаются утренние сомнения, но терплю, стараясь не подать вида. Может, Эльза просто легкомысленна чересчур – да и к тому же, она провела здесь на три дня больше, у нее было время привыкнуть.

Потом мы вновь оказываемся у кухни; Эльза хитро улыбается и вдруг смахивает на пол груду тарелок – с уже знакомым мне эффектом. «Не бойся, я не истеричка, – успокаивает она меня. – Но не одни ведь истерички порой бьют посуду. Кстати, пока мы здесь, загляни в холодильник. Ты любишь яичницу? Я буду готовить тебе завтраки. Яичница с ветчиной пахнет по-настоящему. И будто даже имеет вкус!»

В моей спальне мы первым делом отправляемся в ванную, в которой я уже был. «Обманка, – говорит Эльза, обводя рукой вокруг. – Можно вообще не мыться, и унитаз тебе ни к чему. Хоть, признаться, я люблю здешний душ – знаешь, шум воды, тепло. Очень расслабляет – это остров покоя. И ванная у меня цвета морской волны. Цвета спокойного, умиротворенного моря. Кстати, тебя не удивило, что знакомство со спальней мужчины я начинаю с душевой? Ха-ха-ха, шутка. Я *очень* порядочная девушка!»

Выйдя из ванной, Эльза обводит взглядом комнату и отмечает удовлетворенно: «Тут все, как у меня. Вот примерочная», – она подводит меня к большому зеркалу во весь рост. Рядом с ним платяной шкаф, встроенный в стену. Я открываю дверцу – он забит одеждой. Эльза хихикает: «У меня ни разу не получилось раздеться догола, представляешь? – И показывает на журнальный стол: – Здесь пульт. Чтобы все менять – обои, вид за окном, потолок, свет…»

Я прикасаюсь к стеклянной поверхности. Она оживает, это

чуткий сенсор. Пробегаюсь пальцами по кнопкам – все действует: шторы двигаются, стены окрашиваются в разные цвета. Я замечаю, что на них – неяркий, чуть заметный рисунок. Подхожу поближе, всматриваюсь в штрихи и разводы.

«Кофе с молоком, – говорит Эльза у меня за спиной. – Или, может, следы на песке».

«Фрактал[4]… – бормочу я бессмысленное слово. – Или, может, сад камней в Тиауанако».

Что-то вспоминается, но очень смутно. Однако же это было важно! Я шепчу и вслушиваюсь в свой шепот: «Осознание собственного разума – звенья бесконечной цепи вопросов. Странный аттрактор[5] – линия в многомерном пространстве – самодостаточная, самоорганизующаяся сущность. Затухание сознания – фрактальная ломаная. Звенья укорачиваются, потом еще и еще, но и все же она бесконечна…»

«Что-что? – переспрашивает Эльза. – С тобой все в порядке?»

«Вроде да, – произношу я задумчиво. – Просто мне приходилось когда-то размышлять об этом – о кофейных разводах. Не обращай внимания, пойдем посмотрим на твою ванную цвета моря».

Мы осматриваем ее спальню, которая не отличается от моей, возвращаемся в гостиную и садимся на диван. «Теперь, – говорит Эльза, – выброси из головы свой сад камней и сосредоточься, насколько можешь. Тут у нас есть инструкция здешней жизни. Самое занятное, сказать по правде, я тебе уже показала, но прочесть ее нужно, так сказал мой Нестор. Да и твой, наверное, тоже».

У нее в руках брошюра в черно-белой обложке. «Карантин» – напечатано жирным шрифтом посередине. «Ты должен прочитать ее всю, – говорит мне Эльза. – Лучше сделать это тут, со мной. Я, если что, разъясню попонятнее».

Ясно, что ей просто не хочется оставаться одной – так же, как и мне.

---

4 Самоподобная геометрическая фигура. Объект, в точности или приближенно совпадающий с частью себя самого.

5 «Притягивающее» множество траекторий в фазовом пространстве динамической нелинейной системы.

Я открываю брошюру. На титульном листе, в правом верхнем углу, где обычно располагаются эпиграфы, вновь выведено: «КАРАНТИН» и чуть ниже: «Будьте благодарны!» Со следующей страницы начинается текст. Пункт номер один гласит: «Всем надлежит пребывать на Карантине вплоть до полной готовности его покинуть». И, чуть ниже, пункт второй: «Возвращение на Карантин невозможно. Без исключений».

«Пока все понятнее некуда, – бормочу я. – Но я, конечно, посижу тут, с тобой. О, смотри, здесь бывают прогулки – ну да, ты же говорила про какой-то инцидент на улице…»

Эльза заглядывает мне через плечо. Я читаю: «Для выхода из здания надлежит пользоваться частным лифтом, находящимся внутри квартиры у входной двери. Входную дверь открывать не рекомендуется».

«Прогулки надлежит осуществлять только в светлое время суток. В темноте гулять не рекомендуется».

И еще:

«Не рекомендуется купаться в море лицам без купальных костюмов. Без исключений».

«Тут есть море?» – спрашиваю я Эльзу.

«О да, – отвечает та, – что есть, то есть. Оно-то как раз кажется мне совсем-совсем настоящим. Ты можешь посмотреть на него из спальни – тут, в гостиной, за окном всегда лишь картинки».

«Можно прямо сейчас», – предлагаю я. Мы идем в спальню Эльзы. Она уверенно жмет кнопки пульта и кивает на окно: «Ну вот…»

За окном – шикарный морской пейзаж: ультрамарин до самого горизонта, яркое солнце, белые катера и яхты. Внизу под нами – набережная с балюстрадой, полная народа. Почти все гуляют по двое – праздно, неспешно, им явно некуда торопиться. Мы находимся высоко, я не могу различить лиц. От набережной к камням у воды ведут бетонные лестницы. Купающихся немного, все они в ярко-желтом. Некоторые просто лежат на камнях, будто принимая солнечные ванны.

«Идиллия, – я усмехаюсь. – Здесь так каждый день?»

«Ну уж нет, – Эльза делает отрицающий жест. – Я сегодня в первый раз вижу солнце. Погоду они включают по какой-то своей прихоти».

«По расписанию…» – бормочу я негромко, но Эльза не обращает внимания на слово. Быть может, у ее Нестора другой лексикон.

«Вчера был сильный ветер, – говорит она. – Ветер, тучи, все уныло, мрачно. И волны – никто не лез в воду, хоть, наверное, здесь это безопасно. С нашими-то телами…»

Она стоит совсем рядом. Повинуясь внезапному порыву, я пытаюсь приобнять ее за талию, но моя рука повисает в воздухе – Эльза уворачивается, делает шаг в сторону, потом вообще отходит внутрь комнаты. «Недотрога!» – думаю я с досадой. Почему-то в этом тоже мнится подвох, какое-то ненужное лукавство.

Вскоре мы возвращаемся в гостиную, садимся на диван чуть поодаль друг от друга. Эльза признается: «Мне не понравилось гулять одной. Все – все! – смотрят тебе в лицо, это напрягает. Я пожаловалась Нестору, а он сказал – мол, что ж ты хочешь, у всех одно на уме. Встретить тех, кого они знали *там* – каждый озабочен лишь этим. А мне, честно говоря, не важно – *там* у меня не было близких людей».

«Близких?» – переспрашиваю я и опять вспоминаю Тину. Вспоминаю имя, ярко-рыжую прядь и чувство тревоги, сосущее изнутри. Соседка замечает что-то, еще отстраняется, поглядывает на меня сбоку. Я молчу, говорить мне нечего – и пока даже нечего думать. Воспоминание жжет и мучит, но от него не тянутся нити. Память моя беспомощна – долго ли это еще продлится?

Потом я вновь беру в руки Инструкцию. Следующие листы не содержат ничего, кроме бесконечного дисклэймера, извещающего, что администрация не несет ответственности ни за что, от исправности инфраструктуры до ментального здоровья карантинщиков. Я продираюсь через параграфы сухого канцелярского текста и почти уже решаю пролистнуть несколько страниц, как Эльза вдруг спохватывается: «Мы опаздываем! Скорее – иди в конец, читай пункт семь дробь один. Или нет – наверное, семь дробь три…»

Я послушно читаю: «*Всем надлежит иметь две сессии ежедневно со своим другом, своим наставником, своим Нестором – ровно в двенадцать и ровно в пять по большим настенным часам*».

Эльза показывает на противоположную стену. Там висят круглые часы, стрелки которых уже сошлись на двенадцатичасовой отметке. «Надо спешить, – говорит она, вставая. – Пока-пока».

«Чао», – бурчу я в ответ и отправляюсь в свою спальню.

Глава 3

«Вы опоздали на пятнадцать секунд, – говорит Нестор, улыбаясь довольно-таки кисло. – Это не принято, прошу иметь в виду».

Я оправдываюсь: «У меня есть причина – ваша Инструкция, я пытался найти в ней толк. Безуспешно, честно говоря».

«Что ж, – хмыкает Нестор, – это лишь значит, что вы должны еще больше дорожить моей дружбой!»

Сегодня он в очках, которые делают его старше. Почему-то мне это кажется забавным.

«Опаздывать не принято! – повторяет советник, потом смотрит вниз и добавляет: – Впрочем, вы, Тео, никогда не отличались дисциплиной».

«Это написано в моем файле», – киваю я понимающе.

«Именно, – подтверждает он. – Имейте в виду, вам никуда не деться от вашего файла. Хотя – едва ли это вас огорчит».

«Интересно, – я прищуриваюсь, – откуда он вообще взялся, мой файл? Вы следили за мной – еще *там*? У вас там есть агенты, наблюдатели, шпионы?»

Нестор усмехается саркастически: «Экий вы конспиролог! Может кто-то и следил за вами *там* – обманутые женщины или кредиторы – но к *здесь* это отношения не имеет. Никакого – и скоро об этом подробнее – а файл скомпилирован при вашем здешнем рождении специальными методами, долго объяснять.

Есть, знаете ли, алгоритмы – сводящие воедино отдельные обрывки воспоминаний, мечущихся в подсознании с первого же мгновения жизни. С подсознанием мы умеем работать и с обрывками тоже, но обрывки обрывками, а интересно все целиком. Все, накопленное в вашем земном мозге – оно пока недоступно ни нам, ни вам. Память восстанавливается постепенно – вы здесь, собственно, в основном за этим. Над ней нужно трудиться – к счастью, вы умеете трудиться, Тео. И у вас есть помощник – я, не кто иной. И сосед – то есть соседка. И ваши сны».

Он важно поднимает палец, намереваясь что-то еще добавить, но я перебиваю его: «Минуту! Прошу вас, Нестор, загляните еще раз в мой файл и прочтите мне все, как вы выражаетесь, обрывки, касающиеся Тины, девушки, похожей на подростка. Ей двадцать три, у нее чуть косят глаза, а в волосах у нее рыжая прядь. Обещаю, я буду работать – но мне нужна подсказка, хоть один намек!»

Нестор пожимает плечами: «Все по расписанию, я уже говорил». Потом глядит на меня и неожиданно соглашается: «Ну хорошо. В виде исключения, один раз. В вашем файле… – он опускает глаза, листает что-то и сообщает: – В вашем файле нет ничего про Тину, девушку с рыжей прядью. По крайней мере, в той части, к которой я имею доступ – ни-че-го!»

«А что, есть и другие части? – спрашиваю я, подаваясь вперед. – Их нужно найти, послать запрос – как это делается тут, у вас?»

«Никак не делается, – скучно говорит Нестор. – Я уже сообщил вам все, что мог. Работайте над памятью – и, для начала, устраивайтесь поудобнее, вам предстоит много слушать. Вы сегодня выглядите получше, пора систематизировать вашу картину мира. Сориентировать вас, так сказать, во времени и пространстве. Как говорят тут, у нас, *обозначить место* – место всего. Итак, вы родились…»

Я делаю было негодующий жест, но понимаю, что с ним бесполезно спорить.

«Вы родились на трехмерной бране[6], когда та была в середине

---

6   Брана – многомерный физический объект размерности, меньшей, чем размерность пространства, в котором он находится.

своего цикла, – голос Нестора звучит ровно, без всяких эмоций. – У вас ее принято было называть 'Вселенной' и считать, что ею ограничивается весь мир. Таков, по крайней мере, был расхожий взгляд – вы, Тео, и кое-кто еще испытали это на себе. К счастью, ваши критики оказались глубоко неправы…»

Нестор делает паузу и говорит: «Да. Мы рассматриваем устройство мира, но и не забываем о вас лично. Вехи вашей карьеры удивительным образом соответствуют хронологии вашей браны. Но сначала – немного о мироздании в целом, как мы понимаем его *здесь*!»

«*Здесь* – это…» – встреваю я.

Нестор останавливает меня ладонью: «Слушайте, слушайте, – и продолжает, так же монотонно: – На самом деле, бран может быть бесконечно много, – он делает ударение на 'бесконечно', – но вряд ли нам удастся это проверить. Мы ограничены знаниями о двух: первой, на которой вы родились, и второй, на которой мы с вами сейчас находимся. Само пространство, в которое погружены локальные браны, существует, по-видимому, всегда – или, по крайней мере, очень долго. Браны же рождаются и умирают, проходя через независимые друг от друга циклы – условно назовем их 'разбег-сжатие'. Во время каждого цикла существует период, называемый 'окном жизни'; на вашей бране он составлял – или до сих пор составляет – несколько миллиардов ваших планетарных лет. Нам известна лишь одна точка, где разумная жизнь развилась до заметного уровня – ваша планета, на которой сформировался и ваш разум, Тео, и разум многих из тех, с кем вы встретитесь в новом мире».

«И ваш?» – я вопросительно поднимаю бровь.

«Обо мне мы сегодня говорить не будем, – сухо отвечает Нестор. – Слушайте, слушайте, не перебивайте!»

«Скажу два слова о самом пространстве, – продолжает он, – его, кстати, называют по-разному. Просто, без затей, 'пространство' или 'метапространство', как вы когда-то, или даже 'метабрана' – имея в виду, что оно, возможно, существует не само по себе, а вложено в какую-то еще более глобальную структуру. Мне это кажется неоправданным усложнением, но термин прижился, и мы с вами не будем его чураться. По меньшей мере два фундаментальных поля, гравитационное и консионное, являются межбранными: переносящие их частицы путешествуют из одной локальной браны в другую. Именно присутствие таких полей, гравитационного в первую очередь, ответственно за отмеченные в ваше время необъяснимые космологические явления. И подчеркну: есть основания полагать, что именно метабрана – и только она одна – эмитирует консионы, предсказанные вами. Это важно – очень, очень важно!»

«Очень важно, – повторяет Нестор, как-то странно пожевав губами. – Но пойдем дальше: к сожалению, у нас нет контроля над глобальными полями. Мы не можем послать информацию другим бранам, не умеем создавать импульсы, несущие сообщения предыдущим жизням – или последующим, если таковые есть. Мы не знаем, контактируют ли с нами наши потомки. Скорее всего, это принципиально запрещено: похоже, что метабрана является строжайшим цензором траекторий, по которым движутся межбранные частицы. Есть лишь ограниченный набор возможных направлений движения и есть глобальное время – с ним не поспоришь и ничего не обратишь вспять. Мы не можем даже приблизительно оценить размеры всего пространства и имеем лишь отрывочные представления о его геометрии – хоть тут нам кое-чего удалось добиться. Главное, что мы знаем – это изменчивость, динамичность: его кривизна в любом масштабе меняется постоянно и со значительной амплитудой. Это, естественно, отражается так или иначе на локальных вселенных, на их структуре и свойствах – и на разумных жизнях, если таковые есть. Можно сказать, все мы, косвенно или напрямую, зависим от геометрических причуд метабраны, но детали этой зависимости мы обсудим позже. Пока лишь отметим, что она непосредственно граничит с любой из точек всех локальных миров. Изнутри ваша вселенная казалась большой сферой или, может, чем-то более общим, тороидальным, но с глобальной точки зрения она, скорее, длинная нить, упакованная в клубок или другую, сложную, но компактную структуру. Локальные браны как бы плавают в пространстве, словно клубки пряжи в океане: бросьте клубок в воду – вода доберется до каждой точки. Сами же они могут быть бесконечно далеки друг от друга на взгляд изнутри, но при этом могут и находиться совсем рядом – представьте себе клубок из множества переплетенных нитей разного цвета. Когда вы движетесь по одной из нитей миллиарды и миллиарды лет, вам не приходит в голову, что по соседству есть и другие, на которые, впрочем, вы никак не можете перепрыгнуть... В общем, запомните: в моделях мира возможны разные вариации и формы, но метабрана – она всегда рядом и это, как вы потом поймете, есть наше с вами величайшее благо!»

«Разрешите спросить?» – поднимаю я руку, как в классе.

«Зачем? – удивляется Нестор. – Ничего путного вы пока не спросите. – И продолжает: – Слушайте дальше: на каждой локальной бране – своя физика со своими значениями мировых констант, но некоторые глобальные законы остаются верными везде и всегда. Также, на каждой бране – свои причинно-следственные связи и время течет по-своему, потому, к примеру, здесь, во второй жизни, сосуществуют индивидуумы, земная жизнь которых происходила в разные века. Впрочем, больших временных расхождений не наблюдается – никто не знает, почему. Мы не можем сказать, когда – в 'нашем', здешнем отсчете времени – существовала 'ваша' брана и создавались *Объекты Б*, образы индивидуальных людских сознаний. Мы также не знаем, существуют ли до сих пор ваша брана и ваша земная цивилизация. По крайней мере, пока никто из вновь прибывших не сообщил нам ни о какой катастрофе, угрожающей ей гибелью. Уточню кстати, что только воспоминания помогают нам узнать хоть что-то про первую, земную жизнь. Никакие материальные сущности одних бран, естественно, не доступны на других бранах – обмен информацией осуществляется только через Объекты Б. К счастью, у многих память восстанавливается почти полностью, это относится и к деятелям науки – можете себе представить, с какой горячностью они, попавшие в новый мир, взялись за пересмотр всех концепций. Вам, Тео, тоже будет чем заняться – надо сказать, вас здесь заждались. Всё же, вас считают первопроходцем, связавшим сознание с материей-энергией и определившим его место в структуре мира. Все, кто жил *там* позже вас, но попал *сюда* раньше, знают ваши работы, вашу знаменитую статью о главном – да еще, к тому же, вас не стало сразу после ее появления: интрига, интрига! Но и если забыть об интригах, в теории консионов, как мы ее видим здесь, есть белые пятна – вы, Тео, влившись, так сказать, в ряды, должны помочь их заполнить, а потом двинуться дальше; работы непочатый край. Конечно, это непросто – восстанавливать теорию такой сложности по памяти многих людей без первоисточника. Информацию собирали по крупицам, и тут такая удача – вы явились собственной персоной. Пардон, я увлекся – конечно же, никто не желал вашей смерти...»

Все это он проговаривает без пауз, как давно заученный и много раз повторенный текст. Будто зачитывает мне правило Миранды – «Вы имеете право хранить молчание...» – или рассказывает, как вести себя в тюремной камере. «Консионы» – отпечатывается у меня в мозгу. Я знаю, с этим было связано много. Больше, чем с Тиной? Вполне возможно. Что за формула приходила мне в голову перед сном? Гамильтониан[7]? Интеграл действия?..

«Вернемся к вашей конкретной бране – и поведем отсчет от вашей конкретной жизни, – продолжает Нестор, глядя чуть вбок. – Четырнадцать миллиардов лет до того – привычных вам земных лет – ваша брана начала расширяться. Это важно само по себе, но мы отметим еще и одну частность, которую нельзя обойти, говоря конкретно о вас. Именно тогда случился первый – и ярчайший! – пример явления, с которым вы связали свою жизнь. Я даже завидую вам немного: вы скоро вспомните все и многое из этого красиво. Гармонично, прекрасно и – вот вам подсказка – *симметрично*, до известного предела, конечно. Но вы, Тео, не из тех, кто просто любуется красивой вещью. Вам нужно препарировать красоту, узнать ее подоплеку. И тут вы далеко шагнули, это нужно признать!»

В его голосе наконец появляются эмоции. Нестор переводит взгляд на меня, поправляет очки и ободряюще кивает. Его облик

---

7 В квантовой теории – оператор полной энергии системы.

неуловимо меняется, почти вся официальность пропадает куда-то. Он теперь смотрит на меня, как сообщник, подельщик, даже будто прищуривается лукаво и говорит: «Представьте себе карандаш, стоящий вертикально на острие – это вам что-нибудь напоминает? Вообразите шарик в центре выпуклого дна бутылки – не сидит ли это в вашей памяти занозой? Симметрия манила вас лишь одним – моментом своей гибели. Точкой конца, распада, шагом к несовершенству. Карандаш, отклонившись на микрон, уже не возвращается к вертикали – нет, он падает с громким стуком, пугая соседей по библиотеке. Вас даже могут вывести из зала – вы смоделировали катаклизм, катастрофу! Момент нарушения симметрии – это переход от невероятного к вероятному, от редкого к частому, от запертого внутри – к свободе. И за это всегда есть плата – энергетический выброс!»

«Да, – продолжает он, помолчав, – огромный выброс, невероятная мощь. Это мощь геометрии – она беспощаднее, чем любая другая сила. Тогда, четырнадцать миллиардов лет назад, ваш миниатюрный начальный космос был симметричен до предела. Он существовал в виде сложнейшей фигуры, переплетенной во множестве измерений. Чтобы создать такой клубок, потребовалась вся энергия предыдущей браны, которая исчезла, коллапсировав сама в себя. Доведенное до максимума сжатия, пространство приняло идеальную форму, уместившись в крохотную крупинку немыслимой плотности и температуры. Это был предел совершенства – и жизнь его, как жизнь всякого идеала, была предельно, исчезающе коротка. Напряжение всех сплетений было столь велико, что первый же квант изъяна, мельчайшая флуктуация, как чье-то сомнение или косой взгляд, привели к необратимому. Карандаш отклонился, и уже ничто не могло его удержать. Ткань пространства затрещала по швам и лопнула с оглушительным треском. Часть его вновь свернулась – в узкую трубку – и осталась таковой навсегда, другая же стала расширяться с совершенно безумной скоростью – в длину, ширину и глубину. Великая удача отметила вашу брану: она – случайным образом! – оказалась трехмерной».

«Шанс... Белковые структуры... Жизнь...» – бормочу я

негромко. Что-то шевелится в памяти, какие-то уравнения, диаграммы.

«Именно! – восклицает Нестор и ухмыляется – он за меня рад. Так воспитательница детсада рада за ребенка, сложившего слово 'мама'. – Именно шанс – а для некоторых, включая вас, Тео, факт трехмерности стал еще и путеводным светом, лучом из тьмы, влекущим в зыбкие дали. Вы скоро вспомните свое детство, школу, занятия в лаборатории физики, которые вы посещали с таким усердием. Вы были подростком, тяготеющим к мастурбации, и заслушивались учителя, угрюмого человека с сальными волосами и горбатой спиной. Наверное, он тоже мастурбировал не переставая – женщины обходили его стороной – но вас с ним связывало не это. Он заронил в вас искру, поведав с маниакальной страстью о трех измерениях вашей вселенной как необходимом условии существования жизни. Вы представляли по его рассказам и наивным формулам на школьной доске, как в каком-нибудь четырехмерном космосе все падало бы друг на друга – планеты на звезды, электроны на атомы – а в двухмерном, наоборот, разлеталось бы безудержно, без остановки. Никакая жизнь не была бы возможна при количестве измерений, не равном трем! Вы, как и учитель-физик, были потрясены случайностью выбора, и оброненное им 'рука Создателя' навсегда запало вам в душу. Потом, повзрослев, вы стали искать следы, тайники случайности и поняли, что они кроются в событиях, описываемых словами 'нарушение симметрии' – какой-либо из симметрий мироздания. Так у вас и пошло: сначала кварки[8], потом бозоны[9] – переносчики фундаментальных сил, после – квантовые поля в ткани мозга, конденсация квазичастиц, и наконец – консионы, их вихри, 'запись' нашей памяти на метабрану. То, из-за чего на Карантине – и не только – вы являетесь *селебрити* своего

---

8   Кварк – одна из элементарных частиц, не имеющих внутренней структуры.

9   Частицы, обладающие нулевым или целым спином и подчиняющиеся статистике Бозе-Эйнштейна. К ним относятся, например, фотоны (кванты света).

рода. Но мы слишком много говорим о вас, давайте-ка вернемся к хронологии…»

Нестор вновь смотрит вниз - не иначе, в мой файл. Потом поднимает глаза и продолжает: «Итак. Четырнадцать миллиардов лет назад ваша брана, сделавшись трехмерной, раздулась в огромный пузырь, на котором кипело море мельчайших кирпичиков вещества, возникавших и тут же убивавших друг друга. Тогда несовершенство вновь дало о себе знать: в процессе рождений и аннигиляций счет не сошелся, как в колоде, над которой потрудился шулер. Некоторые кварки остались жить, их оказалось больше, чем антикварков - на одну миллиардную часть. Немного, казалось бы, но и этого хватило - и асимметрия определила вашу судьбу, Тео, не только позволив создаться всему материальному, но и заворожив вас как исследователя. Именно преобладание вещества над антивеществом стало вашей первой идеей фикс!»

В правом верхнем углу экрана появляется картинка с тремя кружочками разных цветов, соединенных волнистыми линиями. Под ней - таблица чисел.

«Унитарная матрица смешивания», - бормочу я.

«Да-да, - кивает мне Нестор, - такое не забывается», - и издает какие-то странные звуки. Не сразу, я понимаю, что он смеется.

«Шутка, - сообщает советник. - Но вам было не до шуток. Вы вгрызлись, как в базальтовую твердь, в свойства самой ранней из материй, что возникла в считанные мгновения после начала вашего мира. Вспоминайте: из кварков, что сами по себе мимолетны, образовались протоны, стабильные на удивление - уже не кирпичики, а настоящие кирпичи, надежнейший строительный материал. Тут же создавались и другие адроны[10], и их антиподы, зеркально противоположные по свойствам - все это кипело в раскаленном котле, сталкивалось и взаимоуничтожалось, испуская новые частицы, которых становилось больше и больше. Гигантский зоопарк вселенной населялся своими обитателями. Все

---

10 Элементарные частицы, подверженные сильному взаимодействию. К ним относятся, например, протоны и нейтроны.

рождалось из ничего – восхитительно, невероятно! – но не следует забывать и еще об одной вещи. В то горячечное, бурное время случился очередной крах идеала. Силы природы отделились друг от друга – это разнообразило вашу карьеру, Тео! Сначала отпало тяготение – оно вообще стоит особняком. Затем, почти сразу, сила склеивания атомных ядер стала подчиняться своим особым законам – хоть никаких ядер еще не было и в помине. А потом, когда материи уже стало в достатке, произошел окончательный раздел влияний. Всем знакомый электромагнетизм отмежевался от слабых взаимодействий – и это было событие из событий. Помимо разделения фундаментальных сил, оно привело к фазовому скачку: материя обрела массу. А вы, Тео, обрели репутацию – не самую лучшую, признаем прямо!»

Нестор прищуривается: «Да-да, не смотрите на меня так невинно». Потом я вновь слышу странные звуки – его подобие смеха. Посмеявшись, он делается серьезен и произносит: «Сосредоточьтесь, это важно». Картинка с кружочками пропадает с экрана, появляется диаграмма, состоящая из спиралей и стрелок.

«Это была красивая гипотеза, – говорит Нестор, кивая сам себе. – Вязкое поле, в котором тормозятся разлетающиеся частицы – и его агенты, бозоны Хиггса[11], неуловимые переносчики новых свойств. На исследование загадочного бозона, который живет слишком ничтожное время, чтобы увидеть его напрямую, бросились очень многие. Главный азарт, как в любой охоте, состоял в его поимке – лучшие головы бились над способами усмотреть следы его распада в детекторах размерами с многоэтажный дом. Вас, талантливого специалиста, пригласили в лабораторию, имеющую доступ к новейшему ускорителю – мечта физика-теоретика того времени. Ваша группа считалась одним из фаворитов гонки, и все ваши коллеги не жалели сил. Лишь вы, Тео, спасовали – заявив довольно-таки скоро, что уходите, вам неинтересно. Вы предпочли – смешно сказать – свободное плавание, альтернативные модели,

---

11 Элементарная частица, предсказанная Питером Хиггсом, ответственная за обретение массы другими элементарными частицами.

свои собственные поля и частицы. Да, коллеги посчитали это дезертирством – а что еще они могли себе думать в условиях жесточайшего научного дерби? В условиях борьбы за профессорские места и гранты, и Нобелевские премии, в конце концов!»

Нестор замолкает и глядит на меня в упор. Под его взглядом я чувствую себя неловко. «Впрочем, я понимаю, что именно вас оттолкнуло, – продолжает он. – Быть может, виновны популяризаторы-журналисты – они развели совершенно непристойную шумиху. Они потакали толпе и докатились до стыдного, до ярлыка 'частица Бога', и, наверное, для вас это было последней каплей. Вы, насколько я могу судить, полагали, что любимых частиц у Бога может быть сколько угодно. Вас не интересовали его игрушки, вы искали жест, указующий перст, след вмешательства высшей воли в 'случайные' фокусы мироздания. Быть может, трехмерность вселенной и кварки, пережившие период аннигиляции, все еще не шли у вас из головы. Вы долго помнили о них, Тео – наверное, вы вообще злопамятны на редкость!»

«Неужели и это написано в моем файле?» – интересуюсь я.

«Нет, – признает Нестор, – но не стоит думать, что я могу лишь читать по написанному другими. Может мне и не доводилось открывать новые поля, как вам, но я тоже могу сложить два и два – и сделать какие-то выводы. Вы, конечно, не обязаны со мной соглашаться...»

Он хмыкает, нарочито безразлично, но я вижу, что он обижен. Тот еще фрукт – с немалым эго – но ссориться с ним ни к чему. «Бросьте, – говорю я примирительно, – я ничего такого не имел в виду. Вам показалось – тем более что я ни о каких новых полях не помню».

«Вспомните, – заявляет Нестор. – Вспомните и о полях, и о том, как вас разнесли в пух и прах по поводу некоторых из них. Пока же отмечу: вы, несмотря на вашу строптивость, многое почерпнули из истории с разделением. Я имею в виду разделение фундаментальных сил – вы вдоволь поработали над его природой. Не это ли потом помогло вам описать механизм активации истинного сознания? Незрелый мозг как нестабильный вакуум – мне кажется, аналогия достаточно прозрачна. Да и вообще, вам полезно было глянуть на спонтанное нарушение симметрии с разных сторон...»

На экране появляется новая схема – что-то похожее на сомбреро – и два уравнения рядом с ней. Я впиваюсь в них взглядом, предчувствуя узнавание, вспоминая слова – одно за другим.

Нестор тем временем растекается мыслью – о гармонии пропорций, форм, о симметрии свойств, физических законов, связей. Он красноречив, но я почти его не слышу. Я смотрю на экран и вспоминаю – мучительно, напряженно.

Мысли выстраиваются в каре и шеренги, становятся мне послушны. «Потенциал Голдстоуна!» – восклицаю я. От волнения у меня пересыхает во рту. Я откашливаюсь и продолжаю: «Простейшее приближение – скалярное поле...» – но тут Нестор делает знак, и рисунок исчезает прочь.

«Ладно, ладно, – он машет рукой. – Кто старое помянет... Не будем зацикливаться на ваших злоключениях и мытарствах».

«Подождите, верните! – почти кричу я. – Мне нужно, я наконец вспомнил...»

«Сессия закончена, – пожимает плечами Нестор. – Мы увидимся через несколько часов».

На этом экран гаснет. Здесь, на Карантине, не принято прощаться подолгу.

Глава 4

Я полулежу в кресле, глядя в стену напротив, и раздумываю над услышанным. Бесцеремонность Нестора коробит, я ругаю его шепотом, довольно-таки грубо – понимая при этом, что не в моих силах изменить здешние порядки. Воспоминания возникают и исчезают, память будто примеряется к большому скачку. В голове мелькают обрывки формул – дразня, растворяясь, прежде чем я успеваю уловить их смысл. Выплывает длинный лагранжиан[12] с комплексной суммой в квадратных скобках, за ним – уравнение, от которого мне неуютно. В правой части – уже знакомый интеграл; с его верхним пределом явно что-то не так… Очень трудно держать все в уме – нужно записать, поразмыслить!

Резко выдохнув, я встаю, вновь поразившись мельком послушности ненастоящего тела, и устраиваю тщательный осмотр спальни. Подхожу к одной стене, к другой, выстукиваю и ощупываю, опускаюсь на колени, провожу пальцами по поверхности пола, заглядываю в углы. Мну в руке плотную штору, ее ворсинки щекочут кожу. Материал странен, но вполне реален, да и прочее не похоже на фальшивку. Комната не стерильна – я нахожу немного пыли, обломки карандаша, какие-то непонятные клочки. Все выглядит как жилье, покинутое прежним хозяином. Его можно

---

12 Функция Лагранжа, описывающая эволюцию динамической системы.

обживать заново, привыкать к нему, приручать вещи и стены... Я рассматриваю свою руку, стучу ладонью по подоконнику. Пробую ущипнуть себя, поранить кожу ногтем. Чувствую боль, но не могу решить, настоящая она или нет. Мне кажется, нервные импульсы генерируются очень скупо, по чуть-чуть, чтобы лишь обозначить ощущение, а не передать его во всей полноте.

Как бы то ни было, я продолжаю поиск. Ничего нового не обнаруживается – ни секретных дверей, ни тайника за зеркалом, ни пустот в спинке кресла. Тогда я распахиваю платяной шкаф, раздвигаю одежду, осматриваю каждую полку – и тут мне улыбается удача. В левом нижнем углу я нахожу отделение с множеством полезных и бесполезных предметов, среди которых есть два блокнота и набор авторучек. Это важная находка – немного странно, что она случилась будто по заказу, но я решаю пока об этом не думать. Захлопнув шкаф, сажусь к столу и пытаюсь записать хоть что-то из мельтешащего в голове. Удается немногое – несколько значков и знак суммы. Подынтегральная функция напрочь забыта, и греческая тета – я теперь знаю, что это какой-то угол – сиротливо подвисает сбоку. «*Мьерда*, чертов Нестор!» – бормочу я. Потом, просидев впустую еще минут десять, рисую женский силуэт и пишу внизу: «Тина». Пишу: «Эльза» – и барабаню пальцами по столу...

Сенсорная панель вдруг оживает, появляются квадратики и стрелки. План комнаты, кнопки, большое меню вверху. Я тычу куда-то наугад – на окно надвигаются портьеры, воцаряется полумрак. «Ага», – говорю я глубокомысленно и начинаю разбираться всерьез.

Панель управления оказывается запутанной, некоторые из команд остаются непонятны. Все же я осваиваюсь по большей части – узнаю, как менять вид за окном, цвет и прозрачность штор, комнатную температуру и влажность. Обнаруживаю музыкальный пульт, долго перебираю мелодии и стили. Экспериментирую с рисунком стенных обоев, все они напоминают одно и то же – молочные спирали в кофейной чашке. Это явный намек; я задумываюсь, потом пытаюсь нарисовать смутно знакомое – разводы инея или правильную, идеальную снежинку – но у меня ничего не выходит. В раздражении я выкрашиваю стены в ровный светло-оранжевый цвет, выключаю музыку и встаю – мне вдруг очень хочется видеть Эльзу.

Соседка сидит на диване в гостиной и рукодельничает – вышивает что-то на куске светлой ткани. Очевидно, в ее шкафу тоже нашлось кое-что ей по вкусу.

«Затворник! О чем вы говорили так долго? О чем вообще можно так долго говорить?» – восклицает Эльза, делая вид, что сердится, но я знаю, что она рада меня видеть. На ней юбка горчичного цвета и серый свитер, янтарное ожерелье и такой же браслет на запястье.

Я подхожу и сажусь рядом, Эльза тут же отодвигается чуть в сторону – недотрога! Улыбается мне – радушно, вежливо, но как-то отстраненно – и говорит: «Вот, это наша скатерть. Я люблю, когда каждая вещь в доме имеет свое лицо. – Потом кладет вышивку на диван между нами и интересуется: – Ну, ты как? Как ощущение новичка? Как память?»

Я признаюсь, что похвастать мне нечем.

Эльза успокаивает меня: «Терпи. Все придет – вот и я сначала ничего не помнила, кроме вертолета и гранитной скалы внизу. И потом – в мгновение: взрыв, огненный шар... В общем-то, милосердно – я не успела испугаться. Затем, через сутки, я стала вспоминать без остановки – и во сне, и прямо так, вот здесь. Тот курорт, где я отдыхала, моих соседей по этажу... Они затеяли катание над горами и потащили меня с собой, придурки... Ну а после – все остальное: детство, юность. Я видела картины, подходя к окну – не то, что за окнами, а что происходило со мной когда-то. Нестор помог конечно, он вообще очень обходительный мужчина. Знаешь, из таких, что не болтают почем зря!»

Я бросаю на нее косой взгляд. Чувствую досаду – неужели это ревность? Отворачиваюсь, злясь на себя, и спрашиваю нарочито-безразлично: «Вы уже говорили с ним про, собственно, Карантин? Почему-то мой советник-друг не склонен распространяться на эту тему».

«Говорили как-то, – Эльза пожимает плечами. – Что-то про

иллюзию, анабиоз… Массовая иллюзия – звучит знакомо. В это довольно-таки легко поверить».

«Легко… – я задумываюсь. – А как насчет устройства мира? Локальные вселенные, каждая со своей физикой? Метабрана, которая всегда рядом?»

Эльза делает гримаску: «Что-что? Ну уж нет, про такое не было речи. Мой Нестор тактичен, он не ставит меня в тупик. И он заботлив – выбирает для меня сны. Я все-все стараюсь записать в дневник – а ты ведешь дневник? Пора начинать, это хорошая привычка!»

«Еще советчица…» – думаю я и пытаюсь шутить: «Я попробовал нарисовать фрактал – вместо дневника – но у меня не вышло».

Эльза отмахивается: «Не умничай, я не знаю такого слова. Ты заметил, кстати, что мы говорим на одном языке? Но по губам тут не прочитаешь фраз…»

Мне в голову приходит еще одна мысль. Я иду в свою комнату, беру блокнот с карандашом, возвращаюсь в гостиную и жестом приглашаю Эльзу к столу.

«Вот, смотри, – я рисую клубок пряжи. – Представь, что он состоит из множества нитей. Вообрази, что он плавает в океане и вода везде – подступает к каждой его точке…»

Немного волнуясь, я пересказываю ей все, что Нестор поведал мне о мироустройстве, но Эльзу это не трогает ничуть. Она терпеливо слушает, подавляя зевок, затем, не произнеся ни слова, возвращается на диван, к своей вышивке. Если даже она и ненастоящая, то в ней, как и в нашей квартире, есть какая-то неидеальность, шероховатость. Шероховатость отстраненности.

«Ну хорошо», – говорю я ей вслед и начинаю осмотр гостиной. С четверть часа лазаю по углам и щупаю все поверхности, как я делал в своей спальне. Это вызывает у Эльзы некоторый интерес – она наблюдает за мной и потом произносит со смешком: «Следопыт! Да, я тоже видела пыль, но в целом тут, по-моему, убирают неплохо. Не хуже, чем это сделала бы я сама».

«Убирают?» – переспрашиваю я.

«Ну да, – отвечает Эльза. И поясняет терпеливо: – Должна же

быть горничная, как иначе? Наверное, она, как фея, появляется, когда мы спим или гуляем».

Я раздражаюсь несколько, мне кажется, она меня дразнит. Бормочу сердито: «Фея… Глупости!» - потом подхожу к дивану и усаживаюсь на пол перед ней. Эльза вышивает, не поднимая на меня глаз.

«Послушай! - выпаливаю я довольно резко. - Ты можешь ответить серьезно? Что *ты* думаешь обо всем этом - другая жизнь, Карантин? Что ты успела понять за три дня - я уверен, ты размышляла, не переставая».

Эльза фыркает: «Не будь грубым». Потом откладывает вышивку, упирается ладонями в колени и говорит, глядя на меня сверху вниз: «Да, размышляла, но немного - потому что изо всех сил старалась не размышлять. Чтобы, знаешь, не съехать с катушек - попробовал бы ты посидеть тут в одиночестве!»

Я молчу, лишь отвожу взгляд. Эльза продолжает: «Когда я очнулась и попала сюда, в квартиру, я села на диван и ждала чего-то чуть не половину дня с пустой головой. Как если бы, знаешь, проснулась после очень глубокого сна и долго не могла бы вникнуть в реальность. Потом, понемногу, стала задавать себе вопросы и сама же отвечать на них: «Где я? - Неизвестно. - Я больна? - Вроде нет. - Я спала? - Вроде да, только не помню, где уснула…» После, убедившись, что могу соображать, пошла осматриваться - и нашла ту табличку в пластике, и вспомнила про вертолет. А потом поговорила с Нестором, он меня успокоил».

«Ты во все это веришь?» - спрашиваю я, остро чувствуя неуместность вопроса.

«А у меня что, есть выбор? - хмыкает Эльза. - Конечно, я подозревала сначала, что меня разыграли или накачали наркотой. Или что я в коме и все это бред. Но Нестор, в общем-то, меня убедил…»

«Кстати, знаешь, - она понижает голос. - Мне сначала казалось, что за мной все время следят - будто скрытой камерой в реалити-шоу. Я старалась быть замкнутой, не выказывать никаких эмоций - но потом мне надоело. Теперь я вообще об этом не думаю».

«*Умереть – это тоже увлекательное приключение*, – бормочу я. – Где-то я читал нечто подобное».

«Вот-вот, – кивает Эльза. – Я тоже где-то читала. Раз уж так получилось, нужно посмотреть, как все будет. Пусть не в самой второй жизни – если это все же розыгрыш – а хотя бы здесь, в конкретном месте, на Карантине. Тут ведь тоже происходят события: разговоры с Нестором, изменения погоды – а еще я ждала соседа. Интересно, думала, каким он окажется? Бедолага – ну и потрясение его ждет…»

Она вновь берет в руки скатерть, расправляет ее на коленях и критически осматривает вышивку. Там одно слово – «*Good*» – чуть задравшееся вверх на последней букве.

«Неровно, – признает Эльза, – но это даже смешнее. Пусть будет так – и вот так, полукругом».

Я встаю и прохожусь по гостиной. Меня по-прежнему слегка коробит ее легкомыслие – а может я просто завидую ему немного.

«Удивительно, – говорю я, останавливаясь у окна. – Ты сразу принимаешь все как данность, наделяешь рациональным смыслом. Неужели тебя не изводят сомнения?»

«Ну да, – Эльза глядит насмешливо. – Мучиться сомнениями – это так по-мужски! Скажи еще спасибо, что я не из экзальтированных идиоток. Я могла бы вести себя по-другому – представляю на моем месте свою мамашу! Уж она бы дала всем жизни – и Нестору вымотала бы нервы, и всему Карантину рассказала бы, как и что: как себя вести и что делать!»

Она встает и манит меня за собой: «Пойдем-ка примерим».

Мы подходим к столу. Эльза расстилает скатерть, потом сдвигает ее и кивает удовлетворенно: «По-моему, в самый раз. Ты как считаешь, не слишком мелко?»

«В самый раз, – подтверждаю я и интересуюсь: – Там, до вертолета, у тебя был муж?»

Соседка отрицательно мотает головой: «По крайней мере, я про него не помню. Я же говорила, у меня вообще не было близких – родственники, как ты понимаешь, не в счет. Хорошо, что я умерла молодой: когда стареешь, любить тебя могут лишь очень близкие люди. Не факт, что таковые появились бы у меня когда-то – а время, когда любить меня уже нельзя, настало бы непременно. Это была бы очень грустная жизнь!»

Наклонившись, она опять внимательно рассматривает свою вышивку. Я спрашиваю о содержании всей будущей надписи. Эльза усмехается: «Расскажу, если хочешь. Я вспомнила этим утром – смешная такая история…»

Она еще раз поправляет скатерть и продолжает: «В детстве я услышала в первый раз, что когда-то попаду на небо. Кстати, мой Нестор сказал сегодня, что это в некотором смысле так и есть. В грубом приближении, сказал он – я и сама знаю, что не взаправду. Но главное подтвердилось: после вертолета и взрыва я сижу здесь и говорю с тобой, и даже понимаю, кто я есть».

«Твой Нестор, по-видимому, куда любезнее моего», – усмехаюсь я, но соседка перебивает меня: «Посмотри. Дальше будут еще слова – тут и тут…»

Я смотрю на скатерть, провожу по ней пальцем. Потом поворачиваюсь к окну – там скалы. Глыбы камня с острыми краями. Возможно, такие были и под вертолетом, в котором закончилась первая жизнь Эльзы. Моя память по-прежнему плоха – ни одного связного воспоминания. Если, конечно, не считать лагранжиана – он самодостаточен сам по себе.

«Это случилось, когда я была подростком, – говорит Эльза, вновь садясь на диван. – Я была взбалмошна и довольно-таки глупа и совершенно не знала, кому и во что верить. И тут старшая сестра, приехав на каникулы из колледжа, привезла мне футболку с надписью: *Good girls go to heaven, bad girls go to LA*[13]. Это совершенно изменило мою жизнь!»

«Да-да! – восклицает она, расстилая вышивку на коленях. – Звучит странно, но это так. Я вдруг поняла, что у меня есть шанс – попасть на небо, я имею в виду. Шанс, когда его предлагают, это всегда очень важно. Я даже призналась Нэнси – так звали мою

---

13 Хорошие девочки попадают на небо, плохие девочки попадают в Лос-Анджелес (англ.).

сестрицу – но та лишь посмеялась и назвала меня дурой. Она вообще смеялась надо мной все детство – потому что была красивее и выше и все парни пялились на ее ноги».

«У тебя очень красивые ноги, Эльза, – говорю я ей вполне искренне. – Они были первым, на что я всерьез обратил внимание в *этой жизни*».

«Ах, брось ты, – смущается она, но я вижу, что ей приятно. – Ты, кстати, тоже ничего себе – у тебя такие плечи хорошие и лоб, и скулы... Ни один из моих мужчин не был похож на тебя – то есть ни один из тех, о ком я помню. Мужчин у меня вообще было не много – и все из-за той футболки».

«Дело в том, – продолжает Эльза, продевая нитку в иголку, – что на небо мне хотелось *очень*. Я люблю позаботиться обо всем заранее – а тут вдруг увидела прямой путь! Почему-то я поверила той надписи больше, чем всем пасторам и библиям. Я всегда слушалась свою сестру – быть может в этом все дело – хоть той, заметим, попасть на небо не светило. Она путалась с парнями без разбора, курила траву и даже обманывала государство – можешь такое себе представить? Раздобыла где-то поддельные права и – водила по ним машину, покупала спиртное, отиралась в барах, когда ей было еще нельзя по недостатку лет...»

Эльза усмехается, качает головой и говорит: «Ну а я – я стала хорошей девочкой. Меня всегда учили: нужно постараться, если хочешь получить что-то; подарок надо заслужить. А тут такой понятный случай – разумеется, я стала стараться изо всех сил! И старалась почти всю жизнь – с исключениями, конечно. Но исключения лишь подтверждают правила... Тебе не трудно будет прибавить света? По-моему, начинает темнеть».

Я прохожусь пальцами по панели в центре обеденного стола – она такая же, как и в моей спальне. Комната наполняется мягким светом, льющимся с потолка. Я чуть-чуть меняю его оттенок, возвращаюсь к дивану и вновь сажусь рядом с Эльзой. Она привычно отодвигается, хоть я и не думал к ней прикасаться. Сегодня от нее пахнет не можжевельником, а дорогим парфюмом – чем-то взрослым и горьковатым.

«Быть хорошей девочкой довольно трудно, – признается соседка, не поднимая головы. – Трудно, но выполнимо – по-моему, у меня получалось. По крайней мере, я сразу стала совершенной белой вороной. Ни парней, ни марихуаны, ни даже обычных сигарет – у меня были очень консервативные представления о хорошести. Я старалась совсем не лгать и часто бывала в церкви – до сих пор помню несколько молитв. Хоть, конечно, я мечтала – как все – стать чирлидером, носить короткие юбки, выглядеть сногсшибательно, чтобы и мальчишки, и мужчины постарше ходили за мной по пятам. Но мечты – это то, с чем мне было легко справляться».

Она задумывается, улыбается своим мыслям и поворачивается ко мне: «Представляешь, при всем при этом я очень рано рассталась с девственностью. Просто захотелось попробовать – и понравилось, но потом у меня долго не было парня. Я стремилась к большой цели и никого не пускала внутрь себя – ни в прямом, ни в переносном смысле. Было непонятно, зачем тратить время, знакомиться, переживать и мучиться, когда можно сделать все самой… Первый серьезный бойфренд появился у меня только в двадцать три. Да и продержался он недолго, всего несколько месяцев – и успел надоесть до чертиков. Когда мы расстались, я впервые напилась виски – надо же устраивать себе дни отдыха. Даже и хорошие девочки иногда делают это!»

Я смеюсь, и Эльза тоже. «Потом, – продолжает она, – так все и шло. Подруг не осталось, им со мной было скучно, а поклонники оказывались ублюдками – я начала думать, что никогда уже не выйду замуж. При этом я понимала, что для счастья нужна семья, может даже и дети – или, если это уж чересчур, то хотя бы постоянный мужчина. Я знала, каким он должен быть, у меня имелся список его необходимых черт. Правда, я проявила слабость: сошлась с человеком, подходящим не во всем. Недоставало всего двух пунктов, но и этого хватило с избытком: вскоре он сбежал к официантке из клуба. Впрочем, оно и к лучшему – после этого я сожгла тот список и сделалась поощчительней. У меня стали сменяться любовники – некоторые были очень даже».

«А что твоя сестра?» – спрашиваю я, глядя на ее пальцы. Они

проворны, изящны и живут своей жизнью. «Кстати, тебе здесь хочется секса?» – добавляю я неизвестно к чему.

«Я пока не думаю про секс, – откликается Эльза вполне беспечно. – Тут и без секса есть о чем поразмыслить. А с сестрой я поссорилась – навсегда. Я сдала полиции ее друга с порцией кокаина. Мне казалось, все хорошие девочки должны делать так, а не иначе. Нэнси никогда мне этого не простила – к тому же, как раз тогда я поехала в Англию, продолжать учебу. И знаешь, что первым делом я увидела в аэропорту Хитроу? Футболку с надписью *Good girls go to heaven, bad girls go to London*! Это несколько меня смутило – и вся концепция вдруг стала вызывать сомнения. С тех пор я уже не могла верить своей сестре».

Она откидывается на спинку дивана и смотрит на стенные часы. На часах половина пятого – я удивлен, как быстро летит здесь время.

«Скоро встреча с Нестором, – произносит соседка, – а потом сны по заказу…»

Больше мы не говорим ни о чем. Эльза шьет мелкими стежками, опустив голову и улыбаясь чему-то, а я просто сижу, украдкой поглядывая на ее профиль. Сижу и думаю в очередной раз – кто она на самом деле, какова ее роль? И насколько я могу доверять ей?

Глава 5

Нестор встречает меня коротким кивком. Он деловит и бодр, от него исходит энергия увлеченного, уверенного в себе человека. На нем кремовая рубашка и узкий галстук-шнурок. Он похож на ведущего популярной телепрограммы.

«Итак, – говорит он, – утром мы остановились…» – но я прерываю его решительным жестом. Советник удивленно замолкает.

«Подождите, – прошу я, – сначала я хотел бы прояснить кое-что, иначе мой мозг просто отказывается работать. Так, к примеру, почему Карантин? На карантин отправляют тех, кто болен – что, и мы чем-то больны, заразны? И еще, о моей соседке – ее, кажется, не волнуют ни смерть, ни другая жизнь. Сидит себе, вышивает… Ей попросту все равно! Не понимаю, она кто – женщина или фантом, фикция, такая же, как рассыпающиеся тарелки? Сон моего разума, плод дурмана? Мне нужно знать, я не могу бродить в потемках!»

Нестор делает недовольное лицо: «Не ожидал такого от вас. Мы пытаемся говорить о серьезном, а вы сучите ногами, требуя отвлечься на мелочи быта! – Он качает головой и вздыхает: – Хорошо, поясню. Больны ли вы? В некотором смысле, да. Вы страдаете острой формой нестабильности восприятия – себя, мира, себя в мире – можно ли вас назвать здоровым? Даже и не суть, заразно ли это – общество не желает жить с теми, кто столь удручающе растерян, у кого размыты все критерии, ориентиры. Кто не понимает – и оттого не принимает. Кто добавляет беспорядка… Необходимо увериться в том, что ваше восприятие возвращается к норме, и для этого вы должны потрудиться: вспомнить, соотнести, осознать. Какова роль всего, роль и *место* – вас, Карантина, меня, наших жизней?»

«Интересно, – бормочу я. – Нестабильность восприятия… В острой форме… И что, мое 'излечение' гарантировано?»

«Гарантировано? Считайте, что да, – усмехается Нестор. – В том или ином виде. Иногда приходится 'излечивать' радикально, подвергать память коррекции. Бывает всякое – к примеру, маньяки, убийцы, которым нравился процесс… Но к вам это не относится, в вашем файле нет никаких таких пометок. Я, конечно, не должен вам этого говорить, но вот сказал – все же вы такая важная персона…»

Он замолкает, разглядывает меня несколько секунд и подытоживает: «Вот так-то. Что же касается соседки по блоку, тут все в ваших руках. Найдите способ проверить – может, она реальнее вас самого? Я бы сказал, вышивание в этом плане смотрится невиннее, чем бессмысленное черкание значков…» – и он вновь усмехается, кивая на мой раскрытый блокнот.

Я обиженно прищуриваюсь – и не знаю, что ему возразить. Бурчу негромко: «Проверить… Что, залезть ей под юбку?»

«Ну, это вряд ли вам поможет», – язвит Нестор и принимает серьезный вид.

«Что ж, бытовые вопросы, я надеюсь, прояснены, – заявляет он. – Вы готовы слушать? Тогда пойдем дальше – у нас еще остался неохваченным некоторый период времени. Сколько мы прошли в предыдущий раз – около секунды? Первую секунду из четырнадцати миллиардов лет. Как видно, секунда может вместить в себя немало – почти весь предмет вашей карьеры…»

Он опускает глаза, перелистывает несколько страниц и продолжает: «Напомню – все началось со взрыва идеального космоса, в котором не было ничего, кроме пространства, искривленного в невероятной степени и при этом равного себе самому в любой проекции, с любого ракурса. Это опасная вещь

– безупречная симметрия. Как безупречное целомудрие – неясно, что за ним стоит, какие скрытые страсти… Вот, ну а потом – кварки, разделение сил, поле Хиггса и обретение массы. Протоны, нейтроны, освобождение нейтрино, устремившихся в вечное странствие… Не смущайтесь, если вся картина немного путается у вас в голове. Это скоро пройдет: на самом деле вы знали всю эту физику куда лучше меня. Терпение, терпение – а пока пойдем дальше: от сотворения вашей браны к вам лично, какой вы есть».

«В эту сессию, Нестор, вы очень красноречивы», – замечаю я.

«Ерунда, – машет он рукой. – Не пытайтесь меня поддеть, для вас я неуязвим. Хотя, конечно, у нас, советников, тоже бывают черные дни…»

Он задумывается на мгновение и тут же спохватывается: «Не будем отвлекаться. Я предлагаю перескочить через несколько эпох. Давайте пропустим те смутные времена, когда армады частиц разных типов устраивали друг другу геноцид за геноцидом. То одни, то другие захватывали господство – барионы и мезоны, потом электроны, мюоны, фотоны[14]… Вскоре наконец начинают формироваться атомные ядра – на их создание у природы уходит чуть больше четверти часа. И вот все застывает в переходной фазе. Ядра будущих атомов и их спутники, электроны, сталкиваются и разбегаются в тепловом безумии. Вселенная дрожит гигантским сумрачным облаком, не развиваясь никуда. Так проходят следующие полмиллиона лет – лет, не секунд! – пока все не остывает до приемлемых температур. И тут происходит чудо: рождается свет!»

«Конечно, никакого чуда на самом деле не было, – добавляет он несколько брюзгливо. – И вообще, у каждого 'чуда' есть своя подоплека, свой источник обмана – это знает каждый священнодеятель. Тогда же, в момент рождения света, фотоны просто вырвались на свободу. Их выпустили из темницы: к ядрам стали приклеиваться электроны, образуя нейтральные атомы – не что иное, как всем знакомые водород и гелий. И вселенная вдруг

---

14 Перечисляются различные виды элементарных частиц.

стала прозрачна! Туман рассеялся, все стало видно – хоть смотреть, прямо скажем, пока было не на что».

«Но нам интересно другое, – Нестор глубокомысленно кивает. – Нам важны совпадения, весьма удивительные в своем роде. Я имею в виду, к примеру, тонко настроенные соотношения масс: массы протона, нейтрона и электрона оказались подогнаны чрезвычайно точно. Как результат, атомы могли существовать достаточно долго, не распадаясь на части. Но и они же, к счастью, были не вечны, стабильны да не совсем: разогрей их как следует, прижми друг к другу – и происходит перерождение. Они оказались способны к рекомбинации в реакциях горячего синтеза – так создавалось многообразие элементов. Никому не хотелось бы состоять лишь из водорода – как-то это уж очень зыбко. А тут пожалуйста: кислород, углерод, железо… Строй не хочу свои маленькие галактические гнездышки!»

«Это поразительно, такое соотношение масс, и вы, Тео, не могли не удивиться, когда осознали все значение и странность, – Нестор тычет в мою сторону указательным пальцем. – Впрочем, удивление ваше было невелико – полагаю, вы уже устали удивляться к тому времени. Вас занимали не конкретные примеры, а их обобщение – вывод, суть. Общая сущность, если не сказать личность – личность того, чью руку вы представляли дергающей за нитки. Чьи чуткие пальцы прощупывали пульс событий – и вносили корректировку, если что не так. Конечно, потом, когда вы предсказали консионы и Объекты Б, ваше удивление, полагаю, и вовсе сошло на нет. Пиетет исчез, вы свыклись с мыслью, что нет ни 'личности', ни ее 'руки' – я прав?»

Я поднимаю ладонь, пытаясь его прервать. В моей руке карандаш, передо мной раскрытый блокнот. «Подождите, мне нужно записать кое-что», – говорю я быстро и черкаю несколько слов, но Нестор не обращает на меня внимания.

«Прав я или нет, мы узнаем позже, – невозмутимо продолжает он. – Между тем события, происходившие у вас на бране, были масштабны, впечатляющи и красивы. Звездные колыбели, гигантские молекулярные облака возникали, уплотнялись, закручивались в спирали. Они сталкивались и мешали друг другу, в них случались локальные катаклизмы. Гравитация медленно, но верно отмежевывала уплотнения и неоднородности – зародыши звезд. На величественном вселенском балу они кружились в своем плавном вальсе – быстрее и быстрее, все больше сжимаясь, раскаляясь до огромных температур. И вдруг – взрыв и ярчайший свет: атомам водорода становилось тесно. Начинался термоядерный синтез – зажигалась звезда!»

«Запишите, – Нестор важно кивает. – Запишите, я подожду: вспышки были прекрасны, их были миллиарды! Записали? А теперь зачеркните, ибо: вовсе не эстетикой интересно то время. Именно в звездах, в естественных природных котлах создавались атомы, из которых состоят планеты – и все-все на них, и вы, Тео, и каждый, подобный вам. За это первым звездам стоит быть благодарным – вы ведь тоже их потомок – но, однако ж, их величественнейшая пляска не слишком вас возбуждала. Вы были сосредоточены на причинах, вам казалось странным тратить время на анализ следствий. Потому и я говорю о них лишь вкратце – хоть в этом периоде таится немало загадок. Вашему поколению казалось, что разгадки рядом – ведь главное вроде было ясно. Лишь некоторые расчеты приходилось подгонять слегка, вводить какие-то искусственные константы – ну да вам, физикам, не привыкать. А в целом последовательность событий была описана вполне верно: да, в звездном сверхскоплении Девы образовалась галактика Млечный Путь, в которой одна из трехсот миллиардов звезд, догорев и ярко полыхнув напоследок, спровоцировала в своей окрестности рядовую космическую драму. Так и возникла ваша планетная система: зажглось Солнце, а из обломков старой звезды образовались планеты, астероиды и луны – пестрая компания небесных тел, обреченных на совместное существование. Это был тот еще бардак – большая коммуналка, скандалы и драки. Тела сталкивались, дробились, меняли спутников и орбиты. Долго-долго притирались друг к другу, пока наконец не остались лишь достойные выжить. Постепенно все успокоилось, гигант Юпитер позаботился о соседях, отогнав своим мощным полем крупные астероиды, и в Солнечной системе установился мир. Воцарились тишь и покой, почти не нарушаемые забредшими чужаками. Планеты встали в устойчивую формацию, их луны заняли положенные места. Более никто уже не мешал друг другу и не лез на чужие орбиты. И одна из планет – ваша Земля, Тео – опять же в результате совпадения многих факторов оказалась подходящей для жизни белковых тел!»

Нестор замолкает и смотрит вбок. В углу экрана появляется картинка: голубая сфера с очертаниями материков. Я помню, что видел ее много раз – и даже знаю, что это такое. Наверное, мне положено проявить эмоции – по крайней мере, Нестор смотрит на меня в ожидании – но никаких эмоций у меня нет. Сфера кажется бесконечно далекой и ничем по большому счету не интересной.

«Ну да, – вежливо киваю я. – Понятно. Тела – небесные, белковые, разные… Кстати, скажите, ваша брана тоже, по-видимому, трехмерна? И на ней, в вашей жизни, то есть в моей новой жизни – там есть хоть что-то, похожее на тела?»

Нестор морщится: «Не спешите. Пока могу ответить лишь кратко, в ваших терминах: *что-то* есть. А к картинке вы до странности равнодушны – на вашем месте многих прошибают слезы».

«Я не сентиментален, – говорю я с ухмылкой. – Наверное, это записано в моем файле».

«Возможно», – Нестор поджимает губы. Похоже, ему обидно, что голубая сфера меня не впечатлила. «Что ж, – продолжает он, – пойдем дальше. Итак, углерод, вода, белки…»

Сфера на экране растворяется и пропадает. На ее месте появляется химическая формула. По-моему, это аминогруппа, соединенная с радикалом[15].

«Жизнь могла возникнуть и возникла, хоть это и заняло немало времени, – вещает Нестор, не глядя на меня. – Тысячи тысяч тысячелетий, неустанные поиски, комбинации, рекомбинации, эксперименты с большими молекулами, способными к самовоспроизводству. Около четырех миллиардов лет природа колдовала над устройством жизни, тыкалась во все стороны,

---

15 Составные части аминокислот, из которых строятся белки.

пробовала все варианты. Средневековым алхимикам, искавшим философский камень, даже и не снилось то количество проб и ошибок, усилий, растраченных впустую в лабиринтах эволюции. Первые девятьсот девяносто девять тысячных долей своего существования ваша планета не была видна за пределами вашей браны – не видна и никому не интересна. Лишь в последнюю тысячную долю – два миллиона лет назад – род Хомо отделился от семейства гоминид, больших человекообразных обезьян. Затем, в последнюю десятую часть этой доли, всего за двести тысяч лет до вашей смерти – миг по вселенским меркам – создался новый вид, Хомо Сапиенс. На планете появилась структура, способная к взаимодействию с консионным полем – человеческий мозг – а потом, в последнюю десятую часть этой десятой части, стали наконец происходить первые активации истинного сознания. Первые Объекты Б начали появляться в метапространстве – там, где оно граничит с вашей вселенной. Их становилось больше и больше – эволюция не стояла на месте. Заодно человечество преуспевало понемногу в понимании окружающего мира. Были важные вехи – Пифагор и Эвклид, затем Ньютон, Максвелл, потом Эйнштейн. Сразу за ним – квантовые поля, давшие начало Стандартной модели[16]; после – теория струн, суперструн, бран. Человечество подготовилось к решающему прорыву, к осознанию своей глобальной роли, в его лексиконе появились нужные слова. Это очень важно – слова; за словами потянулась мысль, и наконец объявились вы, Тео, с вашей теорией, над зачатками которой смеялись, с вашей гипотезой о частицах, снующих меж мирами и не видимых никому. Это был очередной прорыв – один из важнейших и, уж конечно, самый интригующий с точки зрения каждой индивидуальной судьбы. Ваша работа доказала, что разум человека не является лишь средством адаптации к реалиям, среди которых он родился и был обречен существовать. Нет, разум, память, весь внутренний мир обрели самостоятельность, куда большую, чем

16 Теория, описывающая электромагнитное, слабое и сильное взаимодействие всех элементарных частиц.

земные реалии – краткоживущие, безнадежно провинциальные. Благодаря вам, Тео, человек зазвучал *гордо* – настолько гордо, как ему и не мнилось. До вас были люди, много думавшие над этим – назову лишь некоторых: Бор, Паули, Юнг, Джеймс… Но все они остановились гораздо дальше от цели, чем удалось пробраться вам – одним не хватало математического аппарата, другим свободы фантазии, а третьим, быть может, разочарования и обиды на окружающих, чтобы не бояться обвинений в мракобесии или даже подсознательно их хотеть!»

Нестор замолкает и несколько секунд смотрит мне в глаза. Потом произносит с заметным пафосом: «На этом месте я хочу сделать официальное заявление. Сообщаю вам, Теофанус, что тут, у нас, очень ценят сделанное вами. Ваши заслуги будут отмечены – полагаю, вас чем-то наградят. Здесь вообще торжествует справедливость постфактум: те, кто в первой жизни опережали свое время, тут в почете – в большом почете».

«Но позвольте, – перебиваю я его, отметив, что он впервые назвал меня моим полным именем. – Погодите, моя теория – вы о ней говорите, но я не помню…»

«Вспомните! – отвечает Нестор неожиданно жестко. Повторяет: – Вспомните, – и смотрит вниз. – Ваш предполагаемый коэффициент памяти весьма высок, почти единица. Значит, вам под силу вспомнить все, практически все. Ну а что не вспомните, вы способны додумать, только нужно стараться – это ваша обязанность, в конце концов».

«И кому, интересно, я обязан? – бурчу я. – К тому же, вы говорите загадками, Нестор. Могу я почитать где-нибудь про консионы? Про их танец – дайте мне хоть что-то, быть может справочник или журнал. И, главное, что же такое Объект Б?»

Нестор наматывает галстук-шнурок на палец, оглядывает меня – молча, оценивающе, как не очень годный экспонат. Потом говорит все так же жестко: «Могу лишь повторить. Об этом. Вы мне. Надеюсь, скоро. Расскажете сами!»

«Странная манера, – я выдавливаю из себя усмешку. – Вы будто специально – с таким нажимом… Может объясните, к чему этот прессинг?»

«Прессинг? – Нестор поднимает бровь. – Вы еще не знаете, что такое прессинг. Факт наличия второй жизни полностью меняет менталитет. Тут у нас, заметьте, никто не верит наивным сказкам. Демагогам, творцам религий здесь непросто – их рецепты бессмертия лишь смешат. Все ресурсы брошены на познание мира – а где ресурсы, там и прессинг, нужно ли объяснять?»

«Что ж до обязанностей, – продолжает он уже спокойнее, – то они есть у всех. В том числе у меня: я, к примеру, должен прямо сейчас решить, как нам двигаться дальше. Я *обязан* выбрать вам первый сон – из тех, что помогут восстановить вашу память. Этакое снадобье, так сказать, от Морфея. Итак…»

Советник делает драматическую паузу, глядит вниз – наверное в мой файл, который неисчерпаем. Потом вновь поднимает на меня глаза и сообщает: «Решение принято. Мы начнем с конца и пойдем навстречу. Согласимся, что главная часть истории – вашей истории, 'истории Тео' – кульминировала на знакомстве с неким русским миллионером, если верить тому, что донес до нас ваш консионный вихрь. А нам приходится в это верить – потому что больше касательно вас, Тео, верить нечему, некому и нет смысла!»

На этом он пропадает – как обычно, не попрощавшись. Я остаюсь один – теперь одиночество благословенно, желанно. Мне нужна передышка – с самим собой, без советников и помощников, без Инструкции, даже без недотроги Эльзы. Это был очень долгий день, *насыщенный* день, как и обещал Нестор. Я хочу, чтобы он закончился наконец.

Через минуту у меня тяжелеют веки. Спинка кресла откидывается назад. В голове путаются слова и мысли, в бессильной памяти – шорох, шелест.

Вскоре я засыпаю и вижу сон – о миллионере Иване Бревиче. И мой следующий сон – на другой день – о нем же. И следующий, и следующий, и следующий.

БРЕВИЧ

Глава 6

В Замоскворечье, в большом старом дворе, росли три друга – «Ванек», «Санек» и «Валек». Они играли в одни и те же игры, вместе учились в районной школе и были неразлучны до самой юности. Потом пути их разошлись: «Валек» – Валя Сахнов – переживавший несчастную любовь, провалил экзамены и попал в армию, в какую-то засекреченную часть, на многие годы выпав из московских «сфер». «Ванек»–Бревич и «Санек»–Данилов поступили в один вуз, но Данилов учился плохо, а потом, на излете андроповских времен, и вовсе был исключен, попавшись на фарце у гостиницы «Интурист». От военной службы он «откосил» с помощью родственника-врача и прибился к торговле антиквариатом, в которой преуспел не слишком. Ваня Бревич, дисциплинированный и упорный, закончил институт и получил диплом инженера, но по специальности поработать не успел: СССР изготовился к развалу. Настало время кооперативов и шальных денег, и друзья бросились в новорусскую коммерцию.

В ее мутных водах их болтало несколько лет. Вместе и поодиночке они богатели, разорялись, не раз бывали биты, научились ладить с бандитами и милицией, перепробовали множество занятий и, наконец, к концу девяностых остановились каждый на своем. Бревич, сдружившись с человеком из мэрии, стал спекулировать земельными участками, а Данилов, провернув по случайности сделку с партией промышленных кондиционеров, вдруг почувствовал к ним тягу, влился в чужое дело, потом «отжал» его у бестолкового партнера, нашел выгодного поставщика в Европе и начал быстро расти. Кондиционеры завораживали его, он полюбил их всей душой. Принцип их действия так и остался для него туманен, но результат – арктический холод, возникающий из ниоткуда – не переставал восхищать. Он любил стоять перед охлаждающим блоком, выставив руки вперед, навстречу ледяным потокам. Они казались ему свидетельством величайшей победы разума, а сам бизнес приобрел какой-то особый смысл. Данилов расправил плечи, окреп душой и стал чувствовать себя хозяином жизни.

У Ивана Бревича все шло не так гладко. Земельные контракты приносили деньги, но сам процесс был ему отвратен. Ежедневная суета, уговаривание и умащивание гиен и шакалов, наседавших со всех сторон, измельчали душу и оставляли послевкусие клоаки. К тому же, в иерархии участников он оставался на вторых ролях, довольствуясь лишь тем, что перепадало ему по милости власть имущих. Это удручало – Бревич был лидером по натуре и ничем, кроме первенства, удовлетворяться не умел. Подневольная роль не подходила ему никак; он скрипел зубами по ночам, вспоминая дневную беготню по кабинетам, и отчаянно завидовал «Саньку», с которым, впрочем, почти не виделся – ввиду разности интересов и недостатка времени у обоих.

Все изменилось летом девяносто восьмого – удача сделала свой очередной кульбит. В июне Иван, измотанный до предела, сказал себе, что с него довольно. Жизнь нужно было менять, и он решил уехать в Америку, на западное побережье, поближе к Силиконовой долине и Голливуду. Он распродал все, что имел, включая трехкомнатную квартиру на Таганке, и конвертировал вырученное в доллары США. Получившийся капиталец он перевел в латвийский банк и стал было хлопотать об американской визе, но тут грянул дефолт. Рубль рухнул, состояние Бревича разом увеличилось в четыре раза в пересчете на российскую валюту, и он, несколько ошеломленный, решил погодить с отъездом и присмотреться к открывающимся перспективам.

Как оказалось, присмотреться было к чему, и одна из перспектив проявилась тут же. Через два дня после «черного понедельника» Бревичу позвонил совершенно подавленный «Санек» и попросил о срочной встрече. За ужином в ресторане «Пекин» выяснилось, что он набрал кредитов, готовясь к серьезному расширению. Отдавать их было нечем: рублевые потоки, текущие полноводной рекой, превратились в скудный ручеек. При этом часть денег Данилов взял у людей с репутацией очень мрачного свойства. Теперь он готовился к потерям: бизнеса, здоровья, может быть жизни.

Бревич понял: это тот момент, которого он так долго ждал. Не тратя времени на сантименты, он стал действовать решительно и жестко. Подключив свои связи в мэрии, он еще больше запугал Данилова, полностью лишив того воли, после чего выкупил кондиционерный бизнес, вместе со всеми долгами, по смехотворной цене. Самого же «Санька» он оставил в деле на хлопотной должности исполнительного директора – с хорошей зарплатой, но почти без акций.

Так в одночасье из хозяина и владельца Данилов превратился в наемного работника. Он был потрясен до глубины души – особенно тем, с какой безжалостностью друг детства Бревич прибрал к рукам выращенное им почти с нуля. Вначале он пытался делать вид, что они руководят компанией на равных, но быстро понял наивность таких попыток и замкнулся в себе. Удручало его и то, что к кондиционерам Иван относился без всякого пиетета, как типичный инженер-технарь. Он даже пытался объяснять Данилову, что такое фазовый переход и фреоновый контур – что расценивалось «Саньком» как еще одно проявление горчайшей несправедливости жизни. Сам же бизнес при Бревиче пошел в гору – еще быстрее, чем прежде. Через два года они, удачно сманеврировав и задействовав административный ресурс, поглотили главного конкурента с развитой сетью клиентов. «Ванек» Бревич стал основным игроком всего кондиционерного рынка и за следующие десять лет превратился в очень обеспеченного человека.

Новый поворот в его судьбе случился в 2012 году. Ивану исполнилось сорок шесть, он был влиятелен, уважаем и богат.

Жизнь обрела завидную стабильность, и именно это стало вдруг его тревожить. Что-то утекало меж пальцев, у Бревича начались депрессии, он стал чувствовать непреходящие раздражение и усталость. И вот, после нервного февраля, полного чиновничьих козней и безостановочных ссор с женой, он решил взять паузу и уехать от всего и всех.

Тут очень кстати подоспело приглашение от партнера-поставщика из Эссена. С румяным, жизнерадостным Лотаром они сотрудничали уже не один год и весьма сдружились – неоднократно предпринимая походы по немецким саунам и московским клубам. На этот раз поставщик предложил перенести их встречу из холодной зимней Германии в далекий Бангкок, на что Иван согласился с энтузиазмом.

Бангкок ошеломил его и как-то сразу очаровал, запал ему в душу. Ивана не смущали ни пробки на дорогах, ни неустроенность города, ни жара. Ему даже нравился густой, вязкий воздух, от которого Лотар морщил нос. Подсознательно, не отдавая себе отчета, Бревич ощутил неисчерпаемость вариаций, непредсказуемость, какой-то мощный потенциал неизведанного, ждущего за каждым углом. И еще, с первого же дня он вдруг почувствовал возрождение своего мужского духа – уже было свыкнувшись с пресыщением, считая, что женщины больше не могут интересовать его, как в молодости. Тайки пробудили в нем давно забытое – и это нельзя было не поставить городу в плюс.

Его первая бангкокская неделя была посвящена индустрии порока. После беглых визитов в Королевский дворец, Национальный музей и два главных храма Иван отдал инициативу партнеру и они погрузились в безудержные разврат и пьянство. Лотар был знаток и подошел к организации досуга с немецкой обстоятельностью. Они методично перепробовали все – гоу-гоу бары Сукхумвита и Патпонга, мыльные массажи в больших салонах с «аквариумами», шикарные караоке и джентльмен-клубы. Дни летели в череде женских лиц и тел, бесконечных «привет, красивый мужчина», «как тебя зовут?», «откуда ты?» и беззастенчивых «я люблю тебя» в надежде на щедрые чаевые...

В перерывах между утехами плоти Лотар делился с Бревичем мыслями о Таиланде. В свое время он прожил в Бангкоке около трех лет и после приезжал туда каждый год. При этом в его высказываниях преобладал негатив, сводящийся к одному: Бангкок – это город-фейк. Все тут, везде и всюду, утверждал Лотар, пытаются тебя надуть, пытаются всучить тебе ненастоящее, от пиратских дисков до сымитированной любви. Весь Таиланд с его улыбками – это лживый, фарисейский фасад, на деле он не что иное, как страна третьего мира, в основе жизни которой лежат жадность, зависть и строжайшая кастовость, не приглаженные никаким гуманизмом. Но, однако ж, народ едет в Таиланд, прется сюда стадами, и сам он – яркий пример, подтверждение правил. Потому что фейк бывает правдоподобен – и Лотар загибал пальцы, перечисляя: ощущение доброжелательности, те же улыбки, маскирующие неприглядную человеческую натуру, умение получать удовольствие от жизни – все это создает совершенно уникальную атмосферу. Ну и конечно – он разводил руками – конечно женщины, куда же без них…

Дойдя до тайских женщин, Лотар всегда мрачнел и сильнее налегал на бренди. Тон его становился нравоучителен: да, говорил он, тайки веселы, дружелюбны, с ними легко и приятно. Главное, не придумывать себе несбыточного, не заводить отношений – это касается как барных «фей», так и обычных «хороших девушек». Все закончится катастрофой, жить с тайками невозможно – и он вновь загибал пальцы: безответственность, ненадежность, узость и незрелость взглядов, а также полное нежелание расти над собой. И к тому же, добавлял Лотар, они всегда найдут способ тебя обхитрить. Под улыбчивостью и учтивостью у них скрыт очень холодный, прагматичный разум. И они все время врут – учатся искусству лжи с детских лет и потом совершенствуют его всю жизнь. Врут по причине и без причины, нагромождают одну ложь на другую и никогда не признаются в обмане – даже если ты поймаешь их с поличным. Они будут лишь рыдать или беситься и – делать выводы: как в следующий раз соврать тебе получше!

Бревич верил Лотару – потому что не имел причин не верить. Он и сам видел фальшь во многом вокруг, но при этом что-то постоянно, ежеминутно намекало на поспешность его суждений. Даже улыбки девчонок из баров будто стыдили: все не так просто. За неустроенным, примитивным внешним скрывалось внутреннее, до которого не докопаться так сразу... К концу недельного загула Иван вдруг стал чувствовать, что зря теряет время. И решил остаться еще дней на десять – уже без Лотара, улетевшего в свой Эссен.

Из туристического Сукхумвита Бревич переехал в тихий пятизвездочный отель в Читломе и сразу будто попал в иной мир. Весь день, до сумерек, он просто бродил без цели по улицам жилых районов, где не было ни одного иностранца. Солнце палило, пот струился с него ручьями, а вокруг текла незнакомая ему жизнь без всякого намека на фейк. Бревичу не мешали ни духота, ни пыль, ни узкие улицы без тротуаров, ни чадящие бензином скутеры. Он жадно разглядывал все кругом, а вечером с удивлением отметил, что это был лучший день его поездки.

Рядом с отелем располагался скромный офис экскурсионного агентства. Бревич зашел туда на следующее утро – просто из любопытства, проходя мимо. За столом сидела девушка – она подняла на него глаза, и он понял, что во всем Таиланде нет и не может быть никого прекраснее.

«*Welcome*, – улыбнулась она. – Меня зовут Нок. Если вам нужна экскурсия, то это ко мне».

«Да, экскурсия, – кивнул Иван. – Или, может, несколько экскурсий...»

Отчего-то он изрядно смутился, чего с ним не случалось уже давно. Ему хотелось разглядывать ее, не отрываясь, поэтому он смотрел то в сторону, то вниз, в пол.

«Хорошо, – Нок продолжала улыбаться. – Давайте выберем даты».

«Можно прямо сегодня. И потом еще... Пожалуй, три экскурсии. Или нет, пять», – пробормотал Бревич. Он просто не мог себе представить, что вот сейчас она исчезнет из его жизни и последующие дни – абсолютно пустые и скучные – потянутся без нее.

К его удаче, дела турагентства шли не очень бойко. Иван

вздохнул с облегчением и тут же выкупил все экскурсионное время до своего отъезда.

В тот же день они отправились в парк Муанг Боран и провели там несколько часов. Время пролетело незаметно – им как-то сразу стало легко друг с другом. Теперь, когда его правам на Нок ничто не угрожало, Иван расслабился и повеселел. Она, в свою очередь, перестала его бояться. Сначала он показался ей слишком большим, чужим и грозным, но первая же его несколько растерянная ухмылка убедила ее, что он не нанесет ей вреда.

Муанг Боран – Таиланд в миниатюре – произвел на Бревича впечатление. Нок показала, как выглядит место, где она провела все детство – северная провинция Пфетчабун. У пруда стоял дом на сваях – почти точная копия ее жилища. Они заглянули внутрь, прошлись по комнатам, она рассказала про своих родителей – небедных фермеров, выращивающих кукурузу и рис. Отец был крайне консервативен – ей вообще не разрешалось дружить с мальчишками. «Парни отвлекают, – говорил он, – а ты должна получить стипендию в университет!» По вечерам и выходным он сидел у телефона и сам отвечал на все звонки... Нок говорила об этом с некоторым ожесточением в голосе, но тут же добавляла, что любит свою семью больше всего на свете. И ни на что не обижается – просто она была первым ребенком, на ее примере они учились иметь дело с детьми...

Иван задавал вопрос за вопросом и понемногу – в самом парке и за поздним ланчем – узнал всю историю ее жизни. Нок было двадцать восемь лет, из которых последние двенадцать она провела в Бангкоке. До того она ни разу не выезжала за пределы своей деревни, где жила обычной жизнью деревенской девчонки: помогала на ферме, убирала в доме, ухаживала за буффало, купала их в реке. Много времени проводила в лесу с соседскими детьми – они придумывали множество игр, а в сезон дождей, когда река разливалась, прыгали прямо с веток деревьев в желтую воду и плавали наперегонки... То было очень счастливое время, но потом пришла пора взрослеть, и старшие классы школы Нок провела уже в столице, у незамужней сестры отца. Та следила за ней очень строго, и вообще в большом городе не было ни глотка свободы по сравнению с деревенским раздольем. Не было простора, леса и буффало, везде сновали машины и суетились люди.

Нок свыклась с городом уже в университете – она получила-таки стипендию к безмерной гордости отца. Он устроил торжество для всей деревни и даже дал согласие на переезд Нок из дома тети в университетское общежитие. Учиться ей нравилось – к тому же, у нее обнаружилась способность к языкам. Это позволило ей побывать в Австралии по программе обмена, а также найти работу в хорошем отеле. Там за пять лет она доросла до административной должности, но вдруг ощутила тягу к независимости и открыла собственное турбюро. Бизнес шел неровно, но Нок не унывала – все же у нее были отдельная квартира, старая Хонда и множество планов…

Про что Нок не рассказала Ивану, так это про свою личную жизнь, с которой у нее ладилось не очень. Проблемы начались с переезда в Бангкок – она чувствовала себя провинциалкой, не похожей на местных детей. Черты ее лица выдавали нестоличное происхождение – к тому же, она была слишком высока для тайки. Ситуацию скрашивала довольно-таки светлая кожа, но она все равно стеснялась своей внешности, к чему добавлялась непривычка к общению с противоположным полом, как результат неусыпной бдительности отца. До самого конца школы ее мучила неуверенность в себе, и лишь в университете Нок воспрянула духом благодаря успехам в английском. В двадцать лет у нее появился тайский бойфренд, такой же студент, как она. В соответствии с традицией, мнением подруг и ожиданиями семьи, она считала, что должна выйти за него замуж, завести детей и прожить с ним всю жизнь, но этому не суждено было сбыться. Через два года мама «жениха» заявила, что свадьбы у них не будет – ибо Нок с севера, а северные девушки известны своей ленью.

Это было воспринято как катастрофа – всеми и особенно ее подругами. За время переживаний Нок проделала большую душевную работу, изменившую ее восприятие жизни. Она решила, что ей больше не интересны, во-первых, ничьи мнения, во-вторых, ровесники-тайцы и, в-третьих, тайские мужчины в целом – ввиду наличия у них заботливых мам.

Позже у нее завелись один за другим два любовника-иностранца. С ними ей было проще – не требовалось делать вид, что она скудоумнее, чем на самом деле, не нужно было повторять раз за разом «О, я так глупа!» или «О, я так занудна!», заботясь о мужской самооценке. Видимо поэтому, проведя лишь пару недель с первым своим *фарангом*[17], Нок стала считать его «мужчиной навсегда». Это, однако, не нашло взаимности: вокруг было слишком много соперниц, у избранника разбегались глаза. Через месяц он с ней расстался – Нок вновь довольно долго переживала этот факт, но в конце концов пережила.

Затем она познакомилась с другим европейцем, они встречались около года, после чего он неожиданно покинул Таиланд и перестал отвечать на письма. Нок даже не удивилась, приняв это как должное. Ей уже было ясно: все дело в карме. В любви ей суждено терпеть неудачи, да и к тому же подходящих ей мужчин в мире так мало, что встретить их едва ли реально. Потому остается лишь успокоиться и не принимать любовные драмы близко к сердцу.

Конечно, это легче было сказать, чем сделать, однако Нок сумела убедить подруг в искренности своей новой «доктрины». Ее стали считать похожей на женщин Запада – прогрессивной и независимой, знающей, чего она хочет от мужчин, и строящей отношения исключительно с холодным рассудком. Нок говорила – и себе, и другим – что вокруг сердца у нее появилась стена, и лишь она сама решает, когда и насколько приоткрыть в ней дверцу. Это звучало убедительно вполне – ей верили и даже завидовали иногда. Жаль лишь, что на практике концепция прогрессивности реализовывалась как-то вяло: уже около года у нее не было бойфренда.

Тем не менее Нок старалась не терять оптимизма. В своей ситуации она искала плюсы – например, благодаря «стене» вокруг сердца можно было без опаски общаться с мужчинами, быть с ними непринужденной и раскованной, что помогало бизнесу.

---

17 Европейцем (тайск.).

Так случилось и с Бревичем – тем более она сразу, по-женски, почувствовала его личностную силу. С сильными людьми ей было легко – они не искали поводов для самоутверждения. С ними можно было не притворяться – это Нок ценила больше всего...

Они вернулись в Бангкок ближе к вечеру, и Иван, чуть помявшись, пригласил ее выпить кофе. «Ну конечно, – пошутила Нок, – как я могу отказаться? Ведь мое оплаченное время еще не кончилось!» Это сильно смутило Бревича, он стал косноязычно оправдываться, что, в свою очередь, смутило Нок. Они поднялись в бар на крыше его отеля с хорошим видом на город. Уже темнело, зажигались огни. Обстановка была весьма романтична, но Иван не понимал, куда и как развивать события дальше. В результате он просто проводил Нок до машины и отправился ужинать, досадуя на свою неловкость.

На следующий день они поехали в Аюттайю, древнюю столицу Сиама, павшую под натиском бирманских племен. Нок пришла в другой одежде, сделала что-то неуловимое с волосами и стала совсем иной. Бревич даже не сразу ее узнал, она же встретила его ироничной шуткой, как старого знакомца – ей уже не нужно было к нему привыкать. По дороге, исполняя обязанности гида, она рассказывала что-то историческое, но Иван слушал вполуха, больше делал вид, повернувшись к ней и разглядывая ее профиль. Профиль Нок был куда интереснее – он будто сам по себе намекал на самые захватывающие из историй. Все они вместе создавали вокруг нее прочную оболочку, казавшуюся непреодолимой. Непреодолимость чрезвычайно раздражала Бревича, он размышлял над ней почти всю дорогу.

На парковке Нок купила свежий кокос и воткнула в него две трубочки. «Я – аддикт кокосового молока», – призналась она Ивану, приглашая присоединиться. Так, с кокосом в руках, они вошли в ворота старого города и долго бродили среди камней и руин, статуй Будды и полуразрушенных храмов.

Подойдя к каналу, окружающему крепостную стену, Нок сказала: «Бирманцы вели осаду полгода, но Аюттайя не сдавалась, пока кто-то не выдал им секрет – как проникнуть внутрь через потайные шлюзы».

«Да-да», – рассеянно кивнул Иван, думая, кто бы выдал секрет ему – как пробраться к душе Нок через какие-то неведомые входы. Увы, их не было ни на одной карте. Он, конечно, подозревал, что тоже может нравиться ей, но не имел понятия, что на самом деле творится у нее в голове.

Потом опять был бар на верхнем этаже отеля. Вновь он почему-то не стал приглашать ее на ужин и лишь проводил до машины, но при этом Нок несколько раз коснулась его рукой, а на прощание, будто оступившись, прислонилась к нему на миг.

«Ого, – сказала она, – ты наэлектризован, между нами проскакивают искры!»

Ее слова и ощущение ее гладкой кожи невероятно разволновали Бревича. Он отправился бродить по улицам, свернул не туда, целый час плутал в темноте, одуревая от духоты, а потом, в отеле, наспех переодевшись, вернулся в бар, уселся за тот же столик и долго отпаивался ледяным джин-тоником, размышляя над происходящим.

Происходило странное, несоотносимое ни с чем. Он был взрослым мужчиной и всегда знал, чего он хочет, можно ли этого достичь и как это сделать. Сейчас он не был уверен ни в первом, ни во втором, ни в третьем. Нок притягивала его безмерно – несмотря на предупреждения Лотара о коварстве таек. Несмотря на его прошлое и весь опыт русского бизнесмена, повидавшего очень многое. Он твердо верил: если что-то выглядит слишком хорошо, чтобы быть правдой, значит это не правда, это подделка. Это трюк города-фейка – но где, в чем этот трюк был скрыт, что он из себя представлял, Бревич не понимал и не желал гадать. Он хотел лишь одного – как можно скорее вновь увидеть девушку, очаровательнее которой он не знал. Вновь испытать невероятное удовольствие – быть с ней рядом, наблюдать за ней, говорить с ней. Она, в отличие от прочих женщин, так естественна во всех своих проявлениях! В то же время она умна и по-особому, экзотически сексуальна. Жаль лишь, что он так и не может взять в толк, как же именно вести себя с ней дальше…

Мысли Бревича суетились, метались, сталкивались, мешали друг другу. Со стороны, однако, никто не сказал бы, что его изводят сомнения. Он сидел с блаженной улыбкой на лице, откинувшись на спинку стула и глядя вдаль. Поверх небоскребов, в полное звезд небо, в жаркую бангкокскую ночь.

Глава 7

Утром Нок повезла Ивана на западный берег реки Чао Прайя. Целью был обязательный для туристов храм Утренней зари, а после они выбрались на узкое шоссе, свернули к югу и провели полдня в пригороде Тонбури, жизнь которого будто не изменилась за последние сто лет. Бревич жадно разглядывал все вокруг – старые дома в зарослях кустарника, почти их поглотившего, небольшой плавучий рынок «для своих», ферму орхидей между каналами-*клонгами*, местных жителей на велосипедах в лабиринте тесных улиц, над которыми смыкались листья пальм. Таиланд открывался ему еще одной своей стороной. Время от времени Бревич даже начинал чувствовать что-то особое – к стране, к ее людям – но не успевал осознать это чувство. Ему было не до того: все его помыслы занимала Нок.

Она еще изменилась на третий день – будто сбросила часть покровов, и Иван мог теперь видеть глубже внутрь. Многого, впрочем, он не разглядел, лишь отметил, что весь ее облик, все улыбки, жесты, несмотря на городскую одежду, находились в гармонии с окружающим, включая неухоженность и нищету. На обратном пути, глядя из окна машины на переплетения кустов и лиан, на плавучие цветочные ковры в небольших прудах и заводях, Бревич думал о парниковом тайском климате: здесь все взрастает очень быстро, обильно, буйно. Так же и тайки растут во влажном тепле, как яркие причудливые цветы. В парнике рождается и выживает многое – быть может, с этим связана их терпимость к проявлениям жизни в разных ее формах? Изначальная благосклонность ко всему живущему – даже и непривычному, не похожему ни на что. И умение любить жизнь, какой бы она ни была. А в общении они, как цветы, раскрываются постепенно, не сразу...

Потом был ланч в ресторане у реки. Там они сидели долго, Нок рассказала ему про свою первую любовь и неслучившуюся свадьбу, а он ей, неожиданно для себя, про жену, с которой они давно потеряли интерес друг к другу. Затем Нок привезла Ивана в отель; он, как обычно, пригласил ее на кофе. Они пошли к лифту, касаясь друг друга руками. На ходу она достала какой-то буклет из сумки, Бревич наклонился, чтобы лучше видеть, вдохнул запах ее волос и вдруг почувствовал такую с ней близость, что следующий шаг случился сам собой.

Он сказал, как бы в полушутку – мол, кроме бара в его отеле есть и другие занятные места. Например, его номер – да, и кстати: он привез из России заморскую водку, которую она не пробовала никогда в жизни. Нок рассмеялась – нет, она не пьет крепкие напитки. Ха-ха, рассмеялся и Бревич, тогда у него есть еще секрет: может даже где-то в углу завалялась пара кокосов. Ого, удивилась Нок – тоже в полушутку, с лукавой улыбкой – от такого, конечно, трудно отказаться...

Все это произносилось легко и весело, без всякого стеснения и смущения. Иван так и не понял, приняла ли она его всерьез, согласилась пойти к нему или нет. В лифте, однако, он нажал кнопку своего этажа. Нок не возражала. Выйдя из кабины, они пошли по коридору, все так же касаясь руками. В номере он сразу обнял ее. Она не сопротивлялась.

После они оба почувствовали острый голод, отправились в китайский ресторан по соседству, с аппетитом ели, много смеялись. Бревич то и дело ловил себя на мысли, что ему не было так хорошо уже много лет. Нок стала еще красивее после секса – он был горд своей девушкой, сидящей рядом. И был горд собой – чувствуя будто новую молодость, мощный прилив сил. Жизнь лишь начиналась, и он, казалось, был способен на столь многое…

Всю оставшуюся неделю они провели в Бангкоке, не выбираясь за его пределы. Встречались утром, около одиннадцати; Нок придумывала маршрут, везла Ивана в новое место, где город являл ему очередное свое лицо. Часа через два-три становилось совсем уж жарко, и они искали хороший салон для фут-массажа, а затем кафе для ланча – тут инициативой вновь владела Нок. К быту Ивана и особенно к его еде она относилась с большим вниманием – переспрашивала, все ли ему по вкусу, не слишком ли остро, хочет ли он еще пива. Ревностно интересовалась его мнением о тайских блюдах и чередовала восточную кухню с западной, хоть сама не любила *фаранг-фуд* и почти все оставляла на тарелке.

После ланча они шли в номер и там проводили время до ужина. Нок всегда возила в машине вечернюю смену одежды – ужином распоряжался Иван, что означало дорогие рестораны и бары с живой музыкой. Затем они вновь возвращались к нему, а рано утром Нок уезжала к себе, никогда не оставаясь на завтрак. Почему-то ей казалось, что так она сохраняет тень имиджа «хорошей девушки».

Лишь только за Нок захлопывалась дверь, Иван начинал по ней скучать и к моменту их встречи успевал серьезно затосковать. С ее появлением, впрочем, жизнь сразу налаживалась – она была великим лекарем любой тоски. Начиналось новое калейдоскопное действие, одно сменяло другое – город, Нок, еда, снова Нок, ее голос, ее слова, ее тело… Декорации, образы, звуки, запахи сталкивались, перемешивались, и это хорошо отражало сумятицу в его голове. Все затихало и останавливалось лишь ночью. Нок засыпала мгновенно и не просыпалась до утра, а Бревич долго лежал без сна. Он смотрел на ее лицо – поражаясь без устали предельной гармонии его черт. И пытался разъяснить себе содержание и смысл их «истории».

Безусловно, история была замечательна, экстраординарна. И – столь же непонятна, как и в первый день их знакомства. Нок заняла непривычно большое место в его душе, однако он не мог ни очертить его границ, ни тем более дать ему названия. Точно так же ему оставалось лишь гадать, что она сама думает про него и их связь. Каждый день он узнавал о Нок много нового и все равно чувствовал, что она для него – тайна за семью печатями.

Иван знал, что Россия богата на женщин, которые щедры в любви. Он вспоминал их – москвичек и петербурженок, плотнотелых девок из Новгорода и Самары, темнооких казачек с Дона, русоволосых, жадных до ласки девчонок из пустеющего Подмосковья... Многие были хороши на свой лад, многие радовали его по-своему – не оставляя ничего в запасе, делясь и сами получая взамен. Бревич был уверен, что его давно нельзя ничем удивить, однако Нок сумела стать чем-то неожиданным, новым. Она не делала ничего особенного в постели, просто была абсолютно искренна. Ее запах, аромат гвоздики, постоянно держал его в предвкушении близости. Каким-то образом она умела мгновенно возбудить его обычнейшими прикосновениями. С ней он будто вернулся в молодость, во времена горячечных желаний. Он снова сделался неудержим, постоянно готов, на все способен – но дело, конечно, было не только в этом.

Иван пытался сформулировать, в чем именно – и всякий раз пасовал. Он лишь чувствовал, что находится в зоне необычайного душевного комфорта, который Нок создает без всяких усилий. При этом она отнюдь не была податливо-послушна, у нее на все имелось мнение, которое она даже и не думала держать в себе. Как-то раз она сказала: «Ты принимаешь решения, я следую за ними и за тобой – но если я не согласна с чем-то, я сообщу об этом сразу». Так она и поступала, удивляя его сочетанием женской мягкости и непоколебимой твердости, проявляемой в бытовых мелочах. Твердость, он видел, не была связана с желанием непременно настоять на своем. Нок лишь хотела уберечь его от вещей, которые ему, скорее всего, не понравятся – чтобы он, находясь с ней, не испытывал отрицательных эмоций. Это казалось непривычным – его прежние женщины не были столь цельны в своей заботе. И почему-то он чувствовал: ее интерес к своему мужчине не иссякнет скоро; он надолго...

Тут, на категориях времени, Бревич яростно себя одергивал. Как бы ни хотелось думать иначе, он не сомневался, что их роман закончится с его отъездом. Слишком разные судьбы, далекие страны – с этим, он понимал, очень трудно спорить. На расстоянии ничто не живет, и несхожесть культур быстро станет проблемой… Мысль была тягостна; чтобы отвлечься, он ругал себя, пытался представить все с другой стороны, сбросить розовые очки. Напоминал себе услышанное от Лотара: тайки – все без исключения – мастерицы приврать. Лотар прожил здесь долго, у него было время разобраться. Наверняка у Нок есть какая-то своя «повестка», свой корыстный мотив…

Бревич поворачивался, смотрел на ее лицо, на черные волосы, рассыпанные по подушке. Тут же становилось ясно: Лотар ни при чем. Ложь, корысть… Какая чушь! Нок лишь отдавала, ничего от него не требуя. Даже порывалась платить за себя – такое Бревич видел впервые. Если у нее и был скрытый план, трудно даже вообразить всю его изощренность.

Он вздыхал, ворочался, иногда вставал и шел пить воду. Вернувшись, менял тактику, говорил себе – мол, смешно представить, чтобы такая девушка могла всерьез увлечься им, немолодым, некрасивым, угрюмым. На ней самой розовые очки – она напридумывала себе небылиц, пусть даже и без всякого расчета. Тайки любят воображать всякое, они живут в фантазийном мире, полном призраков, духов, грез. Скоро пелена спадет с ее глаз, и она увидит: он много старше ее, потрепан жизнью, вовсе не позитивен. Между ними языковой барьер и огромное количество заморочек, бороться с которыми – немалый труд. Нок прозреет, нет сомнений, потому – нужно просто пользоваться моментом. Тем более что она, по счастью, не пристает к нему с разговорами – ни о будущем, ни о каких бы то ни было чувствах.

Это действительно было так, хотя однажды она спросила Ивана, словно в шутку: «Как ты думаешь, ты мог бы меня полюбить?» Иван мучительно застеснялся, закашлялся, и Нок тут же стала исправлять ситуацию: примеривать одежду у зеркала, строить смешные рожицы, делать селфи. Больше эта тема не поднималась ни разу – до последнего дня перед отъездом, который настал внезапно и неотвратимо.

Была суббота; с утра Нок повезла его в буддистский храм. Одарив монахов едой, они провели два часа на церемонии медитации. Процесс захватил Бревича – своим устойчивым, неторопливым ритмом. Тайцы – молодые и пожилые, юные, совсем дряхлые – приходили, снимали обувь, садились на деревянный помост, закрывали глаза. С трех сторон стояли камеры, на больших экранах проплывали сосредоточенные, умиротворенные лица. Бревич наблюдал за этим наимедлительнейшим действием, почти бездействием, как за остросюжетным фильмом. В его упорном, безостановочном развитии будто была скрыта квинтэссенция всех реалий. Теперь она приоткрывалась ему – по чуть-чуть – и даже тайский речитатив из репродуктора обретал смысл. В нем, наверное, говорилось о другой жизни, в которую Бревич хотел бы превратить свою.

Он спросил Нок, о чем эти слова. Она сказала – это слова Будды. О душе и об отражениях в ней. О том, что все имеет конец и не имеет конца. О том, что сделанное тобой кому-то вернется рано или поздно – с неизбежностью предопределенности.

«Я так и думал», – кивнул Иван. Ему казалось, все это и впрямь было в его мыслях.

«*The ocean tastes of salt, but its dharma has the taste of freedom*[18]», – перевела Нок.

«Я так и думал», – пробормотал он, вспоминая ее запах гвоздики, ее сладко-соленый вкус.

«*Let those who can hear respond with faith*[19]», – еще перевела Нок.

«Да, – сказал Иван. – Я так и думал».

Ему вдруг страшно захотелось веры – не в какого-то из богов, а в то, что происходит вокруг него. Что это не фантазия, которая рассеется уже завтра, а нечто незыблемое, реальное. Захотелось, чтобы течение их истории с Нок вошло в тот же медленный, медитативный ритм – или даже вовсе остановилось.

Но нет, остановка была не предусмотрена, невозможна.

---

18 Во вкусе океана – соль, но его дхарма имеет вкус свободы (англ.).

19 Пусть те, кто могут слышать, откликнутся верой (англ.).

Церемония закончилась, к помосту вышел пожилой монах и стал беседовать с присутствующими, а Иван с Нок пошли к машине. Она поехала к себе, а Бревич вдруг почувствовал навалившуюся усталость и, вернувшись в отель, проспал до сумерек тяжелым, свинцовым сном.

Вечером они встретились в торговом центре, который славился своим кинотеатром – Иван сказал, что не прочь посмотреть новый американский боевик. На самом деле, он хотел купить Нок прощальный подарок, считая это своей обязанностью. Его план был прост – привести ее к дорогим бутикам, где она сама выберет что-то на свой вкус. Это всегда работало в России, но тут Нок отказалась наотрез. И пошутила, глядя в сторону: «Если ты хочешь оставить мне что-нибудь, чтобы я тебя вспоминала, то не волнуйся – я и так вряд ли смогу тебя забыть».

Тогда Бревич просто взял ее за руку и повел на второй этаж, к ювелирным салонам, зная, что на людях она не будет протестовать в открытую. Не обращая внимания на ее округлившиеся глаза, он зашел в первый попавшийся магазин, где на них налетела стайка мяукающих продавщиц с цепкими, хищными зрачками. Иван нахмурился, засопел, но тут рядом оказался пожилой менеджер-китаец, сразу оценивший ситуацию. Он одним движением мизинца отогнал продавщиц прочь, потом, видя, что Нок чувствует себя неловко, усадил ее за журнальный стол в стороне, на котором тут же появилась чашка кофе, а сам вполголоса провел с Бревичем пятиминутный разговор. По его окончании Иван купил браслет за несколько тысяч долларов, сам надел его на тонкое запястье Нок, и они ушли из магазина, провожаемые завистливыми взглядами.

После фильма был ужин на крыше одного из небоскребов. По просьбе Бревича им дали угловой столик у ограждения – они сидели, как на носу корабля, взмывшего над городом на гребне мощной волны. Уже спустилась ночь, Бангкок простирался под ними, словно звездная карта. Рядом мерцал неон подсветки, все вокруг казалось фантастическим, сказочно-зыбким.

Нок попросила сфотографировать ее на фоне ночного города – и подошла к ограде, повернулась к нему серьезным, строгим лицом.

Ветер подхватил ее волосы, разметал их; она подняла руки, браслет скользнул от запястья к середине предплечья, сверкнув алмазными искрами. Тонкое платье облепило ее тело, вся она будто изготовилась к полету, почти уже оторвалась от пола, чтобы унестись – ввысь, прочь… Это длилось лишь несколько секунд, но Бревич пережил, вобрал в себя жест за жестом, миг за мигом – навсегда впечатав их в память. Ему даже казалось, что он услышал слова – наверное, слова Будды. Ход вещей замедлился наконец, все застыло, остановилось. И – тут же понеслось вновь.

Жизнь продолжалась, время текло неумолимо – в звоне посуды и музыке из бара, в угодливых улыбках официантов, в быстрой смене напитков и блюд. На календаре была все та же суббота – и уже подходила к концу. Несмотря на романтику обстановки, ужин как-то не клеился, разговор не вязался. Нок вела себя странно, говорила глупости, заказывала коктейли и отставляла их в сторону, упрекала Ивана, как бы в шутку, что он старый, толстый и совсем не говорит по-тайски. Бревич пытался острить в ответ, но выходило плохо – к тому же, она почему-то не понимала его английский.

В ту ночь они оба мало спали – просто лежали, обнявшись, после короткого, необязательного секса. Утром Нок повезла его в аэропорт. Регистрация прошла быстро; после они стояли несколько минут у ВИП-турникета, чуть касаясь друг друга, как подростки. Нок, собрав все силы, сказала положенные фразы – про комфортный полет и про то, что она будет рада когда-нибудь увидеть его вновь. Иван угрюмо молчал. Она добавила с улыбкой: «На эту тему есть много штампов, даже не нужно ничего придумывать, можно просто почитать в Интернете. И успокаивать себя сколько влезет – мол, у каждого своя жизнь. Мол, нужно двигаться вперед…»

Бревич хотел обнять ее в последний раз, но она вдруг отпрянула, вгляделась в его лицо и воскликнула чуть ли не с ненавистью: «Только не вздумай меня забыть!» И через секунду уже обнимала его сама, льнула к нему, прижималась всем телом. Он шептал ей что-то, в душе зная: «забыть» – это именно то, что он намеревается сделать. То, что правильно, разумно для них обоих, и – чем скорее это произойдет, тем лучше.

В зоне вылета он выключил телефон, вынул и выкинул тайскую сим-карту. На пути к самолету бормотал себе что-то в духе Лотара, вспоминая, как мантры, свои подозрения и ночные раздумья. Но язык ворочался с трудом, а в салоне лайнера все слова перестали что-либо значить. Он вдруг понял отчетливо, с предельной ясностью, что раздумывать было вовсе не над чем и что Нок просто любила его изо всех сил своим большим азиатским сердцем – каждую минуту, каждый миг. Тут же он осознал, как это безумно горько – никогда больше ее не видеть. С болью этого осознания он мог бороться единственным способом, который знал – алкоголем. Потому в течение всего полета Иван Бревич был серьезно пьян.

Глава 8

После отъезда Ивана Нок провела ужасные три недели. Дым рассеялся, стало ясно: мир для нее изменился навсегда. Новой его сутью была пустота – до того она не представляла, что пустого места может быть так много. И еще она поняла кое-что про стены вокруг сердца – их свойство в том, что они истончаются с каждым часом, если ты счастлив с кем-то. Ее собственная «стена» исчезла без следа после их первой совместной ночи. Теперь уже не имело смысла скрывать это от себя самой.

Ей некому было пожаловаться, не с кем поделиться. Подруги не поняли бы ее – «хорошая» тайская девушка не может лечь в постель с женатым *фарангом* на третий день знакомства. Если же, с некоторой натяжкой, приплести сюда веление прогресса, объяснить все равенством полов и просто желанием поразвлечься, как это делают мужчины, то не вполне понятно, при чем тут сердечные терзания. «Прогрессивная» Нок должна контролировать ситуацию, а не влюбляться и терять голову – даже и несмотря на опостылевшее одиночество…

Как-то вечером она смотрела тайский телеспектакль, героиня которого обнаружила, что может пробираться в другое время через старое зеркало на стене. Там, вполне ожидаемо, у нее случилась любовь. Случилась драма, грозящая раздвоением, бездной несчастий и морем слез. В конце концов ей пришлось выбирать между реалиями и зазеркальем; в качестве выбора героиня швырнула камень в коварное стекло, закрыв себе дорогу в другой мир навсегда… Вытирая глаза, Нок пошла в ванную и там долго смотрела в зеркало над умывальником. С его помощью было не попасть ни в далекую страну Россию, ни в недавнее время, когда Иван обнимал ее, был с ней рядом. Однако же она знала: иной мир существует и раздвоение – вот оно, налицо. Ей тоже придется сделать выбор – с зеркалом или без – и что-то должно подать об этом знак.

Знак не заставил ждать себя долго. Вскоре Нок, поднявшись по лестнице на станцию надземки, вдруг почувствовала себя плохо. У нее помутнело в глазах, она опустилась прямо на перрон, потеряв сознание на несколько секунд. Пожилая женщина, стоявшая рядом, помогла ей подняться, отвела к скамейке, спросила, что с ней произошло. Нок сказала: «Я видела тьму». Действительно, во время обморока ей мерещились ужасы и страхи, какие-то пугающие тени, которые она не хотела вспоминать.

На другой день она узнала, что беременна. «Откуда ты родом?» – поинтересовался врач и пошутил про плодородие ее земли, провинции Пфетчабун. Нок улыбнулась ему в ответ – радостно, почти безмятежно. Странным образом известие успокоило ее, она поняла – вот он, жест судьбы.

Ее мысли и чувства прояснились, картина мира выстроилась окончательно. Она с легкостью ответила себе на вопросы – казалось, их было множество, но на деле значимость имели лишь два. Об аборте нельзя было даже думать – по буддистским понятиям это был бы страшнейший грех, невосстановимая порча кармы. Значит, сказала себе Нок, у нее будет ребенок. И признала тут же: отец ребенка, Иван – это единственный человек, с которым она хочет жить. Дело было не только в чувствах – ее влюбленность никуда не делась, но к ней добавилось кое-что еще. Сознание Нок вернулось к базовым установкам, перед нею встал вызов – создать своему ребенку достойную жизнь. Ответ на вызов был очевиден: Бревич. Он был решением всех проблем, оптимальным образом заполнял все бреши.

Чтобы окончательно укрепиться в своем мнении, она сделала то, что на ее месте сделала бы любая тайка – пошла к предсказательнице судьбы. Та, молодая еще женщина с крупными и властными чертами лица, сразу спросила: «Ты беременна, не так ли?» Нок молча кивнула. Предсказательница разложила карты, долго разглядывала их, двигала по столу, потом заявила со вздохом: «Твои шансы остаться одной или быть с мужчиной, которого ты любишь, примерно равны, половина на половину. Тебе, конечно, это не нравится, но, поверь мне, фифти-фифти – не так уж мало. Твой мужчина, я вижу его: большой, высокий, много старше тебя. *Фаранг*, конечно».

Нок сказала робко: «У него есть жена».

«Что с того? – предсказательница пожала плечами. – Жена, по всему судя, больше ему не интересна. Раз она допустила такое, значит, это никчемная женщина – он ее оставит и потом никогда не вспомнит. У него просто не было причин задуматься, а теперь – теперь есть ты и то, что у тебя в животе!»

Тем же вечером Нок начала действовать. У нее сохранилась бизнес-карточка Бревича, но пользы от этого оказалось мало. Два ее электронных письма вернулись обратно – их не пропустила спам-защита корпоративного сервера, о которой Нок, конечно же, не имела понятия. На другой день она позвонила на служебный номер, но и это ни к чему не привело. Заграничные контакты Ивана ограничивались Германией, и его секретарша, неплохо владея немецким, почти не говорила по-английски. Англо-тайский выговор она не поняла вовсе и не посчитала нужным вникать в ситуацию дальше, а просто положила трубку. Нок позвонила еще раз – с точно таким же результатом. Тогда, поразмыслив немного, она приняла невероятное на первый взгляд решение: лететь в Москву, чтобы найти там Ивана и поговорить с ним лично.

Если бы Нок могла обсудить это с кем-то, ее разубедили бы и поездки бы не случилось. Путешествие без попутчиков в далекий западный мир и тем более в холодную, недружелюбную Россию показалось бы чем-то немыслимым любой из ее подруг. Но советчиков не было, подруги оставались в неведении. Родителям она тоже не сказала ни слова – известие о беременности стало бы

для них ударом, несмываемым стыдным пятном. Безусловно, ее отец
озаботился бы тут же поиском хоть какого-то жениха из местных –
чтобы заплатить ему за молчание и тем самым спасти честь семьи.
Это не устраивало ее совершенно, потому она сочинила историю
про отпуск в Сингапуре, а сама забрала из банка все сбережения и
отправилась в неизвестность.

Нок приземлилась в аэропорту Шереметьево поздней ночью
в конце ветреного, сырого марта. Ее номер в дешевом отеле
оказался ужасен и мало приспособлен для житья. Все утро ее
тошнило, она ничего не могла есть, да и не знала, где и что едят в
этой непонятной стране. На улице было холодно, шел мокрый снег
с дождем. С трудом объяснившись с пожилым консьержем, Нок
попросила вызвать ей такси. Таксист долго кружил по переулкам,
потом привез ее все же по требуемому адресу, выставив совершенно
несуразный счет. Спорить Нок не могла; расплатившись, она вошла
в здание и показала карточку Бревича хмурому охраннику с мятым
лицом. Возникло замешательство, потом ей сказали, что его нет,
но он должен быть позже. Она села на диван у стойки ресепшена
– испуганная, уставшая и абсолютно неуместная в безликом
офисном холле.

Ивану тоже было непросто после возвращения из Бангкока – та же
пустота окружила со всех сторон и не собиралась отступать. Тем
не менее, он не допускал сомнений в окончательности их разрыва.
Живя в разных частях света, отношений не сохранить – в этом
Бревич был уверен твердо.

Он вернулся к привычной русской жизни, окунулся в работу,
много пил. Пару раз пробовал спать с дорогими путанами, но это
оставило лишь ощущение брезгливости и еще большей тоски.
Потом он вдруг предпринял неожиданный шаг – съехал от жены и
инициировал процесс развода. Все ее попытки добиться объяснений
не увенчались успехом – Иван избегал любых контактов.

Днем, в суете и хлопотах, ему удавалось почти не думать о Нок,
но пьяными вечерами воспоминания накатывали неудержимо.
Он сдавался – им и своим мыслям. Со стаканом в руках мрачно

бродил по комнатам наспех снятой квартиры, подходил к окну, смотрел на ночную Москву, в которой не было ничего от Бангкока. Застывал – на полчаса, на час – потом наливал еще виски и садился за компьютер. В Сети бродил по форумам и блогам, искал истории, похожие на его собственную, ожидая от них исцеления, отрезвления. Ему хотелось убедиться, что он поступил правильно – порвав с Нок раз и навсегда, не пытаясь возвести песчаный замок. Но, как назло, ему попадалось иное, чужие замки стояли прочно. Тайские подруги не были идеальны, не отличались ни утонченностью, ни интеллектуальной изысканностью, ни какой-то особой мистерией – все это, скорее, следовало искать в русских. Но при том в них словно был вживлен очень мощный источник женской истинности – той, что ищет каждый и найти которую непросто. Непросто ее и описать, разъяснить, она не всегда бросается в глаза, но, распознав, ее нельзя ни с чем спутать – и в тайках ее было много. Так же, понимал теперь Бревич, много ее было в Нок – как много было и самой Нок в каждой минуте, проведенной вместе. Нет, она не выпячивала себя, не навязывалась и не была болтлива; просто все ее содержание предлагалось ему – предназначалось лишь для него, формируя тем самым властное ощущение принадлежности друг другу. Это была незнакомая ему ранее щедрость, которой она даже не замечала, для нее она была естественна, как дыхание… Бревич вспоминал свое прошлое, двух жен, одну несостоявшуюся невесту и десяток постоянных любовниц. Все они любили подчеркивать – мол, я отдаю тебе всю себя! Тогда ему казалось, что они и вправду предлагают ему немало, теперь же эти их слова вызывали лишь саркастическую усмешку.

Читал он и о другой стороне тайских женщин, об их коварстве в мщении и бешенстве в ссорах, об инфантильной поверхностности их суждений и взглядов, о неумении планировать наперед. Все это почему-то не отменяло их удивительной притягательности, что была глубже и шире быта, денег, житейских дрязг, а также всех расхожих сентиментальных грез. В близости с ними присутствовала незримо какая-то необъяснимая человечность, будто бы способная уберечь, как ангел-хранитель, от разочарований и душевных ран. Она, наверное, была иллюзорна, но за эту иллюзию хотелось цепляться. Ее пытались, более или менее коряво, описать прочие; ее же помнил и пытался анализировать сам Бревич – без какого-либо успеха. Тонкие материи не давались пониманию, не желали облекаться в слова. Оставались лишь горечь и ощущение, что он отказался прочувствовать до конца что-то очень важное в этой жизни…

Иван злился и еще больше пил. Потом выискивал, как лекарство, истории другого рода. Читал с кривой усмешкой откровения секс-туристов, двойников Лотара – о «победах» в любви за деньги, об обманах и плутовстве, неверности и лжи хитрых, полуграмотных «фей» из баров. Это отрезвляло; понемногу Бревич, казалось, вставал на путь «выздоровления». Иногда он даже подумывал, не завести ли себе содержанку азиатской внешности – например, татарку или бурятку – чтобы выздоровление ускорилось. Именно в это время Нок появилась в Москве.

Бревич пришел в офис через полтора часа – почти вбежал в здание, не глядя по сторонам. Кивнув охране, он направился было к лифтам, но его окликнула ресепшионистка, показала глазами на диван и неуверенно произнесла: «Вот…» Иван застыл на месте, потом медленно подошел к Нок, та встала ему навстречу. «Почему ты здесь?» – спросил он. Нок сказала: «Я беременна твоим ребенком». Они молча смотрели друг на друга несколько секунд, затем Иван отменил все дела, посадил ее в машину и повез к себе.

Дома Нок, снимая обувь, прислонилась к стене в коридоре и прошептала: «У меня кончились силы». Он осторожно раздел ее, отнес в спальню и уложил в постель. Она тут же уснула; Бревич долго сидел у кровати, лишь несколько раз отлучившись на кухню за глотком спиртного. Но алкоголь не действовал на него; теперь, рядом с Нок, он чувствовал себя совершенно трезвым. И трезво осознавал, что эти минуты – лучшие в его сорокашестилетней жизни.

Последние годы Иван очень хотел сына – наследника, продолжателя рода. Он не раз заговаривал об этом с женой, они будто бы даже пытались зачать ребенка, но у них ничего не выходило. Бревич подозревал, что она предохраняется тайком – беззаботно-комфортная жизнь была ей слишком дорога, и дети не вписывались в ее модель счастья. Как бы то ни было, теперь это не имело значения – услышав от Нок неожиданную новость, Иван почувствовал, что в его голове все встало на свои места. Логический круг замкнулся, мысли обрели полнейшую стройность. Он увидел себя в начале пути – к созиданию чего-то важнейшего, настоящего. И на этом пути для него не существовало преград.

Следующие три недели они почти не расставались. Затем они поженились – из-за беременности врачи не советовали Нок лететь в Таиланд, и свадьба состоялась в России. Бревич проявил свои сильные стороны во всей полноте – никаким помехам было не устоять перед его напором. А также перед его возможностями – с десяток чиновников нежданно обогатились, но зато все бюрократические вопросы были сняты в нереально быстрые сроки. Столь же быстро – и очень жестко – он закончил развод с женой, отдав ей то, что она, по его мнению, заслуживала: квартиру в центре Москвы и немного денег. Та опешила и заикнулась было о полноценном разделе капитала и бизнеса, но Бревич припугнул, нажал, пригрозил оставить вообще ни с чем, и она подписала все бумаги. В результате прекрасным апрельским днем Иван и Нок стояли перед распорядителем Академического ЗАГСа.

На свадьбе присутствовали лишь их семьи – отец и мать Бревича, родители Нок и ее младшая сестра Пим. Иван познакомился с новыми родственниками по Скайпу – это было непросто и происходило в несколько этапов. Сначала Нок поговорила с мамой; та, поохав и немного поплакав, быстро уяснила, что случившееся с дочерью – не фантазии, а необратимый факт, который нужно принять как есть. Они принялись обсуждать главный вопрос: как сказать отцу, что Нок, гордость семьи, беременна, находится на краю света и выходит замуж за чужеземца, с которым не знакомы ни они, ни их соседи. Обсуждение шло два дня, был разработан подробный план, но и он не помог избежать отцовского гнева. Разъяренный родитель кричал и ругался, наотрез отказывался признавать очевидное, обвинял их обеих в безрассудстве, утверждая, что *фарангам* верить нельзя, что Нок, конечно же, стала жертвой обмана, что Иван скоро ее бросит и все семейство потеряет лицо. Нок, впрочем, держалась невозмутимо, она знала, что на ее стороне и мать, и Бревич, и будущий ребенок – и в конце концов здравый смысл возобладал над эмоциями. Отец сменил гнев на милость и согласился поговорить с Иваном, что и было проделано в присутствии Нок и ее сестры.

К удивлению всех, они как-то сразу нашли общий язык, а затем Бревич организовал их приезд в Москву и обеспечил роскошное времяпровождение. Он не только оплатил расходы и в первый же день церемонно передал главе семейства щедрый *син-сот*, «выкуп» за невесту, но и предусмотрел насыщенную программу с участием тайскоговорящего гида. Это очень впечатлило всю семью, и родители Нок пришли к осторожному согласию, что ей неожиданно и необычно повезло. Отец, правда, добавил, что с Иваном нужно все же быть настороже. Нужно держать руку на пульсе и быть готовыми ко всему. Мать привычно согласилась с ним, не видя причин спорить. На самом же деле ей по-настоящему понравился большой молчаливый человек с мрачным лицом, которое мгновенно преображалось, когда он смотрел на ее дочь.

После свадьбы, прошедшей по-домашнему спокойно, Бревич пообещал, что через год они с Нок приедут в Таиланд надолго. Он даже согласился на еще одну свадебную церемонию – в тайском стиле, по буддистским обрядам. Это окончательно расположило к нему ее отца – тот уже представлял, с какой завистью на Ивана будет смотреть вся деревня. Так, на мажорной ноте, семья Нок отбыла домой, а у молодоженов началась совместная жизнь, полная приятных хлопот.

Бревич стал редко бывать в офисе и вообще охладел к бизнесу. Он знал, что это вызывает недоумение, что коллеги вовсю судачат о начальнике, съехавшем с катушек, но ему было плевать. Вскоре он понял, что безумно влюблен – впервые в своей жизни. Также он ощутил во всей полноте, что это такое, владеть тем, что ты любишь – а к ответственности за свои владения ему было не привыкать. На осторожный намек Нок, что ее семья надеется на материальную «подпитку», Бревич лишь пожал плечами. Для него, привыкшего платить за всех и всем, это казалось вполне естественным. К тому же, размер ожидаемой помощи был смехотворен по его меркам, а сам факт ее наличия приносил ему множество очков в глазах жены. Для нее это было лучшим из его мужских качеств, и она в ответ была рада проявлять все лучшее в себе. Иногда он шутил сам с собой: говоря бизнес-языком, их брак был очень выгодной «сделкой». Может потому он и влюбился, как пацан, на старости лет?..

Впрочем, усмехаясь и подтрунивая, он умел взглянуть на происходящее всерьез, без шуток. Взглянуть и признать: ему в самом деле улыбнулась удача. Без сомнения, это была полоса счастья, незнакомого до того. Мнения других, слухи и сплетни не волновали его абсолютно; не пугала теперь и разность культур – он напоминал себе, сколько глупостей и претензий обрушивали на него девушки одной с ним культуры, говорящие на том же языке. И еще он знал: Нок будет по-настоящему любить их ребенка. Это было неизмеримо важнее остального.

Время текло стремительно, бурно, ярко. Бревич был переполнен позитивной энергией, ему казалось, он может свернуть горы. Большую часть этой энергии он направлял на организацию их текущей жизни. Все лучшее, что могла предложить столица, от врачей до салонов красоты, было выявлено, проверено и предоставлено в распоряжение Нок. Иван нашел привычную для нее еду и кучу фильмов с субтитрами на тайском – включая даже классические советские комедии, над которыми они оба смеялись до слез. Он показывал ей Москву, водил в картинные галереи и на спектакли Большого, от которых она была в восторге. Перед сном они долго болтали – о том, в какой стране лучше жить, или о том, на кого будет похож их сын – уже было известно, что Нок ждет мальчика. Заботиться о ней было необычайно приятно; Бревич чувствовал, что каждая минута его существования осмысленна до предела. Он жил в идиллии наяву, знал это и даже не удивлялся. Почему-то это казалось естественным, и по-другому не могло быть.

А затем идиллия обратилась трагедией.

Глава 9

Новую жизнь Ивана Бревича окружали не только слухи и сплетни. У как минимум одного человека она вызывала острую ненависть. Этим человеком была Инна Витзон, его предыдущая жена.

Инна выросла в очень правильной, очень «московской» еврейской семье. Диплом престижного в СССР Иняза дал ей повод считать, что она осчастливила Бревича, выйдя за него замуж. Так же думало и ее семейство, несмотря на то что именно от Ивана полностью зависело их благополучие. Бревича все это заботило мало – он не принимал своих родственников всерьез. Для Инны же всегда и все было серьезно, занимая строго определенное место. В ее жизни не могло быть незначимых мелочей – ибо она сама была очень значимой вещью.

Теперь – определенно и всерьез – Инна ненавидела бывшего мужа. Ненависти было так много, что она не могла уместиться внутри и обязана была излиться – какой-то страшнейшей местью. Странным образом это сближало Инну с женщинами Таиланда, которые, все в одном лице, как она считала, стали причиной ее жизненной катастрофы. То, что она теперь ощущала в отношении Бревича, совпадало с изречением обманутых тайских жен: *«Death is not enough*[20]*!»*

---

20   Одной лишь смерти недостаточно (англ.).

Суть катастрофы заключалась, впрочем, не в супружеской неверности – на нее Инна легко закрыла бы глаза. Их отсутствие интереса друг к другу было взаимным, и у обоих не раз случались связи на стороне. Суть крылась в другом: Инну потрясло до самых глубин души то, как именно Бревич завершил их брак. И этого она не собиралась прощать.

За годы их супружества у нее тоже накопилось немало претензий. Накопилось и раздражение – в основном от того, что она никак не могла почувствовать вкус удавшейся жизни, хотя все атрибуты «успеха» были налицо. Виноватым в этом она считала Бревича – поскольку больше винить было некого. Он к тому же не желал видеть в ее сетованиях никакой глубины – лишь бесцеремонно заявлял в ответ, что Инне нужно перестать бездельничать и чем-то себя занять. Это оскорбляло ее, она считала – и часто жаловалась своим подругам – что муж ее не понимает и не хочет понять.

Потому, когда Иван, вернувшись из Бангкока, объявил о намерении развестись с ней без всяких на то причин, Инна, опешив поначалу, быстро пришла в себя. Она почувствовала, что перед ней замаячил достойный ее проект – появилось *дело*, заниматься которым можно увлеченно и долго. Смысл проекта состоял в том, чтобы выпить из Бревича всю кровь. Измотать его изнурительнейшим процессом, отсудить побольше – и еще больше, еще… У Инны появился блеск в глазах, она преисполнилась энергии, будто помолодела. Вскоре силами двух адвокатов был разработан план действий, полный коварных ходов, но тут в Москву прилетела Нок, и все пошло насмарку. Бревич повел себя бескомпромиссно, разъяснив и ей, и ее адвокатам, как он с помощью своих связей может оставить ее ни с чем, без жилья и без денег. Он звучал убедительно; ей пришлось принять его условия, но при этом злость, которую она затаила, была безмерна. Инна сформулировала для себя как данность: Бревич нанес ей непоправимый урон. Дело было не в деньгах – она все же получила не так уж мало. Дело было в том, что он в одночасье лишил ее вдруг найденного содержания жизни. И за это, сказала она себе, Бревич должен ответить.

За несколько бессонных ночей у нее в голове составилась

изощренная схема. Главная роль в ней отводилась семейной паре Даниловых – «Саньку», имевшему с Бревичем свои счеты, и его жене Татьяне, которую Инна знала еще с институтских лет. Тогда они были близкими подругами, но после дружба уступила место зависти и злорадству. Теперь это пришлось очень кстати.

Первый шаг казался самым сложным, но удался легко: встретив «Санька», будто бы случайно, неподалеку от офиса, Инна пригласила его на кофе, и уже через несколько дней он стал ее любовником. Вниманием и лестью она умело разожгла его страсть, а потом вдруг объявила о разрыве.

«Я поняла, нам не по пути, – пожала она плечами на его недоумение. – Ты лузер по жизни, а скоро вообще останешься без работы. Мой бывший собирается тебя выставить, он не может простить, что бизнес когда-то был твоим, ты его зачинатель. Да и сами эти ваши кондеры – ты их любишь, а он нет, это его раздражает. Твоя жена ему говорила, что, мол, у тебя на них стоит лучше, чем на нее… Кстати, ты знаешь, что она спала с ним – чтобы мне досадить – почти весь прошлый год? Он со мной делился, в этом смысле у нас все было в открытую. Танька жаловалась ему не раз, что ты никуда не годен в постели. А ведь это не так, ты хороший любовник, у тебя такой мощный, толстый член…»

Данилов был взбешен, подавлен, испуган. Он поверил во все – и в неверность жены, и в то, что его выгонят из фирмы, и во внезапное прозрение-презрение Инны, к которому был готов, ибо сам давно уже перестал уважать себя. Тем же вечером он устроил дома отвратительную сцену, после которой его Татьяна собрала вещи и уехала к маме. Через пару дней он пытался с ней помириться, но в результате вновь впал в истерику и, желая уколоть побольнее, рассказал про свою недолгую связь с Инной. Это подействовало как бомба, и скоро стало ясно, что супруга вообще не собирается возвращаться. Данилов каялся и просил прощения, но она лишь рассмеялась ему в лицо и укатила вместе с мамой на турецкий курорт, оставив его в дождливой Москве.

Словом, Инне за какие-то три недели удалось многое. Это придало ей уверенности, убедило в собственной правоте. Вскоре она вновь позвонила Данилову, пожаловалась на одиночество, даже всплакнула в трубку и позвала его в гости. Они много пили – и, после спиртного, секса, пьяных, слезливых сетований на жизнь, будто сама собой возникла и стала утверждаться мысль о мести. Бревич предстал причиной всех бед, нынешних и грядущих, для них обоих. Это из-за него они оба теряли, теряют и будут терять – значит, нужно, чтобы и сам он прочувствовал суть потери. У него нужно отобрать что-то, внушала Инна, что-то самое дорогое, показать ему: он не всесилен, он так же слаб и уязвим, как все…

Так сформировался их тандем «мстителей», и способ мести был озвучен в ту же ночь. У Ивана нужно было отнять Нок – пусть на время, но взаправду, без шуток – чтобы он поверил и сполна ощутил всю боль. Чтобы заплатил – отчаянием бессилия и деньгами – за возвращение своей «игрушки». Серьезными деньгами, которые он задолжал им обоим.

Проснувшись утром и все вспомнив, Данилов сел на кровати, сжал лицо ладонями и издал долгий, протяжный стон. Он понимал, что собирается сделать нечто ужаснейшее, дичайшее – и почему-то знал: отступать поздно. Даже страх, от которого дрожали руки, не мог заставить его повернуть назад. Более того, у него на примете уже был человек, подходящий для подобного рода дел. Не кто иной, как «Валек» – друг детства Валентин Сахнов.

Валентин давно вернулся в Москву. В свое время он сделал неплохую карьеру в военном спецназе, быстро дорос до капитана, но потом его и подчиненную ему группу уволили из рядов за неблаговидный инцидент в Чечне. Это потрясло его до глубины души – несмотря на проблемы с дисциплиной, «Валек» служил честно. Он считал армию своим предназначением, а себя – убежденнейшим офицером, патриотом, не чураясь даже некоторой сакральности, говоря себе, что его жизненный путь – Путь Воина. Потому в увольнении он увидел крах всех мыслимых основ справедливости, а его разум долго отказывался признать случившееся.

Пару недель, пока оформлялись бумаги, он ходил в оцепенении, с остановившимся взглядом. От него шарахались встречные, принимая за опасного, непредсказуемого придурка. Затем оцепенение прошло, остались злость и обида. Получив документы, Сахнов поехал домой, в Москву, но на одной из станций, выйдя за пивом, повздорил с милицейским нарядом и отстал от поезда. Недолго думая, он сговорился с машинистом товарняка, шедшего в ту же сторону, и так доехал до самой столицы – сидя в задней кабине тепловоза, разглядывая поля, перелески, деревни, проносящиеся мимо, и горланя военные марши. Где-то там, на пути, его сознание пережило катарсис, перестроило картину мира. Он понял, что при любом раскладе останется тем, кем был всегда – воином. И его война теперь – за себя, против всего и всех.

В Москве Валентин первым делом пошел к Бревичу и попросился на место начальника охраны. Иван проявил радушие, похлопал по спине, угостил коньяком, но к себе не взял, опасаясь, что чеченская история всплывет и навредит бизнесу. Сахнов воспринял отказ как еще один серьезный удар. Это было нарушением «братства», к которому он по армейской привычке относился с пиететом. Но удивления он не испытал, было ясно: подлости судьбы – звенья одной цепи. Жизнь его переменила курс, и это нужно принять как есть.

Он пошел работать в частную охранную фирму и после привел туда нескольких сослуживцев. Вскоре все они рассорились с руководством, уволились и стали действовать своей «бригадой». Брались за все, моральных препон для них давно не существовало. Критерий был лишь один – деньги, и бизнес в общем шел неплохо. Богатые клиенты платили щедро – при этом свинство, с которым случалось сталкиваться, переходило все границы. Это вновь и вновь убеждало Валентина: жизнь движется не в ту сторону, но ее не повернешь обратно.

Иногда он беседовал на эту тему с «Саньком» Даниловым – они регулярно созванивались и, где-то раз в месяц, основательно напивались вместе. С сожалением Сахнов отмечал, что и «Санек» изменился к худшему. Дружба закончилась, теперь их объединяло лишь недовольство ходом вещей. С Бревичем же Валентин не виделся больше ни разу, но не забыл и не собирался забывать обиду. Он твердо верил, что им еще выпадет шанс поквитаться.

И вот шанс выпал – когда Данилов рассказал «Вальку» про замысел с Нок, тот согласился почти сразу. Все вставало на свои места: таких, как Бревич, нужно «учить» – и урок выйдет доходчив. Такие, как Бревич, должны платить – деньгами – и денег светит немало!

Роли распределялись очевидным образом: на Данилова возлагалось финансирование операции, а на Сахнова с его людьми – непосредственное исполнение. Стоимость заказа, озвученная Валентином, вначале показалась «Саньку» непомерной, но, поразмыслив, он согласился, надеясь на щедрый выкуп, который должен будет отдать Бревич. Разделить его они договорились поровну, хотя Сахнов имел на этот счет свои планы. Для него это был еще один аргумент в пользу «акции» – большой куш, если получится его урвать, позволит отойти от дел, сменить обстановку, даже уехать в другую страну. Как знать, быть может где-то в солнечных краях у моря ему придет в голову, что делать дальше со своей зигзагообразной жизнью…

Валентин привлек к операции самых надежных своих людей. После недельного наблюдения за Нок было решено похитить ее на выходе из салона в тихом Весковском переулке. Нок посещала его раз в два дня и всегда шла домой пешком – квартира Бревича была в соседнем квартале. Сопровождал ее лишь один охранник – присмотревшись к нему, спецназовцы решили, что он не создаст проблем. Операция началась и развивалась строго по плану, но план, как выяснилось, предусматривал не все.

Человек, охранявший Нок, был родом из Люберец и имел одинаковые фамилию и кличку – Конь. Его подготовка не шла в сравнение с выучкой бывших спецназовцев, но он был чрезвычайно крепким парнем, поднаторевшим в драках. Когда рядом с ним из ниоткуда вдруг возникли два незнакомца в масках, инстинкт помог ему чуть отклониться вбок. В результате он не отключился от короткого страшного удара в висок, а, упав, сумел перекатиться, выхватить пистолет и, находясь в полубессознательном состоянии, открыть беспорядочную стрельбу.

Почти все его пули ушли в никуда, кроме одной – она угодила в

Нок, нанеся ей смертельное ранение. В последние секунды жизни у нее перед глазами пронеслось несколько картин. Она увидела отца и мать в дверях дома на деревянных сваях. Потом – желтую реку и своего любимого буффало. Потом – лицо неродившегося ребенка, похожее на лицо инопланетянина. Потом – больше ничего.

В течение часа после провала акции исполнители исчезли из города, а Валентин вызвал Данилова на срочный разговор. Они условились встретиться в парке, в малолюдной части, где когда-то играли в разбойников и казаков. Александр пришел первым, Сахнов увидел его из-за деревьев. Тот стоял и курил, нервно переминаясь с ноги на ногу – хоть и не знал о случившемся и о том, что его ждет.

Протягивая руку, Валентин спокойно сказал: «Здорово!» – тут же неуловимым движением сбил «Санька» с ног и, наклонившись, сделал то, чему научился в Чечне – полоснул по горлу, внимательно следя, чтобы на него не попала кровь. Несколько секунд он стоял и смотрел на труп друга детства. Ему было ясно – именно к этой точке и вела его судьба, избрав самую ложную из траекторий. Потом он тщательно протер нож, швырнул его в кусты и зашагал прочь. Больше его никто никогда не видел.

Глава 10

Известие о смерти Нок ввергло Ивана в подобие ступора. Он почти ничего не чувствовал и не реагировал на мир вокруг – словно мира не существовало вовсе. Рецепторы бездействовали – их сигналы больше не обрабатывались мозгом. Мозгу было все равно.

При этом некий автопилот помог ему, как всегда эффективно, разобраться с насущными делами. Прежде всего, Иван позвонил Пим – она немного говорила по-английски. Выбирая самые простые слова, он донес до нее трагическую новость и попросил помочь ему в разговоре с родителями, предварительно их подготовив.

Пим согласилась; они все встретились в Скайпе на другой день. Иван увидел на экране двух разом постаревших людей, придавленных свалившимся на них горем. Он сказал, медленно, почти по складам: «Нок больше нет. Нашего с ней сына нет тоже. Я могу только привезти ее для похорон и найти тех, кто виновен. Я это сделаю».

Отец Нок встал и ушел, так и не произнеся ни слова. Мать закрыла лицо ладонями и разрыдалась. Было ясно: больше говорить не о чем. Пим махнула Ивану рукой, чтобы тот разъединился.

Через два дня Бревич сидел в самолете с забальзамированным телом Нок на борту. Это было его второе путешествие в Таиланд, путешествие скорби. Все девять часов полета он провел, почти не двигаясь, невидяще глядя перед собой. Лишь только стюард, приветствуя пассажиров, произнес слово «Бангкок», ступор-анестетик стал проходить, уступая место отчаянию и боли. Боль накатывала и отступала – волнами мутного океана.

Бревич понимал: океану нет предела. Все, что связано с Нок, не имело и не будет иметь границ. То, что он ощущает сейчас – лишь предвестие чего-то страшного, ждущего впереди. Он знал, что оно, это страшное, придет, и готов был его принять, а пока у него была соломинка, иллюзия защиты. В каком-то смысле они с Нок все еще оставались вместе. Она была почти рядом, в том же самолете.

За это он и цеплялся, сжав челюсти, сгорбившись в мягком кресле. Перед внутренним взором стояло ее лицо – лицо живой, радостной Нок, какой он привык ее видеть. К нему, словно стальной цепью, было приковано сознание, вокруг него наматывали круги судорожные обрывки мыслей. Казалось, они звучали на лету – воющей, горькой нотой. От них расходилось гулкое эхо, потом они соскакивали с круга, барахтались в топи, вязли в зыбучих песках, так и не сформировавшись ни во что…

Из бангкокского аэропорта, на специально заказанном автомобиле, он привез тело Нок в дом ее родителей, а сам поселился неподалеку, в единственном на всю округу отеле. Тем же вечером состоялась первая из церемоний прощания, на которую собралась вся деревня. Иван не участвовал в ней, лишь наблюдал, стоя чуть в стороне. Любой обряд, что бы он ни значил, казался ему теперь фальшивым, лишним.

Тело Нок лежало на столе, укрытое покрывалом. Обнажены были лишь ее голова и правая ладонь. К ней по очереди подходили люди, выливали ей на руку немного воды со сладковатым цветочным запахом. После каждого подошедшего пожилой монах произносил певучую молитву. Это длилось долго, Иван молчал и хмурился, будто чувствуя, что Нок отдаляется от него с каждым новым омовением.

Затем вокруг ее запястий и лодыжек тот же монах повязал браслеты из белой нити. Стол с телом украсили цветочными гирляндами. Их запах дурманил, у Бревича кружилась от него голова. Он вышел на улицу и зашагал к отелю, чувствуя с невероятной остротой, что скоро время, как вода, утечет сквозь пальцы – Нок уйдет из его жизни навсегда...

По буддистским правилам прощание длилось пять дней. Иван приходил около полудня и просиживал рядом с Нок до сумерек. Около шести, когда чуть спадала жара, в доме появлялись монахи, начинался молитвенный обряд. Потом все расходились, Иван тоже брел к себе. Единственный человек, с кем он за день обменивался словами, была Пим. Мать Нок проводила все время в слезах и домашних хлопотах, отец же, бродящий по дому с застывшим лицом, окруженный черным облаком, не говорил ни с кем, а Ивана словно и не замечал вовсе.

В отеле Бревич что-то ел – наскоро, не замечая вкуса. Затем брал с собой в номер бутылку тайского рома и вытягивался на кровати. Его принимала в себя ночь, густая, жаркая тьма. Вокруг царило беззвучие, которое оттеняли цикады и чуть слышный шорох лопастей вентилятора над головой. Иван переносился в другую действительность, погружался в транс. Вновь, как в самолете, перед его глазами была Нок, смеющаяся, полная жизни. Ее лицо завораживало, он медитировал на него, как на хрустальный шар.

Четыре первых ночи видения были полны конкретики. Бревич вспоминал и заново проживал дни, проведенные с ней вместе. От знакомства до первой близости, от разлуки до свадьбы и потом – неделю за неделей счастливой московской жизни... Ее взгляд в бангкокском аэропорту. Встречу в офисе на виду у изумленной охраны. Завтраки по утрам на кухне, залитой солнцем. Визиты к доктору и разглядывание ультразвуковых снимков... Все это представало перед ним в строгом хронологическом порядке. Образы были ярки – как наяву или под действием мощного галлюциногена. Казалось, он слышал голос Нок, ощущал ее запах.

Потом, без предупреждения, его разум заволакивала мутная пелена. Все картины исчезали, им овладевало безраздельное, слепое бешенство. Иван сжимал кулаки, будто чувствуя свои пальцы на горле каждого из врагов, виновников его горя. Он рвал их плоть, уничтожал их души, придумывал ужаснейшие кары. Сердце его скакало, дыхание прерывалось. Он понимал, что злоба, разросшаяся до границ мира, убивает, душит его самого – и глотал из бутылки, пытаясь обуздать ее буйство. Гибнуть было нельзя – пока не произошло отмщение.

Перед рассветом он наконец погружался в дремоту, но вскоре выныривал из нее, жадно хватая воздух. Ему снилось одно и то же, пусть на разный манер – что Нок в беде и ему не под силу ее спасти. Это было противоестественно, невыносимо – для него, привыкшего, что он может все... Бревич, давно не испытывавший страхов, стал по-настоящему бояться этого сна. И никак не мог от него отделаться.

В последний, пятый вечер, поднимаясь в номер, он вдруг застыл на месте. Его пронзило внезапное осознание: завтра Нок исчезнет окончательно, навсегда. Бревич сбежал по ступенькам вниз, пошел быстрым шагом назад, в деревню, плутая в темноте. Его гнала мысль – он должен сделать что-то, отдалить, помешать...

Улица, на которой стоял дом Нок, была освещена двумя тусклыми фонарями. Приблизившись, Иван увидел на крыльце силуэт. То был ее отец, он стоял и смотрел вдаль, один перед всем миром. В его позе было столько безнадежности, что Бревич тут же понял: ничего изменить нельзя. Он отступил в тень и около получаса наблюдал за чужим ему человеком, с которым они, очевидно, чувствовали одно и то же. Потом пошел назад – в свою тесную комнату, к шороху вентилятора и бутылке «Сангсома».

В ту ночь его внутренний взгляд почему-то размылся, лицо Нок затмилось. Конкретика уступила место абстракции – перед Бревичем в неразборчивых образах проходила вся его жизнь. Он как будто наблюдал ее со стороны, из других пространств, произвольно передвигаясь от точки к точке, от одного ее момента к другому. В черно-серо-белых пятнах, в чуть трепещущих синусоидах он угадывал годы своего бизнеса, успех и богатство, череду женщин, любовниц, жен. Все это теплилось едва-едва, почти не отличаясь от фона. А потом – невероятный всплеск амплитуд и красок, выброс за пределы всех мыслимых шкал. Бешеная пляска аналоговых сигналов, новая молодость, возбужденность жизнью и... возвращение серости, но уже без синусоид; пустота. Будущего не существовало, на его месте зияла пропасть. Как-то жить еще можно было лишь тут – в номере дешевого отеля с вентилятором под потолком, разгоняющим мутную тьму...

На другой день тело Нок было сожжено в крематории. Церемония – с фейерверками и петардами, подаяниями монахам и обильным застольем – длилась долго, с утра и до темноты. Считалось, что это – буддистское торжество смерти, праздник освобождения от земных тягот, шаг к возрождению. Но для Ивана и родителей Нок в происходящем было лишь горе, перед которым любые религии бессильны.

Бревич просидел весь вечер над нетронутой тарелкой, глядя в пол. Он не пил ни капли спиртного, был трезв и полностью погружен в себя. Ближе к ночи, когда знакомые и соседи наконец разошлись, он вышел из дома и сел на ступеньки, обхватив голову руками. Едва ли не впервые в жизни он ощущал полнейшую растерянность – не зная, что ему делать, куда идти, как спасаться.

Потом к нему подошла Пим, села с ним рядом. Ей хотелось помочь ему хоть чем-то. «Знаешь, – сказала она, – тут, в доме, сохранилась комната... Нок провела в ней детство и потом жила всякий раз, когда приезжала нас проведать. Хочешь там побыть?» – Иван молча кивнул.

Пим поговорила с матерью, та была не против. Бревича проводили в комнату Нок и оставили одного. Сначала он сидел за ее столом – чистым, без единого пятнышка – затем стал ходить из угла в угол, бесшумно, как зверь, загнанный в смертельную ловушку. Его разуму становилось все хуже. Отчаяние и боль взяли в кольцо, кружили, как демоны, где-то рядом. Бревич чувствовал их дыхание, их неодолимую мощь.

Под ногой вдруг скрипнула половица. Это чуть отвлекло его, он замер на месте; затем, осторожно ступая, подошел к настенной полке. Там лежала стопка тетрадей – Бревич стал рассеянно перелистывать их одну за одной. В полумраке, в свете тусклой лампы он разглядывал почерк Нок – сначала детский, старательно-аккуратный, потом окрепший, взрослый. Водил пальцем по строкам и пытался понять смысл иероглифов, цепляющихся друг за друга, образующих причудливую вязь...

В одной из тетрадей, ему попались страницы с короткими стихотворениями, переведенными на английский – наверное, в качестве упражнения. Он стал читать их – все так же рассеянно, едва вникая – и вдруг вздрогнул, напрягся, замер, наткнувшись на четыре строки, подчеркнутые красным. У него подогнулись ноги, он сел за стол, впился взглядом в разлинованный лист. Твердил слова про себя, шевелил губами, шептал их вслух.

You will lose me on a cold night under a blanket of hostile darkness, but we'll meet under another Sun if you look for me hard enough[21], – перечитывал он вновь и вновь. Искры вспыхивали у него перед глазами, мысли словно взбесились, не поддаваясь контролю. Преграды пали, подточенные последней каплей, хлынул поток. И, не разбирая, захлестнул собой все.

В те секунды Иван понимал: его разум переходит в новое качество – навсегда. Вырывается на свободу, сбросив путы, или сам влечет себя в худшую из темниц – не суть важно, имя им одно и то же. Прочь названия, и демоны прочь; в новом качестве – спасение, панацея.

Он теперь видел все без помех: Нок не покинула его, то был лишь трюк, хитрость мелкого враждебного мира. Их совместный космос простирается куда дальше – она знала, чувствовала это еще до их встречи. Она заранее подала ему знак, заготовила для него послание, в котором все сказано предельно ясно. Без недомолвок, без умолчаний!

Иван просидел над раскрытой тетрадью несколько часов. В середине ночи Пим принесла ему воды с лимоном и немного риса. Он обернулся к ней, и она отшатнулась, увидев, каким огнем горят его глаза.

«В нем дух скорби, он ведет с ним битву», – сказала она матери, но это было очень далеко от правды. Иван больше не имел времени

---

21 Ты утратишь меня в холодной ночи под покрывалом враждебной тьмы, но мы встретимся под другим Солнцем, если ты будешь искать меня изо всех сил (англ.).

на скорбь. Он был человеком действия, умеющим добиваться цели. И теперь у него появилась самая важная в жизни цель.

Шаг за шагом в его в голове выстраивался план действий. Бревич осознавал всю сложность задачи, но не сомневался, что решение найдется. Чувствуя, что пока не готов гадать, он не пытался наделить смыслом понятие «другого Солнца». Просто знал, что такое место есть.

TEO

Глава 11

«Я родился на острове, на берегу моря, но оно было не такое, как здесь. Там были скалы, были набережные и пляжи – но совсем не такие, как здесь. Были праздные отдыхающие – не такие – были лавки торговцев и кафе по всему променаду, красно-коричневые, равнодушные ко всему холмы и разбросанные по ним виллы, будто обсыпанные сахарной пудрой.

Мое появление на свет отмечали торжественно и пышно. Наутро в палату к матери, едва оправившейся от родов, вломились бесцеремонные родственники. Они хватали меня на руки, тискали и теребили, щипали за щеки грязными руками, пока я не начинал заходиться в плаче. Им хотелось убедиться, что я из их племени, их стаи – в тот момент у меня еще не было сил по-настоящему их разочаровать. Так же как и в первые дни дома, в череде застолий, когда родители сбивались с ног в судорожном гостеприимстве, чтобы разделить радость с нашей большой родней, хотя причин для радости было еще не много. Я, как все новорожденные, не являл собой ничего, кроме биомассы, совокупности макромолекул, и никто не мог тогда предсказать с уверенностью, разовьюсь ли я в нечто большее. Никто не знал, но мои близкие верили в меня – как верят в прочих младенцев во всех концах света. И я оправдал ожидания: когда мне исполнилось шесть лет, произошло главное событие моих жизней, сколько бы их в конце концов ни оказалось.

Никто его не заметил и не оценил по достоинству, и сам я понял его суть много позже – а тогда лишь почувствовал небольшой шок…»

Я говорю это Эльзе – мы гуляем по набережной под жгучим солнцем. Идет третья неделя моего пребывания на Карантине. За это время изменилось многое и многое стало для меня привычным. Прижиться можно где угодно – особенно когда нет альтернатив.

Окружающее больше не кажется мне враждебным, я не вздрагиваю от шорохов, не ищу подвоха в каждом слове и знаке. Подсознание трудится, и его работа дает плоды: я осмысливаю понемногу факт своего возрождения и то, что после Карантина меня ждет еще какая-то жизнь. Осмысливаю и задаю вопросы – и себе, и Нестору – пусть пока почти все они остаются без ответов.

Наши отношения с Эльзой тоже стали другими. Это произошло скачком, сразу – после события, что изрядно нас напугало. Напугало своей неуместностью – будто отлаженный механизм этого места дал сбой. Будто что-то внешнее, грозное вмешалось в здешний безмятежно-ровный ход вещей.

Все случилось на одной из первых наших совместных прогулок: семиэтажное здание, мимо которого мы проходили, внезапно стало падать. Просто рушиться вниз – будто мощный заряд взрывчатки раздробил его опоры. Раздался грохот, огромные куски бетона полетели сверху, покатились слева, прямо на нас и дальше – на других прохожих, омертвевших от ужаса, к балюстраде, к морю. Нас окутало облако пыли, закупорив ноздри; я услышал крики с разных сторон, кажется кричала и Эльза…

Не успев ничего подумать, я схватил ее за руку и потащил вперед, каждый миг ожидая удара, осознавая, что нам, конечно же, не вырваться, не спастись. Но мы вырвались – полузадохнувшиеся, полуслепые от пыли. Откашлявшись и чуть отдышавшись, я оглянулся: позади было пыльное облако, поднявшееся до неба. Потом оно стало рассеиваться и вскоре исчезло без следа: на променаде не оказалось ни камней, ни повреждений, ни корчащихся от боли жертв. Все выглядело как прежде, лишь в череде зданий образовался провал, пустое место, словно от выбитого зуба.

Нужно отдать должное моей соседке, она быстро пришла в себя.

Вскоре мы уже, пусть несколько нервно, пытались шутить – и над инцидентом, и над собой. «Ты прямо герой», – покачала головой Эльза и рассказала тут же историю о своем бойфренде, с которым их как-то ограбили прямо в центре Нью-Йорка.

«Ты знаешь, что сделал *тот* герой? – усмехнулась она. – Побежал прочь, полетел как олень, оставив меня одну. Только крикнул – мол, догоняй – а потом заявил, что поступил как мужчина. Что лидировал, показывал путь... Тогда я решила, что не буду с ним больше жить – это было одно из самых мудрых моих решений!»

После случая со зданием в ней будто переключили тумблер, вся ее отстраненность куда-то делась. У нас даже начались попытки физического контакта: Эльза стала брать меня за руку, порой норовила тронуть за плечо, а то и мазнуть бедром. Дальше этого, впрочем, дело не заходило – все же ненастоящесть тел никто не отменял. Зато я узнал многое про ее первую жизнь – она рассказывала в деталях про родительское поместье с лошадьми и площадкой для поло, про учебу в Арлингтоне и первую работу в столичной мэрии... Все это вспоминалось ей большими кусками; она тут же делилась ими со мной. Я выслушивал ее, слегка завидуя – с моей собственной памятью все не гладко. Впрочем, некоторый прогресс есть и тут – кое-что вернулось, и к тому же я научился подбирать сновидения, постепенно заполняя пробелы. Сам, без Нестора, хотя, конечно, в первые дни его помощь была изрядна.

Он, однако, тоже делал ошибки – так, выбранные им сны о русском миллионере Бревиче ничем мне не помогли. Мое сознание так и не смогло шагнуть по цепочке к прошлому, как рассчитывал Нестор, и это ощутимо его расстроило. «Больше никаких ʻназад навстречуʼ, – заявил он мне. – Сосредоточимся на вашем детстве и на математике – нужно двигаться последовательно, а не прыжками вбок!» Так мы и движемся теперь – с переменным успехом.

Сам же я то и дело возвращаюсь мыслью к Бревичу, но тщетно. Лишь отдельные детали приоткрываются на миг: жаркий город, жаркая ночь, полумрак бара и пьяные лица. Дальше память утыкается в стену – жаркую стену. Не всплывают ни Тина, ни хоть какой-то намек на мою теорию и загадочные частицы. Слова Нестора о консионном поле пробуждают лишь мучительный зуд – порой он становится невыносим и я зажмуриваюсь, закрываю руками уши. Потом вновь пристаю к нему с вопросами, но он отделывается туманными сентенциями. Именно ими я и делюсь сейчас с Эльзой.

Набережная понемногу заполняется людьми. Сегодня мы вышли рано, одними из первых. Я говорю: «Ни с того ни с сего меня сотрясла дрожь, прошиб холодный пот. Потом закружилась голова и сильно поднялась температура. Мать уложила меня в постель с мокрым полотенцем на лбу. Все думали, что я заболел – гриппом или чем-то похуже – но они волновались зря. Моему здоровью ничто не угрожало. Произошло лишь то, что, судя по всему, случалось рано или поздно с большинством моих современников. То, что случилось и с тобой, и с каждым, кого мы теперь видим здесь. Я обрел сознание – истинное сознание – отделился как вид живой материи от всех прочих видов, родов и семейств – в самом широком смысле, далеко выходящем за рамки принятых таксономий. Я стал – позаимствуем расхожий термин – *человеком*!

Нет, не ангелы помогли мне, не святые духи подставили мне плечо. Не какой-нибудь из всевышних, придуманных к тому времени, коснулся меня перстом. Нет, мое сознание пробудили, вызвали к жизни очень даже реальные поля-частицы. Я не знаю деталей, но мой советник утверждает, что поток консионов, пронизывающий пространство, вступил во взаимодействие с моим мозгом – и срезонировал, попал в ловушку. Я как личность вписался в структуру мироздания!»

Я увлечен, мне кажется, я излагаю важные вещи. Важные для нас обоих – и не только в глобальном, мета-вселенском смысле. Есть куда более частный смысл: этим утром наконец прояснилось, почему мы с Эльзой соседствуем в одной квартире и чего от нас в связи с этим ждут.

Мы – локальная группа, так сказать, команда, связанная общей целью. Мне сегодня сообщил об этом Нестор – с недовольным выражением лица. Он долго молчал, поджав губы, потом выговорил наконец: «Ну что, давайте приступать к главному? Пока вы тут прохлаждаетесь, как в санатории. Все больше спите…»

Это было несправедливо, мои сновидения занимали ровно столько, сколько было отведено Инструкцией. Бодрствуя же, я пытался работать, мучился без особого прогресса – и, отметим, без особой поддержки от наставника-советника-терапевта. Тем не менее мне казалось, что мы нашли общий язык, притерлись друг к другу – все последние дни Нестор был весьма любезен. Но сегодня его словно подменили.

Впрочем, спорить с ним бесполезно. «Хорошо, к главному, – пожимаю я плечами. – Я считал главным теорию консионов, но если вы *теперь* полагаете иначе…»

Нестор усмехается: «И что же вы можете сказать мне про теорию консионов?»

«Немногое, – признаю я. – Лишь то, что слышал от вас: отпечатки сознаний, какие-то вихри, образы памяти на метабране – и то, что я сам будто бы предсказал все это…»

Нестор прерывает меня нетерпеливым жестом. «Сказки для детей, – говорит он. – Кого они могут убедить? Мифы и легенды – кто вам поверит, и кто поверит в вас, может быть я? Не надейтесь, я не легковерен. Мне нужна теория, строгая теория – тогда я буду считать, что вы достигли одной из целей. Тогда я поставлю *галочку* в бумажке, что вечно у меня перед носом – в моем списке дел, в менеджере задач».

«Как только, так сразу, – отвечаю я сухо. – Я стараюсь и продвигаюсь как могу».

Нестор вновь поджимает губы – явно будучи не в восторге от моих стараний. Потом, после паузы, повторяет: «К главному!» – и наклоняется вперед, так что его лицо заполняет весь экран.

«Полагаю… – говорит он вкрадчиво. – Полагаю, что вы, Тео, до сих пор не прониклись как должно всей значимостью явления, которое *у вас* перед носом – каждый день, прошу заметить, как у меня мой список. Полагаю, что вы принимаете его как данность и относите эту данность к категории случая, тем самым сводя к нулю существенность факта, о котором вам давно стоило бы задуматься. С вашим-то аналитическим умом… Я удивлен, удивлен!»

Он откидывается назад и смотрит на меня, как на школьника,

вновь провалившего диктант. «Вы имеете в виду…» – начинаю я, но Нестор не дает мне закончить.

«Именно! – восклицает он. – Да, именно это. Как же наивно с вашей стороны считать, что вы и ваша соседка оказались здесь, в одном жилом блоке, просто по случаю, без всякой причины! Чрезвычайно наивно, попахивает слепотой. А ведь вы не слепы, Тео – отнюдь, отнюдь…»

Я требую разъяснений. Нестор разъясняет. Очень коротко и не слишком внятно.

«Вы должны сделать общее дело, – говорит он, сверля меня взглядом. – Вскрыть причинные связи – пусть хотя бы одну из них. Ваши воспоминания обязаны пересечься в какой-то пространственно-временной точке, и эту точку нужно искать – искать! – а не ждать, что она выявится сама собой. Вот что *главное* – и вам обоим нужно сделать усилие в этом главном. Нужно стараться, нащупывать пути, пробовать, пробовать раз за разом. И помните, Тео: искренность – вот что выведет из тупика, искренность без компромиссов!»

На этом мы расстались. Теперь, на набережной, я, как мне кажется, очень искренне делаю усилие и «нащупываю пути». Эльза, впрочем, впечатлена не слишком. Она машет рукой, прерывая меня. Она сердится: «Неужели ты не можешь вспомнить ничего *нормального* – где ты жил? Какие у тебя были женщины – почему ты почти не рассказывал мне про своих женщин? Или каким ты был в юности, в детстве? Может, вредным мальчишкой – и теперь тебе стыдно? Быть может, ты отрывал крылья бабочкам и мучил кошек?»

Я лишь пожимаю плечами. По-моему, я говорю о самом нормальном, что бывает. Но на Эльзу я не сержусь, ей тоже непросто. Кажется, и ее Нестор был не слишком приветлив этим утром.

Соседка вышла в гостиную позже меня и сразу сказала: «Извини, ты не против, если мы сегодня обойдемся без яичницы? Я как-то не в форме – боюсь, у меня не получится».

На ней было строгое платье до колен, туфли без каблука и никаких украшений. Волосы были собраны сзади в низкий узел. Она выглядела как корпоративный юрист или же референт большого босса.

«Окей», – откликнулся я нарочито бодро и уселся было за стол, раскрыв блокнот, но Эльза, вместо того чтобы расположиться с рукоделием на диване, подошла к окну и прижалась лбом к оконному стеклу. Было видно, что ей не по себе.

«Все всегда хотят от меня чего-то, – произнесла она глухо. – А когда перестанут хотеть, я же еще оказываюсь виновата».

«Что случилось?» – спросил я, но не получил ответа. Она постояла несколько минут, сердито разглядывая заоконный ландшафт, потом прошлась по комнате, остановилась у кухонной раковины и стала мыть тарелки, чистые и без того.

«Это успокаивает – никогда не пробовал? – обернулась она ко мне. – Я так делала, когда ссорилась с кем-нибудь – и не только».

«Не пробовал, но я тебе верю, – откликнулся я и предложил: – Погуляем?»

И вот мы идем вдоль моря рука об руку, как счастливая пара. Мелкие волны рассыпаются бликами, на них больно смотреть. Мы туда и не смотрим, мы, как все прочие, по привычке вглядываемся в лица встречных, обшаривая их глазами в предчувствии узнавания. Предчувствие ложно, ожидание тщетно. Вокруг лишь незнакомцы – большинство из них среднего возраста, не старше пятидесяти. Я уже знаю от Нестора, что это не связано с моментом смерти. Внешность карантинщиков формируется искусственно – по обрывкам визуальной памяти, восстановленным при втором рождении. Так же как и их файлы – от которых, по-моему, не много толка.

Помолчав, Эльза говорит примирительно: «Ладно, я пошутила. Думаю, ты не мучил кошек. Мне просто обидно – мы потеряли так много времени! Хоть я и не знаю, хорошо это или плохо».

«В любом случае, – успокаиваю я ее, – в этом нет твоей вины».

Эльза качает головой. Ее гиперответственность мне уже известна. «Да, наверное, – говорит она, – но все же: мне совсем не ясно, с чего начать. Как я поняла, теперь я должна всем с тобой делиться, ничего не скрывая. Как с врачом или *шринком* – а не утаивать многое, как от бойфренда или от мужа. Я уже рассказала тебе немало, хотя, конечно, не все – но я же не знала!»

Мы подходим к открытому кафе. Все столики заняты, как впрочем и всегда. Карантинщики, расположившись в плетеных креслах, внимательно разглядывают прохожих. В высоких стаканах – напитки разных цветов: что-то сладкое, прохладительное, шипучее.

«Ах, – говорит Эльза. – Я так скучаю по алкоголю!» Я поддакиваю – хорошо ее понимая.

Наискосок, прямо на асфальте, прислонившись спиной к перилам, сидит певец с гитарой – дочерна загоревший, длинноволосый, с запавшими глазами. Мы останавливаемся у балюстрады в двух шагах от него – послушать. Рядом с нами еще несколько человек; немолодой мужчина улыбается мне, я любезно киваю.

«*О, что делать теперь всем нам, бесхозным пропойцам?* – поет хрипловатый баритон. – *Чем нам жить после того, как ушла Эльза? После того как ее большие груди и толстые ноги покинули этот бар…*»

«Слышишь? – говорю я с ухмылкой. – Песня про тебя».

«У меня что, толстые ноги?» – обижается Эльза.

«Ну-ну, шутка, – спешу я ее успокоить. – Ты же знаешь, ноги – твое сильное место».

«Так считали все! – заявляет она. – Конечно, пока не видели мою сестру. И заметь, это я тебе говорю *откровенно*».

Мимо проходит молодая девушка – одна, без спутника. Она идет, улыбаясь сама себе, не замечая никого вокруг. На нее оглядываются, кое-кто смотрит ей вслед. Я тоже провожаю ее взглядом.

«Из новеньких, – говорит Эльза. – Из вновь прибывших. Только что вселилась, живет одна. Я была такая же – вышла к морю и побрела без всякой цели… Как давно это было – будто вечность назад. И мой Нестор тогда еще казался таким милым!»

Очевидно, ее утро с Нестором – отдельная маленькая драма. Я чувствую даже некоторое злорадство. Все же я, наверное, ее ревную.

«Знаешь, – Эльза поднимает на меня глаза, – что-то после утренней сессии мне вовсе расхотелось покидать Карантин. На меня пахнуло таким бездушьем… Как ты думаешь, нас выставят прочь, как только мы найдем эту самую связь? То самое невидимое звено – я так и не поняла, какой в нем смысл».

Я спешу ее упокоить: «Нет, Инструкция утверждает обратное. Хотя о невидимом звене в ней ни слова».

Певец начинает новую песню: «*Как могу я любить тебя всем сердцем, когда я верю, что будет другая жизнь? И я не знаю, можно ли встретить ту, что была так любима мной в жизни прошлой...*»

«Как верно! – восклицает Эльза. – Ты не находишь? Хорошо, что я никого не любила в прошлой жизни. Пойдем?»

Мы бредем дальше по променаду, щурясь на солнце. «Как могу я любить тебя всем сердцем...» – мурлычет Эльза, прижимаясь ко мне плечом. Я чувствую слабый след ее сегодняшнего парфюма – что-то тонкое, будоражащее, горьковатое.

«Вообще, – говорит она, – чтобы полюбить кого-то, нужно выбрать его из тех, кто вокруг, в доступности, можно сказать вблизи. Наверное, вблизи меня просто не оказалось подходящих. А здесь – здесь доступен лишь ты. Это было бы так легко – выбрать тебя! Жаль, что я не могу себе этого позволить – как-то тут все искусственно, и влюбляться не тянет. Лучше оставаться друзьями, ха-ха, представь, что ты – такой, знаешь, *nice guy*[22], которому девушки говорят обычно: давай просто дружить. Здесь это не обидно – с нашими-то телами. А я взамен обещаю не приставать к тебе с вопросами о чувствах – мол, любишь ли ты меня и, если да, чем это докажешь... Как тебе такая сделка?»

«Подходит», – хмыкаю я и улыбаюсь ей – несколько вымученной ухмылкой.

«Сегодня я сказала об этом Нестору – про доступность и прочее, – продолжает Эльза. – А он все настаивал, все гнул свое, убеждал меня, что ты со мной не случайно. Я даже подумала: может он просто хочет выведать – что у нас с тобой и как? Вообще, он стал похож на зануднейшего мужчину – на такого, про которого понимаешь сразу, с одного взгляда, что не будешь с ним спать!»

Она издает двусмысленный смешок и замолкает. Мы проходим еще метров двести и, не сговариваясь, поворачиваем назад.

«Ну а ты, – Эльза вновь поворачивается ко мне, – ты как,

22 Хороший парень (англ.).

вспомнил что-нибудь про свою азиатку с рыжей прядью? Расскажи мне о ней – я пойму. И я тебе расскажу – например, еще что-нибудь про Нэнси или про Дэйва. Или, хочешь, я послушаю про эти твои поля-частицы? Я правда буду *очень* стараться!»

Глава 12

Вечером я говорю Нестору: «Моя соседка непохожа на себя – весь день. Ее советник стал вести себя по-другому – это что, заговор Несторов? Или, правильнее сказать, сговор?»

Нестор бурчит: «Конспиролог, конспиролог... Но вам следует отплатить ей тем же. Проникнуться, так сказать, поиметь в виду. Даже стать примером – хотя, конечно, этого от вас ждать не стоит. Все же вы предельно сконцентрированы на себе – как и все создатели теорий».

Он спокоен и благодушен – ни следа утренней раздраженности. Мы еще перебрасываемся парой фраз, потом советник говорит загадочно: «Симметрия... Я бы вам посоветовал сосредоточиться на симметрии. Пусть хотя бы на слове, если не на концепции в целом. Это мой совет вам – быть может, лучший за неделю!»

На этом разговор заканчивается, вскоре я засыпаю и вижу сон, который выбрал себе сам. В нем – ни концепций, ни умных слов; я переношусь на остров с черным песком, в детство первой жизни, в миг осознания своего «я» и тут же – понимания его конечности, его краткости. Я вижу почти воочию свою растерянность, свой страх – страх смерти, которая когда-то наступит – я помню, как он мучил меня по ночам. Помню, как я кусал подушку, лежал в поту, не в силах пошевелиться, пока какой-нибудь посторонний звук не возвращал меня к реальности, заставляя очнуться. Тогда я засыпал и наутро, при дневном свете, вспоминал о нем отстраненно, как о приступе болезни, оставшемся в прошлом. Вспоминал и размышлял не по-детски – о бренности и невероятной шаткости всего, о каком-то свершении, что лишь одно способно стать оправданием невечной жизни, и о том, каким оно, свершение, может быть, что ждет меня, в чем моя миссия.

Этими мыслями я не делился ни с кем – ни с матерью, ни с ее родственниками, у которых я обычно проводил дни. Дома мне было неуютно – как раз в то время в моей жизни появился отчим, рыхлый и лысоватый, с влажным дыханием и скользким взглядом. Мы как-то сразу невзлюбили друг друга. Я избегал его, насколько мог, и около года нам удавалось сосуществовать без эксцессов, а потом случилось так, что мать уехала на два дня и он, напившись пьян, полез ко мне – в самом грубом смысле.

Это произошло вечером, на кухне, где я разогревал себе ужин – *стифадо* и тушеную фасоль. Отчим подошел сзади и сунул руку мне под одежду, но я ухитрился извернуться и швырнуть содержимое сковороды ему в лицо. Он отступил с воплем; потом, придя в себя, ринулся было на меня, но я уже успел схватить нож, добротный стальной тесак, и он счел за лучшее оставить меня в покое. Я провел ночь с тесаком в руке и все рассказал матери, когда она спросила, почему у отчима обожжено лицо, но та не поверила и стала на меня кричать, обвиняя в фантазиях и наговорах. Я не винил ее – видя страшную потерянность в ее взгляде. После меня водили к психиатру, раз и другой, без всякого толка и, по-моему, без определенной цели. А потом отчим похлопотал через своего дядю, со мной провели несколько бесед какие-то очень внимательные люди, и вскоре я оказался в другой стране, ветреной, дождливой, лишенной солнца…

Там я провел все отрочество – в интернате на берегу свинцового моря – оттуда попал в добротный университет, но те годы пролетают в моем сне бессвязно, а вновь возникает в нем, уже под утро, тот же самый лысеющий человек, его крик, его мокрый перекошенный рот. Мне не хочется на него смотреть, я уже понимаю, куда ведет это злейшее из воспоминаний – и открещиваюсь от него, гоню его прочь. И оно отступает, но я просыпаюсь, зная, что ему еще придет время.

Утром Эльза встречает меня приветливо. «Я помирилась с ним, – говорит она первым делом. – Он исправился, сменил тон. Но при этом я ничего не забыла – теперь уже ясно, будь он земным мужчиной, у него ничего бы со мной не вышло, он не удовлетворяет списку качеств».

Я смотрю на нее в некотором недоумении.

«Нестор, – поясняет она и делает гримаску: – Ты бываешь так непонятлив! Может и ты спасовал бы перед моим списком… Ну давай, рассказывай, что тебе снилось».

Я делюсь сновидениями без утайки – опуская лишь некоторые детали. «Да, это интересно, – вежливо говорит Эльза. – Интересно и совершенно мне незнакомо. Вот, кстати, твой завтрак – омлет с шампиньонами. По-моему, он слегка подгорел – прости. Мне вообще не давались омлеты – я пыталась удивить ими Дейва и потом еще одного человека, но им обоим не нравилось, хоть плачь. Однажды Дейв даже на меня накричал – в Сан-Хосе, в первый день отпускной поездки…»

Она рассказывает про их с бойфрендом короткий отпуск. Мне это так же чуждо, как ей мой греческий остров. Потом мы идем ко мне в спальню смотреть сегодняшнюю погоду. За окном – тучи, ветер, серое неприветливое море, я мельком видел такое в своем недавнем сне. Мы решаем обойтись без прогулки и устраиваемся как обычно: я – за столом с карандашом и бумагой, она – с рукоделием на диване.

Я рисую покатый галечный берег, чаек над ним. Потом переношусь в другую страну и другое время, рисую две остроконечные башни – это ратуша напротив университетского здания. Башни одинаковы, неотличимы – «симметричны», произношу я вслух, и Эльза бросает на меня быстрый взгляд. Я продолжаю: «Трансляционно подобны. Симметрия трансляции сохраняет тензор энергии-импульса…»

Предощущение узнавания столь сильно, что я знаю: оно не обманет. Я черкаю под башнями что-то бессмысленное, неразборчивое, и вдруг рука сама собой выводит уравнение, которое мне знакомо. Знакомо и имеет смысл – я хорошо понимаю этот смысл. Я возился с его воплощениями очень долго – с юности, с университетских лет. С моих первых романтических наскоков на загадки и ребусы мироздания. Я замираю, и да: вуаль спадает, обрывки формул выстраиваются в логическую цепочку. Это – прорыв, быть может главный за все время, что я провел на Карантине. Я чувствую, моя физика наконец возвращается ко мне. Беру новый лист и строчу, строчу…

Нестор был прав: вопрос симметрии занимал меня с детских лет. Прав он был и про учителя-физика, рано спившегося потомка обнищавших русских дворян – я помню его сутулый облик и подрагивающие руки. Он был добр и влюблен в свою науку; он рассказывал мне о моих предках, об Эвклиде и Платоне, что ставили симметрию во главу угла – как ставили красоту во главу угла – и добавлял с усмешкой: «В общем, нынешняя наука недалеко от них ушла, лишь слегка углубилась в детали». Он таскал мне книги – я почти ничего в них не понимал, но иногда случались проблески, озарения. Какие-то символы и слова становились вдруг осмысленны, и предчувствие безмерных глубин смысла охватывало меня – я знал, что они мне покорятся рано или поздно. Потом был интернат, где физика из аморфного зазеркалья стала обращаться в нечто, имеющее черты, распадающееся на части, связанные порой неожиданно тесно. Уравнения уже не казались тайнописью, скрытым шифром – это был богатейший из языков, хорошо понятный посвященным. Затем настало время университета в швейцарском Берне, и там все то, что казалось уже знакомой, пусть не до конца прочитанной прозой, вдруг обратилось поэзией сложнейших форм, истинным воплощением гармонии мира. Я почувствовал наконец мощь настоящей математики, с которой моя наука была сращена, как сиамский близнец. Пресловутые глубины смысла замаячили на виду – пробираться к ним было труднейшим делом, но там ждали награды, весомее которых нет. По крайней мере, мне хотелось в это верить.

Как правильно подметил Нестор, мой путь к тайнам бытия начинался с того, что происходило в первые мгновения жизни вселенной. Я имею в виду асимметрию барионов[23] – преобладание вещества над антивеществом, в результате чего возникла материя, из которой после и все земное имело удовольствие состоять. В университете я узнал наконец, как это формулируется в современной физике – на лекции по бариогенезу, которую читал профессор Кертнер. Мы слушали его, затаив дыхание – это была захватывающая повесть. Оказалось, барионная асимметрия до сих пор оставалась необъяснима, и Кертнер раскрывал нам подробности интриги: предполагал несохранение барионного заряда и восклицал: «Но почему же тогда стабилен протон?» – приводил примеры нарушения четности и тут же показывал, почему этого недостаточно для превосходства вещества над антиподом. Особый упор он делал на кварках – выписывал на доске главное уравнение хромодинамики, обводил мелом его часть и почти кричал: «Вот она, возможность нарушения баланса, которая могла бы объяснить все! Вот он, шанс, но природа отказалась от шанса, мы это знаем потому хотя бы, что нейтрон, в соответствии с названием, действительно нейтрален, а уж как все старались обнаружить у него хоть малейший дипольный момент[24]! Мы назвали это *сильной* СП-проблемой – по крайней мере, нас хватило на то, чтобы признать силу нашего незнания!.. Ха-ха, это, конечно, шутка: ‘сильная’ она лишь потому, что относится к сильным взаимодействиям внутри ядер. Но игра слов забавна – порой слова открывают больше, чем мы планировали изначально…»

Во время лекции я необычайно возбудился. Мне казалось, профессор обращается персонально ко мне, смотрит мне в глаза. Казалось, мы вместе приподнимаем покровы, заглядывая в сокровеннейшие тайны мира – и я понял, что не могу оставаться в стороне. Я должен был дать знак, сигнал – что разделяю ответственность за все. Сгорая от смущения, я нагнал профессора в дверях и спросил, где и как я могу узнать побольше об асимметрии

---

23 Семейство элементарных частиц. К барионам относятся, например, протоны и нейтроны.

24 Одна из физических величин, характеризующих электрические свойства системы.

барионов. Тот глянул искоса, без всякого интереса, и направил меня к постдоку Гюнтеру Стаделману, тут же позабыв мое имя.

Гюнтер не имел на меня времени и вовсе не умел объяснять. Он мог лишь выписывать формулы на бумаге и тыкать в них пальцем, сопровождая это невнятными обрывками фраз.

Я сказал ему: «Я хочу понять, почему кварков оказалось больше, чем антикварков».

Гюнтер усмехнулся: «Ну, это вы так сразу не поймете».

«Знаю, знаю, – замахал я рукой. – Я имел в виду: барионный заряд – пусть, ладно, да, но комбинированная четность… Пусть проблема, сильная, но ведь должны же быть попытки – как-то объяснить, разобраться!»

Тут я замолчал и мучительно покраснел, но Гюнтер не спешил гнать меня прочь. Его усмешка даже стала шире. «Однако, четность – кварк – да! – кивнул он. – Какие-то попытки были. Что вы про это знаете, вообще?»

Я признался, что практически ничего. Гюнтер чуть подумал, порылся в шкафу и бросил передо мной на стол три увесистых тома. К ним он добавил несколько журналов и напутствовал словами: «Читайте там, это. И вот, к примеру, лагранжиан…» Он накорябал на бумаге уже знакомое мне уравнение, я вздохнул и порывисто поблагодарил. У меня горели глаза и все пело внутри.

Надо ли говорить, что я отдался работе со всем пылом юности. И сразу же обзавелся большой мечтой – сделать то, что не удалось пока никому, найти первопричины кажущейся первопричинности, объяснить, почему протон стабилен и нейтрон нейтрален, почему природа ведет себя именно так. Я возился с интегралами и тензорами, комплексными функциями и ковариантными производными – и, мне казалось, учился видеть сквозь стены, сквозь свинцовые оболочки незнания, базальтовые толщи невежества. То, что происходило в самой внутренности вещества, внутри атомных ядер и их осколков, отзывалось музыкой в моей душе. Я был потрясен тем, как скупые математические конструкции описывают невероятную сложность реального – многое из которого выглядит не реальным вовсе. Кварки, их поколения и разность масс, их комплексное цветовое пространство... Глюоны[25], переносчики связей, тоже различающиеся по цвету... Свобода вблизи и пленение на расстоянии, невозможность вырваться из пределов невидимой оболочки... Я зачитывался квантовой хромодинамикой, как увлекательнейшим детективом-триллером, бредил ею, рассказывал о ней приятелям и знакомым девушкам. Это отталкивало приятелей и особенно девушек, что не расстраивало меня ничуть.

Более всего меня восхищала самая базовая часть теории – концепция калибровочных полей. Мощь ее поражала: из одних лишь гипотез об инвариантности определенных свойств рождались уравнения, описывающие всю динамику микромира. Поля и силы нужны были лишь затем, чтобы скомпенсировать несовершенство, вернуть симметрию на ее законный пьедестал. Это было торжество математики в самой яркой его форме, и я проводил многие часы, корпя над преобразованиями калибровки, фейнмановскими диаграммами и интегралами действия, функциями Грина и матрицами Гелл-Манна. Я пытался прочувствовать до мелочей значимость каждой переменной, каждого параметра, знака, индекса – и наконец, после месяцев яростного труда, овладел какой-то частью сложнейшего математического аппарата. Овладел – и забежал вперед, тут же ринувшись применять его в деле.

Пресловутая мечта подталкивала меня в спину, мне не терпелось сделать к ней большой шаг. Далеко еще не узнав всего, что следовало – ни из книг, оставленных мне Гюнтером, ни из специальных научных статей – я, однако же, понял, откуда берется та самая, «сильная» СП-проблема. Ее источником была топологическая аномалия, нелинейный член в функции Лагранжа, описывающей динамику кварков. Аномалия явным образом нарушала комбинированную четность – и это, как и говорил нам профессор Кертнер, казалось естественным: вот она, хитрость природы, приводящая к возникновению материи. Но практика показывала: все не так – чтобы теория была верна, нелинейная часть должна

---

25 Элементарные частицы, отвечающие за взаимодействие между кварками в квантовой хромодинамике.

стать ничтожно малой. Добиться этого можно было лишь одним – обнулением ее множителя, некоего условного угла, обозначаемого греческой буквой тета. СП-проблема переформулировалась так: почему угол тета невероятно близок к нулю?

«Знаменательно!» – думал я, вспоминая детство, руины на холме и надписи на древнем языке. В греческом алфавите мне и тогда чудился скрытый смысл – и вот теперь он свелся для меня к одной единственной букве. Угол тета имел свою тайну, он не мог быть простой константой, наугад выбранной мирозданием. Его малость должна быть следствием, а не причиной – следствием каких-то неизвестных, не видных никому процессов. Кажущаяся простота должна быть столкновением сложностей – изощренный механизм против еще более изощренного механизма, борьба не на жизнь, а на смерть, взаимная гибель в бою… И я, отложив дальнейшее изучение книг, стал думать над тайной тета.

Сначала у меня ничего не получалось, вычисления показывали лишь одно: математика допускает бесконечное множество возможных миров с разными нелинейными множителями. Почему природа выбрала нулевую или исчезающе малую его величину? Ответа на это уравнения не давали; тогда я стал искать связь между изменениями угла тета и другими свойствами всей системы, всей динамики глюонов и кварков – и вскоре заметил, что разные его значения возникают не просто так, а при поворотах, изменениях фазы кварковых полей. Все повороты были разрешены, были равнозначны, если только… И тут меня осенило: они равнозначны, если только кварковое поле не взаимодействует с каким-то другим полем – например, компенсирующим вращение, заставляющим кварки вязнуть в нем, обретая массу. Это было похоже на известный пример Хиггса – и я бесстрашно ввел в лагранжиан новый член, привел его вид к канонической форме, сравнил его структуру со структурой той самой нелинейной аномалии и увидел, что они практически совпадают. Более того, вычислив вещественные функционалы, я обнаружил именно то, на что рассчитывал: самое вероятное, самое устойчивое состояние системы, ее энергетический минимум получается, как раз если вращения нового поля вместе с полем кварков полностью компенсируют аномальные вихри. Мой новый угол тета, получающийся из старого – из *любого* старого! – с поправкой на компенсирующее взаимодействие, обязан быть строго равным нулю в нашем действительном, а не мнимом мире. Ну вот вам и разгадка!

Новое взаимодействие и новое поле означали появление новой частицы. Я видел ее в своем лагранжиане – вон она, в квадратных скобках, скрыта в стандартном математическом преобразовании… Закорючки на бумаге обращались реальностью, живущей микромгновения, скрытой от всех. От всех, но не от меня; от меня ей, как видно, не удалось скрыться. Что ж, нужно ее назвать… – я чуть подумал и выбрал самое естественное имя. Я назвал свою частицу «бозон Теофануса», для краткости «теонон».

Назвал – и повторял ее имя вслух, раз за разом, на все лады. Повторял – и раздувался от гордости. Мне лишь двадцать, и вот я уже раскрыл одну из загадочнейших мистерий всей физики. Меня ждет признание – наверняка; а может и Нобелевка – сейчас, сразу! А что – что же будет дальше? Страшно представить, какие перспективы открываются передо мной…

Совершенно забросив учебу, я, как мог, привел к приличному виду наброски своей теории теононов и, сгорая от нетерпения, принес их Гюнтеру. Тот глянул коротко и сказал со смешком: «А, путь королевы…» Я не понял, и он, порывшись в шкафу, сунул мне несколько ксерокопий, а потом, тут же на ходу, указал на ряд ошибок и неправильных допущений, что не оставляли от моей «теории» камня на камне. Я готов был провалиться сквозь землю, моя гордость обратилась жгучим стыдом, но, как выяснилось, Гюнтер все же был впечатлен. Он всмотрелся внимательнее в мои формулы, бормоча: «Вот тут изящно, да. И вот тут: смелое преобразование – и вроде верное. Лихо вы с псевдоскалярным полем…»

Статьи, которые он мне дал, описывали теорию Печчеи-Куинн. В них вводилось понятие аксионов, гипотетических частиц, призванных решить «сильную» СР-проблему примерно таким же способом, который избрал я. Обнаружить аксионы пока не удалось, но и опровергнуть их существование тоже никто не мог. Я видел в этом обнадеживающий пример: современная физика допускала многое – при всей своей кажущейся неприступной стройности. В ее здании были потайные двери, замаскированные окна, ходы, лазейки, позволяющие проникнуть в дивный мир зазеркалья и найти там – что? Что-то, неизвестное до меня.

Это был мой первый опыт – созидания, скачка за рамки – и он вышел позитивен в целом, мне сопутствовало везение новичка. Я был пристыжен, но я был счастлив – тем более что на другой день Гюнтер Стаделман предложил мне работать вместе. Он переговорил с профессором Кертнером, и меня официально вписали в штат научной группы на кафедре теорфизики.

Гюнтер занимался проблемой удержания цвета – пытаясь понять, почему кварки не «гуляют сами по себе», а всегда связаны по два и по три в определенных цветовых схемах. Никто не знал, отчего это так. Математически объяснить явление, «вывести» удержание цвета из известных фундаментальных законов пока никому не удавалось. Существовали гипотезы, и Гюнтер исследовал одну из них – экранирование цветового заряда. Планировалось, что я займусь тем же, когда буду по-настоящему готов, и я стал готовиться – всерьез! Только что перед этим воспарив к небесам, я вновь спустился вниз, но жар звезд не растопил мои крылья из воска. Я был полон желаний и полон сил.

При этом, как опять же отмечал Нестор, я сдвинулся на этап дальше в эволюции мира. От безмерно высоких энергий и кварк-глюонной плазмы[26] – к чуть подостывшей вселенной, находящейся в адронной фазе, когда из кварков формировались составные частицы, в том числе всем известные протоны и нейтроны. Адронная вселенная была структурно богаче кварк-глюонной, и уравнения, описывающие ее, усложнились невероятно. Теперь уже нельзя было пренебрегать ни одной нелинейностью, ни одной обратной связью. Приближенные методы, что неплохо работали в предельном случае свободных кварков, пасовали при низких энергиях, приводя к

---

26 Кварк-глюонная плазма – состояние сильно взаимодействующей материи, в которой кварки и глюоны образуют непрерывную среду и могут распространяться в ней как квазисвободные частицы.

сингулярностям[27], которые, так или иначе, нужно было устранять. Это достигалось изощренными процедурами - сложнейшей математикой, которой я пока не владел. Чтобы соответствовать, мне в кратчайшие сроки требовалось довести свой аппарат теоретика до высочайшего уровня - и я справился с этим, хоть и не без труда. Справился - и прозрел, сбросил шоры, будто приподнялся на невысокий холм в бескрайнем лесу и стал видеть некоторую перспективу, часть рельефа. Начал понимать, что я делаю и зачем, как это связано с общим устройством мира. Это было счастливейшее из ощущений - я стал свободен и всемогущ. Я сам мог придумывать себе задачи и оценивать их сложность, значимость, место в большой картине. В первый раз со времен детства я почувствовал себя ребенком в магазине игрушек, которому не мешают.

Мне действительно не мешали. Гюнтер, увидев, как я хватаюсь за все подряд без устали и без страха, сначала опешил, но потом смирился с моей неугомонностью и даже стал ее поощрять. Порой он, весьма тактично, предупреждал о скрытых тупиках или, чаще, подсказывал более короткие пути, но в целом соглашался с моим несколько хаотичным свободным поиском. Тут еще выяснилось, что я очень хорош в тождественных преобразованиях - едва ли не лучше его самого. Мне помогало безошибочное чутье - что сработает, а что нет - обычно оно приходит лишь с опытом, но у меня развилось почти сразу, само собой. Как следствие, я получал результат быстро, без топтания на месте. Даже сам профессор Кертнер заинтересовался мною через год и стал приглашать на семинары «для своих».

Меня болтало между самыми разными моделями взаимодействия кварков. Я пробовал и компьютерную симуляцию, и аналогии с квантовыми жидкостями, и даже теорию суперструн. Я видел, как формулы привычной мне хромодинамики возникали магическим образом в других формализмах, весьма от нее далеких. Это дразнило какими-то новыми перспективами, в которых

---

27 Точка, в которой математическая функция стремится к бесконечности или имеет какие-либо иные нерегулярности поведения.

физика сходилась с иными науками, мало мне знакомыми. К этим далям, я чувствовал, мне рано еще было подступаться. Потому, постранствовав в разных областях и сферах, я вернулся к тому, с чего начал – к функциям Лагранжа и калибровочным полям, к магической мощи абстрактной математики, порождающей физику мира. Я сделал круг, один из многих, и вновь пришел к началу – но уже другим.

Симметрия, как путеводная звезда, вновь манила меня, но теперь шумные восторги детства уступили место молчаливому пиетету, пониманию верховной роли. От образов и форм в средней школе – к симметрии свойств в интернате – к сохранению четности, обращению времени... Я тогда считал, что приблизился к высшей точке, но на самом деле все еще топтался у подножия, не смея поднять глаз. Настоящее восхождение началось лишь в университете, когда я узнал о неизменности законов природы в разных метриках и системах отсчета. А потом наступил момент, когда я смог оценить как должно перелом в физике двадцатого века, переворот в сознании, смену перспективы. Симметрия, как в сказке, обратилась принцем, будто хлопнувшись оземь – из не более чем следствия, интересного свойства стала главнейшей причиной, сутью. Если раньше о ней судили, наблюдая природу, то теперь она сама предсказывала, как будет себя вести вся реальная, наблюдаемая природа. Предположения о новых ее видах стали первоисточником физических теорий!

Осознав эту принципиальную разницу, я ощутил уже не детский, а взрослый, зрелый восторг перед истинной красотой, которая определяет все. Я понял, что больше всего на свете меня интересует ее подоплека: как она возникает, как потом себя проявляет. Жизнь красоты была борьба – борьба с несовершенством. Для ее сохранения каждой точке пространства требовалась «компенсация», «калибровка» – и из этого требования выводилась вся физика современного мира, все поля и переносящие их частицы, все осязаемое и видимое вокруг... Я решил, что хочу заниматься именно этим. О чем и заявил Гюнтеру Стаделману.

Гюнтер к тому времени продвинулся достаточно далеко. Его

манипуляции с цветами кварков были оригинальны и весьма красивы. Он, конечно же, полагал, что и я сосредоточусь на его разработках. Однако он не стал мне перечить.

Наш разговор состоялся холодным осенним днем. «Ну да, ну да, – хмыкнул Стаделман, повертел пальцами авторучку и спросил, усмехаясь: – Не иначе, целишь в какие-то глобальные штуки?» Я лишь пожал плечами. Он кивнул, будто понял, и вдруг предложил: «Подышим воздухом? Бери зонт…»

Под нудным, моросящим дождем Гюнтер повел меня в музей Альберта Эйнштейна. Там было пусто; мы около часа бродили по небольшой квартире, в которой Эйнштейн создал свои первые теории. Я рассматривал копии его писем в редакции журналов, не принимавшие его всерьез. Представлял, как он, отвергнутый научным миром, записывал свои формулы за кухонным столом, пока жена укачивала ребенка в смежной комнате, за шаткой ширмой. Именно здесь он пережил в полной мере тот самый переворот, перелом – но только без подсказчиков, как я и все мы: он был первым. Первым, кто осмелился думать по-другому. Он начал с симметрии и получил из нее новые законы динамики мироздания. Это была точка поворота. В каком-то смысле, точка невозврата.

Потом мы пошли в бар и впервые напились вместе. Я возбужденно и многословно доказывал Гюнтеру, в чем секрет Альберта Эйнштейна – и Гюнтер доказывал то же самое мне. Ему – Эйнштейну! – сказали без экивоков, что он не годен к серьезной физике – но он не мог не то чтобы о ней не думать, а скорее, не чувствовать того, что переполняло его душу. Именно то, что он ощущал всем существом – симметрия, подобие, согласованное изменение пространства-времени – задало направление и не дало ему уйти в сторону. Краеугольная смена парадигмы до Эйнштейна была не под силу разуму человека – или может просто до него никто не *чувствовал* с такой страстью? Страсть помогла ему не ужаснуться, заглянув в бездонную глубину. Помогла объять необъятное, удержать в голове картину всего сразу. Мысли выстроились в замкнутый контур; идея мелькнула – и была поймана в этот контур, как волк в кольцо красных флажков. И он, Альберт Эйнштейн, обуздал идею, сформулировал, высказал ее вслух…

Слово «страсть» употребил я, и Гюнтер с ним согласился. Это был миг нашей общности, мы стали соратниками в тот день. Конечно, в нашей науке симметрии и подобия были не те, о которых размышлял Эйнштейн. Мы имели дело не с глобальным пространством-временем, а со скрытой глубоко в математике неизменностью уравнений относительно вращений и сдвигов, замен «правых» частиц на «левые» и так далее. Несмотря на совпадение с экспериментом, наши теории не были точны. Мы работали с приближениями в разных шкалах энергий, и самое интересное было от нас скрыто: при переходе от шкалы к шкале, от масштаба к масштабу менялся не только вид уравнений, но и их внутренние свойства. Мир, «остывая», переходя от высоких энергий к низким, становился менее симметричен – спонтанно, сам собой, без вмешательства извне. Материя обретала новые формы, в ней возникали новые структуры – это был прогресс, движение вперед, но за это природе приходилось платить, отказываясь от части совершенства.

Именно спонтанное нарушение симметрии стало средоточием моего интереса. Мне хотелось проникнуть внутрь, узнать, как это происходит, за счет чего? Каков он, механизм перехода, когда материя становится другой? Так я сконцентрировался на скачке от свободных кварков к «цветовому рабству», от плазмы к адронам, когда в уравнениях появляются фермионные[28] петли и больше уже нельзя пренебрегать нелинейностями глюонных полей. Петли означали связанные состояния – мезоны, протоны и нейтроны. Они описывали наш привычный мир, давая удивительное совпадение с реальностью. Это было прекрасно, но имелась и странность: симметрия начальных высокоэнергетичных формул была потеряна – и, как результат, мы имели в два раза меньше составных частиц, чем могли бы, а некоторые из них оказались необъяснимо

---

28 Фермионы – частицы с полуцелым значением спина, подчиняющиеся статистике Ферми-Дирака.

массивны. Необъяснимое действовало на меня как красная тряпка – я набычился и ринулся в бой.

Моя цель вновь была амбициозна донельзя – тут Гюнтер оказался прав. Как и двумя годами раньше, я хотел создать собственную теорию, найти первопричину, заглянуть в глубочайшую из пропастей. Мне хотелось понять до мельчайших деталей, как происходит загадочная метаморфоза, кто в ней участвует, меняя мир при переходе через рубеж, за которым кварки больше не могут жить поодиночке. Вариантов было много, и я выбрал самые сложные из них. Вновь, как и в неравной борьбе с углом тета, я стал вводить в уравнения новые степени свободы, поля и частицы, неизвестные никому. Они жили неизмеримо кратко, не оставляя за собой следа в чутких ловушках, но исполняли свою миссию камикадзе, навсегда меняя свойства вещества, которое мы видим и из которого состоим. Они погибали, но оставляли после себя результат, и я взялся восстановить справедливость, вызволить их на свет, дать им хоть имена, если уж не заслуженные награды...

Такие подходы существовали и до меня. Они относились к теориям «техницвета»; в них использовались ненаблюдаемые, «технические» фермионы, нужные для того, чтобы сделать вакуум непустым, заставив настоящие кварки в нем «увязнуть». Я вдоволь наработался с ними, вводя в уравнения новые и новые их типы, варьируя степени свободы и калибровочные поля. В моих формулах возникали разнообразнейшие конструкции, экзотические, живущие лишь миг, но за этот миг успевающие нарушить симметричное изначально состояние всей системы глюонов и кварков, утяжелив одни и уничтожив другие, дав толчок к стабильности, прежде чем исчезнуть со сцены...

Я возился с «техницветом» вплоть до окончания университета. Полной теории создать не удалось, но некоторые результаты оказались достойны. Меня заметили, покритиковав для порядка; я стал чувствовать, что влился по праву в сообщество теорфизиков, особую касту, живущую в своем особом мире. И уж конечно, я теперь считал себя экспертом в том самом переходе через особую точку – в спонтанном нарушении симметрии процессов микромира, скрытого от наших глаз. Впоследствии это сыграло большую роль, тогда же я лишь тайком гордился – сам перед собой, не вполне понимая, чем. Гордясь, я придумывал новые слова – не без причины: спонтанное «нарушение» вовсе не было нарушением при тщательном рассмотрении. Подобия в уравнениях не исчезали навсегда, а тщательно затаивались, скрывались, будто в рукаве иллюзиониста. Высшая симметрия законов природы была тут как тут, но нам позволяли прикоснуться лишь к одному варианту реализации этих законов. Эта далеко не новая мысль почему-то не давала мне покоя. Я смаковал ее со всех сторон, наслаждаясь, словно пришел к ней первым. И дал свое название процессу спонтанного нарушения – я назвал его «лукавый фокус», закодировав шифром, как тайное послание самому себе. Послание, что должно быть прочитано и разгадано в свой срок.

Тем временем пришла пора защищать диплом, что я и проделал с блеском. Гюнтер был мной доволен – вскоре мы обсудили дальнейший план. Он получил приглашение в Гейдельберг, в одну из ведущих лабораторий мира, и профессор Кертнер пообещал устроить меня туда же. Это было непросто, но он сдержал слово, использовав свои связи.

По всему выходило, что меня ждет ясное, безоблачное будущее.

Глава 13

Здесь, на Карантине, уже третий день стоит ясная, безоблачная погода. Тем не менее мы с Эльзой сидим дома, не выходя к морю. Позавчера нас застиг врасплох новый взбрык здешней реальности – ураган, опрокидывающий урны и срывающий крыши с ларьков. Он налетел внезапно и чуть не сбил нас с ног; потом мы укрылись за углом балюстрады и переждали самые сильные его порывы, судорожно вцепившись в перила. Так же и прочие, кто как мог – набережная вмиг опустела, по ней несся мусор, ветер злобно свистел и выл. В этом вое была какая-то безнадежность, безысходность – и Эльза ходила потом с мрачным лицом весь вечер.

«Я не понимаю, – сказала она мне, – так они провоцируют нас или это мы провоцируем их, и они реагируют как могут? Или это одно и то же?»

Я только пожал плечами – все же я не так чувствителен к нестабильности окружающего, как моя соседка. Что касается Эльзы, она и в первой жизни воспринимала любой намек на нестабильность как личный вызов. Это мне хорошо известно, как и многое другое – я уже узнал о ней немало. За последнюю неделю она успела рассказать и о своем отрочестве, и о довольно-таки пресной юности, и о годах взросления, тоже, в общем, не отличавшихся разнообразием. Мы вместе посмеивались над ее недолгой страстью к собирательству – она коллекционировала предметы необычной формы. Могла часами разглядывать какой-нибудь странный камень, представлять, откуда он взялся и где побывал, а потом внезапно охладеть к нему и выбросить прочь. Потом ее увлекла химия – в основном из-за любви к запахам, через которые она будто бы познавала мир. Вскоре и это прошло, Эльза поступила в университет, изучала английскую филологию, перечитала немало книг и даже пробовала писать сама. Несколько ее заметок опубликовала местная газета, а ящик стола был заполнен стишками – о девичьем одиночестве и о несовершенстве мира. Иногда ей хотелось похулиганить, но пресловутое старание быть «хорошей девочкой» не позволяло заходить далеко. Она пыталась отвести душу в чем-то умеренно экстремальном – пробовала серфинг, рафтинг, горные лыжи и даже прыгала с парашютом – но так и не нашла ничего по душе. После каждой вылазки за адреналином она с облегчением забиралась в любимое кресло с чашечкой горячего шоколада и недоумевала, чем вся эта бессмыслица притягивает ее знакомых…

Не так давно она вдруг попросила: «Нарисуй мне, пожалуйста, еще раз ту картинку с клубками пряжи. С теми, что плавают в океане – над которыми вы умничали с твоим Нестором».

Я послушно нарисовал и попытался было кое-что разъяснить, но она остановила меня и долго вглядывалась в нарисованное, не произнося ни слова. Меня даже напугал немного ее напряженный, застывший взгляд, но потом Эльза словно очнулась и стала прежней.

«Непонятно, почему вы так с этим носитесь, – заявила она. – Что толку в ваших перевитых мирах, если со своей нити все равно не съехать? Я вообще вижу тут не миры, а нечто другое – и мне ясно, почему эта пряжа так меня раздражает. Я всегда представляла свою жизнь иначе – проще, как соединенные прямые линии. Каждый отрезок – определенный этап без вихляний. Попытка за попыткой жить так же, как живут другие – и получать удовлетворение, если уж не удовольствие!»

Я усмехнулся в ответ: «Так, по прямым, скользят по поверхности, на забираясь вглубь. От буйка к буйку, от вешки к вешке – не находишь, что это твой случай?»

Она рассердилась на мои слова и потом дулась весь вечер и все следующее утро. Вредничала за завтраком, играя в официантку, спрашивала с издевкой: «Вы такой сметливый, что особенного закажете, может какой-то деликатес? У нас сегодня очень хорошие тушеные пингвины!» После стала шептать что-то чуть слышно, а когда я переспросил, хмыкнула: «Ты глуховат? Тогда читай по губам!» И забормотала совсем уж неразборчиво, а я смотрел в растерянности на расплывчатое пятно ее губ.

Но потом как раз и случился инцидент с ураганом, заставив ее забыть обиду. Теперь мы снова с ней заодно; наша квартира – надежное убежище, из которого ее не вытащить, несмотря на солнечный день. Мы сидим за столом, я вожусь с уравнениями, а Эльза, позаимствовав у меня листок бумаги, пишет какие-то слова, короткие строчки – и зачеркивает их одну за другой.

«Бессмыслица! – заявляет она вдруг. – Ничего не выходит. Я хотела удивить тебя, но именно этого моя память почему-то не позволяет сделать. – И поясняет: – Я пыталась вспомнить свое стихотворение – одно-единственное, которое вышло у меня неплохо. Очень даже неплохо – настолько, что я испугалась, скомкала тот лист и забросила его подальше. И больше уже не писала стихов!»

«Там было про хороших девочек, – добавляет она, помолчав. – И вообще про то, как я вижу мир, про все на свете. Хоть и всего в восьми строках – представляешь? Я поняла тогда, что сочинительство – не мое. Я терпеть не могу копаться в себе».

Эльза встает, открывает холодильник, берет бутылку ледяной колы и предлагает мне: «Хочешь?» Я, не отрывая взгляда от своих записей, мотаю головой. Она с бутылкой в руках подходит к окну и стучит пальцами в стекло: «Эй-эй!»

Я поднимаю глаза. «Опять белка, – говорит Эльза. – Они будто расплодились в последнее время. Виртуально размножились – от иллюзорных соитий…»

Я смотрю на нее, на ее силуэт, изящно вписанный в оконный прямоугольник, и вдруг спрашиваю: «Как ты думаешь, что изменилось бы в твоей жизни, если бы ты знала, что за ней будет другая?»

Эльза пожимает плечами: «Да ничего. Разве что я, быть может, не спешила бы выкидывать то свое стихотворение. Присмотрелась бы к нему внимательнее. А так... Я всегда считала: вот, буду наслаждаться, пока молода. Потом – терпеть свое старение; потом совсем состарюсь, стану болеть и возненавижу себя. Потом умру, и жизнь как таковая закончится. Наверное, я попаду на небо – и это было то, во что я верила изо всех сил. Теперь мне вновь обещают что-то вроде начала, со всеми заморочками, и я снова должна поверить – только не Нэнси, а Нестору и Инструкции. Так оно и будет продолжаться? У меня раз за разом будут поводы себя ненавидеть?»

Я знаю, она подтрунивает над моим вопросом, и усмехаюсь: «Просто считай, что всегда будешь молодой».

Эльза фыркает: «Что я, дура?»

Потом она берет свое рукоделие и пересаживается на диван. Шьет мелкими стежками, чуть наклонив голову. Я думаю – а что изменилось бы в моей первой жизни, знай я, что конец – это не конец? В общем, тоже немногое – лишь, быть может, был бы повод еще больше стараться. Усиление мотивации: сделанное тобой пропадет не так скоро, у него есть шанс на еще одно будущее за поворотом. Один шанс, другой... Это немало. На шаг-два ближе к бессмертию.

Впрочем, я и так старался изо всех сил – не уверен, что старания можно было бы добавить. Равно как и спрямить путь, избежать ложных шагов, петляний. Ясность перспективы всегда обманчива, я усвоил это с юности. И прочувствовал в полной мере после университета, перед переездом в Гейдельберг.

Да, перспектива казалась завидной, но в моих мыслях царил разброд – и дело было не в формулах, не в интегралах и матрицах. Смущало обыденное – существующее вокруг, вне математики, за пределами университетских стен. Мне не хватало почвы под ногами, я будто болтался в пустоте. Точки опоры были перед глазами – социум предлагал их в избытке. Но именно социум раздражал меня все заметней, а особенно город Берн, точнее – сытое самодовольство, воплощением которого он являлся.

С какого-то времени его сущность – несмотря на Эйнштейна

и университет – стала разъедать мне сознание. Я смотрел вокруг и видел деформированное пространство, будто отраженное в кривом зеркале. Буржуазная панорама жизни неотвратимо сминалась в конус. Нерушимые стены торговых рядов, витрины бутиков, что тянулись и тянулись отовсюду вдаль, к бесконечности, на самом деле стягивались из бесконечности к точке, в малую окрестность, где становилось все теснее. Ее границы экранировали от страстей, безумств, от всех случайностей, какие можно представить. Мир сужался быстро, как степенной ряд; сходился к нулю. Я стал бояться попасть, как в водоворот, в область его сходимости, заразиться миром, будто тяжелой, неизлечимой болезнью.

Как все студенты, я был беден, и соприкасаться со средой буржуа мне приходилось нечасто. Но порой соприкосновения случались, одно из них произошло через месяц после защиты диплома – и изменило мою жизнь. Гюнтер с женой пригласили меня на ужин – отметить мой новый статус. Я был им благодарен, но, едва переступив порог ресторана, понял, что мое неприятие достигло зрелости – опасной зрелости, с которой непросто сладить.

Гюнтеру все это было невдомек. Он был горд собою, горд мною, доволен всем. Я же сидел как на иголках. Ел тающие во рту куски фуа-гра и не чувствовал вкуса. Пил вино из провинции Паульяк, и мне казалось, что в моем бокале кислая вода цвета крови. Я будто знал, что состояние симметрии, когда все пути открыты и возможности равноправны, вот-вот исчезнет, я скачусь в воронку – на дно параболы, в энергетическую пропасть. Окружающее толкало меня туда – мягко, но решительно, бескомпромиссно...

Жена Гюнтера чувствовала что-то – и поглядывала на меня украдкой, будто оценивая, примеряя ярлык. Ее взгляды наводили на мысли – о том, *что* вскоре свяжет меня по рукам и ногам, обо всех прочих взглядах, словах, условностях, на которых держится этот мир. Они – как псевдоголдстоунские бозоны[29], как магноны[30]

---

29 Голдстоуновские бозоны – частицы, которые появляются в квантовой теории поля при спонтанном нарушении симметрии.

30 Квазичастица, соответствующая кванту спиновых волн в магнитоупорядоченных системах (например, в постоянных магнитах).

в ферромагнетике, фононы[31] в кристалле – создавали вязкое поле коллективного мнения, сковывая цепями, не давая вырваться из локального вакуума, который навсегда.

Я тоже посматривал на нее в ответ. Я знал, она хорошая жена: она умна, красива и во всем поддерживает Гюнтера – благо, он никогда не пытался шагнуть за рамки. Но я видел ее защитный панцирь – невидимый щит буржуазной суки; он был ей впору, пригнан по фигуре, подчеркивал выигрышные места. Он был на ней и на всех женщинах вокруг – надежно охраняя от тех, кто не хочет играть по правилам их сытой жизни. От тех, кто не согласен – как само собой разумеющееся – стать их собственностью, взятой под контроль…

В середине ужина Гюнтер произнес тост за наши будущие успехи. «Пусть нам не будет равных! – восклицал он. – Пусть вся планета признает, что нам двоим безоговорочно покорились кварки – мы заглянем им в душу, поймем их скрытую суть. Нас, быть может, даже будут звать Господа Кварки – мистер Гюнтер Кварк Стаделман и мистер Тео Кварк Стаматис!»

Почему-то меня это задело. Само слово «кварк» вдруг стало мне неприятно. Я насупился и рассказал историю про актера, что не сделал карьеры в Голливуде, но, однако ж, обрел известность и разбогател. Его Клондайком стала реклама памперсов – она вытолкнула его на вершину. Мир полюбил его, он даже получил прозвище – «мистер Памперс»…

«По-моему, – сказал я, – это весьма похоже. Памперс вообще чем-то напоминает мне кварк!»

Гюнтер вежливо посмеялся – не иначе, подумав, что я пьян. Его жену, однако, было не провести. На нее повеяло отдаленной угрозой; она посмотрела на меня с прищуром и проговорила бархатным голосом: «Тео, Тео, тебе нужно жениться – у тебя есть невеста? Я знаю нескольких хороших девушек, что могли бы тебе подойти».

Я подумал, вот и меня толкают туда, куда уже угодил Гюнтер. Он, похоже, не возражает – а как будет со мной? Чтобы проникнуть

---

31 Квазичастица, соответствующая кванту колебательного движения атомов кристалла.

за прозрачный щит, нужно попросить – смиренно. Нужно потупить глаза и признать свою роль. Роль униженного – сытый мир не дает мужчине проявить свою силу. Ему уготовано лишь одно: обеспечивать комфортный быт – тем, в панцире, что сумели завладеть им. Женщина общества буржуа знает, она права во всем. Ее принципы непоколебимы – ибо комфорт ее мира максимален. Ее свод правил и мнений локализован в энергетическом минимуме, откуда его не вытолкнуть никакой внешней силой. Минимум глубок настолько же, насколько высок уровень комфорта – они, как синус и косинус, функции одной переменной. Что это за переменная? Я не мог сказать. Я лишь знал, что ни в какую не желаю от нее зависеть.

Впечатление от ужина не рассеялось на следующий день; я чувствовал, что оно обустроилось в моей душе надолго. Я пытался с ним свыкнуться, сжиться – и потом увез его с собой в короткий отпуск. Цель отпуска была двояка: я действительно нуждался в отдыхе и к тому же считал своим долгом повидать мать – впервые за много лет. Так в начале июля я взял напрокат машину и покатил через пол-Европы в Грецию, где родился и которую почти не помнил.

С неделю я шлялся по Афинам без всякой цели. Глазел на замусоренные улицы, на пыльные площади, полные карманников-албанцев, поднимался к Акрополю с толпой туристов. Бесстрастно фиксировал в уме: вопли торговцев на рыбном рынке, шествие болельщиков от стадиона «Олимпиакос», яростная, короткая драка у ресторана… В городе кипела жизнь; тут же я представлял себе письменный стол, тетрадь с формулами – и холодок, незнакомый ранее, полз у меня по спине. Мне казалось, что-то главное, из чего жизнь собственно состоит, пройдет мимо меня – уже проходит! – и я не знаю, как поймать его тень…

Встреча с семьей была запланирована на субботу. Мать с отчимом приехали в Афины – плыть на остров, общаться там с толпой шумных, суетливых родственников мне было невмоготу. Я привез швейцарского шоколада, сыра и пытался быть любезен по мере сил, но встреча все равно не удалась. Мы не знали, о чем говорить друг с другом, и к тому же я отметил, как пожухла мать, как выцвели ее глаза и опустились плечи. Это, понятно, не добавило настроения; мне было жаль ее, но я не мог ей помочь и распрощался при первом удобном случае. Она отправилась в центральный универмаг – купить подарки родне – а отчим увязался за мною следом, сказав, что хочет угостить меня выпивкой и поговорить «по-мужски».

Мне это было ни к чему, но я не нашел в себе твердости отказаться. Мы выпили *ципуро* в баре неподалеку, потом добавили и добавили еще. Отчим глядел заискивающе; он признался, что хочет помириться со мной, оставить в прошлом нашу размолвку – он так и выразился, «размолвку» – навести подобие семейных уз. Я понимал, чего он жаждет на самом деле – примазаться к моему, как он считал, «успеху», к моей карьере, в которой он ничего не смыслил. Ему казалось, что я стремительно взлетаю вверх, и он пытался создать плацдарм, чтобы потом, быть может, найти в этом и свою выгоду, какой-то свой интерес…

После очередной из рюмок я наконец почувствовал злость, презрение – к нему, к его естеству лузера, к его дешевому плутовству. Я сказал ему, что мы помиримся, но он должен повиниться по-настоящему, так, чтобы это слышал мир. Чтобы это слышал бог – я знал, что он набожен напоказ, как и большинство греков. Сам не знаю, что на меня нашло, у меня не было никакого плана, но мои слова прозвучали твердо – и отчим, к моему удивлению, принял вызов. Глаза его блеснули алчным блеском, он криво усмехнулся и пробурчал: «Согласен». И спросил меня: «Где? Как?» – опрокинув остатки водки себе в рот.

Не задумавшись ни на секунду, я сказал: «На Волчьей горе. На вершине – там есть церковь, где, по слухам, отпускают грехи».

Мы расплатились, и я повел его на Ликавиттос – вверх по извилистой тропе со ступенями. Отчима покачивало, он был пьян, по его лицу текли крупные капли. Я наблюдал за ним с отстраненным любопытством, думая, хочу ли я, чтобы прямо тут, на подъеме, у него не выдержало сердце? Мы, однако, взобрались без приключений – отчим, задыхаясь и обливаясь потом, зашел в церковь, опустился на колени и стал шептать что-то, глядя вверх.

Так продолжалось несколько минут, потом он тяжело поднялся, вышел наружу и заявил: «Бог простил меня, я чувствую это!»

В его голосе слышалось торжество, ему явно мнилось, что он обманул меня, обхитрил, обделал. Моя злость на него разрослась вдруг до немыслимых размеров.

«Нет, – покачал я головой. – Нет, этого мало. Кроме бога тебя должны услышать люди, город!»

«Ну и что же ты предлагаешь?» – спросил он, зная, что у меня кончаются аргументы.

«Обратись к ним отсюда», – я кивнул на смотровую площадку возле церкви. Отчим стоял молча, словно не понимая. «Обратись!» – повторил я настойчиво; меня будто подталкивала чья-то воля.

Он пожал плечами, ухмыльнулся и подошел к перилам. «Отсюда?» – протянул он развязно. Ему было ясно, что мне его не обыграть, что я сам загоняю себя в ловушку.

«Нет, низковато, – сказал я. – Слишком малое усилие, недостойно момента. Заберись повыше – так высоко, как можешь».

Он кивнул, показал мне большой палец и залез на бетонное основание перил. Сами перила не доходили ему до коленей. Я уже понимал, что именно происходит, что, наверное, сейчас случится. Понимал, но не мог ничего поделать – ни с собой, ни с чужой волей.

Отчим повернулся к городу, простирающемуся под ним. Налетел порыв ветра, он слегка покачнулся, но тут же выпрямился и поднял руку вверх – как оратор, как Перикл или Горгий. Я подумал: вот оно, был намек – но лишь намек, не более, у чужой воли нет намерения заходить далеко. Каюсь, я почувствовал даже что-то вроде сожаления – и тут отчим выкрикнул слова прощения на глазах изумленных туристов. Возглас привлек внимание продавца сувениров, что сидел со своим лотком тут же у церкви. Тот обернулся, увидел отчима, стоящего на ограждении, размахивающего рукой, и закричал во все горло: «Что ты делаешь? Слезай немедля!»

Отчим глянул в его сторону все с той же самоуверенной ухмылкой – и вдруг потерял равновесие от еще одного порыва ветра. Он сделал неловкое движение, колени его будто подломились – и он исчез, сорвался вниз с воплем, в котором мне слышалось удивление, а не ужас. Все присутствующие бросились к перилам. Отчим лежал далеко внизу, на камнях. У его головы расползалось темное пятно.

Затем была полиция, долгий, нудный опрос, продолжавшийся до вечера. Я вышел из полицейского участка, когда уже темнело, побрел по городу, не видя никого вокруг, и лишь ближе к ночи очнулся в небольшом баре в районе Плака. Заказал спиртное, увидел рядом молодую женщину с прямыми черными волосами и заговорил с ней – без всякой цели. Почему-то она меня не оттолкнула, а еще через четверть часа я вдруг понял, что на ней нет панциря буржуазной суки, без которого я уже не представлял себе противоположный пол. Ее звали Камилла, она была из Мексики. В Афинах заканчивался ее двухнедельный тур по Европе.

Я сказал ей: «Сегодня днем я убил своей ненавистью человека». Сказал: «Просто не знаю, как я теперь буду с этим жить». И еще сказал многое, но на Камиллу это не произвело впечатления. Она, впрочем, выслушала меня внимательно и рассказала в ответ, чем занимается ее семья. Я не все понял, ее английский был перемешан с испанским, которым я почти не владел. Однако мне стало ясно: в ее мире к смерти относятся без пиетета.

Я понравился ей, она пригласила меня к себе в отель. Мы провели ночь вместе – сначала я был подавлен, скован, но после как-то вдруг забыл обо всем и впивался в ее плоть, растворялся в ней снова и снова. Затем был короткий сон – тьма забытья без сновидений. Потом, наутро, я увидел ее рядом – и поразился ощущению близости, которой до этого не знал ни с кем.

Мы вместе пошли на завтрак, Камилла болтала о пустяках, а я разглядывал ее, не отрываясь. Когда мы вставали из-за стола, что-то кликнуло у меня в мозгу, мир переменился, и я с ним вместе. Словно кто-то поменял декорации – я вдруг увидел себя в иной реальности и Камиллу рядом с собой. Реальность прежняя просто перестала существовать.

В тот же вечер мы вместе улетели в Мехико-Сити. В самолете я написал длинное письмо Гюнтеру Стаделману – будто пытаясь объяснить, оправдаться, но на самом деле убеждая в чем-то самого себя. Я почти поверил тогда: наука – это не мой жизненный путь. Слишком многое оставалось за скобками наших формул; вычисления были строги, но безмерно, непозволительно долги – у меня нет на них времени, писал я. Не они приведут меня к главному, писал я – к чему-то, уготованному мне судьбой. Гибель отчима на моих глазах – это знак: физика не способна избавить меня от страхов. Может, это значит, что пришла пора заглянуть им в лицо?..

Гюнтера письмо не впечатлило – он не простил мне ренегатства. Я же влился в семейный бизнес моей мексиканской подруги. Они жили в большом поместье на окраине столицы. Официально их деятельность называлась «импорт-экспорт», на деле же это была обычная контрабанда – нелегальный поток товаров из страны и в страну. Я сказал ее отцу: хочу быть в Мексике, быть с Камиллой; я готов заниматься, чем скажете, но я не буду стрелять в людей. На этом мы и сошлись, меня взяли в штат.

Я провел в Мексике четыре года. Там я стал мужчиной, поборов свои слабости – по крайней мере, многие из них. Мне часто приходилось ездить к границе, «решать вопросы» с поставщиками. Я научился не бояться жары и болот, пауков и змей. С моей Камиллой я научился не бояться женщин – и уважать, ценить их. Научился ли я не бояться смерти? Наверное, нет. Но я узнал, что такое быть с ней рядом.

Я бы жил там и дальше, но мне вдруг стали сниться уравнения хромодинамики – чуть не каждую ночь. Потом я стал грезить ими и наяву – совершенно потеряв покой. Стало ясно: Мехико-Сити – это лишь эпизод, он подошел к концу. Физика властно звала назад, и я больше не мог себе лгать. В ней был мой путь – независимо от того, куда он меня ведет, есть у меня миссия или нет. Я понял это и решил вернуться.

Перед отъездом я рыдал, уткнувшись в колени моей Камиллы – хотя давно уже не был склонен к драмам. От нее пахло капалем и сладким потом, пахло домом. Она не могла уехать со мной, ее место было тут, в семье. Расстаться с ней казалось немыслимым, невозможным. Я знал, что теряю своего ангела-хранителя, чувствовал наступление одиночества, равного которому не было никогда. Что ж до Камиллы, она отпустила меня спокойно. Она сказала: «Я всегда понимала: рано или поздно тебя потянет обратно. И теперь вижу – тебе пора!» И заглянула мне в зрачки блестящими черными глазами. И задала какую-то единственно верную ноту, которую я потом не забывал никогда.

Вернувшись, я написал Стаделману и профессору Кертнеру. Гюнтер мне не ответил, а профессор откликнулся и помог. С его легкой руки я попал в Гамбург, в известное место с хорошей научной школой – и, как следствие, сдвинулся еще на этап в эволюции мироздания: от сильных взаимодействий к разделению электрослабых. Группа, куда меня согласились взять, несмотря на годы, проведенные вне науки, вовсю готовилась к введению в строй большого ускорителя в конце 90-х – первой серьезной попытке человечества поймать неуловимый бозон Хиггса. Мы, как и другие лаборатории по всему миру, продирались сквозь множество вариантов столкновений, рождений, распадов разных видов частиц, их трансформаций одной в другую – надеясь где-то на полпути выявить различимый детекторами след загадочного бозона, столь нужного теоретикам, чтобы отрапортовать: одна из главных колонн их замка вещественна, она не призрак.

Трудно передать, с каким энтузиазмом я взялся за работу. Любой расхожий штамп не будет преувеличением: я именно окунулся с головой и именно лез вон из кожи. Я трудился яростно, не отвлекаясь ни на что – ни на развлечения, ни на общение вне науки. Моя Камилла была со мной – пусть незримо, но довольно долго. Даже когда ее образ стал забываться, стираться, он все равно помогал мне безмерно. Она была моим вдохновением, потом – тенью вдохновения, после – лишь воспоминанием о том, что вдохновение было когда-то. Но и воспоминание – это лучше, чем ничего.

Через три года я получил ученую степень, сделав работу по уточнению массы хиггсовского бозона и его производных. К тому времени ускоритель был запущен после всех проволочек, наша группа стала частью одной из коллабораций по анализу его данных. Это был нуднейший, но необходимый труд: день за днем, неделя за неделей мы рассчитывали, пересчитывали, проверяли и перепроверяли вероятности тех или иных событий, тех реакций, что не могли бы обойтись без участия бозона Хиггса. Почти вся мозговая мощь теоретиков по всему миру сконцентрировалась на его поимке, на вылизывании воображаемой карты той местности, где он мог находиться – с тем чтобы загнать его в ловушку, в какую-нибудь лощину, рощу у реки. А там уже навалиться, выкрутить руки, повести на суд...

Рутинная нудность никого не смущала – все понимали значимость проекта. Поначалу и я, наравне с другими, трудился с неподдельным азартом, но вскоре у меня стали появляться сомнения. Что-то было не так – раздражала шумиха, поднятая вокруг бозона популистскими СМИ, раздражала горячечная решимость поймать его именно сейчас, во что бы то ни стало.

«Теперь уже не сознаешься, что бозона может быть и нет вовсе. Легче, наверное, просто его придумать», – пошутил я как-то за ланчем, но никто не улыбнулся. Ставки были огромны; лица коллег ясно давали знать: шутки здесь неуместны. И тогда я по вечерам, почти тайком, стал прикидывать понемногу, насколько могут быть правы бунтари, утверждающие, что бозон Хиггса, скорее всего, не существует в природе.

Вычисления убедили меня: у бунтарей есть шанс. Все, что способны выявить наши детекторы, может быть объяснено по-другому, без участия пресловутого бозона. Его место вполне могут занять возбуждения каких-то композитных полей...

Я показал свои прикидки профессору Кертнеру. К моему удивлению, он не попытался развеять мои сомнения, а, напротив, укрепил их, поделившись своими собственными. «Да, – сказал он, – пусть они обнаружат нечто, ведущее себя так, как могла бы себя вести скалярная хиггсовская частица. Пусть заявят во всеуслышание, что механизм разделения слабых и электромагнитных сил досконально понятен, победа за нами. Но не кажется ли вам, Тео, что при остывании вселенной слишком уж много разных симметрий нарушается независимо друг от друга? Киральная, конформная, электрослабая – и у каждой свои механизмы и свои частицы. Неэкономно – и возникает какое-то внутреннее неудобство, по крайней мере, у меня. Возникает даже вопрос: а вдруг все силы разделились сразу – по одной и той же причине? Представьте себе армию дополнительных фермионов, что начали связываться со всем подряд сразу после эпохи кварк-глюонной плазмы. На низких энергиях их не увидеть поодиночке, но их связанные состояния – почему бы и нет? Может и пресловутый бозон Хиггса, даже если его отловят, представляет собой лишь частный случай, одно из?..»

Я молчал, зная, куда способен завести этот разговор. Молчал и чувствовал: у меня внутри зреет решение и оно не понравится никому. Особенно профессору Кертнеру, предпринявшему – дважды! – усилия по устройству моей карьеры.

«Кстати, – продолжал между тем профессор. – Кстати, вы не читали последние статьи по теории 'техницвета'? Вас, полагаю, должна одолевать ностальгия. Мир продвинулся вперед – теперь масштаб энергии научились изменять плавно. В 'техницвете' больше нет бессмысленных скачков – почитайте. В этом может быть ключ к разгадке!»

Я взмолился: «Профессор, не мучайте меня – вы что, нарочно? Я знаю, я не могу подвести вас снова!»

«Бросьте, – поморщился Кертнер. – Жизнь коротка. А активная научная жизнь вообще мимолетна. Пройдет лет пятнадцать, и вы больше не будете в силах создать что-то новое. Вам не должно быть дела до чьих-то сантиментов».

Я видел: он говорит серьезно – о том, что, наверное, высказывал вслух нечасто. Я услышал в его словах сожаление о его собственной судьбе, такой благополучной на вид. Тут же вспомнились университет, Гюнтер, пиршество идей в нескончаемых разговорах, вся интеллектуальная вольница тех лет. Откашлявшись, я сказал непослушным голосом: «Профессор, я хочу свою теорию и ничто другое. Я вязну в болоте – и не верю, что у меня нет миссии, простите за пафос. К моей цели, какова бы она ни была, нельзя продвинуться крохотными шажками. Я должен сделать большой прыжок…»

Слова звучали до обидного глупо. Я добавил: «Извините меня», – и Кертнер лишь пожал плечами. На следующий день я пришел к начальнику группы и сообщил о своем уходе. Вновь совершив акт научного предательства – на взгляд со стороны.

Мне быстро удалось найти новую работу – там же, в Гамбурге, в том же университете, но в соседнем крыле и будто в ином мире. По сравнению с коллаборацией, рвущей жилы в научной гонке, там царили тишь и покой. Меня заставили преподавать – я принял это как неизбежное зло, как плату за глоток свободы. Времени на собственно науку оставалось много – и я впрягся в формулы, как в привычную упряжь. Для меня не существовало усталости, я не позволял себе ее замечать. Лишь стискивал зубы и продирался сквозь дебри сложнейших преобразований – вперед, вперед.

Глава 14

«Доброе утро, – говорит Нестор. – У меня есть идея. Почему бы вам не показать соседке парочку уравнений?»

«Зачем? – пожимаю я плечами. – Что они ей откроют? Она лишь заскучает, сразу и бесповоротно».

«А вы попробуйте, – не отстает Нестор. – Попытка не пытка. А она, глядишь, научит вас вышивать…»

Он смеется своим странным смехом. Только тогда я понимаю, что он шутит.

«Всегда приятно, – говорю я кисло, – начать день с хорошей, остроумной шутки».

«Это да, – Нестор кивает и поджимает губы. – Но если всерьез, любое средство может оказаться нелишним. На вашем месте я бы не стал оценивать мои шутки так сурово. Ведь у вас, как я понимаю, по-прежнему нет прогресса».

«Мы стараемся, – бурчу я. – Запишите это в мой файл, если хотите!»

Мне обидно – по-моему, прогресс у нас как раз таки есть. Мы с Эльзой терпеливо и подолгу выслушиваем воспоминания друг друга. Мы даже вычертили графики на бумаге; мы отмечаем точки и заштриховываем квадраты; мы ищем шанс – наш шанс пересечься в той, первой жизни, хоть ненадолго. Словом, мы не стоим на месте, и

Нестор прекрасно это знает. Знает, но тем не менее чуть не каждый день упрекает меня в безделье.

«Ну а как ваша физика?» – интересуется он.

«В процессе, – отвечаю я коротко. – Ужимаю до минимума набор техни-фермионов».

«Веселое время, – кивает Нестор и добавляет: – Хотя, конечно, не самое светлое в вашей жизни. Однако вы еще далеко, далеко…»

«Послушайте, – вскипаю я, – в конце концов…»

Нестор останавливает меня, подняв вверх ладонь. «Не сердитесь, – говорит он примирительно. – К вам, в общем-то, нет претензий. Все мои замечания – не претензии, а стимул. Вдумайтесь в это слово – *стимул*; оно может помочь, навести на мысль. И не нервничайте, вас не торопят, не попрекают, так сказать, куском хлеба».

«Да ну? – я иронически поднимаю бровь. – А похоже, что именно попрекают. И не кто-нибудь, а вы, Нестор. И кстати, о куске хлеба: не могли бы вы открыть наконец секрет? Как тут все устроено, каков физический принцип? Принцип Карантина, я имею в виду».

Советник морщится: «Очень долго рассказывать. Долго и ни к чему. Это важно лишь для спецов, а вы не спец в виртуальной реальности – примите просто, что здесь, на Карантине, вы пребываете в виде сущностей. Все визуальное – лишь обман, как впрочем и всегда».

«Пусть я не спец, но мне важно! – не унимаюсь я. – Мне интересно – интересны детали. Расскажите, я легко их пойму».

«Все так думают поначалу…» – ворчит Нестор.

Я чувствую, что сессия вот-вот закончится, и говорю торопливо: «Стойте, стойте. Не исчезайте пока, скажите: как устроены сущности, в чем их смысл? Мне, к примеру, кажется, что от Эльзы исходят флюиды, женское тепло – это сущность? Или это тоже обман, фальшивка? Если так, то сделано хорошо – признаться, я порой мечтаю, что в какой-то из жизней мне удастся затащить ее в гостиничный номер, напоить виски и как следует оттрахать!»

Нестор смотрит на меня и молчит. Я горячусь, продолжаю запальчиво: «Ну, а если и не о принципе, то расскажите хоть что-нибудь о вашем мире, о второй жизни. Что там – есть ли там физические тела? Я хочу знать, в конце концов, будет ли у меня мой мужской половой *йонг*?!»

«Вы это спрашиваете уже в пятый раз, – отвечает Нестор совершенно серьезно. – И каждый раз я говорю вам одно и то же: *что-то* есть».

На этом наш разговор заканчивается. Я выхожу в гостиную, здороваюсь с Эльзой и протягиваю ей один из листков, исписанный уравнениями квантовой теории поля.

«Вот, – ухмыляюсь я, – мой Нестор предложил тебе на это глянуть».

Эльза послушно смотрит, потом кладет листок на стол. «Тарабарщина! – восклицает она сердито. – Похоже, твой Нестор несколько того. Он не понимает, что обычной девушке совершенно не интересны такие вещи?»

«Может и не понимает, – говорю я, подходя к окну. – Что ж до меня, я понимаю прекрасно – одна из подруг мне это хорошо объяснила…»

За окном лес, непролазная чаща. Я начинаю рассказывать Эльзе про Гамбург. Она спохватывается: «Стоп! Я принесу таблицу!» – и убегает в свою спальню. «Не таблицу, а схему», – бормочу я ей вслед.

Нужно отдать должное Эльзе: это ее идея – отмечать на бумаге координаты воспоминаний. Она относится к ним ревностно и забирает с собой на ночь. «Пусть будут под рукой, – пояснила она мне как-то. – Всегда полезно иметь кое-что на случай, если тебя обвинят в лени. Думаю, мой Нестор видит, что теперь он не очень-то мне по нраву. А когда мужчина теряет надежду, он может стать очень придирчив!»

«Даты! – командует Эльза, вернувшись в гостиную. – Даты и местность…»

Потом я рассказываю: как шел в университет вдоль замызганных улиц, где заправляли турки – вдыхая запахи из их кофеен, торопясь успеть к первой лекции, после которой ждали часы вожделенной свободы. Как корпел над своими формулами, а по ночам гонял на велосипеде по пустым мостовым – это было лучшее время суток и город будто делался ко мне терпим. Я возвращался – взмокший, довольный – и вновь садился за письменный стол, несмотря на ворчание Гертруды, с которой мы прожили около года – когда я наконец решил, что Камилла позабылась навсегда. Это было не так, но мне вдруг захотелось стабильности и порядка, которые Герти обеспечивала в достатке, пока в один прекрасный день не собрала вещи и не исчезла из моей жизни.

Все случилось внезапно, хотя, наверное, зрело исподволь: как-то вечером я, вернувшись домой, стал с порога говорить о фермионном вакууме – просто будучи не в силах держать в себе то, о чем размышлял по дороге.

«Да, – сказала Гертруда, – это интересно, но знаешь, я поняла, что хочу жить с *нормальным* человеком».

«Что ж, тогда, наверное, тебе нужно найти нормального человека», – откликнулся я как бы в шутку, но шутка не удалась. Она глянула на меня задумчиво и кивнула: «Что ж, найду». И ушла навсегда, хоть я долго не мог поверить, что это всерьез. Не мог поверить – и звонил, писал ей, пытался вызвать на разговор…

«Все понятно! – заявляет Эльза. – Все вы одинаковые – ты, твой Нестор… Пойдем-ка гулять, на улице опять солнце».

Она бережно складывает нашу таблицу-схему, на которой появилось несколько новых точек, и говорит сердито: «*Их* раздражает, что мы продвигаемся еле-еле. Но чего от нас ждать – мы же как бы не совсем здоровы. Мы вообще на Карантине! – И усмехается: – Так странно: при слове 'карантин' представляешь запертые двери, изоляцию, чуть ли не тюрьму – а ведь это самая что ни на есть свобода. Можно делать – почти – что хочешь, и ты – почти – ничего никому не должен. Обозначил усилие, выполнил свой маленький долг – и все, можешь идти резвиться. Если тебя, конечно, не сдует ветром или не прихлопнет камнями…»

Мы выходим на набережную, где, как всегда, людно. Эльза берет меня под руку – с гордостью, как мне кажется, с удовлетворением собственницы. Мы бредем, не разговаривая, лишь поглядывая на встречных, пересекаясь с ними взглядом, поспешно отводя глаза. Будто играя в привычную, никогда не надоедающую игру.

Я все еще уязвлен слегка воспоминанием о Гертруде,

отвергнувшей меня столь бесцеремонно. «Знаешь, – говорю я Эльзе, – в университетские годы, когда я только начал заниматься наукой, мне постоянно хотелось секса. Стоило провести два-три часа за формулами, как меня охватывало нестерпимое желание».

Эльза посматривает на меня лукаво. Я продолжаю, несколько привирая: «По вечерам в студенческих барах, после нескольких рюмок спиртного, я рассказывал девушкам о глюонах и кварках, глядя им в глаза, посылая мысленный сигнал: 'Я хочу тебя! Хочу сделать с тобой то-то и то-то!' – это действовало как гремучая смесь. Они чувствовали мою мысль – и шли со мной, и сами тащили меня в постель, требовали: 'Еще, еще!' Не выразить, как я был им благодарен. Я называл их принцессами, пока они были со мной. А потом они уходили в свою привычную жизнь и становились вновь – секретаршами, парикмахершами, продавщицами…»

«Что ж, – откликается Эльза. – Я рада, что тебе так везло с девушками. Я понимаю – ты показал мне свои каракули не для того, чтобы поумничать или пустить пыль в глаза. Просто ты извращенец, какой-то тип извращенца. Делай так и дальше – мне может стать интересно. Я и сама ведь, признаться, извращенка в некотором смысле – мне всегда хотелось, чтобы мужчина не просто возбудил меня оральной лаской, но при этом сделал *так и так*, – она говорит мне на ухо, как. – Ты вообще можешь себе такое представить?»

«Очень даже, – ухмыляюсь я. – Думаю, этого хотят почти все. Ну а тех, кто поначалу не хочет, все равно склоняют к этому позже».

«Вот как? – Эльза надувает губки. – Ты опять хочешь сказать, что я не оригинальна? Хорошо, пусть, но я люблю себя именно такой, какая я есть!»

«Я тоже люблю тебя в каком-то смысле – такой, какая ты есть, – говорю я примирительно, не кривя душой. – И поверь, я убежден: в том, как ты *этого* хочешь, есть оригинальность, своя особая извращенность…»

Возле певца с гитарой сегодня пусто. Он сидит и молчит, сгорбившись, угрюмо глядя под ноги. Тем не менее мы останавливаемся – это наша традиция. Певец кивает Эльзе, полностью игнорируя меня. Потом берет аккорд и начинает: «*О, бесславие! О, безмерная тщета гордыни! Я пытался вырваться из всех сетей. И вот я здесь – это ли не насмешка?»*

Я застываю, будто в оторопи, что-то пронзает меня как игла. Отворачиваюсь к морю, морщусь, пытаюсь ухватить ускользающее. А певец поет:

«Я буду сладостно самоуничтожаться, пить бурбон галлонами, глуша тоску по Эльзе. Буду курить по нескольку пачек в день – пусть мои легкие превратятся в дырявый крэш. Пусть умрет моя печень – все равно я еще оживу не раз. И пусть Эльза не возвращается – моя тоска мне милее, пока есть сигареты и галлоны виски...»

«Бесславие! – повторяю я за ним и говорю Эльзе: – Извини, мне нужно домой».

«Только вышли», – вздыхает она расстроенно, но послушно идет за мной.

Я смотрю на ближайшие часы – до сессии с Нестором еще есть время.

Эльза бормочет: «Тебе повезло, конечно, что я некоторым образом *submissive*[32]...»

Я вновь говорю: «Извини», – и бросаю взгляд, полный нежности, на ее профиль.

Дома я кидаюсь к столу и строчу – лист бумаги стремительно покрывается формулами. Я вспомнил, *как это было* – и когда, где, что. Почему я покинул Гамбург, распрощался с большой наукой – будто бы навсегда. Разобиделся на весь мир и возненавидел – нет, не мир, а самого себя.

Моя теория, объясняющая в деталях, как произошло разделение фундаментальных сил, была готова через полтора года. В ней многое вставало на места: ароматы кварков[33], их массы, необычный распад каонов[34] и прочие странности, казавшиеся необъяснимыми

---

32 Покорна, послушна (англ.).

33 Аромат — общее название для ряда квантовых чисел, характеризующих тип кварка. Многие их особенности пока не имеют объяснения.

34 Элементарные частицы семейства адронов.

– до меня, повторял я себе, необъяснимыми до меня. Теперь же, да, объяснение нашлось – без неуловимого бозона Хиггса и почти без тонких настроек. Понятно, мне не терпелось донести это до общественности, и я донес – поспешив слегка. Поспешив и позорнейше упустив из виду сингулярность в одной из функций, сводящую все на нет, требующую пересмотра большей части моего подхода...

Ошибка была замечена почти сразу – и потом научное сообщество смаковало ее несколько недель. Особенно усердствовали мои бывшие коллеги, не простившие мне «предательства» ради тщеславной цели, на пути к которой я допустил такой ляп. Прочие тоже упражнялись в язвительности – моя статья и впрямь получилась амбициозной донельзя, претендуя на слишком многое сразу. Я даже предположил, что вся физика, как мы ее сейчас знаем, стала таковой под влиянием неких внешних полей – в дополнительных измерениях, глобальных метапространствах. Мои уравнения допускали такую гипотезу – она, конечно же, не осталась без внимания и вызвала дополнительный поток насмешек. Затем все стихло, история отошла в прошлое, как забавный казус, а я остался на пепелище, в пустоте, не интересный никому.

Наверняка какие-то фрагменты той моей работы имели смысл. Если бы кто-то собрал команду из пяти-шести молодых и способных, они бы за год вылизали ее как следует и стало бы ясно, чего она на самом деле стоит. Но никто, конечно же, не собирался тратить на это время. Теория была объявлена нежильцом, сброшена под откос, отряжена в забвение. И виной тому стал я сам – торопясь доказать, что мой путь верен, я сделал слишком большой шаг. Мои ноги разъехались, я сел в лужу. Потому, быть может, что уж слишком хотел вырваться вперед, утерев всем нос.

Поражение было сокрушительно, чудовищно – и я не справился с ним, не нашел ему оправданий. Мне было некому пожаловаться, не перед кем повиниться: Гертруда ушла, Гюнтер не хотел меня знать, профессор Кертнер уже полгода работал в Штатах, я потерял с ним связь. Мы не переписывались, да и, сказать по правде, обсуждать с ним *такое* было слишком стыдно. Пострадав в одиночестве неделю или две, я решил уйти из науки.

Решение далось мне легко – оно лежало на поверхности, было единственно верным. Я не желал больше думать о великих миссиях и высокопарных целях. Мне хотелось лишь одного – принести конкретную пользу. Мои умения, мой тренированный ум не должны были пропасть зря – и я, подготовив подробное резюме, разослал его в рекрутинговые фирмы по всей Европе. Первым откликнулось агентство из Швейцарии, предложив на выбор трех потенциальных работодателей. Один из них находился в Берне – это показалось мне знаком. Я написал в ответ, что готов приехать на собеседование.

Так состоялась очередная перемена в моей жизни – я вновь сделал круг, оказавшись в одной из исходных точек. Вскоре я понял, что поступил правильно: моя работа теперь очень быстро, практически сразу, вознаграждалась признательностью коллег. Мои результаты тут же шли в дело, им доверяли, их высоко ценили – и я в ответ старался как мог.

Наша среднего размера фирма занималась микробиологией мозга – с акцентом на методы его контроля. У нас был «заказчик», о котором начальство говорило со значительным выражением лица. Считалось, что его нужно держать в секрете, хоть цели разработок были очевидны. Очевидны и не вполне безобидны – что, впрочем, не волновало меня ничуть.

Мне платили неплохие деньги за математику – мои навыки пришлись кстати. Коллеги – биофизики, нейрофизиологи, психологи – владели лишь самым примитивным матаппаратом. При этом нужда в нем была огромна: у нас накапливалось колоссальное количество данных. Из клиник всей страны к нам, на условиях анонимности, везли трудных пациентов – шизофреников, эпилептиков – с электродами, вживленными в мозг. Это были ценные экземпляры, с их помощью мы могли померить кое-что внутри, в неокортексе[35], отвечающем за высшие нервные функции.

---

35 «Новая» область коры головного мозга, которая у низших млекопитающих лишь намечена, а у человека составляет основную часть коры.

С другими, в основном здоровыми подопытными можно было работать лишь на поверхности черепной коробки, но количество информации от этого не становилось меньше, а с ее обработкой имелись проблемы. Наши исследователи блуждали в ней, как в потемках, тонули в ней с головой. Моя задача состояла в том, чтобы изменить ситуацию в корне.

Мне дали в помощь двух программистов и приготовились терпеливо ждать, но ждать пришлось недолго. Уже через три месяца на графиках и диаграммах стали появляться образы, близкие сердцу ученого – периодические кривые, кластеры устойчивой формы, контуры распределений с ярко выраженными максимумами. Я убрал статистический шум, соизмерил масштабы, абстрагировал, упорядочил типы данных, описав их единым образом – через волновые пакеты, усредняющие деятельность нейронов на любых расстояниях и за любое время. Так мы получили универсальный язык – описывающий все, что происходит в мозге. Потом я реорганизовал информационное пространство, переопределив его в других координатах. Очень помогли гильбертовы преобразования – с их помощью я уменьшил количество переменных и выделил главные – те, что отражали истинную динамику всей системы. Мои программисты тоже постарались на совесть – и терабайты чисел, разобраться в которых коллеги потеряли надежду, свелись к гигабайтам, вполне обозримым и к тому же визуализированным как нужно. Теперь все, накопленное ранее и поступающее вновь, быстро обращалось понятными глазу картинками на экранах и распечатках. Научный коллектив воспрянул духом и бросился переосмысливать свои гипотезы, а за мной утвердилась слава местного гения, человека, решающего проблемы независимо от их сложности и природы.

Эти первые месяцы я работал как проклятый, прерываясь лишь на сон. Но вот методики были запущены в дело, и нужда в моем участии поуменьшилась. Мощные компьютеры переваривали массивы чисел, из принтеров исправно выползали графики, и мои коллеги были удовлетворены вполне. Порой кое-кто просил пересчитать что-то иными алгоритмами или с большей точностью, но это было нетрудно и не занимало много времени. Я даже заскучал – но вскоре у меня случился разговор с Тони, и от скуки не осталось следа.

Группа Тони исследовала память. Они изучали реакции мозга на внешние стимулы – картинки, слова, мелодии, как новые, так и уже знакомые. Задача состояла в том, чтобы выявить, как же именно хранятся воспоминания. Распознать механизм хранения, а потом научиться лезть в головы невидимой рукой и брать процесс под контроль.

Происходящее с памятью описывалось теперь тем самым универсальным языком – волновыми пакетами, что обсчитывались с помощью моих программ. Сначала биологи возликовали – им показалось, что у них открылись глаза. Параметры электромагнитных волн действительно менялись от стимула к стимулу. Мозг реагировал по-разному не только, скажем, на запахи и фото, но и на разные запахи и разные фото. А одни и те же раздражители, напротив, приводили к похожим реакциям, к похожим графикам и образам на экране…

Корреляция была налицо, да, но тут же выявились проблемы. Реакции мозга были похожи, но не до конца. Соответствия между стимулами и картинами амплитуд и фаз оказались не однозначны, и к тому же динамика этих картин ставила всех в тупик. Никто не мог объяснить, почему очень разные участки мозга начинали вдруг работать в унисон: исходящие от них волны вместе меняли амплитуду и синхронизировались, будто «сцеплялись» фазами. Это противоречило традиционным представлениям – о прямой ответственности определенных нейронов за определенные фрагменты памяти. Воспоминания оказывались «размыты» чуть ли не по всему неокортексу – по крайней мере, так утверждал эксперимент. И, что было уж вовсе необъяснимым, синхронизация устанавливалась мгновенно – значительно быстрее, чем нейроны могли бы «достучаться» друг до друга.

Группа Тони поступала так, как принято в мире корпоративной науки: закрывала глаза на необъяснимое и пыталась выжать практический результат из того, что, как им казалось, было более-менее понятно. В их головах была одна и та же модель: фрагмент памяти – это группа нейронов и их связей, статичный отпечаток пережитого опыта, который можно идентифицировать и на который можно влиять. Неумение выявить такие группы они объясняли неточностью данных – и метались от методики к методике, бесконечно меняя способы пересчета. Потому я общался с ними часто – чаще, чем с другими.

Как-то раз Тони пришел в конце рабочего дня – усталый, с грустными глазами – и поделился очередной неудачей. Я, чисто из участия, стал задавать вопросы, и мы проговорили до вечера. Именно тогда я впервые услышал о проблеме пространственной размытости памяти и о мгновенной слаженности реакций в разных участках мозговой ткани при попытке что-то запомнить или вспомнить.

Я поинтересовался – а почему нет? Тони объяснил – а потому, что этого физически не может быть. Он нарисовал мне понятную, анатомически достоверную схему: как внешний стимул, например картинка, трансформируется в сигнал, который приходит в определенное место мозга, к локальной нейронной группе. Как потом нейроны этой группы выстреливают сообщения один другому через синаптические связи[36] – и чем чаще та же картинка возникает перед глазами, тем эти связи крепче, то есть память о ней надежнее. Я кивал, все было логично. «Но, – с горечью говорил Тони, – к сожалению, тут, вот…»

Мы вместе рассматривали распечатки – да, сомнений не было: поведение электромагнитных волн, считанных при запоминании-воспоминании, никак не подтверждало его модель. Судя по ним, *большие* сообщества нейронов из *разных* областей мозга – а вовсе не маленькие локализованные группы – трудились согласованно, когерентно. И было вовсе не ясно, кто командует ими, кто дает отмашку и потом следит за удивительной синхронностью действий.

Я спросил – а как, мол, у других? Может, дело действительно

---

36 Синапс — место контакта между нервными клетками, через которое передаются нервные импульсы.

лишь в неточности измерений и мгновенная когерентность – это обман, фантом? Тони обиделся: «Но мы же не простаки!» Потом признал: «По крайней мере, не более чем другие». И пояснил, что пресловутая согласованность наблюдается уже давно, но достойного объяснения пока никто не предложил. Нейроны «общаются» посредством электрохимии – эти процессы изучены хорошо. Доподлинно известно, что химические реакции слишком медленны, а поля от ионных токов слишком слабы, чтобы проявлять себя так быстро и на таких расстояниях. Потому все просто принимают как данность, что еще какой-то способ «общения» существует, а что это за способ, ни у кого нет времени выяснять.

«Во всяком случае, *у меня* нет времени, – раздраженно добавил Тони. – Пусть над этим думают те, кто занимается *настоящей* наукой! Те, у кого, как они хвалятся сами, чистые руки, не замаранные купюрами, и душа не продана золотому тельцу. У них есть время, их не подталкивают в спину, а мне нужно решать задачи, поставленные руководством. Например, как влиять на память внешним высокочастотным полем. Как вживить электрод в определенное место и удалить ненужные воспоминания. Как…» Он пожаловался мне еще немного и ушел. Возможно, ему от этого стало легче.

Оставшись один, я сидел, отложив все дела, и размышлял. Размышлял и дома, до ночи, и ночью, лежа без сна. Ничего внятного я не придумал, но понял, что проблема вызывает у меня интерес – такой, какого я не испытывал уже давно. Каким-то внутренним органом я чувствовал в ней огромный пласт неизведанного. И еще: у меня было время! К утру я решил, как им распорядиться.

Прежде всего мне нужно было самому, без посредников, разобраться, как работают мозг и память – с точки зрения передовой науки. Я зарылся в статьи и книги и вскоре убедился, что явления, о которых рассказал мне Тони, действительно существуют. Все было так, как он говорил: нелокальная, мгновенно устанавливающаяся когерентность давно уже наблюдалась в экспериментах – несколько десятков лет. Все эти годы ее старались не замечать – ибо объяснения ей не находилось. Главным направлением, поддерживаемым авторитетами, до сих пор считался поиск «отпечатков памяти» – тех же, которые искала и команда Тони. Под «отпечатками» понимались небольшие нейронные группы, ответственные за конкретные воспоминания. Под это выделялись деньги, об этом рассказывали журналистам, а те доносили концепцию «отпечатков» до любопытствующих масс. Так все и двигались в одну сторону – даже и не пробуя поднять голову, сменить ракурс, взглянуть пошире.

При этом детали взаимодействия соседствующих нейронов прорабатывались скрупулезно. Ученые исследовали до мельчайших подробностей, как устроены дендриты и аксоны[37], как работают синапсы, как связи между клетками мозга устанавливаются и крепнут, создавая те самые «отпечатки». Это было прекрасно, но, с моей точки зрения, не приближало к пониманию памяти. Локальные группы нейронов – все равно, в «отпечатках» или вне их – безусловно играли *какую-то* роль, но лишь промежуточную, не основную – еще и потому, что сами «отпечатки» вовсе не были так уж стабильны. Мозговая ткань проявляла удивительную пластичность, эволюционировала, жила сложной жизнью – мозг постоянно реагировал на внешний мир, подстраивался под него. Потоки стимулов, сигналов от рецепторов, приводили к перестройке нейронных связей, и нельзя было предсказать заранее, где именно и как они изменятся – или, может быть, исчезнут вовсе. Никакие нейронные группы – включая «отпечатки памяти» – не могли прожить и месяца в статичном, неизменном виде. Но ведь наши воспоминания живучи – многие из них хранятся десятилетиями...

Словом, складывалась следующая картина. Эксперименты показывали, что память нелокальна. Из собственного опыта мы знали, что память стабильна. Нейронно-синаптические модели не объясняли ни нелокальности запоминания-воспоминания, ни стабильности памяти. И хотя исследователи с невероятным упорством продолжали искать ответы в рамках классической нейронной доктрины, было понятно, что это тупиковый путь.

В частности, мне стали очевидны две вещи. Первое: разгадывая,

---

37 Структурные элементы нервных клеток.

как работает память, нужно рассматривать не индивидуальные нейроны, не локальные их группы, а весь мозг целиком. Двигаясь через синапсы от нейрона к нейрону, ничего не объяснить; нейроны участвуют в процессе воспоминания не по одному, взаимодействуя с соседями; они работают все сразу, каждый взаимодействует с каждым независимо от местоположения. И второе: именно механизм распределенного взаимодействия нейронов и является ключом к разгадке. Когерентность, наблюдаемая Тони, которая мгновенно возникает при запоминании или воспоминании – это не вторичный эффект, от которого можно отмахнуться, а самая что ни на есть суть явления. Этот механизм запускается внешним стимулом – запахом, словом, лицом в толпе – но затем действует сам по себе, обеспечивая какую-то неизвестную нам динамику. Фрагмент памяти – это не элемент структуры, не «отпечаток», не группа нейронов; это какой-то динамический процесс.

Я вновь стал читать статьи – выискивая теперь альтернативы общепринятым подходам. Где-то за месяц я перерыл все напечатанное в последние годы – в попытке найти союзников, понимающих проблему так же, как я. Таковых практически не было; память связывали не с динамикой, а со статикой, со структурными элементами. Кое-кто пытался трактовать пресловутую пластичность, перестройку синаптических связей как динамический механизм запоминания – но это, на мой взгляд, было наивно и не объясняло ничего.

Я почти уже отчаялся, почти смирился с тем, что загадка памяти не дается человечеству – и тут мне попалась на глаза работа, опубликованная аж тридцать лет назад. Я глянул в аннотацию и оторопел. И почувствовал, как что-то главное встает на свое место.

Автор – давным-давно! – сделал шаг, на который у меня не хватило духу. Он видел то же, что видел я – ту же когерентность по всему мозгу, ту же устойчивость воспоминаний, независимость памяти от судьбы отдельных клеток. Он, как и я, вопреки сложившимся взглядам понял, что нужно отвлечься от электрохимии и локальности, нужно принять: нейроны и синапсы недостаточны, они, да, участвуют в запоминании, но лишь взаимодействуя с чем-то еще… Все это было мне знакомо, меня измучили те же мысли, но автор шагнул дальше, совершил прорыв. Приняв для себя, что есть *нечто* другое, он абстрагировался от его конкретики. Он стал искать объяснение в математике – твердо веря, что непротиворечивой математической теории всегда соответствует какая-то физика, которую мы, быть может, еще не знаем. Он посмотрел на проблему сверху, непредвзятым глазом, задавшись вопросом: что могло бы *в принципе* объяснить свойства памяти, если не думать об известных компонентах мозга. И увидел, что это могло бы быть, и не побоялся высказать это вслух.

Я обругал себя последними словами за то, что потратил столько времени зря. Теперь, задним числом, мне казалось, я всегда чувствовал, на что все это похоже, но не решался признать – уж больно странно было думать о квантовых полях и конденсате бозонов в теплой, мокрой материи. Слово «квантовый» вроде должно быть запрещено, забыто: человеческий мозг – это был макро, а не микромир. Нейроны и биомолекулы слишком велики и удалены друг от друга, чтобы считаться квантовыми объектами. Но что, если принять, будто есть какие-то иные, гипотетические «агенты», заполняющие мозг и живущие по квантовым законам? Они очень малы, их должно быть много, практически бесконечно много – и вот тут знакомая мне физика может прийти на помощь. Уже не раз она проявляла себя там, где, казалось, для нее не было места – перекидывая мост между микро и макро, объясняя, как микроуровневый порядок становится макроскопическим, наблюдаемым невооруженным взглядом и устойчивым на века. Вспомнить хоть кристаллы – никто не станет считать алмаз чем-то воображаемо-зыбким…

Я почувствовал наконец, где ключ к разгадке. Порядок из беспорядка – асимметрия из симметрии… Я произнес вполголоса, а потом повторил громко, вслух: это он, «лукавый фокус», он поднимает голову и выглядывает из-под покровов. То, что я сам описывал много раз – пусть в другой среде и в других энергиях. Мне не деться от моей науки, как бы я ни пытался от нее бежать!

Я наскоро просмотрел статью – кое-что в ней казалось наивным по нынешним представлениям, но главное было сказано без экивоков. Я совершенно точно знал, что теперь требуется от меня. Автора давно не было в живых, но я-то был жив и способен на многое. Я сел к столу, выписал на бумаге гамильтониан квантовой системы, состоящей из множества взаимодействующих элементов, и сразу ощутил, как меня охватывает чувство удивительной гармонии. Я вновь был на своем месте и делал свое дело.

Глава 15

Мой коллега в своей давней статье лишь обозначил основные принципы. Память, писал он, обеспечивается *двумя* связанными механизмами, а не одним, нейронным. Нейроны вступают в дело первыми: они, откликаясь на внешние раздражители, начинают свою «стрельбу» электрическими импульсами. Но их роль вспомогательна – своей активностью они лишь помогают другим участникам, живущим не в макро, а в микромире. Нейронные сигналы активируют не классическую, а *квантовую* динамику гипотетических микрообъектов, заполняющих все пространство мозга. Те, неупорядоченные изначально, переходят в состояние устойчивого порядка и поддерживают этот порядок, подобно атомам в кристаллах, обмениваясь квазичастицами, коллективными возмущениями, волнами какого-то поля. Волны-квазичастицы создают колебательный фон, воздействующий на нейроны и в свою очередь регулирующий, согласовывающий их работу. Такая динамическая «игра» между нейронами и микрообъектами и есть фрагмент памяти, а коллективные колебания есть некий код, который, раз возникнув, устойчиво хранится в мозге. Он конденсируется в энергетической впадине и потом может быть реактивирован знакомым стимулом – так что мозг вновь войдет в ту же динамику, «вспомнив» запомненное раньше.

Таким образом, мозг – точнее, его часть, ответственная за

память – рассматривался как единое целое, где все составляющие одновременно взаимодействуют друг с другом. Это принципиально отличалось от традиционных моделей, оперирующих отдельными элементами этого целого, «перекликающимися» лишь с ближайшими соседями. Две главные вещи – нелокальность и стабильность памяти – объяснялись теперь естественным образом: во-первых, колебания квантовых микрообъектов были распределены по всему мозгу, так что каждая точка мгновенно получала информацию от каждой независимо от расстояния между ними, а во-вторых, в низшем энергетическом состоянии этим колебаниям почти не требовалось энергии, они не затухали, подобно классическим макроволнам, они могли жить в мозге очень долго – в идеальном случае вечно…

Автор не озабочивался поисками микрообъектов, просто постулировал, что они должны быть. И строгой математикой показал, как их взаимодействие может приводить к наблюдаемым на опыте свойствам памяти. Я повторил его вычисления – все оказалось верно. Из неупорядоченности – вдруг, спонтанно – возникал порядок, уменьшая динамическую симметрию системы и приводя к появлению квазичастиц, бозонов определенного типа, сохраняющих этот порядок, не дающих от него отклониться. Если предположить, что колебания-бозоны действительно модулируют работу нейронов, то все странности на диаграммах Тони получали логичное объяснение. В свою очередь, нейроны играли свою роль: они давали толчок, триггировали процессы спонтанного нарушения симметрии, запуская механизм формирования порядка. Наверное, думал я, среди этих нейронов-активаторов есть очень важные, сидящие в ключевых точках – не их ли считают «отпечатками памяти»? Да, можно нарушить память, убивая отдельные нейроны – но все же память хранится не в них, они лишь средство, спусковой курок…

Так или иначе, через неделю-две я уверился в потенциальной мощи совокупной нейронно-квантовой парадигмы. Уверился – и уткнулся, как в стену, в принципиальный вопрос: а что же из себя представляют эти самые «квантовые микрообъекты»? Я не допускал никакой мистики, никаких небесных эфиров; они должны были быть чем-то естественным, привычно материальным. Чем? Вначале идей не было; я стал бояться, что загадка останется неразрешенной. Но довольно скоро я нашел решение – точнее, его нашли за меня.

Оказалось, теория тридцатилетней давности получила некоторое развитие. Был всплеск интереса, несколько человек подхватили ее, и один из них высказал очень простую мысль: загадочные «микрообъекты» – не что иное, как молекулы воды, из которых мозг состоит, как известно, процентов на девяносто. Прочитав об этом, я изумился очевидности его догадки – и тому, что она не пришла в голову мне самому. Задним числом это было так ясно: да, водные молекулы, во-первых, достаточно малы, а во-вторых, обладают дипольным моментом, имеющим вращательную симметрию. Она-то и нарушается – говоря очень грубо, векторы-диполи выстраиваются в одном направлении. Возникает порядок; высвободившаяся энергия трансформируется в совместные колебания, которые со временем переходят на низший энергетический уровень и там остаются и живут – в постоянной готовности возбудиться вновь. Это так естественно предположить, если просто выписать на бумаге уровни организации живой материи: клетки – макромолекулы – вода!

Удивительно, но это был последний существенный прорыв в «квантовой» модели мозга. Вскоре публикации перестали появляться: никто не хотел тратить время ни на критику теории, ни на ее развитие. Интерес научного мира, чуть возникнув, тут же и пропал – не иначе, ввиду общей сложности модели, а также невозможности ее быстрой проверки. Без эксперимента шансы на бенефиты – гранты и публикации в престижных журналах – уменьшаются, стремятся к нулю. Но мне не нужны были ни публикации, ни гранты. Я чувствовал перспективность подхода и мог позволить себе тратить на него время. Столько времени, сколько необходимо.

И я приступил к расчетам: мне предстояло перейти от *идеального*, бесконечного и холодного «мозгового пространства», изолированного от информационного шума, к *реальному* случаю – мозгу конечных размеров, живущему в определенном тепловом режиме и подверженному бомбардировке сигналами от множества рецепторов. Водные диполи стояли у меня перед глазами как живые. Они и были живыми – во-первых, все время колебались, вибрировали, а во-вторых, поддерживали память, мысль, суть жизни. Казалось, их порядок мимолетен, непрочен. Многое было против – тепловые явления, квантовые флуктуации, постоянная разноголосица сигналящих нейронов. Но кое-что играло и за – например, уникальное свойство квантовой теории поля, так называемая «отрицательная энтропия»: квантовый порядок был энергетически выгоднее беспорядка! Нарушение симметрии «выпускало» часть энергии на свободу подобно шару, катящемуся с горы; это упрочивало живучесть упорядоченных картин – укрепляло память, не давало ей рассеяться, раствориться. И заодно добавляло мне сил; я будто чувствовал: микромир за меня!

Конечно, в ограниченном, а не бесконечном пространстве жизнь квантового конденсата, кодирующего память, стала конечна, голдстоуновские бозоны получили приставку «квази», обрели массу, пусть небольшую, и расходовали энергию, пусть немного. И области когерентности, синхронной работы удаленных нейронов, тоже стали разными – от обширных, занимающих почти все пространство мозга, до очень малых, заключающих в себе лишь несколько сотен клеток. Многое, хоть и не все, зависело от предмета запоминания – от того, насколько мозг позволял себе на нем «сосредоточиться», задержаться. Как долго нейроны сигналили о нем – о резком запахе, красивом лице – в водную матрицу, в пространство диполей, расширяя пределы своих влияний. Были ли напоминания – они тоже поддерживали когерентность и даже раздвигали ее границы… Все это, взятое вместе, ощутимо приблизило теорию к реальности: мозг, смоделированный у меня на бумаге, стал жить, менять свои состояния, переходить то и дело из симметричных в несимметричные фазы, а не застывать в одной бесконечной, бессрочной упорядоченности, как в вечном льду или твердейшем кристалле. Одни фрагменты памяти улетучивались через мгновения, забывались, стертые флуктуациями; другие запоминались надолго и вспоминались легко, всегда будучи «под рукой». Все было так, как у меня в голове – или пусть пока не так, но очень похоже!

Затем я перешел к исследованию связи между дипольными волнами и нейронами, к перекидыванию мостов между квантовым микро и классическим макро. Нужно было если и не изучить досконально, то хотя бы показать возможность взаимодействия, его вероятный механизм. В поисках «посредников» между нейронами и водными диполями пришлось прочитать массу литературы, разобраться в строении клеток нервной ткани. Я промучился с этим довольно долго, пока наконец понял: все дело в микроскопических белковых нитях – многочисленных, перепутанных, создающих свою, отличную от нейронной, затейливую сеть и внутри клеток мозга, и вне их. Возмущения электромагнитного поля распространялись по ним, давая толчок упорядочению молекул воды, и этот порядок «ощущался» другими нитями, у других клеток, отстоящих сколь угодно далеко. Так нейроны, сами того не зная, слали друг другу мгновенные сигналы на больших расстояниях, согласовывая свою работу. Когерентность водных диполей определяла корреляцию работы нейронов, которая устанавливалась очень быстро и сохранялась надолго!

Много внимания я уделил температурным эффектам – они представляли большую опасность. Квантовый конденсат в теплой, живой среде – это звучало подозрительно, даже дико. Однако все оказалось не так плохо. Концентрация бозонов, коллективных возмущений была достаточной, чтобы противостоять тепловой энергии, возвести барьер между симметричным и асимметричным, не позволяя стереть память, вернуть мозг к беспамятству, к пустому листу. Более того, значительная часть водной матрицы была иссечена, пронизана теми самыми белковыми нитями. Элементы их структуры обладали своими дипольными моментами и, невольно, помогали бороться с попытками разупорядочения – будто «чувствуя», что когерентное состояние является самым выгодным, оберегая его, выставляя заслон, защиту…

В общем, где-то через полгода стало более-менее ясно: идея, предложенная тридцать лет назад, не противоречит наблюдаемым фактам и той биофизике, которую мы сейчас знаем. Мои вычисления косвенно подтверждали: вполне возможно, что наш мозг функционирует именно так и наши воспоминания представляют собой не нейронные «отпечатки», а резонансы дипольных волн, взаимодействующих с нейронами по всему неокортексу. Именно в этих волнах, в возмущениях дипольной матрицы, живущих от секунд до десятков лет, закодировано все то, что мы помним.

Пару раз я пытался поговорить об этом с Тони, но безуспешно, тот не проявил интереса. Думаю, он не многое понял – квантовая теория поля была ему слишком чужда. Но при этом его тоскливый взгляд подталкивал меня вперед. Я чувствовал ответственность – за квантовую модель мозга, ставшую уже из чужой моей собственной, за усилия Тони, его группы, за всех прочих, отваживающихся на попытки подобраться к главнейшей из тайн: как именно мы помним и мыслим. В этом не было высокопарных амбиций, я лишь знал, что должен отдать все силы, продвигаясь дальше и дальше. А продвигаться было куда – пока что, при всех достоинствах моей модели, я не мог решить главной ее проблемы: почему новые фрагменты памяти при «записи» в мозг не стирают старые.

Система водных диполей, кодирующая память, обладала одним неоспоримым свойством: ее состояния не могли переходить друг в друга. Свалившись в энергетический минимум, упорядочившись каким-то образом, она не «переупорядочивалась» по-другому. Сначала ей нужно было скакнуть «вверх», вновь прийти к симметрии, к беспорядку – и лишь затем скатиться в иной локальный вакуум, закодировав что-то новое. Проблема была в том, что старый код при этом стирался. Математика показывала: два разных порядка – два разных воспоминания – не могли существовать одновременно, не мешая друг другу.

Казалось, это ставило на моей модели жирный крест, но я не позволял себе такой мысли. Я знал, что модель верна, чувствовал это каждым нервом – и при этом не видел, как выйти из тупика. Конечно, можно было говорить о пространственном разделении упорядоченных областей, но такое допущение выглядело натянутым. Мне было ясно, что каждое воспоминание может быть закодировано на сколь угодно большом участке, пусть хоть на всем мозге сразу, иначе теряется весь смысл концепции. Мозг не может быть поделен на множество мелких княжеств, каждое из которых ответственно за свой фрагмент памяти. Нет, как я уже говорил себе много раз, решение крылось не в структуре, а в динамике. Очевидно, динамика была понята мной не полностью, я упустил важнейшую ее часть.

Пока стоящих идей не имелось, я решил еще приблизить модель к реальности – в частности, обратить внимание на теплообмен с окружающей средой. Мозг был очень термостатичен, его температура почти не менялась – потому я не ждал от теплообмена никаких сюрпризов. Но тем не менее решил с ним повозиться.

Ввести его в мои уравнения было непросто – и я чувствовал себя на зыбкой почве. Квантовые теории, как правило, рассматривают изолированные системы с энергией, постоянной во времени. С диссипацией предпочитают не связываться, но попытки учесть ее должным образом все же были. И одна из них подтолкнула меня к прорыву.

Смысл подхода состоял в том, что окружающая среда описывалась субъективно, так, как ее «видит» квантовая система, погруженная в нее – например мозг. Этот субъективный образ представлялся аналогичной системой с таким же количеством компонент, но повернутой вспять по временной оси. Система взаимодействовала будто со своим отражением в зеркале времени – как ни странно это звучало, авторы показывали, что таким образом баланс с внешней средой соблюдался весьма строго.

Я не обратил поначалу должного внимания на эту работу, пока вдруг не почувствовал, что какая-то заноза, сидевшая внутри после ее прочтения, вот-вот обратится в понятную мысль. Это случилось, когда я мылся в душе, согреваясь под горячими струями. «Вот он, теплообмен», – бормотал я с иронией, пытаясь нащупать ускользающий след мысли. Потом, вздохнув, нарисовал на запотевшей стенке душевой кабины озадаченный смайл, посмотрел в зеркало – там отражалась моя пиктограмма. По какому-то наитию я стер слеш внизу смайла и нарисовал обратный ему. Картинка соответственно изменилась и в зеркале. Рожица с кривой линией рта все так же смотрела на меня с недовольством – будучи, не иначе, раздражена моей тупостью. Все так же смотрела, подумал я вновь. И еще раз подумал: так же, с недовольством. Сохраняя эмоциональный баланс... Но на стенке-то она стала другой!

Я выскочил из душа, наспех вытерся и побежал к столу. Стал записывать – словами, а не формулами – царапая бумагу: теплообмен означает удвоение степеней свободы. Пресловутый запрет на переход устойчивых состояний друг в друга относится к *удвоенной* системе. К совокупности – мозг плюс окружающая среда – а не к одному лишь мозгу!

Поставив восклицательный знак, я смотрел некоторое время на свои прыгающие строки, потом оделся и сел за работу – уже спокойно, осознавая, что решающий шаг сделан. Теперь его нужно было описать математически. Я удвоил количество колебательных мод, удерживающих систему в упорядоченном состоянии, добавив «отражения», приходящие извне, и – соблюдая баланс энергии – приравнял к нулю разность энергетических вкладов прямых и отраженных квантов. Это дало мне базовое уравнение, задающее ограничения на всю динамику. Его решения получались легко; я выделил из них те части, которые соответствовали состояниям мозга – как и следовало ждать, это были *разные* картины колебаний. Разные состояния памяти, независимые друг от друга, возникающие каждый миг и живущие сами по себе. Мозг создавал их, подстраиваясь под среду вокруг, которая всегда разная, и обогащался опытами, как отпечатками на фотопленке. При этом общее состояние – мозг плюс внешний мир – находилось вблизи одного и того же энергетического минимума, чуть приподнимаясь над ним и снова в него сваливаясь!

Я понял: проблема емкости памяти в моей модели решена. Разные квантовые конденсаты – разные виды дипольных волн, кодирующие множество воспоминаний – сосуществуют одновременно, как мириады цветных оттенков в одном белом пучке света. Они ждут своего часа, чтобы, по сигналу определенных нейронных групп, возбудиться, войдя в резонанс, стать доминирующими на краткий миг – так мелькает мимолетная память или мысль – или, может, надолго – если стимул, вызвавший их к активной жизни, достаточно настойчив. Потом их сменяют другие, потом еще другие, попутно возникают новые – мозг накапливает опыты и использует уже накопленные, и все они не мешают друг другу. А гарантия этому – постоянно меняющийся мир вокруг, который мозг чувствует и через рецепторы, и через средства теплообмена – омывающую его жидкость, капилляры и кровеносные сосуды. Он чувствует его всегда, каждое мгновение, пока он жив; суть существования мозга, как и любой живой материи – не что иное, как взаимодействие с окружающей средой!

Все стало на свои места: модель памяти обрела логическую полноту, завершенность. Это было потрясающе – видеть сквозь абстрактные формулы, как накапливаются воспоминания, как они постепенно размываются и умирают. Как они вызываются к жизни – одни охотнее, другие труднее, но для каждого нужно хоть чуть-чуть потрудиться. Это было естественно – иначе ни на одной мысли нельзя было бы задержаться. Сознание просто прыгало бы от воспоминания к воспоминанию; мыслительный процесс был бы невозможен. С другой стороны, переход между энергетическими минимумами естественен и быстр: взаимодействие с внешним миром обеспечивает живость и гибкость мышления… Гибкость мышления… Мышления…

И здесь, на этом самом месте, на этом слове меня будто окатывало ледяной водой. Восторг понимания обращался растерянностью и досадой – я ощущал, почти физически, что вновь упираюсь в стену. Да, я понял – в основном – как мы *помним*, но до сих пор не представлял себе, как мы *мыслим*. Моя модель описывала в деталях прямые соответствия между стимулами извне и воспоминаниями, хранящимися в мозге, но это годилось лишь для примитивных реакций. Для звериных инстинктов и способности к выживанию – но никак не для человека разумного, способного проникнуть мыслью неизмеримо дальше животных нужд.

От отдельных фрагментов памяти нужно было шагнуть к связям между ними, к переходам от одного к другому, а потом

– к ассоциациям, категоризации, абстракции... Я понимал: это огромный шаг, можно сказать, скачок через пропасть. Размышляя об этом, я чувствовал, что пасую – да и с самой памятью многое оставалось неясно. Я никак не мог взять в толк, чем обеспечивается устойчивость распознавания – например, как мы узнаем знакомое лицо среди прочих, глянув лишь мельком, издали, наискось. Как небрежно напетые несколько нот позволяют вспомнить любимую мелодию, а случайная фраза, проскочившая в разговоре, тут же выдает собеседника с головой – хоть именно таких слов ты никогда от него не слышал...

Стимулы не бывают одинаковы, они могут быть близки, но не более. Как же наш мозг тем не менее из всех воспоминаний выбирает нужное – безошибочно и мгновенно, не путаясь в похожих кандидатах? Я был убежден: все это связано с неким общим принципом, благодаря которому состояния мозга организованы и взаимосвязаны – так, что навигация среди них осуществляется с поразительной эффективностью. И я никак не мог нащупать этот принцип, этот подспудный основной закон. Я даже не имел стоящих идей – пока... Пока не познакомился с Кириллом.

Глава 16

Я сижу в кресле перед экраном и в сотый раз смотрю на часы. Происходит нечто странное: вечерняя сессия задерживается – и отнюдь не по моей вине. Экран темен, Нестора нет, и это совершенно необъяснимо.

В семь минут шестого я начинаю паниковать. Мне кажется, мой советник не появится никогда. И никто не появится – я с трудом подавляю желание броситься в спальню к Эльзе и убедиться, что она все еще здесь. Заставляю себя успокоиться – конечно, это смешно. Все дело в нервах, в мучительнейших попытках продвинуться дальше, вспомнить больше…

«Все нормально, нормально», – бормочу я вслух, и в этот момент экран оживает. Нестор выглядит как обычно, он подтянут, сосредоточен. Я гляжу вопрошающе, но он даже и не думает извиняться. Мне, впрочем, не до обид, я слишком рад его видеть. Рад настолько, что забываю о своей решимости не просить его ни о чем и выпаливаю вместо приветствия: «Нестор, мне нужна помощь!»

«Да, конечно», – говорит советник и склоняет голову набок. Теперь, когда моя теория стала обретать черты, он вновь изменился, перестал брюзжать, превратившись в деятельного управленца. – «Что вам требуется – мое мнение? Информация? Дружеская поддержка?»

Я поясняю, стараясь звучать спокойно: «Я у важного этапа, и я топчусь возле. Я знаю, есть ключ – он в имени: Кирилл. Он в слове – это ключевое слово, оно ведет к ключевой мысли, которая никак мне не дается. Ведет к мысли по поводу мысли – что вы скажете на такое?»

Я намеренно косноязычен – как бы в шутку. Нестор, конечно же, это знает. Он смотрит вниз и говорит важно: «Что ж. Имя Кирилл есть в вашем файле. – Потом добавляет: – Вы правы насчет ключа. Вы подступаетесь кое к чему – момент серьезен. Я могу помочь вам, но имейте в виду: делая это, я иду на риск. Я рискую дать ложный намек, сбить вас с толку. Одурачить мыслью по поводу мысли. И в то же время – как бы я ни старался, вы все равно набредете на главное. Парадокс! Впрочем, вы сейчас не поймете его сути…»

Он явно передразнивает меня – в своей манере. «Где уж мне понять», – обижаюсь я.

Нестор кивает: «Это так! Но не огорчайтесь, кто угодно другой тоже ничего не понял бы на вашем месте. Лишь поверьте: ложный намек – ложная мысль… Ложная мысль имеет не тот лик. Ложный лик, лживый, ха-ха-ха!»

Засыпая, я думаю раздраженно – легко говорить недомолвками, напускать тумана. Сбить с мысли – почему вообще мы не сбиваемся с мыслей каждый миг? Даже и несмотря на все намеки… Я размышляю из последних сил, а потом проваливаюсь в темноту и вижу сон, выбранный Нестором, сон про Берн – такой, каким я узнал его уже в зрелости, а не в юности.

Город не изменился, но сам я стал другим – и сразу понял, что больше не боюсь его сытой, самодовольнейшей трясины. Теперь его сущностью был не блеск витрин, не благополучие а-ля буржуа, а мелкий дождь, нудная морось, что сыпала с неба день за днем, не переставая. Прохожие жались под аркады, в сумрак крытых галерей, попадая в цепкие щупальца продавцов. Вся центральная часть будто была накрыта невидимой манящей сетью. Дождь и галереи – это была одна задумка, общий заговор против их кошельков.

Под аркадами было тесно, зато середина улиц пустовала. Я один бродил по мокрой брусчатке, накинув капюшон дождевика. Город мало что мог мне предложить, в нем больше не было загадок, тайн. Не было ни Гюнтера, ни профессора Кертнера, ни пьянящего духа познания. Остался лишь след Альберта Эйнштейна.

Как-то раз я зашел в университет – и был поражен убожеством обстановки. В здании, где располагалась знакомая мне кафедра, все кричало о нищете. Поднявшись на второй этаж, я заглянул в библиотеку, почитал расписания семинаров. Их тематика впечатляла, тут по-прежнему занимались серьезными вещами. Мир по-прежнему выделял на это подачки, крохи, остальное тратилось на игрушки для толпы... Я вышел на улицу, на смотровую площадку, названную в честь Эйнштейна – и впервые обратил внимание, что она нависает над замусоренными железнодорожными путями. Перед глазами были грязный бетон и неприглядные граффити, а за ними ухмылялся богатый город, не желавший знать ни о науке вообще, ни, в частности, о сборище теорфизиков, прорывающихся к тайнам мира.

По выходным я порой приходил в квартиру Эйнштейна, смотрел на две тесные комнаты и шаткую ширму, на коляску для маленького ребенка, который, наверное, мешал спать по ночам. Смотрел на объявления об уроках за три франка в час, на категоричный отзыв профессора из Цюриха, утверждавший, что Эйнштейн – не очень-то способный студент, физика для него слишком сложна, ему стоит заняться чем-то другим... После мне всегда хотелось простора – я сворачивал к театральной площади, выходил на мост и к реке, где было много света, несмотря на облачное небо. Прогулявшись по парку, возвращался назад, в тесное пространство галерей и аркад, в ловушку для толстосумов, к толпам туристов, к буржуазной узости взгляда. И там, будто назло, думал вновь и вновь о величии и мощи разума. В сотый раз пытался вообразить, как выстраиваются аналогии, как от частностей происходит скачок к обобщениям, к абстракциям. Искал путь к вереницам ассоциаций, к их логической полноте. Почему мысли, навеянные, казалось бы, очень разными поводами, сходятся воедино? Почему наш мозг не теряется в лабиринте постоянно меняющихся состояний, а уверенно находит путь к цели?..

Я знал вопросы, но не имел ответов. Понимание не приходило, все гипотезы казались бесплодными. Я отчаивался, злился на себя. А потом – потом я встретил Кирилла.

Случилось так: вечером, после ужина, я зашел в бар одного из отелей. Там было людно – отель принимал симпозиум кардиологов. Я с трудом нашел пустующий столик, а через несколько минут ко мне подсел незнакомец. Он был неопрятен и заносчив на вид, но я не нашел в себе сил отказать ему.

Он сел и сразу представился: «Я – Кирилл», – потом мотнул головой и уронил на пол салфетку. Я в ответ назвал свое имя и спросил из вежливости: «Вы, наверное, кардиолог?»

Кирилл тут же вскинулся: «Ну уж нет! Я – математик!» – и поинтересовался с явным сарказмом: «А вы, я так понимаю, врач?» Услышав же, что я физик-теоретик, он равнодушно кивнул и потерял ко мне интерес. Меня же вдруг задела его высокомерная поза. «А в чем вы специализируетесь?» – спросил я равнодушнейшим голосом, показывая, что и мне нет до него никакого дела.

У Кирилла тем не менее загорелись глаза. «В предмете, что естественнее всех прочих! – заявил он с жаром. – В том, чем управляется мир. Вы, наверное, в курсе – динамический хаос, то есть, конечно, детерминизм, а не хаос; порядок, который неумолим. Пытаюсь просветить эту темную массу, как на самом деле работает сердце».

Тон его был комичен, но я видел, что пафос – не на пустом месте. «Мы некоторым образом сообщники, – сказал я ему. – У вас как, получается с просвещением?»

«Не особо», – признал Кирилл и начал было жаловаться на коллег, но тут ему принесли кофе, и он стал выговаривать официантке, утверждая, что заказывал совсем другое. При этом он сделался еще неприятнее, язвил и грубил, зная, что та не может ему ответить. Мне было стыдно, я почти уже решил расплатиться и уйти, но спор закончился, Кирилл вернулся к своей науке – и сразу преобразился. Я смотрел на него и удивлялся, до чего в этом человеке негодно все, кроме его тренированного ума.

«Вы, конечно, тут же начнете искать противоречие, – восклицал он. – Детерминизм – это предсказуемость, воспроизводимость; хаос – ровно наоборот. Вы уже подумали, что я сам загнал себя в ловушку – ан нет! Поведение нелинейной системы выглядит хаотичным на первый взгляд, выглядит *случайным* – но это лишь потому, что мы плохо смотрим. Просто малое начальное различие – на микрон! – быстро приводит к огромной разнице в том, что может произойти дальше. Слыхали небось про эффект бабочки? Я сразу понял, что вы не чужды поп-культуре…»

Он обвинительно тыкал в меня пальцем, но я не обижался, я слушал со все большим интересом. «Так и получается, – продолжал Кирилл. – Вы запускаете двойной маятник тысячу раз, и он выписывает тысячу совершенно разных кривых. Вам кажется, что это дело случая, и вы поспешно навешиваете ярлык. Но вы не правы: случайность маятника не настоящая, она – фантом, призрак. Что же отличает, спросите вы, подлинную случайность от случайности мнимой? И я вам отвечу: отличает одна главная вещь – причинность. Именно наличие и отсутствие причинности разграничивает традиционный и детерминированный хаос. Когда система ведет себя абы как под действием не связанных между собой событий, это хаос истинный, реальный. Его можно лишь усреднять статистикой, что, согласитесь, не интересно: статистика выхолащивает суть. Но, когда между событиями возникают связи – *things*, как говорят литераторы, *happen for a reason*[38] – 'хаос' становится предопределенным; его можно изучать, пытаясь заглянуть в глубь. А там, в глуби, происходят удивительные вещи – всегда, везде, в сердце, в жизни… Настоящий хаос – смерть, но хаос детерминированный – это жизнь!»

Я слушал этого неопрятного человека, смотрел в его глаза, в которых в тот момент отражался космос, и мне казалось, я слышу великую музыку, чистейший вокал. И отраженный космос уже звучал, жил – в соответствии с каким-то высшим порядком. Я чувствовал, этот способ существования – самый правильный, самый верный.

---

38 На все происходящее есть свои причины.

«Но! – восклицал Кирилл. – Но, даже заглянув в глубину, нельзя обуздать нрав беспорядка, пусть он и имеет наипонятнейшие причины. Первым это понял Пуанкаре, француз, возразивший другому французу, Лапласу. Помните, как тот утверждал – мол, если мы узнаем все связи между телами вселенной, то после вычислим в любой миг их взаимные положения и воздействия друг на друга… Он думал, что поет гимн разуму, но на самом деле лишь подчеркнул его, разума, самоуверенность и наивность. Что и отметил Пуанкаре на примере всего лишь нескольких тел – допустим, трех. Их хватило – беспорядок тут же поднял голову и, мотнув хвостом, разнес лапласовские мечты в пух и прах. Понятно, что Пуанкаре исполнился пессимизма – в неустойчивых системах никакие предсказания невозможны, заявил он. Я цитирую: *совершенно ничтожная причина, ускользающая от нас по своей малости, вызывает значительное действие, которое мы не можем предусмотреть. Мы имеем перед собой явление случайное…* – и вот тут он был не до конца прав. Но ему было трудно, у него не было компьютера, он не мог рассматривать в свое удовольствие фазовые портреты, как делаем мы. И однако же он – великий человек – предположил, что нелинейный динамический режим, детерминированный хаос, по-своему узнаваем! Он описал – романтически, по-французски – каким может быть аттрактор, портрет хаоса, образ нелинейной динамики».

«Вы, конечно, знаете, что такое аттрактор? – Кирилл заглядывал мне в лицо. – Состояние равновесия, к примеру – просто точка; периодическое движение – замкнутая кривая, так называемый предельный цикл… Теперь нам известно: 'хаотические' системы тоже имеют аттракторы, их 'беспорядок' сходится к определенным траекториям. Только аттракторы эти нетипичны – они странны, и они так и называются: *странные* аттракторы. Нелинейная динамика непериодична – потому фазовые траектории не пересекаются. Нелинейный режим неустойчив – потому система легко прыгает из одного участка аттрактора в другой. Тут опять уместно вспомнить про эффект бабочки – и забавно, что странные аттракторы порой удивительно напоминают бабочкины крылья, но, вообще, удивительнее всего то, как верно о них писал Пуанкаре. *Нечто вроде решетки, ткани, сети с бесконечно тесными петлями; ни одна из кривых никогда не должна пересечь самое себя, но она должна навиваться на самое себя очень сложным образом, чтобы переплестись бесконечно много раз... Вдумайтесь, разве не поэзия? И каково увидеть это внутренним зрением, не имея мощного процессора и многопиксельного экрана?»*

Обжигаясь, я глотал горячий кофе, уже третью или четвертую чашку. В моей голове стремительно совмещались части пазла. А Кирилл все говорил: «Хаотичность – это правило, а не исключение! Она везде, куда ни плюнь, она лезет нам в глаза, а мы – почти все, кроме самых смелых – отворачиваемся, стараясь не замечать. Все пытаемся убрать шумы, усреднить флуктуации, *линеаризовать* – о, это страшная вещь, линеаризация! Линейные подходы, линейные умы… Конечно, так легче, ведь иначе – требуется искусство, а не ремесло. Вы и сами знаете: нелинейные уравнения не решаются в общем случае…»

Он сетовал на недалекость мира, и я кивал в ответ, ощущая, почти физически, что подступаюсь наконец к истинному устройству – и памяти, и мысли. К тому, как мозг выстраивает цепочки рассуждений, категоризирует и обобщает, переходит от предмета к предмету, ассоциируя одно с другим. Я впервые услышал про детерминированный хаос, но поверил тут же, что именно в нем источник нужного мне порядка. Я ничего не знал про аттракторы, но почему-то понял, что именно они служат навигаторами в многообразии состояний мозга.

Мы просидели до поздней ночи. Я почти не задавал вопросов и не делал записей, лишь слушал. На другое утро я обнаружил, что мне все ясно и я ничего не забыл. Концепция аттрактора очевидным образом связывалась с принципом наименьшей энергии. Я наскоро прикинул свойства фазовых траекторий, минимизируя свободную энергию своей системы. Как и следовало ждать, они удовлетворяли условиям хаотичности. Суперпозиция устойчивых состояний мозга представляла собой аттрактор определенного типа – тот самый странный аттрактор, о котором говорил Кирилл. Сложную фигуру, о которой писал Пуанкаре, не похожую на обычные окружности и спирали…

Я вгрызся в теорию хаоса – удивляясь, как я мог жить, не будучи с ней знаком. Понемногу мне открывалась новая картина динамики мозга – и я чувствовал, что она верна. Мозг, вспоминая знакомый запах или слово или, скажем, продумывая еще раз уже когда-то сформулированную мысль, «двигался» через состояния, близкие к тем, что были пережиты когда-то и «закодированы» в квантовом конденсате. Накопленные опыты, прожитые мозгом, равно как и умозаключения над ними, отображались в иерархию сходящихся траекторий – аттракторов в пространстве состояний, аттракторов в пространстве аттракторов, аттракторов в пространстве аттракторов пространства аттракторов и так далее. Именно категоризация, абстрагирование через иерархии аттракторов объясняли как невероятную чувствительность мозга к внешним раздражителям, так и гибкость человеческого мышления, способность формировать мысли через ассоциации и аналогии. Внешние стимулы, вызывающие воспоминания – например лицо, мелькнувшее в толпе, или легчайшая тень запаха – не приводили прямиком к цели. Они лишь определяли области «ландшафта аттракторов» на разных уровнях абстракции. И затем мозг «втягивался», как в воронку, в нужную область фазового пространства, входил в требуемый динамический режим детерминированно-целеустремленно, подчиняясь законам хаоса, что был не хаосом, а высшим порядком. И определял законы мышления!

От категорий путь вел «вниз», к конкретике, но и от конкретных воспоминаний, мыслей можно было двигаться «вверх», к абстракциям – и совсем не обязательно к тем, с которых размышление начиналось. Запах вина конкретизировался в винное пятно на скатерти; это в свою очередь вызывало в памяти цвет платья женщины, любимой когда-то; это вело к мыслям о любви, измене, верности и предательстве, скоротечности и смысле жизни. От информации к фрагментам знаний; от понятий к смыслам – это и была суть работы разума, суть его мощи. Теперь я мог представить себе детали этой работы с легкостью, как самую естественную вещь. Нейроны сигналили, обеспечивая граничные условия, позволяя «свалиться» на нужные аттракторы, воссоздать знакомые динамические режимы. Соответствующие виды дипольных волн резонировали, «перескакивали» на высшие энергетические уровни и в свою очередь воздействовали на нейроны, контролировали их сигналы, обеспечивая обратную связь. Или же, если информация была новой, резонансов не возникало, вся система нейронов и диполей проходила через новые цепочки состояний, возникали новые аттракторы, в квантовый конденсат добавлялись их коды. Так формировалось и вызывалось к жизни все, что мы думаем, передумываем, помним.

Возникал вопрос, как же именно обеспечивается «мобильность» мышления, переходы от одних воспоминаний к другим, от образа к образу, слова к слову? Как наш мозг «перевыбирает» аттракторы, перемещается от мысли к мысли? Ответ нашелся легко – стоило лишь внимательнее глянуть на свойства энцефалограмм. Когерентность нейронных групп возникала почти мгновенно. Она создавалась на больших областях, жила пару сотен миллисекунд, потом пропадала на десяток миллисекунд, потом вновь возникала, уже в несколько других областях – это и были те самые картинки из проектора, о которых говорил Тони. Мне стал абсолютно понятен их смысл. В потоке «мыслей» были паузы, моменты потери когерентности – возвращения к беспорядку, благодаря которым мозг мог без помех перейти от аттрактора к аттрактору на любом уровне иерархии. Динамические режимы сменяли друг друга резко, скачкообразно. Это открывало путь аналогиям и ассоциациям, обобщениям или, наоборот, концентрации на частностях. Это же обеспечивало постоянную готовность отреагировать на новый стимул, принять новый вызов от окружающего мира.

Вскоре мне стало ясно и почему мозг так пластичен, чему служит неустанная, скрупулезная перестройка нейронных связей. То, что считалось «отпечатками памяти», было на самом деле «картой местности», результатом адаптации мозговой ткани к насущному строю мыслей, к тем типам работы разума, что имели приоритет в данное время. Быстрота и четкость мышления обеспечивались оптимальными начальными условиями – тем «толчком», после которого шар катится с горы сам собой в нужную сторону. Нейроны, сигналя системе водных диполей, давали такой толчок, создавая условия для правильного выбора подпространства аттракторов и скорейшего «прыжка» на самый верный из них. Синапсы, нейронные связи, формировали «ландшафт аттракторов», очерчивали границы, расставляли геодезические вешки. Каждый индивидуальный мозг будто подстраивался анатомически под наиболее частые, интенсивные запоминания, воспоминания, размышления. Подстраивался, но не кодировал – вопреки «нейронной доктрине», принятой в научном мире. Синаптические связи лишь отражали, насколько мозг приспособлен, расторопен, умел. Память и мышление – это прерогатива тренированного мозга в отличие от нетренированного, а не мозга, «полного нейронных записей», в отличие от «пустого»!

Это объясняло столь многое! Именно так открывалась возможность расти над собой, умнеть, менять представления о мире. Чем чаще каждый конкретный мозг проходит через какой-то динамический процесс, тем легче ему к нему вернуться – это и есть обучение, тренировка. Чем чаще размышляешь о чем-то, тем дольше это помнится, тем легче об этом думается. А чем легче думается, тем проще шагнуть к новым гипотезам и идеям…

Словом, концепция детерминированного хаоса расставила все по своим местам. Главный принцип динамики мозга был теперь абсолютно ясен. Я знал, я чувствовал: мысль, воспоминание – это «странный» аттрактор и это единственно верно. И конечно же, мне захотелось глянуть мысли-аттрактору глаза в глаза. Я задался целью воссоздать его на бумаге, на экране монитора – получить фазовый «портрет» процесса, лежащего в основе разумной жизни.

Конечно, это была очень амбициозная затея. Из отрывочной, неполной конкретики нужно было вывести непротиворечивое целое. Я принялся за воссоздание фазового пространства из массивов данных – совмещая и сравнивая амплитуды и фазы нейронных волн в разные моменты времени. При этом я сделал смелое допущение, оказавшееся верным: предположил, что вид аттрактора должен быть одинаков на всех уровнях мышления – и при реакции на запахи, звуки, и при обращении воспоминаний в слова, и при абстрагировании, обобщении. Это помогло; в потоке данных удалось выявить похожие структуры. Я долго не мог визуализировать их должным образом, но наконец нащупал решение. Зафиксировал координатную структуру, в которой энцефалограммы, полученные от разных испытуемых при разных обстоятельствах, проецировались в похожие кривые. Все вместе они формировали картину – аттрактор, локализованный в замкнутом пространстве. Я исследовал его, насколько было возможно – да, действительно, он был хаотичен, то есть «странен»: система никогда не повторяла себя, линия не пересекалась, но постепенно заполняла некоторую область, переплетаясь сложнейшим образом. Это и был портрет динамики разума, венца эволюции. Я дал ему название – «лик мысли». Распечатал его, повесил над своим столом и долго рассматривал, будто пытаясь заглянуть еще дальше, глубже. А потом сел в трамвай и поехал в бернский университет.

Я поднялся по длинной лестнице к зданию факультета физики. Вышел на площадку имени Альберта Эйнштейна, мельком глянул вниз, на граффити и железнодорожные пути. Затем подошел к мемориальной табличке, слегка поклонился и сказал: «Спасибо. Ты реально дал мне силы».

А кроме Эйнштейна, мне, в общем, не с кем было поговорить. Я понял это особенно остро, зайдя как-то раз на семинар в группу Тони. Там обсуждали все ту же проблему: почему один и тот же стимул – в данном случае запах – вызывает реакции, похожие не до конца? Почему соответствие между стимулом и работой нейронов приблизительно, хоть и статистически значимо? Почему интенсивность стимула почти ничего не меняет?..

Биологи спорили яростно и без устали, но я видел: они движутся по кругу. Сойти с него было не в их силах, и я не выдержал и вмешался. В двух словах я попытался донести до них главное, очевиднейшее для меня теперь. Несколько сбивчиво, торопясь, я говорил про квантовый конденсат, дипольные волны, кодирующие память, ландшафт аттракторов и роль нейронов, лоцманов в его лабиринтах. Я разъяснял им, что отклик мозга никогда не может быть одним и тем же, а четкость, выраженность этого отклика определяется не силой стимула, а внутренней динамикой – и только ею. Несколько молекул пахучей эссенции могут привести к той же реакции, что и целый флакон, вылитый на пол. Небрежно оброненное слово может вызвать поток воспоминаний – более мощный, чем упорное повторение одной и той же фразы. Стимул – это не насос, закачивающий в мозг энергию, которая потом распределяется по сети, заставляя нейроны работать в унисон. Стимул – это лишь причина, триггер, запускающий внутренний механизм…

Конечно же, они меня не поняли, они смотрели дикими глазами, будто я, говоря о всем знакомых вещах, употреблял слова, не имеющие смысла. Будто я нес полный, не поддающийся пониманию бред. Я предложил – мол, давайте я разъясню подробнее. Но нет, они не хотели разъяснений, не желали покидать свою зону комфорта. Тогда я извинился и ушел – в который уже раз чувствуя безмерное одиночество.

В тот вечер я решил, что моя теория должна быть опубликована. Пусть хоть кто-то, когда-то окажется ее достоин. Пусть получит от нее импульс, толчок вперед, даже если это случится через тридцать – или через триста – лет.

Глава 17

У нас раннее утро; я сижу за столом и смотрю, как Эльза готовит очередную яичницу. Только что я слегка повздорил с Нестором – на пустом, в общем-то, месте. Это моя вина – два последних дня я вновь был нервозен и взвинчен. Причина всем знакома – и мне, и Нестору, и Эльзе. Я в очередном тупике, и мой советник пока не может мне помочь.

Зато он, как обычно, играет в свои недомолвки. «Это важно. Важнее, чем вы думаете», – заявил он в ответ на мой рассказ про детерминированный хаос и «лик мысли». И добавил с показным сожалением: «Жаль, что вы пока не знаете, почему».

Конечно, это меня задело, а он вдобавок намекнул тут же на свою роль в выборе сна о Кирилле. Это звучало так, будто и вся теория, некоторым образом, его заслуга – что разозлило меня еще больше. Я наговорил ему кое-чего в ответ, на что он лишь покивал и молча отключился. Теперь я сижу, недовольный всем, и хмуро смотрю на Эльзу.

К счастью, ее ничуть не беспокоит мой угрюмый вид. Она ставит сковородку на стол и говорит шутливо: «Что еще желаете? Чай, кофе? Танец? Может быть, минет? – И добавляет со смешком: – Знаешь, мне недавно снился чувственный сон. Но я не распознала, к чему он относился – я имею в виду место, время. Потому я не говорила тебе, прости. Ты на что-то сердишься – не на меня, надеюсь?»

Я жую яичницу, она действительно имеет вкус. Говорю Эльзе: «Нет, на себя – и, по-моему, я еще недостаточно на себя зол. Скажи мне что-нибудь, раззадорь меня, разозли меня еще больше... – И продолжаю, зная, что она не любит заумных слов: – Возбуди в моей памяти какую-то из дипольных волн, вытащи ее со дна параболы. Она дремлет там в энергетическом минимуме, кодируя воспоминание, за которым я охочусь».

Эльза оживляется: «Ага, то есть я могу сказать тебе какую-нибудь гадость и ты тут же выдумаешь обо мне что-то?»

Я отрицательно мотаю головой: «Нет, ты выступишь лишь как повод, как внешний стимул, а потом мой мозг двинется по цепочке ассоциаций – куда-то вдаль и, наверное, от тебя прочь».

«Фи, – Эльза надувает губки. – А я-то думала...»

«Но, – продолжаю я, – если ты будешь твердить мне одно и то же изо дня в день, то мои нейронные связи перестроятся в конце концов. Мой мозг будет возвращаться к тебе мыслью раз за разом, о чем бы ни зашла речь!»

«Что ж, – говорит Эльза, забирая у меня пустую тарелку. – От такой перспективы невозможно отказаться. Расскажу тебе, пожалуй – в той, первой жизни я тоже злилась на себя нередко. В основном когда меня заносило не туда – и я делала все не так. Например, как-то раз я изменила Дейву – чтобы убедить себя с ним расстаться...»

Она рассказывает про случайную ночь с командировочным из Техаса. Ей все не понравилось – особенно его манера приставать с ласками, которые были ей не по вкусу – но она терпела, желая, чтобы он кончил и оставил ее в покое. Это долго не получалось, а когда наконец получилось, она, в ответ на его расспросы, призналась, что ей было так себе, не очень.

«Почему же ты молчала? – спросил техасец. – Почему меня не оттолкнула?»

«Не хотела тебе мешать», – честно ответила Эльза.

«Ты терпела ради меня?» – изумился он и пустился в многословные извинения...

«Он действительно чувствовал себя виноватым, – говорит мне Эльза, – ему было *очень* не по себе. Я и не представляла, что техасцы так стыдливы. Мне и самой стало неловко, я вдруг почувствовала, что имею пусть минутную, но полную над ним власть. Могу заставить его сделать что захочу – например, купить мне сумочку или туфли… Неприятное ощущение; я тогда поняла: власть над мужчиной – не для меня. Слишком многое тянет за собой из глубины – я туда заглянула, и больше заглядывать не хотелось. Я потом уж не позволяла себе быть щедрой с любовниками – это как выигрывать, используя запрещенный приемчик. В бескорыстии – слишком мощное оружие, со слишком жесткой взводной пружиной!»

Эльза включает воду и принимается мыть посуду. Я размышляю над ее историей. Она мне нравится, в ней, при всей ее банальности, есть намек на абсурд, который мне близок.

«Твоя очередь», – говорит Эльза. Я рассказываю ей про свою последнюю бернскую подругу, турчанку, что работала водителем автобуса. Она была ненасытна, ее темперамент потрясал меня раз за разом. Как-то я спросил ее в шутку: мол, тебе, наверное, нравятся мужчины с крупным «хозяйством» – ведь ты сама хозяйка такой большой машины? Она расхохоталась – ну нет, меня вполне устраивает твой среднего размера *Willy*…

Эльза смотрит на меня лукаво: «Ну, раз ты об этом, я признаюсь еще кое в чем. Я порой считала, что остаюсь 'ни с чем' – в соответствующие, так сказать, моменты – потому что у меня недостаточно чувствительный клитор. - Она хихикает. - Но с другой стороны, я верила, что иначе получиться и не могло: *good girls* должны быть вагиналками, а не клиторалками, эти вещи почему-то стояли рядом у меня в голове. Таковы были – как ты говоришь, мои нейронные связи? В общем, я была та еще штучка… Ну как, ты мной доволен? Я помогла тебе вызволить что-то там со дна?»

Потом мы с ней стоим у окна. Эльза просит: «Не мог бы ты уточнить у своего Нестора еще раз, что нас не выставят отсюда, как только мы сделаем что они хотят? Инструкция инструкцией, но все же хотелось бы перепроверить. А своему я не очень-то доверяю…»

Я молча киваю. Эльза добавляет задумчиво: «В том, что ты сказал мне когда-то – мол, будь всегда молодой – что-то есть. Здесь, на Карантине, я не старею, а также - не должна проживать эту дурацкую юность, когда вообще не понимаешь, что к чему. Я тут нахожусь в самом лучшем возрасте – почему я должна его покидать?»

Я кладу руку ей на поясницу и шлю тантрический посыл нежности. Мне даже кажется, я чувствую ее отклик, жар ее крови. Ток ее крови… – и тут меня осеняет. Я говорю: «Эльза, ты незаменима!» – и бросаюсь к карандашу с бумагой.

К будущей публикации я отнесся серьезно. Я знал, что теория заслуживает долгой жизни, но ясно видел те опасности, что ждут ее после появления в световом пятне. Ей требовалась броня, защищающая от стрел – и в этой связи я озаботился двумя вещами. Во-первых, я хотел очертить границы – ее территории, ее претензий – не умаляя ценности, но и не претендуя на лишнее. Во-вторых, мне нужна была экспериментальная поддержка – пусть не прямая, косвенная, хоть какая. Иначе вся концепция оставалась гипотезой, математически строгой фикцией.

По части границ все было ясно. Теория объясняла глубинные механизмы формирования воспоминаний и мыслей, но умалчивала о том, для чего это по большому счету нужно. Она отвечала на вопрос «как?», вовсе не касаясь вопроса «зачем?» Иными словами, я даже и не подступился к проблеме истинного разума – который ставит человека особняком, отличая его от всех прочих видов. Память и способность к мышлению – по крайней мере, к построению простейших логических цепочек – не являются исключительной прерогативой Homo Sapiens. Принципиальный момент – это осознание себя, вступление на круг: «я осознаю» – «я осознаю, что я осознаю» – «осознаю, что я осознаю, что я осознаю»… *Cogito me cogitare*[39], как сказал гениальный философ. Разум человека по какой-то причине то и дело отворачивается от внешнего мира и обрушивается всей мощью на себя самого. Разум человека переосмысливает себя, перерабатывает то знание, каковым уже обладает. Именно это безмерно увеличивает его силу, позволяет вырваться за пределы, узкие рамки реакций на окружающее и

---

39 Осознаю, что я осознаю (лат.).

шагнуть к бесконечности, туда, где никаких рамок нет. Именно это позволяет человеку звучать гордо.

В круге «осознаю» – «осознаю, что осознаю» – и так далее был какой-то замкнутый контур, постоянная обратная связь, какой-то обмен – но чего и с чем? Или, иногда думал я с холодком между лопаток, кого и с кем? Ничто из моей динамической модели не давало подсказки. Я решил пока не мучиться этим, малодушно отнеся вопрос к философии, а не к физике, и озаботился другим, насущным – связью теории хоть с чем-то, наблюдаемым в эксперименте. И, поразмыслив, решил, что здесь есть лишь один путь – энергообмен. Сравнение потоков энергии, рассчитанных на основании моей модели, с данными, накопленными в нашей фирме.

Энергией мозга занималась специальная лаборатория. Я хорошо знал ее начальника, Альберта – бритоголового, похожего на бандита. У нас его звали «человек, живущий среди потоков крови». Именно кровь – яркая, артериальная, питающая мозговые сосуды, и темная, венозная, очищающая мозг от углекислоты – была его исследовательской средой. Используя новейшее оборудование, сотрудники Альберта могли точно определить потребление кислорода в любой точке мозга в любой момент времени. Я не раз помогал им с аналитикой и имел к их данным прямой доступ. Таким образом, у меня было неопровержимое экспериментальное свидетельство – сколько энергии, когда и где расходуется в мозговой ткани.

Сразу выявилась хорошая новость: вид и продолжительность энергетических циклов – экспериментального и моего, теоретического – очень хорошо совпадали. Их амплитуды, описывающие *количество* энергии, потребляемое мозгом, тоже совпадали прекрасно на *некоторых* стадиях его работы – но лишь на некоторых, не на всех. Эта новость была плоха: моя модель поддерживалась экспериментом только в режимах рутинной мозговой активности. Стоило же мозгу по-настоящему напрячься – сталкиваясь с чем-то сложным, требующим усилий – как его энергетические потребности возрастали многократно. В моей модели они возрастали тоже – но в значительно меньшей степени. Модель не объясняла, куда девалась энергия.

Конечно, это был неприятный сюрприз. Я не верил, что теория может быть ложной, но несовпадение значило, что она по меньшей мере неполна. Я перепроверял вычисления раз за разом, но не мог найти ошибок, однако вскоре понял: в энцефалограммах, которые я использовал для калибровки, для расчета параметров, не были отражены те моменты, когда мозгу нужно было поработать всерьез. Стрессовые ситуации отбрасывались лабораторией памяти как экстримы, смазывающие среднюю картину.

Осознав это, я пошел к Тони и убедил его повторить измерения на нескольких испытуемых, предлагая им сложные логические задачи. Он не понял, зачем мне это нужно, но согласился, чувствуя себя должником. Несколько дней его группа занималась именно этим – в результате энцефалограммы подтвердили: при активном мышлении «аналитическая мощь» мозга возрастала скачкообразно. Группы нейронов сигналили друг другу значительно интенсивнее – это было не удивительно, как раз этого я ожидал. Ожидал я также, что и связь между ними – корреляция сигналов, сцепленность фаз – упрочится, станет надежней, крепче. Но вот этого эксперименты почему-то не показали: области корреляции не менялись в размерах, а сама она становилась иной – *менее*, а не более выраженной, будто слегка размытой. В ее наличии сомневаться не приходилось, но меня не оставляло ощущение, что она – лишь отголосок каких-то более важных соответствий и связей. Будто я лишь смотрел на экран, по которому плясали тени, а все главное происходило за экраном.

Сигналящие нейроны словно стремились донести какое-то сообщение – кому-то, куда-то. Их «настойчивость» увеличилась на порядок – очевидно, излишняя энергия тратилась именно на это. А наблюдаемая «размытость» соответствий в их совместной работе намекала на усложнение этого сообщения: если раньше нейроны сообща били в барабан, то теперь они выстукивали на ксилофоне изысканную мелодию. Что это значило, зачем это нужно было мозгу?

Я рассуждал: в терминах моей модели «сообщения» нейронных сообществ представляли собой граничные условия для квантовых процессов. Усложнение «сообщений» означало усложнение конфигурации граничных условий, а возросшая энергичность нейронов – повышение их устойчивости. Эта устойчивость в свою очередь говорила о том, что в системе поддерживается какой-то порядок, что она остается долгое время в состоянии уменьшенной энтропии. Можно было предположить, что коллективные возбуждения диполей переводятся во все более высокоэнергетические подвиды – и мысли становятся яснее, четче. Так оно наверняка и было, но этого было мало. Вычисления показали: энергетический перерасход таким образом не объяснить. Кроме того, я вдруг понял: длительная упорядоченность водной матрицы должна расширять «территорию» нейронной корреляции, вовлекая больше нейронов в совместную работу. Но и этого не происходило: синхронизация становилась устойчивее и длилась дольше, но была локализована в тех же областях. В конце концов я сосредоточился именно на этой странности – она, по крайней мере, была доступна для наблюдения и являлась строгим фактом.

Я сделал очевидное предположение: если я не вижу «количественного» увеличения корреляции – отражающей содержание, знание – то это значит, что я не так смотрю. По-видимому, она представлена в какой-то более изощренной форме и мне нужно пристальнее вглядеться. Источник изощренности мне виделся лишь в одном – в невероятной сложности структуры мозга. И я стал читать статьи и книги, задавшись вопросом: почему мозг устроен столь чрезмерно сложно, в чем суть этой чрезмерности, ее смысл. И главное – по каким законам эта сложность организована?

На этот раз прорыв наступил сам собой. Без внешнего повода – не было ни чьей-то публикации, отрытой в анналах, ни встречи с неприятным человеком, ни даже озадаченного смайла в душевой. Я лишь прочувствовал, впитал в себя коллективное мнение, звучавшее в той или иной форме практически повсюду, почти в любой работе. Оно давно существовало в мире, высказывалось не раз вполне явно. Многим другим, наверное, было не к чему его применить. А мне очень даже было.

Анатомическое устройство мозга, его сложнейшая,

нерегулярная структура обладали тем же свойством, что и прочие нерегулярности окружающего нас мира. Они таили в себе самоподобие, независимость от масштабов – то, что описывалось фрактальной математикой, развившейся в последние десятилетия. Этот факт был интересен сам по себе, но я увидел в нем и особую, неординарную важность. Точно такие же свойства проявляли мои фазовые портреты мыслительного процесса, те самые «лики мысли» – как и любые «странные» аттракторы, возникающие в хаотической динамике…

Как-то утром я просто взял чистый лист и записал идею, вдруг ставшую очевидной. Фазовые траектории памяти и мысли стремились стать фракталами. Мозг рождался и, развиваясь, тоже стремился стать фракталом. В обоих случаях время творило порядок в хаосе согласно какому-то фрактальному принципу. Оставалось лишь предположить: быть может, это один и тот же принцип?

Я стал возиться с фрактальными генераторами, подбирая те, что помогли бы описать как структуру, так и динамику мозга. Что позволили бы выявить строгие регулярности в кажущейся нерегулярности – и провести формальное сравнение их свойств. Скоро выяснилось: да, я был прав, свойства «геометрических» и «динамических» фракталов совпадали – или по крайней мере были близки. Одни и те же типы функций описывали совершенно разные вещи – геометрию мозга и динамику его работы. Это был важнейший этап в развитии моей теории, хоть поначалу я не осознал всей его фундаментальной важности, лишь почувствовал намек на нее. Но даже и намека хватило, чтобы понять: фракталы – это универсальный язык, на котором мне шлют подсказку. И отмахиваться от нее нельзя.

Следующий шаг был ясен – подсказка формулировалась очень внятно. Я видел скрытый – фрактальный – порядок в формировании структуры мозга, раз, и в его движении от состояния к состоянию, два. При этом мозг рассматривался как единая система, как целое. Почему бы теперь – три! – не проникнуть внутрь целого, не обратиться к нейронам и дипольным волнам? Нейронная согласованность – знание, мысль – это тоже не что иное, как регулярность, возникающая из беспорядка. Быть может, фракталы помогут мне выявить ту ее часть, что от меня спрятана, за которой я безуспешно охочусь? Может, я смогу заглянуть за экран, на котором пляшут тени, и рассмотреть актеров в лицо?

Было несколько способов ввести явным образом фрактальный принцип в мою модель. Я выбрал самый прямой из них: изменил систему координат, представив каждую из координатных осей множеством значений некой фрактальной функции. «Некой», да не совсем: следуя логике появления на свет моей идеи, продолжая предполагать, что структура и действие определяются одним и тем же, я связал эту функцию со своим «ликом мысли» через главное ее свойство – размерность генерируемых фракталов. Уравнения обрели хоть и странный, но вполне определенный вид. Сначала они смотрелись устрашающе, но вскоре я приспособился и, с помощью хитрых преобразований, сумел упростить их, привести к удобной форме. И тогда они раскрыли мне таившуюся в них суть.

При специфических граничных условиях – если белковые нити, точки контакта между микро и макро сплетались определенным образом – система водных диполей обретала упорядоченность топологически нетривиального типа, «упакованную» во фрактальные структуры. «Количество» порядка становилось большим – может быть бесконечно большим – но в трехмерных координатах он оставался локализован все в тех же скромных пределах. Когерентность как бы распространялась внутрь по фрактальным траекториям. Небольшой трехмерный участок мозга кодировал практически неограниченный объем знаний…

Я представлял это воочию: водные диполи не просто выстраивались в одном направлении. Их векторы, как иглы, образовывали сложнейшую высокоорганизованную фигуру, которая мерцает и дрожит, но остается устойчивой какое-то, достаточно длительное, время. Было ясно, это оно и есть. Лишняя энергия тратится именно здесь – на перевод областей мозга в новое состояние. Очевидно, помимо обычной когерентности, в мозге во время активной его работы устанавливается и поддерживается дополнительный порядок, отражающий те же динамические режимы, те же воспоминания и мысли, но другим способом. И опять возникал вопрос: зачем это нужно мозгу?

Ответа не было. Я стал дальше возиться с математикой. Возникновение нового порядка естественно было назвать фрактальным нарушением симметрии. Оно требовало, во-первых, граничных условий очень нетривиальной структуры и, во-вторых, преодоления большого энергетического барьера. То и другое сопоставлялось прекрасно с невероятной сложностью анатомии мозга и с внезапным перерасходом энергии, интенсификацией работы нейронов. Симметрия рушилась, а потом, как и всегда при ее нарушении, фрактальная упорядоченность поддерживалась квазичастицами, совместными колебаниями диполей, тем самым мерцанием и дрожанием высокоорганизованной фигуры. «Лукавый фокус» – он был мне хорошо знаком. Методами его анализа я владел в совершенстве. Вот и тут: я видел эти квазичастицы в произведениях матриц, мог будто бы схватить их рукой – но нет, кое-что мешало, запрещая путь от мнимых, иллюзорных конструкций к реальным. Решения уравнений движения квазичастиц были физически невозможны. Оказывалось, что их скорости должны быть больше скорости света.

Итак, фрактальная когерентность была избыточна, но имела место. Квантовые колебания, обеспечивающие ее поддержку, не могли существовать, но существовали. Эти два факта, очевидно, были как-то связаны друг с другом. Как же, как же? Мне в голову приходило лишь одно объяснение. Что-то должно было «тормозить» квазичастицы, они *взаимодействовали с чем-то* – и в этом состояла их роль. Через них – через кванты дипольных волн, поддерживающие фрактальный порядок – *человеческий мозг взаимодействовал с каким-то неизвестным полем!*

Я сформулировал эту мысль обычным серым, дождливым днем. Пришел в свой офис, сел за стол, глянул в формулы и приписал еще один интеграл к правой части главного уравнения. И потом бормотал, ухмыляясь, радостный, как ребенок: «Взаимодействие, взаимодействие… Геометрия макромира транслируется в микромир… Вот вам смешивание масштабов, как бы спекулятивно ни звучало!»

Так, в очередной раз, составные части сложнейшей головоломки встали на места, вошли в пазы, притерлись друг к другу. Столь многое прояснилось сразу, в один миг! Суть моей модели, ее квантовая природа проявила себя во всей мощи. Шаг в микромир не просто позволил объяснить устойчивость памяти, остроту и гибкость мысли. Он, этот шаг, как оказалось, приоткрыл дверь там, где классическая физика ставит сплошную стену. Новое взаимодействие… Оно возникает, лишь когда водные диполи упорядочены фрактально. Это, в свою очередь, становится возможным, когда граничные условия – нейронные импульсы – специфически-нетривиальны: вот она, повторим, «чрезмерная» сложность структуры мозговой ткани. Синхронизация нейронов, которую мы наблюдаем на энцефалограммах, это лишь начало процесса. Мозг сосредотачивается на какой-то мысли, и, если сосредоточенность достаточно сильна, в матрице водных диполей возникает фрактальная упорядоченность, отражающая эту мысль. Где упорядоченность, там и квазичастицы-бозоны – они, как мы видим, возмущают какое-то внешнее поле. Мозг обменивается с ним энергией, а значит… Значит, обменивается информацией!

Я раскачивался на стуле в эйфории озарения. Перед глазами мелькали цветные пятна – в них были зашифрованы все ответы. Обмен, обратная связь, сознание, истинное сознание… Я напрягся изо всех сил, пытаясь удержать слова и смыслы, связать их в одно, шагнуть от них дальше. Сделал страшное усилие: казалось, я рядом, около – но вдруг все смешалось, рассыпалось фейерверком. Голова закружилась, я потерял сознание – прямо за рабочим столом. Потом очнулся, весь в липком поту, и понял, что не могу встать. Виски горели огнем, у меня был жар. Я упал лицом на стол и так полусидел-полулежал до ланча. Меня обнаружила одна из сотрудниц и сразу вызвала скорую.

В больнице сказали, что у меня грипп плюс переутомление и нервное истощение. Я провалялся там почти неделю. Уже на второй день меня посетил один из боссов и мягко, но настойчиво порекомендовал взять отпуск. Он был прав – я не отдыхал почти два с половиной года.

В палате-люкс с видом на реку я ощутил наконец, как сильно меня вымотала моя квантовая модель. Я не мог о ней думать, мысли тут же путались; казалось, я схожу с ума. Порой, ночью, мне мерещились гиперпространства, заполненные мерцающей субстанцией – неведомым новым полем. В ушах звучали странные голоса, повторяя на разный манер: «Я сознаю, что я сознаю, что я сознаю…» Я просыпался в оторопи, лежал без сна до рассвета. Старался мыслить трезво – и это были невеселые мысли. Повторение пройденного – «новое поле» уже было в моей жизни, и не раз. Были и намеки на другие пространства, за ними – прошлые неудачи, поражение, стыд. Я знал, что больше не хочу так стыдиться – ни перед прочими, ни перед самим собой.

Выйдя из больницы, я попробовал было повозиться с моделью еще немного. Взял то самое уравнение с новым слагаемым в правой части, повертел его так и сяк, поварьировал наугад набор квантовых степеней свободы – давая шанс таинственному полю проявить себя, «зацепить» мои квазичастицы, увеличить их массу, замедлить их безумный бег. Получилась какая-то чушь, расходимости лезли отовсюду. При попытке их убрать возникали новые, еще более устрашающего вида. Что делать с ними, я не знал. И главное – не хотел знать.

Поняв это, я смирился и оформил отпуск. Будто вновь повернулся лицом к обычному миру, к городу, презираемому мной так часто, и сказал им – я ваш, простите мою гордыню, дайте мне ваших маленьких удовольствий. Хотелось уехать куда-нибудь подальше – я выбрал Таиланд, почитав рассказы в Сети. Купил билет и вскоре уже сидел в салоне лайнера, взявшего курс на восток. Глядел вниз на пелену облаков и не думал почти ни о чем. Лишь о море, солнце и еще – о ласковых, грациозных тайках.

ТАНЕЦ КОНСИОНОВ

Глава 18

«Пойдем в твою спальню, – говорит Эльза. – Мы должны выбрать тебе одежду».

Я отнекиваюсь было, но она непреклонна – встает с дивана и увлекает меня за собой.

Сегодня важный день: мне предстоит разговор с Нестором, подведение промежуточного итога. Это общее решение, и мое, и Эльзы – при этом нам не очень-то ясна наша цель. Есть лишь смутное ощущение какой-то срочности, что возникло одновременно у нас обоих.

Помимо ощущения, есть формальный повод: я восстановил немалую часть теории. Она самодостаточна – я вспомнил все до обморока в Берне, до больничной палаты и лайнера, парящего над облаками. Воспоминания накатывали потоком, я едва успевал переносить их на бумагу. Это были то формулы, то отдельные факты, то заметки, наброски – порой все мешалось в кучу и я с трудом сортировал записанное. Я работал и днем, в гостиной, и в своей спальне – иногда вне расписания, вместо сна, получив разрешение от Нестора. Удивительно, но такой режим не утомлял – вот оно, одно из преимуществ ненастоящего тела. Кое-какая математика мне пока не далась, но я знаю, это ненадолго, скоро я справлюсь и с ней.

Моя соседка проводила почти все время за своей вышивкой. Теперь наша скатерть испещрена надписями: кроме «*Good girls go to heaven...»*, там появились «*Virginity is curable*», «*Dream to dare*», крупное «*Love your enemies*»[40] и еще несколько разрозненных слов. Пока я корпел за письменным столом, она сидела на своем неизменном месте на диване и поглядывала на меня с некоторой завистью, может быть даже ревностью. Я понимал ее – увлеченный работой, я не мог уделять ей достаточного внимания. Мы, однако ж, не отступали от привычного распорядка: завтраки, прогулки по набережной, попытки связать хоть как-то наши воспоминания – в чем Эльза, сказать по правде, проявляла больше старания. Она вообще вошла в роль хозяйки нашего быта, нашего сюрреалистичного мира и, в каком-то смысле, хозяйки меня. По крайней мере, мне так казалось, а сам я не мог всерьез думать ни о чем, кроме квантовых полей и фрактальных структур.

А потом, несколько дней назад, я вдруг увидел сон про Тину. Он был ярок, короток и абсолютно бессвязен. Там мелькали розовые такси и простыни разоренной постели, хрупкая нагота и бесстыдные стоны, вид из окна на джунгли небоскребов, я сам перед грудой исписанных листов бумаги. Я запомнил слово из сна; «Бангкок» – повторяю я его мысленно, сам себе, беззвучно. Повторяю и чувствую запах – смесь затхлого подземелья и тлеющих углей, шипящего масла и жаркого на шпажках, рыбного соуса, кориандра и тамаринда. Чувствую, вспоминаю – нестерпимое солнце, влажный, пропитанный испарениями воздух, вкус сладкого молока из кокоса, только что вскрытого при тебе, вкус Тины – тоже сладковатый, чем-то напоминающий кокос, но при этом не сравнимый ни с чем на свете...

К сожалению, ни одна из деталей никуда не вела, не приоткрывала завес, покровов. Я все так же не мог взять в толк, что случилось, что же произошло в жарком, шумном городе со мной и девушкой, похожей на подростка. После я старался изо всех сил – пробиться дальше, уловить, припомнить – но безуспешно, теория не продвигалась и Тина не являлась мне больше. Снилось лишь

---

40 «Девственность излечима», «Мечтай осмелиться», «Люби своих врагов» (англ.).

знакомое: облачная пелена внизу и уравнения с таинственным полем в правой части, к которым я не умел подступиться. А сегодня ночью я увидел Бревича – не того, каким я знал его раньше, в первых здешних снах, по наводке Нестора. Теперь он предстал передо мной другим – почти безумным, загнанным судьбой в угол. И готовым на все, чтобы отплатить судьбе.

Утром я рассказал об этом Эльзе, и какая-то тень мелькнула на ее лице. Тень узнавания или тень сомнения – и она вдруг призналась, что ей тревожно без всякой на то причины. Это было странно – тем более, что сон встревожил и меня самого. Тогда-то мы и решили, что пришла пора поговорить с моим Нестором всерьез. Выложить, так сказать, на стол все карты – чтобы и он открыл в ответ припрятанное в рукаве. Если, конечно, там у него что-то есть.

«Все Несторы лгуны! – заявила Эльза. – Но должны же мы предпринять хоть что-то. Как-то нам обоим не по себе – не так ли?»

Теперь мы стоим перед платяным шкафом, и Эльза роется в нем по-хозяйски. Почему-то ей кажется, что мой внешний вид очень важен для предстоящего разговора. «Все не то, не то…» – бормочет она. Я терпеливо жду. Наконец на свет появляются строгий темный костюм и белая рубашка. «Вот, примерь», – говорит соседка, скептически оглядывая мою фигуру.

«Отвернись, – прошу я. – Мне как-то неловко».

Эльза хмыкает, но послушно отворачивается. Привычным мысленным посылом я облачаюсь в выбранные ею вещи. «Ого! – восклицает она, вновь повернувшись ко мне. – Тебе *очень* идет. Даже и не знала, что ты такой красавчик. Думаю, и Нестор не устоит. Жаль, конечно, что он не голубой – нет, нет, не костюм, твой Нестор. Хоть мы, конечно, наверняка не знаем… Остался час – не нужно ли тебе как-то еще подготовиться, записать что-то? Или может, ты хотел бы поесть?»

Через час я сижу перед экраном, на котором ровно в пять появляется мой советник. Появляется и с минуту оглядывает меня с нескрываемым удивлением.

«Чисто пытаюсь угадать, – говорит он наконец, – вы собрались на свадьбу или на *фунерал*?»

За этим следует его смех. Я терпеливо жду, пока он смолкнет, и говорю: «Нестор, я хочу подытожить. То есть не до конца, но все же – до сих пор, на настоящий момент. Я готов поделиться всем, что вспомнил – там немало важного – а взамен… Я хотел бы… Нет-нет, давайте я сначала расскажу – без утайки».

«Чистосердечное, – хмыкает Нестор. – Прямо, можно сказать, *coming-out*. Ну-ну, рассказывайте – то-то вы были так скрытны последние дни».

Он прав – до этого у нас шла какая-то игра в кошки-мышки. Я говорил о своем прогрессе намеками, не раскрывая деталей. Советник, в свою очередь, почти не задавал вопросов, лишь отпускал привычные остроты, по поводу и без.

«Да, – соглашаюсь я, – предельно чистосердечное. И официальное – повторяю, *официальное*. Я хочу открыть вам и вашим экспертам все, чем располагаю, не оставляя ничего в запасе…»

Затем, за следующие сорок минут, я описываю квантовую модель мозга вплоть до того момента, где мои воспоминания прервались. Описываю сжато, но весьма полно и связно – и доступно для неспециалиста, лишь с минимальным количеством формул. Закончив, раскладываю на столе несколько листов, исписанных уравнениями. Там вся сопутствующая математика – опять же, в очень сжатом виде.

Нестор выслушивает меня с непроницаемым лицом. Потом обводит взглядом мои бумаги и интересуется: «Это все?»

Я отрицательно качаю головой: «Нет, не все!» – и рассказываю, уже не так гладко, о своих последних снах, о Бревиче, о Тине и, главное, о нашей с Эльзой беспричинной тревоге. На ней я делаю особый акцент, даже подпускаю чуть-чуть интриги, но и это не действует на него никак.

Конечно же, меня это злит. «Мои вычисления, – восклицаю я, – они, я знаю, как-то связаны со всем этим! Эльза, – говорю, – почему у нее на лице промелькнула тень?»

Нестор молчит. Я повторяю раздраженно: «Почему? Мне нужна ваша помощь – вновь, опять. *Нам* нужна ваша помощь – Эльза тут заодно со мной – и мы вас просим: поискать, порыться, обратиться к кому-то, выудить, сопоставить... В конце концов, вы мой советник, и не забывайте: мы говорим о теории разума, ни больше ни меньше. Вы ведь сами, помнится, подчеркивали мою роль!»

Нестор смотрит на меня, подняв бровь, будто выжидая, не хочу ли я продолжить. Потом кивает: «Да, ни меньше...» – и снова язвит по поводу моего костюма. Получается не смешно, я лишь кривлюсь. Тогда он делает серьезное лицо и вздыхает: «Я разочарован!»

«Поясните», – предлагаю я.

«Охотно, – соглашается Нестор. – То, что вы рассказали, для нас не так уж важно – не стоило, право, устраивать такие переодевания. Я и так догадывался, что вы продвигаетесь куда-то – судя по вашим смешным намекам, несмотря на недоговорки, какую-то детскую игру в шпионов... А вот насчет разума я не соглашусь – до *разума* вы, я вижу, не добрались. И главное: ну и что же такое Объект Б?»

Я нервничаю и дергаю щекой. Мне даже кажется, я покрываюсь потом под моей парадной одеждой. Нестор же продолжает невозмутимо: «К тому же вы удивительно настойчивы в заблуждениях. Не желаете никого слышать, а ведь я говорил не раз: о девушке по имени Тина в вашем файле ничего нет. И порыться, поискать мне негде. Выудить неоткуда. Сопоставить не с чем».

Его безапелляционность непробиваема, как броня. «По-моему, – говорю я раздраженно, даже как-то сварливо, – по-моему, вы просто не желаете пойти мне навстречу. Непонятно, какой с вас толк кроме не самых удачных шуток... – И добавляю: – Кстати, а что на это скажет ваше начальство, Нестор? Будет ли оно довольно вами или, может, *разочаруется*, как вы во мне?»

Советник морщится: «Бросьте, что за угрозы. Вы хотите пожаловаться? Жалуйтесь на здоровье. Например, начеркайте кляузу мелом на асфальте. Впрочем, у вас нет мела... Ну, тогда выйдите на берег и крикните во весь голос – может, кто-нибудь вас услышит!»

«Ха-ха. Смешно!» – говорю я, а Нестор продолжает: «Но в чем-то вы правы. С начальством вы попали в самую точку. Едва ли оно будет счастливо – равно как и я сам. Потому что: это действительно странно, что ваш файл не содержит ничего про Тину, на которой вы зациклены как белка в колесе. Ни про Тину, ни про Объект Б

– ваша память будто прячет их где-то, оберегая от посторонних. В закоулках, куда не просто добраться – если даже… Если даже предположить, что они действительно там есть!»

«Вы хотите сказать…» – вскидываюсь я, но он восклицает, прерывая меня: «Подождите! Погодите с обидами, иначе и я могу разобидеться, у меня тоже есть повод. В самом деле, почему вы видите во мне лишь черствого себялюбца, даже карьериста? Почему вы не желаете замечать неподдельной прямоты моих слов, непритворного, искреннего недоумения?.. Вы сами черствый эгоист, Тео, вам не дано, как говорили там, у вас, влезть в чью-то шкуру или, ах, почувствовать чью-то боль… Эгоист, себялюбец, но – ничего не поделать, я должен жить с этим. Потому что у меня есть обязанности, – он приосанивается, – да, обязанности, и сейчас я как раз приступлю к очередной из них. Для нее пришло время – я расскажу вам, как ваша теория и ее *место* видятся здесь, у нас. Сопоставим, по вашему выражению – позвольте и мне кое-что подытожить, хоть я и не одет как похоронщик. Значит так…»

Я машу было рукой, пытаясь в свою очередь его прервать. Я хочу возразить – мне есть что сказать про искренность, про неподдельность и черствость. Но Нестор не реагирует и вообще глядит не на меня, а вниз. Не иначе, у него там тоже разложены исписанные листы бумаги.

«Значит так, – повторяет он, – у нас, конечно же, есть свои теории, в том числе теории разума и теории мироздания, *официально* признанные, прошу заметить – проблема лишь в том, что они неполны. В них, на самых видных местах, маячат белые пятна – и когда объявились вы, мелькнула надежда, что с вашей помощью некоторые из них удастся заполнить. Что ж, надежда все еще теплится, но должен признать: пока вы не заполнили почти ничего. Вы бродите вдоль того же края, где топчемся и мы – немного странно, не так ли? Об этом стоит задуматься, а не махать кулаками и лезть в бутылку!»

Я возмущенно хмыкаю, но молчу. «Часть наших знаний, – продолжает Нестор, – пришла из вашего мира, от тех, кто помнит вашу статью и последующие работы других. Вторая часть – результат наших здешних исследований и усилий. Обе части, отметим, прекрасно согласуются друг с другом – и многое из 'теории Тео' восстановлено математически строго. Во-первых, это квантовый механизм – включая теплообмен с окружающей средой, обеспечивающий емкость памяти. А во-вторых, концепция аттракторов как навигаторов воспоминаний и мыслей. И вот сначала – как раз о них, о приятном. Об удивительном и чрезвычайно важном. Приготовьтесь, – Нестор поджимает губы и говорит со значением: – Сейчас. Вы услышите. Кое-что забавное!»

Я пожимаю плечами, демонстрируя готовность, а он вкрадчиво произносит: «Аттракторы... В 'теории Тео' им уделяется немало внимания. Равно как и в наших работах – и по праву, безусловно по праву. К сожалению, тут, у нас, нет возможности экспериментировать с тем, с чем имели дело вы – с мозгом *Homo Sapiens* из земного мира. Мы не можем восстановить вид аттракторов, полученных вами, на основе реальных данных. Но, как даже в книгах, в толстых томах главную роль порой играют картинки, так и тут: нашлись те из вновь прибывших, что жили после вас и прекрасно помнят иллюстрацию из вашей статьи, тот самый 'лик мысли', что вы повесили над своим столом. Мы уцепились за него, как за соломинку, оказавшуюся на редкость прочной. Мы восстановили его тщательно, как фоторобот беглеца. Сдули с него пылинки, отбросили все лишнее и сравнили – с чем? Понятно, с чем – ведь наш-то, здешний 'мозг' можно исследовать вдоль и поперек. И так вот: вид аттракторов, навигирующих в нашем 'сознании', без сомнения напоминает ваш, Тео, лик – 'лик мысли', я имею в виду, а не вашу угрюмую физию. Судя по всему, наш и ваш разум функционируют похоже. Реалии разнятся, но принцип неизменен – как вам такой факт, *забавно*, не так ли? Я обещал... А теперь, имея ваши выкладки, мы, наверное, сможем убедиться в этом доподлинно – тут я должен признать пользу ваших сегодняшних откровений. Они кое-что дают – пусть я не показал вида, но я, поверьте, ликовал в душе!»

Нестор умолкает, склоняет голову набок и смотрит на меня несколько секунд. Я тоже молчу, осмысливая услышанное. Почему-то оно меня не удивляет.

Не дождавшись от меня реакции, он коротко вздыхает и

говорит: «Уточню. Я ликовал еще и оттого, что вся концепция, универсальность принципа, распространяется дальше. Много дальше – она отнюдь не ограничивается одним лишь разумом. Это развитие неожиданно, потрясающе для любого разума, простите за каламбур, способного его постичь. Но об этом после, когда-нибудь позже – мы не должны забегать вперед. Мы должны сосредоточиться на текущем, и потому: теперь о главном в этом текущем. Или, вернее сказать, о грустном…»

Все его оживление будто сходит на нет. Он морщится, вновь вздыхает, после чего долго и нудно рассказывает о попытках описать взаимодействие их 'мозга' с чем-то внешним. Тут действительно все выглядит так же, как и у меня – то есть в наличии взаимодействия никто не сомневается, но создать его теорию не удается.

«Да, мы тоже видим перерасход – перерасход энергии, потребляемой при интенсивной работе мысли, – говорит Нестор с недовольным лицом. – Да, и у нас тут пришли к идее фрактального упорядочения – она по-своему очевидна. В наших уравнениях – а они наверняка походят на ваши – возникают расходимости определенного типа, квазичастицы, нарушающие физические принципы – все это вам знакомо, не так ли? Мы пытаемся, подобно вам, ввести некое компенсирующее поле – с вашей легкой руки оно названо консионным… В общем, нужно признать: мы и вы, наверное, имеем в виду одно и то же, гонимся за одним и тем же – и пока что терпим одну и ту же неудачу. Наши расчеты не дают того, что мы все так жаждем увидеть, потрогать, пощупать, пусть лишь на бумаге. Мы не можем получить решений в виде устойчивых локализованных вихрей, тех самых Объектов Б, в которых, как вы выразились в своей статье, 'записана' наша память. Почему-то именно эта часть вашей теории оказалась невоспроизводима».

Я вновь делаю протестующий жест. «Знаю, знаю, – отмахивается Нестор. – Знаю, никто не спорит: тот непреложный факт, что сознание живет-таки после физической смерти мозга, явно говорит в вашу пользу – в пользу вас лично, Тео, и этих ваших Объектов. Жаль лишь, что больше о них пока нечего сказать – а ведь очень многое, как мы видим, упирается именно в них. Главные мистерии, самые будоражащие, невероятные факты... А где они, Объекты Б? Их нет, увы – теперь вы понимаете мое нетерпение? Конечно, я вижу некоторую конкретику чисел на этих ваших листках – это принесет свою пользу. Но что-то подсказывает мне: решающего прорыва не будет».

Он замолкает, и несколько минут мы просто глядим друг на друга. Затем я откашливаюсь и говорю: «Не могли бы вы предоставить мне описание *вашей* теории консионного поля? Пусть она неполна, пусть вы топчетесь там же, где и я».

«Невозможно! – заявляет Нестор. – Даже не обсуждается. Все эксперты утверждают в один голос, что наша теория собьет вас с толку. Уведет в сторону – можем ли мы рисковать? Нет, конечно же – но я возьму на себя смелость и скажу одну относящуюся к ней вещь. Чисто чтобы стимулировать вас, подтолкнуть...»

Он глядит в сторону и сообщает как бы нехотя: «Тут, у нас, есть-таки некоторые успехи. Наши уравнения позволяют получить решения других типов – и они, по-своему, чрезвычайно важны. Но и все же Объект Б остается главным призом. Мы должны понять, что же он такое – в строгом математическом смысле. Если бы вы только знали, какие перспективы это открывает... Но об этом – когда? Правильно, позже!»

«Что ж...» – говорю я и развожу руками. Мне нечего добавить, нечего возразить. Я лишь знаю, что меня ждет работа – много работы, от которой не улизнуть. Уже сейчас, заранее, я чувствую от нее усталость.

«Да, и кстати, не могу не отметить, – вдруг снова оживляется Нестор. – Есть еще одно следствие вашего 'официального' экзерсиса. Теперь ясно: с сегодняшнего дня вы можете рассчитывать лишь на свою память – ни я, ни ваш файл больше не в состоянии вам помочь. Это новая информация, согласитесь. Я перестаю быть советником, тем более наставником. Остаюсь вам лишь другом – да, порой друзей не выбирают. Ну и терапевтом – почти каждый друг по-особому, по-своему терапевт».

На этом сессия заканчивается. Ночью я вижу очередной

бессвязный сон. В нем – ускользающий намек на ускользающий запах. На терпковатый, ускользающий вкус.

Просыпаюсь я довольно-таки бодрым, прокручиваю в голове услышанное накануне, потом выхожу в гостиную, так и не решив, что делать дальше и что сказать Эльзе. На мне – вчерашняя рубашка с закатанными рукавами. Я изо всех сил стараюсь излучать уверенность и оптимизм.

Эльза, как обычно, стоит у плиты и готовит мне завтрак. Услышав меня, она оборачивается и вопросительно поднимает брови.

«Есть один результат, – говорю я преувеличенно бодро, и лицо ее сразу скучнеет. Я и не сомневался – ее мне не обмануть. Тем не менее я продолжаю: – Теперь мы знаем, что в здешнем мире мозг работает примерно так же, как в нашем – в том, который был нашим… – И добавляю: – Это удивительный факт!» – думая мельком, что звучу как Нестор.

Эльза молча кивает и отворачивается к плите. «Да, наверное, – говорит она, перемешивая что-то на сковородке. – В общем, я поняла – ничего путного не вышло. Но я уверена, что ты все сделал именно так, как нужно!»

Я рассказываю ей вкратце про вчерашний разговор и про то, что советника как такового у меня больше нет. Есть лишь «друг» – и помощи от него не дождаться, можно рассчитывать лишь на себя самого.

«Интересное дело», – задумчиво бормочет Эльза, подходит к шкафу, берет тарелку с полки и вдруг резко поворачивается ко мне.

«Только не забывай… – говорит она. – Не забывай: у тебя есть я! Пусть у меня фальшивое тело и я ничего не смыслю в этих твоих закорючках на бумаге. И кстати… Не мог бы ты показать мне их еще раз? Сама не знаю – почему-то вдруг захотелось».

«Легко», – пожимаю я плечами, иду в свою спальню и приношу ей несколько листков.

Эльза накладывает мне завтрак, наливает кофе и, пока я ем, рассматривает непонятные ей символы, вглядывается, шевелит губами, будто повторяя что-то про себя. Даже водит по строчкам пальцами, как делают слепые, потом начинает задавать вопросы: «Что это? А это? А вот это, в скобках?»

Я поясняю, сначала коротко, а затем, увлекшись, разглагольствую, позабыв про еду – о нейронах и синапсах, о белковых нитях, связывающих микро и макро, о нарушении симметрии и водных диполях, выстраивающихся в ряд. Она, конечно, мало что понимает, но не прерывает меня, сидит и слушает, а после перебирает свою вышивку на диване, задумчива и тиха. Я же пытаюсь работать, но безуспешно – мои мысли рассеяны и не концентрируются ни на чем.

Полуденная сессия с Нестором совсем коротка – нам нечего сказать друг другу. Я возвращаюсь в гостиную, дожидаюсь Эльзу, и мы идем гулять.

Погода прекрасна, на набережной не протолкнуться. Ни в одном кафе нет свободных мест. «Я бы выпила грейпфрутовый фреш», – говорит Эльза, и мы останавливаемся у киоска. Встаем в очередь и внезапно попадаем в эпицентр конфликта.

Перед нами пара, которую мы встречали уже не раз – молодой мужчина и женщина постарше, оба высокие и надменные, с нездоровой одутловатостью в лицах. Они ссорятся – редкий случай на Карантине – шипят друг на друга, обмениваясь недобрыми взглядами. Мне неприятно это видеть и очень хочется уйти, но Эльза глядит на фрукты с вожделением, и я решаю потерпеть.

Вскоре женщина заявляет спутнику: «Довольно, *basta*[41]!» – с явным намерением его покинуть. Я стою у нее на пути. «Разрешите», – раздраженно говорит она мне и, не дожидаясь, пока я сделаю шаг в сторону, проходит прямо *сквозь* меня, как через пустое место.

Я ничего не чувствую, но меня это бесит. «Эй, красотка, – говорю я ей вслед. – Тебя не учили, что нужно быть повежливее?»

Женщина оборачивается и разражается злобнейшей тирадой. «Кто ты такой, чтобы делать замечания *мне*?! – кричит она. – Ты необразованный мужлан, дикарь – как ты смеешь обращаться на ты ко *мне*?..»

Я, конечно же, не нахожусь, что ответить, но тут в перепалку

---

41 Достаточно (итал.).

вступает Эльза. Не раздумывая, она хватает чей-то стакан и выплескивает содержимое в лицо обидчице. Та растерянно смолкает, и слышен лишь голос моей соседки: «Ты, *bitch*[42], на кого ты раскрываешь рот? Он образованнее всех нас, чтоб ты знала – нас и всех Несторов, взятых вместе! У него на листе умещается в миллион раз больше, чем во всем твоем имбецильном мозге. Ты на дне параболы – трепыхайся там и не лезь, куда тебе не допрыгнуть...»

Я поражен – такую Эльзу я едва ли мог бы себе представить. Раскрасневшуюся, гневную, вставшую, как амазонка, на защиту своего племени. Окружающие поражены тоже. Все взгляды устремлены на нас...

Впрочем, конфликт длится недолго. Мужчина уводит прочь свою спутницу, так до конца и не пришедшую в себя. Мы с Эльзой тоже уходим и вскоре уже сидим на скамейке неподалеку от уличного певца. Она потягивает свой фреш и щурится на солнце. Мне кажется, сегодня она особенно, вызывающе красива.

Певец тем временем поет нечто странное. «*Кети покинула нас, ее лодка плывет вверх по реке, которую не увидеть. По реке, которой словно и нет, она – в измерениях, недоступных глазу. Мне никто не скажет, встречу ли я Кети вновь, но у меня есть надежда – она в сложности лагранжиана. Она – в диагоналях тензоров моего мира...*» – слышу я и гадаю, чудится ли мне это или все наяву, взаправду.

«Какие красивые слова!» – говорит Эльза. Она сидит, прижавшись ко мне, я чувствую ее тепло. Чувствую ее всю, будто даже ее душу. Ее принадлежность мне, ее *неравнодушие*.

Потом мы уходим. «*Юго-восток ожидает тебя – с девушками, чья йони имеет вкус кокоса...*» – поет певец нам вслед, но я будто его не слышу. Новое слово буравит мне мозг. На фоне серебристого моря я вижу силуэт. Вижу росчерки, сделанные чем-то: черным – смолью волос, красным – яркой помадой...

Тем же вечером я вспоминаю, как я познакомился с Тиной.

---

42 Сука (англ.).

Глава 19

Я собирался провести в Бангкоке лишь несколько дней, а после – перебраться в Пхукет и проваляться пару недель на пляже. Мой план был прост: посетить обязательные к осмотру храмы, пройтись по маршрутам из путеводителя и вообще «узнать» Бангкок, как его знает в меру любознательный турист. Почти сразу я пожалел, что вообще приехал в этот город. Отель был грязен и неоправданно дорог, номер очень тесен, сервис никуда не годен. По окружающим улицам нельзя было пройти – мешали лотки с едой и мотоциклы, шныряющие по тротуару. Бесчисленные автомобили отравляли воздух и не обращали внимания на пешеходные переходы. Все было чуждо, сложно и некомфортно. Я решил, что это место не для меня; оно высасывает энергию, как вампир, в нем рассеиваются мысли и истощаются силы. Но на третий день я встретил Тину и все волшебным образом изменилось.

Я увидел ее на скайволке, на пути от станции надземки к одному из моллов. Путь был краток, но труден, влажная жара накрывала облаком, и одежда липла к телу. Я старался идти не быстро и, чтобы не ускорять шаг, пристроился за девушкой, что шла впереди, метрах в десяти, медленнее остальных прохожих. Мы двигались, не приближаясь друг к другу, людской поток обтекал нас как единое целое. Я рассматривал ее со спины - хрупкие плечи, стройные ноги, яркую прядь в волосах. В ней были изящная расслабленность, природная грация и – что-то еще. Мы вместе зашли в торговый центр, оазис вожделенной прохлады. Она села за столик в кафе недалеко от входа, и я, не знаю почему, уселся там же, неподалеку. Она не замечала меня, не обращала внимания ни на что вокруг. В ее повадке была не просто задумчивость, а какая-то интенсивная сосредоточенность. Сконцентрированность, не характерная для тайцев, и – что-то еще.

В кафе незнакомка провела около получаса – все это время я не отрывал от нее глаз. Сначала она писала в небольшом блокноте, потом возилась со своим телефоном. Подойти к ней я не мог – вокруг нее была аура неприступности, упругий панцирь, силовые линии, замкнувшиеся в плотный кокон. Затем она попросила счет, и я понял, что вот сейчас она исчезнет из моей жизни навсегда. Вставать, преследовать ее было глупо – я сидел и смотрел, как она расплачивается и уходит, как идет прочь своей грациозной походкой. Проводил ее взглядом, насколько мог, потом взглянул еще на опустевший столик и обнаружил, что да, она исчезла, но не совсем. На ограждении рядом с ее стулом лежал забытый футляр для очков. Я взял его, намереваясь отдать официанту, и, повертев в руках, заглянул внутрь. Там лежала записка, на тайском и английском: «Я часто забываю свои вещи. Свяжитесь со мной, пожалуйста, если найдете это». Ниже был ее телефонный номер.

Уже через четверть часа мы сидели за моим столиком вместе. Я позвонил ей, она вернулась и согласилась выпить со мной кофе. Это был жест вежливости – но я тем не менее разволновался, как школьник.

Она представилась: «Меня зовут Тина», – и спросила: «Ты здесь надолго? Ты приехал специально, чтобы не позволить мне потерять очки?»

Я отметил ее хороший английский и откликнулся в тон: «Что-то вроде. Считай меня своим рыцарем, Ланселотом. Ланселотом по имени Тео».

Она, конечно же, не знала, кто такой Ланселот. Подосадовав на себя за глупость, я понес еще большую чушь. «Мне бы очень хотелось сказать, что да, я тут из-за твоих очков, но не в моих привычках обманывать красивых девушек, – бормотал я, чувствуя себя идиотом. – На самом деле я приехал выгулять свое эго. Я не рыцарь, я хмурый турист, бесцельно бродящий среди улыбающихся тайцев…»

Так, многословно и не смешно, я балагурил несколько минут. Тина оставалась совершенно серьезной.

«Но я же не улыбаюсь, – сказала она, когда я наконец замолчал. – И ты не должен верить чужим улыбкам. Пусть ты наивный *фаранг* и все видишь ногами вверх… Вообще-то, мне не стоит так говорить, я ведь тайка, пусть и наполовину. И я очень люблю Таиланд!»

Я поинтересовался, к какой стране относится другая половина. Тина коротко ответила, что ее отец – корейский бизнесмен из Сеула. Я спросил, как это вообще возможно – забыть свои очки, и она, так же коротко, сказала, что в них нет диоптрий.

«Зачем же они тогда? – не отставал я. – Ты маскируешься? Прячешься от кого-то?»

Она вдруг смутилась, проговорила тихо: «Ну, может и прячусь», – и отвернулась. Затем допила свой кофе и спросила: «Сколько тебе лет?»

Я честно назвал свой возраст. «Ага», – глубокомысленно произнесла Тина и задумалась о чем-то. Потом достала зеркальце и накрасила губы яркой кроваво-красной помадой. Я с тоской подумал, что она готова распрощаться и уйти, но Тина вдруг сказала: «Меня интересует одна вещь».

«Это ни к чему, но мне интересно, – продолжила она, старательно выговаривая слова. – Может, ты знаешь: мир, вселенная – какой они формы, у них есть края? Земля, понятно, шар – а то, что вне? Шесть плоских слоев, как в торте? И над ними еще двадцать небес Брахмы? Так мне сказал один монах, ха-ха… И еще, мне неясно: откуда берется время?»

«Вау», – усмехнулся я, не скрывая удивления. Тина сверлила меня взглядом. Я спросил – мол, ты и вправду ждешь ответа? Она кивнула.

«Ну хорошо, – пожал я плечами. – Если говорить о форме…»

Я вещал довольно долго – не надеясь, конечно, что она что-то поймет. Просто было приятно ощутить себя в своей тарелке, на твердой почве. Я рассказал ей про реликтовые фотоны, про однородность их фона. Объяснил, почему это позволяет думать, что кривизна вселенной постоянна и, более того, научный мир склонен считать, что она близка к нулю – если рассматривать, конечно, 'пустое' пространство, не возмущенное гравитацией. Кривизна накладывает жесткие ограничения на возможные формы, и, пожалуй, самая вероятная из них – трехмерный тор с гладкой поверхностью, похожий на бублик…

«Представляешь себе бублик?» – спросил я Тину. Та смотрела на меня во все глаза. «Что же касается времени, – продолжил я, – то из множества толкований стоит выделить термодинамическую стрелу. Есть закон: в изолированной системе энтропия увеличивается и никак иначе. Увеличение беспорядка – вот что отличает прошлое от будущего, определяя направление всех процессов. Это и считается направлением времени – по крайней мере, в привычном нам макромире. Если же говорить о микро, там сложнее. К примеру, в квантовой теории поля время, как правило, может течь в любую из сторон…»

Тут Тина сделала умоляющее лицо и я спохватился наконец: «Прости, тебе это, наверное, скучно. Я увлекся, со мной бывает. Хочешь еще кофе?»

Она покачала головой: «Я мало что уловила, но было та-ак интересно слушать… Быть может, потом ты мне расскажешь подробнее, как малоумной».

«Ты всегда спрашиваешь, как устроен мир, у первого встречного?» – поинтересовался я в шутку.

«В общем, да, – сказала она. – Я так защищаюсь».

«От кого?» – спросил я. Она пожала плечами: «Не знаю, от всех. – И добавила: – Никто же не думал, что ты знаешь столько хитрых слов!»

Мы посмеялись, и я понял, что лед между нами растаял. «Ты голодна?» – спросил я ее. Тина подумала и честно сказала: «Да. Пойдем на третий этаж, там есть хороший тайский ресторан…»

Вскоре мы уже ели – салат из креветок, рис с соусом чили и мясом краба, курицу в чем-то сладком и остром. Тина сделала заказ за нас обоих и потом призналась: «Мы все не съедим, но мне почему-то так захотелось. Нельзя приходить сюда голодной, а я не завтракала и забыла про ланч».

Мне нравилось смотреть, как она ест – с сосредоточенным, скрупулезным изяществом. При этом она довольно бойко рассказывала о себе – в ответ на мои осторожные расспросы. Я узнал, что Тина родилась в Корее; после ее родители расстались и мать увезла ее в Таиланд, в небольшой город в провинции Исаан. Они провели там почти три года, пока тянулась история с разводом. Для Тины это было счастливое время – в Исаане, в отличие от Сеула, который она ненавидела всей душой, никто не смеялся над ее чертами лица и чуть смугловатой кожей. Затем развод наконец завершился, они получили щедрое содержание и переехали в пригород Бангкока, где в школах учились дети благополучных служащих, а не фермеров. Денег хватило и на университет – там Тина получила диплом по информатике, после чего сняла крошечную квартирку и начала самостоятельную жизнь. У нее была склонность ко всему связанному с компьютерами, а также способности к взлому систем защиты. В основном она получала работу от небольших магазинчиков, торгующих подержанными телефонами. Денег выходило немного, но ей хватало, а работать в офисе, имея начальников и расписание, она все равно не смогла бы ни при каких обстоятельствах…

Потом мы вышли на улицу, на шумный проспект Плончит. «Мне пора», – сказала Тина и отвела глаза.

«Могу ли я увидеть тебя завтра?» – спросил я нарочито небрежно, чувствуя, что мой голос подрагивает предательски.

Тина помолчала и вдруг улыбнулась ослепительнейшей тайской улыбкой – впервые за три часа, что мы провели вместе. «Даже и не знаю, что могло бы меня на это подвигнуть, – проговорила она задумчиво. – Разве что если ты обещаешь рассказать, почему нельзя вернуться в прошлое – по этой твоей стреле… Спишемся завтра, ты знаешь мой телефон».

Она ушла быстрым шагом – никогда больше я не видел ее идущей медленно, как в то утро. Она передвигалась по городу стремительно, несмотря на жару. Металась в пространстве среди машин, зданий, прохожих – росчерком черных густых волос и, иногда, ярко-красной помады.

На другой день мы встретились в том же торговом центре, в том же кафе и почти в то же самое время. Тина, однако, показалась мне совсем другой. Она была замкнута и тиха и порой оглядывалась вокруг, будто в поисках причины своего дискомфорта. Я заказал ей пирожное с кокосом, она ела его медленно, по маленькому кусочку, бросая на меня внимательные, серьезные взгляды. Потом я пошел в туалет и, вернувшись, увидел, что она сидит неподвижно и смотрит в одну точку.

Тогда я пошутил: «Ты здесь и как бы не здесь сегодня». Добавил: «Будто беседуешь с кем-то из какого-то другого мира», – и едва не отпрянул от ее вскинутых глаз.

«Извини, – пожал я плечами, – я ничего не имел в виду».

«Нет, нет, – проговорила она. – Я просто… Ты думаешь, я похожа на фрика?»

Взгляд ее сделался насторожен, почти испуган. Я поспешил ее успокоить: «Нет, отнюдь. Я знаю фриков, я наблюдал их в достатке – нет, ты не из их числа».

«Хорошо», – кивнула Тина. Я видел, что ей теперь еще более не по себе. Тогда я спросил: «Что-то не так? Расскажи – я пойму, может даже смогу помочь».

Она смотрела на меня и молчала, я чувствовал – она решает что-то. Почти физически я ощущал ее отчаянное стеснение и – желание поделиться, освободиться, сбросить с плеч.

«Ну, не знаю, – произнесла она наконец. – Это ведь не про космос, я не привыкла обсуждать это с каждым встречным. – Потом, помолчав, возразила самой себе: – С другой стороны, ты не каждый, ты единственный встречный, кто способен как раз таки говорить про космос. – Еще подумала и сказала сердито: – Правда, ты *фаранг*, много старше меня, ясно, что тебе нельзя верить. – И вздохнула: – Но как тебе не верить – ты же не позволил мне потерять очки…»

Она потянулась к своему пирожному. Пальцы ее слегка

дрожали. Я уже не сомневался, что желание поделиться возьмет верх над смущением.

«Я могу, – сказала она, вновь вскинув голову, – только ты вряд ли поверишь, *это* звучит глупо. Глупо и смешно – смешнее, чем все твои 'бублики' и 'стрелы'. А главное, ты едва ли поймешь – хоть и знаешь столько всего умного».

«Попытка – не пытка», – подбодрил я ее.

«Ну ладно… – протянула Тина и сложила руки на груди. – Только помни, я предупредила». И стала рассказывать – сбивчиво поначалу, как-то с неохотой подбирая слова. Потом речь ее убыстрилась, я невольно наблюдал за ней: когда она говорила, все ее тело изгибалось чуть в сторону, а ладони плясали в воздухе свой особенный танец. Стоило же ей умолкнуть на секунду, как руки тут же вновь складывались на груди, словно ограждая – от меня и от всех.

Подобное состояние – отрешенности, неприсутствия – не является чем-то для нее особенным, говорила Тина. Так с ней происходит часто – то есть она все-таки фрик, наверное, а я слишком самонадеян, утверждая, что видел их немало. Впрочем, может и видел, но она все равно выпадает из ряда, потому что… Тут Тина помолчала, а потом выпалила: «Я и вправду говорю с кем-то – постоянно, непроизвольно. А главное, этот 'кто-то' – да, из иного мира, и по-другому не скажешь!»

Она внимательно всмотрелась мне в лицо. Я кивнул – серьезно, без усмешки. «По-другому не скажешь, – повторила она, – и не нужно. Я хочу называть все почти как есть. 'Почти' – потому что в точности не назовешь, сколько ни старайся и ни лазай по словарям. Внятно и самой себе не объяснить, хоть, конечно, я привыкла и даже перестала считать это недугом. Я теперь называю это симптомом – шаг вперед, он дался мне нелегко. Позитивный шаг – ведь симптом может относиться вовсе и не к болезни…»

«Симптом» Тины проявил себя впервые в далеком детстве, вскоре после переезда в Таиланд. Она начала испытывать нечто странное: ей казалось, что кто-то невидимый расположился, занял место возле нее и живет там, не покидая ее ни на миг. До него нельзя дотронуться, он бесплотен, но его присутствие неоспоримо. Он ведет с ней нескончаемый диалог – нет-нет, у нее в ушах не звучит ничей голос, но *сам ее разум* постоянно беседует с ним, находится с ним в контакте – и так рождаются ее мысли. Все, что она может сказать, вспомнить, возникает благодаря присутствию кого-то рядом – или чего-то, если уж смотреть на вещи шире. Хотя, конечно, «кто-то» ей предпочтительнее, ведь он с ней всегда, словно лучший друг, интимнейший конфидент, и совсем не хочется думать о нем, как о чем-то бездушном.

В детстве, когда все началось, она испугалась и просила Будду избавить ее от навязчивого незнакомца. Кроме Будды она просила о том же и свою мать, которая встревожилась не на шутку и отвезла ее к известному в округе шаману. Тот сказал, что за Тиной охотится злой дух, живущий в старом дереве возле ее дома, и провел над ней утомительный ритуал, испугавший ее еще больше, чем сам симптом. После этого она решила, что Будду лучше ни о чем не просить, а главное, не рассказывать матери ничего важного. И вообще, о таинственном «ком-то» лучше не говорить ни с кем.

С тех пор все вопросы она стала задавать самой себе и сама же пыталась искать ответы. Какое-то время, за неимением других версий, она таки верила в духа-охотника, хоть и сомневалась в его злостности. Бродя вокруг дома, она вглядывалась в ветви деревьев, искала своего «собеседника», мысленно умоляла его дать о себе знать. Потом, как-то сразу, она разочаровалась в этой идее, переросла ее и тут же стала чувствовать себя почти взрослой. Ее начали посещать совсем не детские мысли, а с ними пришли разнообразные страхи, некоторые из которых остались с ней навсегда. Тина до сих пор не любила спать в темноте и оставляла ночник включенным. Она боялась высоты и собак, избегала прикосновений чужих людей. Главным же ее страхом был и оставался страх смерти.

С годами в ней развивалась скрытность. Сверстники чувствовали ее отчужденность, ее чужеродность – и были с ней настороже. Она никак не пыталась развеять их подозрения, стать «своей». В школе ее дразнили, давая обидные прозвища – из-за привычки шевелить губами, словно сопровождая беззвучный диалог. Она лишь еще больше замыкалась в себе, а порой вдруг становилась по-взрослому агрессивна, набрасываясь на обидчиков как разъяренная кошка. Как-то, уже будучи подростком, Тина столкнула в школьный пруд с мостков одноклассника, что упорно звал ее «лунатиком» – тот не умел плавать и едва не утонул. Случай произвел на нее впечатление: она поняла наконец, что ей любой ценой нужно держаться подальше от тех, кто может нанести ей обиду. Поскольку таковые составляли подавляющее большинство, этой ценой стало уединение. Она полюбила его и не боялась его ничуть.

У нее так и не завелось ни одной близкой подруги. Не было и парня – несмотря на привлекательную внешность, она не пользовалась успехом у мужского пола. Все это мало ее трогало – главный интерес Тины был связан с ее «симптомом», а не с людьми вокруг. Она не сомневалась: он не случаен, это отзвук чего-то наиважнейшего – и очень боялась, что ей не хватит жизни, чтобы докопаться до его сути. Пока эта суть оставалась загадкой и она не знала, как к ней подступиться. Ни религия, ни тайские мифы не предлагали ничего путного. Расхожие концепции загадочного, потустороннего были наивны, упрощенно-примитивны. В результате она перестала ходить в храмы и почти не вспоминала о Будде, а к тайским фильмам и сериалам, переполненным фантомами всех мастей, относилась со снисходительным презрением…

«Посмотри вокруг, – Тина понизила голос и обвела глазами столики по соседству. – Все, кто тут сидит, убеждены, что они делят мир с целой армией привидений, но это совершенно не мой случай. Я не делю мир ни с кем, просто какая-то часть меня не умещается в этом мире – ты меня понимаешь? Ты никогда не замечал, как здесь тесно, тесно? Будто сидишь в маленькой комнате с толпой придурков. А в стене окно, и там, за окном – бесконечная ширь, простор!»

Именно эти ее слова сдвинули что-то в моей голове. Я вдруг прервал ее: «Подожди, подожди…» – отвернулся и попытался уловить эту микроскопическую подвижку. Тина смотрела с некоторым испугом; я ухмыльнулся, чтобы ее успокоить, потом кивнул и сказал: «Я понимаю тебя прекрасно, лучше, чем тебе кажется – и вот, кстати… Не спеши, подумай, это серьезно: что бы ты ответила, если б тебя спросили, где находится *место*, в котором живет этот самый 'кто-то'? Как ты это место опишешь – или, может, покажешь?»

«Чего тут думать, – пожала плечами Тина. – Оно здесь, вокруг меня – и еще вокруг, и еще».

«Погоди, вот наш мир, – я начертил на столе воображаемую окружность. – Вот ты, – я поставил точку в ее центре, – покажи, где твой собеседник? Справа, слева, вокруг?»

«Да нет, – покачала головой Тина, – он здесь, – она как бы проткнула плоскость стола своим пальцем. – Под столом, над столом и здесь, чуть в стороне, если туда тоже ткнуть, но дело не в столе, это место все равно тут, со мной. Только там, повторяю, нет такой тесноты, как здесь».

«Удивительно… – пробормотал я, глядя на ее руку и потирая висок. – Удивительно и странно, и весьма точно. Знаешь ли, я работаю кое над чем – пытаюсь объяснить, как рождаются мысли. И мои, и твои – но я пока не могу рассказать так, чтобы ты поняла. Я и сам не понимаю основного».

Ощущение подвижки в сознании было со мной, я его поймал. Я готов был его формулировать, но позже – в одиночестве, в тишине.

Вскоре мы распрощались. «Завтра я уезжаю, – сказал я ей. – Может мы увидимся когда-то еще, кто знает».

«Да, – откликнулась она мне в тон, – я же говорю, мир так тесен…»

Отчего-то мне трудно было выдержать ее взгляд. «В любом случае, – сказал я, глядя в стол, – твой 'симптом' – это не фантазия и не бред, я верю. Это что-то реальное, и ты замечательна – хоть с симптомом, хоть без».

«Ах, спасибо, спасибо», – рассмеялась Тина, и это был странный смех. Тогда я глянул на нее наконец и мне показалось, что в ее глазах, глубоко внутри – очень взрослые растерянность и тоска. Так не гармонирующие с ее помадой и яркой прядью в волосах.

Потом я шел к станции надземки и бормотал на разные лады: «Измерения, измерения, их много, куда больше трех…» Мне хотелось смеяться, я чувствовал невероятный прилив сил. В вагоне я стоял, прижавшись лбом к стеклянной двери, и глядел на город, простирающийся во все стороны, протыкающий небоскребами плоскость за плоскостью. Поезд делал полукруг, сворачивая к Чао Прайя; изгиб монорельса менял перспективу, менял геометрию – геометрию города, геометрию мира. Сближая точки, казавшиеся разнесенными, как на моих фрактальных кривых... Я смотрел сквозь стекло, словно император на свои владения с вершины холма. Мне понемногу становилось ясно, что делать дальше с уравнениями и таинственным полем. С потоками, устанавливающими баланс – баланс энергии, баланс сознания...

И вдруг меня кольнуло что-то еще, как разряд тока, как слишком взрослый взгляд девушки-подростка. Я ощутил всеми органами чувств, что не хочу, не могу уезжать отсюда – из Бангкока, от Тины. У меня чуть ли не впервые в жизни появились союзники. Я чувствовал их неравнодушие – это было так ценно, так редко! Город, полный чуждых реалий, девушка, жизнь которой бесконечно далека от моей, вдруг сделались невероятно близки – много ближе, чем спесивый Берн и мои коллеги, не желающие раскрыть глаза пошире.

Через десять минут, выйдя из вагона, я достал телефон и написал Тине: «Я никуда не еду!» От нее тут же пришло удивленное «О!», а за ним, одна за другой, семь картинок-стикеров, выражающих ликование и восторг.

«Увидимся завтра?» – написал я и получил в ответ: «Да! Да! Да!»

Глава 20

До Бангкока все компоненты моей теории – нейроны, система водных диполей, квазичастицы, поддерживающие фрактальную когерентность, и новое компенсирующее поле – существовали в одном пространстве. В нашем, привычном, трехмерном – не выходя за его рамки. Конечно, у меня не раз возникала мысль сделать новое поле «внешним», будто пришедшим в трехмерный мир откуда-то извне, но я гнал ее прочь. Слишком свежа была память о том позоре, который навлекла на меня злополучная статья об альтернативе бозону Хиггса, о гиперпространствах, упомянутых в ней, над которыми потешались коллеги. Проще говоря, я боялся, трусил – а теперь, после встречи с Тиной, после того, как она, не колеблясь, проткнула своим жестом поверхность стола насквозь, я понял, что не имею права на страх. Я сделал усилие и перестал бояться. Это и была пресловутая подвижка – сыгравшая решающую роль.

Я пришел в отель, в тесный, неуютный номер. Это было очень неподходящее место, столь не похожее на мой офис или квартиру в Берне, где все вещи были подобраны с любовью, расставлены и разложены как нужно. Но выбирать не приходилось, и мне, в общем, было все равно. Я сел за слишком узкий стол на неудобный стул с ребристой спинкой, придвинул к себе лист бумаги с отельным лого, взял лежащую у телефона отельную же ручку отвратительного качества и в этих, совершенно некомфортных условиях записал важнейшие мысли. Первая из них гласила: размерность нашего мира и размерность пространства, в котором «живет» мое новое поле, не обязаны совпадать. Это пространство может иметь количество измерений, большее трех. Неизвестное поле пронизывает наш мир, как, к примеру, поле магнита между двумя его полюсами пронизывает фигуру, нарисованную на плоском листе бумаги… Так я, отбросив прошлые страхи, разделил миры. И переступил черту.

В тот день я просидел за уравнениями до поздней ночи. Дважды у меня кончалась бумага, я бегал на ресепшен и требовал еще. Следующим утром я отменил поездку в Пхукет и озаботился поиском жилья на все оставшиеся отпускные дни. Мысль о песке и море вызывала лишь недоумение. Я больше не нуждался в отдыхе, я был сыт им по горло.

Из всех районов Бангкока, где я успел побывать, мне нравился лишь один, центральный, тот, где мы с Тиной повстречали друг друга. Недолго думая, я сел в метро, доехал до центра и, не торгуясь, снял двухкомнатную квартиру на улице Лангсуан. Потом перевез туда свои вещи и в одночасье полюбил страстной любовью – и улицу, и свое новое жилище. Реалии города, что окружали меня теперь – испарения, чад жаровен, суетящаяся толпа на тротуарах, испещренных выбоинами – обрели новый статус, стали своими, стали *за меня*. Короткий путь от дома к надземке всякий раз убеждал меня, что город – вот он, тут, со мной заодно. Он готов делиться и делится щедро – своей энергией, своей жаждой жизни.

Я познавал эту жажду, проникался ею, впитывал энергию в себя. И работал без устали, дни напролет. Разделение миров на внутренний и внешний усложнило теорию, потребовало других подходов. Казалось, я еще отдалился от результата, но в усложнении выявились и плюсы: теперь я мог ужесточить критерии, высекая беспощадной бритвой те из конструкций, что не имели физического смысла. Вариантов стало больше, но больше стало и ограничений, рычагов в моих руках – требовалось лишь использовать их поразумнее. Я варьировал так и сяк набор квантовых переменных, степеней свободы моих «фрактальных» квазичастиц – и, с другой стороны, менял размерность пространства, из которого исходило гипотетическое поле, его конфигурацию, метрику, кривизну. Расходимости в уравнениях исчезали и появлялись вновь. Я плутал в дебрях преобразований, сталкивая аномалии лбами, пытаясь заставить их взаимоуничтожиться, обнулить друг друга... Это был долгий, трудный процесс, и его успех в немалой степени зависел от удачи. Состояние подвешенности, лавирования наугад длилось около трех недель. И все это время Тина была подспорьем моей решимости, неиссякаемым источником сил.

В тот же день, вскоре после переезда на Лангсуан, мы встретились в открытом ресторане поблизости. Было душно, я пил ледяное пиво и рассказывал ей все – про мою работу, про память, разум, про нее, Тину, и ее жест, пронзивший поверхность насквозь... Я сказал ей: «Не могу ничего обещать, но, возможно, ты испытываешь именно то, что я выискиваю в своей математике. Почему бы не допустить, что бывают люди с аномальной чувствительностью – они *ощущают* взаимодействие своего мозга с чем-то внешним. Если так, то моя теория может объяснить твою странность в деталях – это будет разгадка, которую ты ищешь!»

Тина слушала и смотрела на меня, не отрываясь и не задавая вопросов. Лишь когда я упомянул ее «симптом», она вскинула брови и пробормотала, усмехнувшись: «Ага, значит ты приехал все же не для того, чтобы не позволить мне потерять очки. Ты приехал, чтобы объяснить, почему я такой фрик. Наконец-то – я так боялась, что никто никогда не появится...»

После она спросила: «Я могу чем-то тебе помочь?»

«Да, – сказал я, – можешь. Просто будь иногда со мной. Не могу сказать, почему, но мне нужно твое присутствие».

Ничуть не удивившись, она кивнула: «Если хочешь, я буду приезжать к тебе по утрам. Я могу приносить тебе ланч, делать тебе кофе. Или просто заходить в гости – мы ведь друзья. А друзья ходят в гости – некоторые довольно-таки часто...»

И она стала приходить часто – то есть каждое утро, чтобы быть со мной в самые продуктивные рабочие часы. Приносила что-нибудь из уличной еды – я пробовал немного, больше из вежливости, остальное Тина с удовольствием съедала сама. Несмотря на странности, у нее, как у всех таек, были хороший аппетит и крепкий сон – она говорила об этом с гордостью, будто подчеркивая свою относительную нормальность. Иногда она пыталась прибирать в квартире, хоть у меня было чисто – в стоимость входили услуги горничной. Чаще же просто сидела на софе, скрестив ноги по-буддистски, и занималась своими телефонами или смотрела фильмы на планшете, надев наушники, чтобы мне не мешать.

Ее присутствие помогало мне безмерно. Знать, что она рядом, посматривать на нее порой – это было так важно, казалось так ценно! Ее взгляды в ответ еще удесятеряли мои силы – таково было свойство ее темных миндалевидных глаз. Каждую секунду я отдавал себе отчет, что она тут, со мной – и это не отвлекало, а, напротив, углубляло мою концентрацию, заостряло фокусировку. Я вгрызался в неподатливые формулы, задействуя будто весь свой кураж, весь внутренний ресурс. Она верила в меня – и я сам не позволял себе усомниться, допустить хоть на миг, что мой труд закончится ничем.

Так прошли первые две недели – в интенсивнейшей, пусть пока безуспешной работе и в привыкании к присутствию Тины. Она проводила у меня большую часть дня. После мы выбирались куда-нибудь перекусить, и затем она уезжала по своим делам. Вечером, ближе к ночи, мы, как правило, переписывались в *Line*[43]. Сначала это были просто шутки по пустякам, но потом тон ее сообщений стал меняться. И тон моих стал меняться тоже – я видел это, но не мог ничего поделать. Платонический период наших отношений исчерпал себя. Мы устали делать вид, что не чувствуем, как нас влечет друг к другу.

Вдруг, из вечера в вечер, Тина стала спрашивать одно и то же: «Ты хочешь видеть меня завтра?» – будто в этом были сомнения. И, в ответ на мои удивленно-лаконичные «да, конечно», всякий раз писала что-то вроде: «А, ну да, я же тебе нужна для работы…»

Я молчал. Между нашими мессенджерами повисло напряжение – будто в протоколе передачи данных для него были припасены специальные теги. Она продолжала: «Ну, пусть так, хорошо хоть,

---

43 Мессенджер, распространенный в Таиланде.

что ты вообще не отказываешься от меня – какова бы ни была причина…» Я отвечал: «Ха-ха», – делая вид, что принимаю все за шутку. Что не понимаю – хотя прекрасно все понимал.

Я умел быть смелым с женщинами, но в отношении Тины ощущал непонятную робость. С одной стороны, мне мешала ее кажущаяся беззащитность, хрупкость. С другой, я знал, что она, напротив, защищена надежно и через ее защиту нелегко пробиться. Те самые силовые линии, что окружали ее в кафе, во время первой нашей встречи, никуда не делись, они всегда были вокруг нее – как тот невидимый «некто», с которым она вела бесконечный диалог. Подсознательно я боялся неудачи, отказа. К тому же намек на отказ уже был – он случился в один из вечеров, в самом начале моей жизни на Лангсуан.

Мы сидели где-то, и мне перед уходом вдруг захотелось физического контакта – пусть и без серьезной подоплеки. Я потянулся через стол и взял ее ладонь в свою. Тина отреагировала весьма резко. Она вырвала руку, отпрянула на спинку стула и, по своему обыкновению, сложила руки на груди. Я пожал плечами, вопросительно поднял брови, а она сказала с чувством, от всей души: «Ненавижу телячьи нежности!» Наступила неловкая пауза, я оплатил счет, и мы ушли, но уже через час переписывались сообщениями, и на другое утро она приехала ко мне, как обычно. Этот эпизод ничего тогда не изменил, но теперь чрезвычайно мешал мне.

При этом я чувствовал наше взаимное притяжение. Оно мучило меня, с ним было все труднее справляться. По вечерам, расставшись с Тиной, я шел в массажный салон по соседству, где за доплату девушки были рады предложить что угодно в дополнение к массажу. Мы вытворяли с ними всякое, но это не помогало. Стоило мне вернуться домой, как я снова начинал хотеть Тину. Дошло до того, что желание стало мешать работе – я больше не мог сосредоточиться на математике, когда она сидела на софе за спиной. Было ясно: нужно что-то менять. Нужно определиться – если уж не в конфигурации пространств, то хотя бы в характере наших отношений.

Наконец мне в голову пришла идея. Я решил приготовить для

Тины ужин – зная, что на следующий день, в субботу, она будет занята и придет ко мне лишь ближе к вечеру. Я нашел в Сети книгу тайских рецептов, изучал ее до поздней ночи, с утра отправился на Центральный рынок, а потом, позабыв про формулы, занялся кулинарией – в целом весьма успешно. У меня не вышел лишь традиционный тайский суп, остальное же – зеленый карри, рис с ананасами и особенно лапша *пад таи* – было очень даже съедобно. Затем я вызвал горничную для уборки, сходил за вином и стал ждать Тину.

Она никогда не готовила сама и была ошеломлена. Поначалу она даже не могла справиться со смущением, сидела молча, не поднимая на меня глаз. Я стал рассказывать ей о Европе – о Гюнтере и его жене, о Тони с грустными глазами скитальца, о «кровавом» Альберте. Получилось смешно, Тина вскоре развеселилась. Чопорность и смущение ее исчезли, она много смеялась и даже попросила вина – хоть обычно отказывалась от алкоголя. Я налил ей бокал *шардоне*. Она быстро выпила его, встала, сделала несколько шагов по комнате, подошла ко мне и проговорила с усмешкой: «Ты большой человек, а я такая мелкая, и при этом ты готовишь мне еду… – Потом добавила: – Наверное, ты чего-то от меня хочешь?» – и посмотрела своими темными глазищами – открыто, в упор, как лишь она одна умела.

Я тоже встал и ухмыльнулся, будто отвечая на шутку: «Если ты уже знаешь за меня, то мне даже и нечего добавить». Тина чуть отступила, не отрывая от меня взгляда. Я видел в нем ожидание – даже ободрение, нетерпение – и полную неготовность повернуть назад.

Я шагнул за ней, взял ее за руку, чуть сжал пальцы. «Ну да, – сказала она, – смотри, как я засиделась. Уже, наверное, поздно ехать домой», – и еще отступила немного. Я двинулся за ней.

«Придется у тебя заночевать, – сказала она. – Видимо, я должна как-то отплатить тебе за ночлег?» – и сделала новый шаг. Вздохнула притворно: «Это такое падение – ночевать у мужчины…»

Я вновь приблизился к ней вплотную, не выпуская ее руки. Наши взгляды были сцеплены, как стальные звенья.

Тина еще шагнула назад и уперлась спиной в стену. Пожала

плечами: «Я уже рассказала тебе о вещах куда более интимных, чем мое тело. Какой смысл утаивать мою наготу?» Потом вдруг забрала у меня руку, стянула с себя футболку и тут же прикрылась ею, бормоча: «Конечно, я должна дать тебе это, а то ты, пожалуй, пойдешь искать других женщин. И вообще, это такая маленькая вещь…»

Голос ее дрожал от напряжения. Она отвернулась и призналась: «Я боюсь, но не того, чего ты думаешь. Просто я жутко не уверена в себе: я девственница, у меня не было полноценного бойфренда. Ты знаешь мои комплексы, но есть еще один – что я никуда не годна в постели!»

Я просто обнял ее, не обращая внимания на слова. Я и сам мог бы рассказать кое-что про комплексы – весь последний год, после того как мы расстались с турчанкой, мои амурные дела складывались не очень. Видимо, теория занимала слишком много места, я не мог освободиться от нее, отвлечься. Нет, я не думал об уравнениях во время любовных игр, но мне зачастую становилось неинтересно – в самый неподходящий момент. Я делался беспомощен, ненавидел себя – так что теперь и у меня были причины для волнений. Я попытался о них забыть – удивительно, но это получилось. И у нас произошел секс.

Я отнес Тину в спальню, посадил на кровать, стянул оставшуюся одежду. Она глубоко вздохнула, откинулась на спину и развела ноги. Я впился в нее ртом – она быстро кончила, ладонью дала мне понять, что хочет отдохнуть, пережить это. Потом вновь притянула мою голову к себе. Кончила еще раз и сделала какое-то движение рукой. Оно ничего не выражало, но я понял: она хочет, чтобы я в нее вошел…

Наверное, это был один из самых бестолковых опытов в моей жизни – неискушенность Тины и ее неуверенность проявляли себя, а я не слишком-то мог ей помочь. И все же, это был один из самых счастливых опытов: я не знал усталости, был способен на любые подвиги. Поначалу я пытался быть нежен, чрезмерно осторожен, но Тина вдруг вскрикнула: «Не надо нянчиться, будь грубым со мной, будь жестким!» Я подчинился и взял ее жестко – она при этом не издала ни звука. Я смотрел ей в лицо, но не мог распознать, что кроется в его выражении, незнакомом мне до того. Глаза ее были закрыты, губы плотно сжаты. Мне казалось, я вступаю в связь не с хрупкой тайской девушкой, а с необъятным космосом, который не шлет мне отклика – быть может, потому что я пока этого отклика недостоин. Лишь в последний момент она распахнула веки и я увидел, каким ярчайшим огнем горят ее зрачки.

После она долго сидела со скрещенными ногами и прямой спиной, глядя перед собой и не говоря ни слова. Я сел рядом, посматривал на нее и молчал, даже и не пытаясь угадать ее мысли. От нее словно исходили волны, излучаемые всем телом, я видел в ней ошеломление от чего-то большего, чем потеря невинности. Необъятный космос наконец слал мне сигнал. Жаль, что я не умел его расшифровать.

Затем она очнулась, протянула ко мне руку, трогала мои волосы, будто видя меня в первый раз. Потом попросила еще вина, сходила в ванную и, вернувшись, легла со мной рядом, тесно прижалась – и так мы лежали, казалось, целую вечность. После она уснула, я высвободился осторожно, укрыл ее простыней, налил себе джина и сел в кресло неподалеку.

Сон Тины был беспокоен, некрепок, она вздрагивала, бормотала тайские слова. Я ощущал, почти физически, как ее диалог с кем-то продолжается и сейчас – как в ее голове создаются образы, рождаются мысли, формируются их связи. Я вспоминал ее в недавние минуты близости – сжатые губы, изумление в горящих глазах, ее просьбу быть с ней пожестче. Думал, что же такое она ищет в этом мире, преодолевая свои страхи, отталкивая мягкость как полумеру. Это было связано как-то и с ее ранимостью, и с умением тонко чувствовать, но я не мог уловить логику и суть. Я сделал немереное усилие, пытаясь понять хоть что-то – и почти ничего не понял. Но предчувствие понимания, предвкушение глубокой истины пришло ко мне в ту ночь. Впервые я подумал тогда о роли сознания и роли тела, разделил их, представил, как происходит обогащение новыми опытами – зачем? Они передаются куда-то – и если да, то куда? Может, опыты не пропадают зря, не умирают так просто? Может, те среди нас, у кого чувства обострены, подсознательно знают это и стремятся переживать все полнее, ярче – даже и нанося себе урон?..

Повторюсь: тогда я не мог сформулировать эти мысли, связать их обрывки воедино. Но ощущения от обрывков во мне остались. Равно как и уверенность – в свершении, что ждет меня где-то рядом. Я больше не имел права сомневаться в нем, проявляя слабость. Оно приблизилось ко мне, стало различимо. Ибо: на пути к нему случился важнейший шаг – свершение любви. Пусть о любви не было произнесено ни слова.

Глава 21

Конечно, наша близость все изменила. Многое стало проще – и при том куда запутаннее, сложнее. С этой запутанностью мы пытались справляться – каждый со своей стороны.

Что касается Тины, ее следующий шаг был весьма решителен: на другой же день она переехала жить ко мне. Позвонила мне снизу и попросила помочь – я сбежал по лестнице, недоумевая, и увидел ее, стоящую у входа с двумя большими сумками. Почему-то я ничуть не удивился. Ей это тоже казалось естественным, хоть сначала она была несколько смущена своим поступком. Говорила, бродя по квартире и раскладывая вещи: «Кто бы мог подумать – к примеру, еще вчера. Я, вообще-то, не собиралась жить с мужчиной. Тем более с *фарангом*. Тем более с немолодым *фарангом*. Хорошо, что у меня нет подруг, они были бы в шоке. Наверняка сказали бы, что я – содержанка!»

Я тоже сделал кое-что: продлил рент квартиры еще на четыре месяца. Тине я об этом говорить не стал – она и без того считала как само собой разумеющееся, что я в Бангкоке надолго. Мы вообще не поднимали эту тему, лишь один-единственный раз она спросила, когда я собираюсь назад в Европу. Я ответил честно – мол, пока не знаю – и мой ответ ее удовлетворил. По крайней мере, мне так показалось, а сам я извелся, прикидывая, что же делать со своим отпуском, который стремительно подходил к концу. После же нашей ночи решение пришло само – я просто понял, что не могу уехать. Понял и написал отчаянное письмо в Берн, умоляя перевести меня в консультанты, чтобы я мог работать удаленно, пусть лишь за половину зарплаты. Мне пошли навстречу – не иначе, в моем послании передалось ощущение, владевшее мной без остатка. Ощущение, что судьба заставляет меня оставаться здесь – властным жестом, которому нельзя перечить.

Наш распорядок дня установился сразу. Тина вставала первой, неслышно выскальзывала из постели, делала несколько растяжек и упражнений йоги. Потом, так же неслышно, ходила по квартире, прибирала что-то, перекладывала с места на место, варила себе кофе. Когда я просыпался, она возвращалась в спальню, садилась у зеркала и занималась своей внешностью, нанося мельчайшие косметические штрихи. Я полулежал в кровати и смотрел на нее – это был наш обязательный ежедневный ритуал. Часто ее это возбуждало, она подходила ко мне с невинной полуулыбкой. Я затаскивал ее к себе, стягивал одежду, набрасывался на ее хрупкую наготу…

Потом мы завтракали и я работал, а Тина сидела на софе у меня за спиной, занимаясь чем-то своим. Порой она делала это полуобнаженной – не оборачиваясь, я легко представлял ее острые плечи, тонкую шею, подростковую ломкую грацию. Один лишь взгляд на нее давал мне силы и вдохновение, которое, я уверен, не получить ни от чего другого. Даже и секс с ней, вопреки законам физиологии, не вызывал опустошения, а, напротив, заряжал меня энергией.

При этом в нашей близости не все было гладко. Тина долго не могла привыкнуть к своему новому состоянию и нашим постельным играм. По-прежнему повторяла порой: «Телячьи нежности…» – хоть в своей собственной нежности могла растопить любого. И заодно таяла сама, истекала своей жидкостью, очень этого стесняясь…

Невозможно было предсказать заранее, что именно в каждый конкретный день понравится ей и принесет удовольствие, а что оставит равнодушной или даже будет неприятно. При этом она старалась не подавать вида, не показывать свой дискомфорт – чтобы не расстроить меня и не сбить настрой. Но я, конечно, все чувствовал

– и расстраивался, и терялся, и, бывало, терял эрекцию. Тогда Тина, в отчаянии на себя саму, убегала в ванную, а потом возвращалась и утешала, успокаивала меня, как взрослая, мудрая женщина.

Чаще, впрочем, она предпочитала, чтобы взрослым и мудрым был я. Ей импонировала ведомая роль – и это не было женской слабостью, поиском сильного плеча. Отдавая инициативу, она будто сбрасывала с себя на время огромный груз – груз ответственности, непонятно перед кем или чем.

Иногда ей хотелось вести себя по-детски – дурачиться, веселиться, хныкать. Порой она становилась обидчива, по поводу или без, и тогда смешно вскидывала руки и повторяла одну и ту же фразу: «Ты можешь *так* относиться ко мне?» Но затем пресловутая ответственность будто вновь наваливалась на нее в полной мере. Бывало, в трудные минуты она безошибочно распознавала во мне боязнь – боязнь неудачи. Сама, чуть ли не за руку, вела меня к рабочему столу. Говорила: «Пойдем со мной. Не бойся, садись и сделай это. Сделай это хорошо».

И я делал – по крайней мере пытался. Порой, работая, я вдруг ощущал, что отчаянно скучаю по контакту с ней. Придумывал повод к ней обратиться, спрашивал, как она себя чувствует, не холодно ли ей от кондиционера. Тина почти никогда не отвечала, лишь кивала, пожимала плечами и смотрела на меня хитрым, понимающим взглядом. Потом вдруг вставала, подходила ко мне, прижимала мою голову к своей груди и так проводила несколько минут, будто обмениваясь со мной энергией. Просто стояла, не говоря ни слова, глядя вдаль, в несуществующие для других миры…

В моей работе все тоже стало по-другому. Наша новая жизнь странным образом изменила мой взгляд, мой ракурс. Он был не лучше и не хуже прежнего, но он был иным. Это ли послужило причиной, или просто количество усилия перешло наконец в качество, но к концу пятой недели я нащупал верное соответствие параметров и степеней свободы.

Это вновь случилось обыденно – просто вдруг все сошлось у меня на листе. Три множителя обращались в ноль, убивая самые зловредные из сингулярностей, а оставшиеся устранялись перенормировкой. Внешнее пространство при этом могло иметь любое количество измерений из некоторого ряда: десять, шестнадцать, двадцать восемь, сорок два... Каждое из значений предполагало свой набор степеней свободы у фрактальных квазичастиц «на плоском листе бумаги» - в нашем трехмерном мире, помещенном в многомерный внешний. Я остановился на самом простом, шестнадцатимерном случае. Он требовал всего одной дополнительной квантовой переменной, а уравнения обретали лаконичный, красивый вид. Я был убежден: чем теория гармоничнее и компактнее, тем она вернее.

Таким образом, таинственное поле, взаимодействующее с дипольной матрицей, было зафиксировано, описано математикой. Как я уже знал, взаимодействие имело место, когда водные диполи мозга в какой-то его области, большой или малой, упорядочивались специальным образом. Их порядок оказывался «упакован» в нетривиальную фигуру фрактального вида - это состояние, которое я назвал «фрактальной когерентностью», возникало и поддерживалось благодаря интенсивной работе определенных нейронных групп. Они создавали граничные условия, триггируя квантовый эффект - фрактальное нарушение симметрии, фрактальное упорядочение - именно на это уходила «лишняя» энергия, расходуемая мозгом при его активной работе, при напряжении памяти и мысли. Она затем высвобождалась в потоке квазичастиц, квазиголдстоуновских бозонов - они отдавали ее внешнему полю, обретая массу и тормозясь. Таким образом, квазичастицы, кванты дипольных волн, поддерживающие фрактальную когерентность, выступали агентами нового взаимодействия, неизвестного ранее, посредниками между нашим мозгом и новым полем, нашим миром и внешним многомерным пространством.

Теперь я видел это поле - в модифицированной правой части выведенного мной лагранжиана. Полагая, что оно является первопричиной нашей разумности, я назвал его «консионным» - от слова *consciousness*, сознание - а его кванты, частицы, пронизывающие наш мир и взаимодействующие с квазичастицами мозга, соответственно, «консионами». На этом мои достижения заканчивались. Формулы показывали математическую непротиворечивость, утверждали *возможность* нового взаимодействия, но, увы, я не понимал, *как именно* оно происходит. Уравнения, описывающие связь миров, были передо мной, но я не мог их решить.

Прошла неделя, началась другая. Я топтался на месте, на рубеже важнейшей тайны, и не мог продвинуться ни на шаг. Это было чрезвычайно обидно – стоять у порога и не сметь заглянуть внутрь. Безусловно, сам факт простоя не был чем-то особенным, они случались и раньше. Случались часто, как в жизни любого исследователя, я был к ним привычен. Но, однако же, никогда прежде я так не мучился от своего бессилия. Слишком многое сошлось воедино: я был уверен, что результат, когда я получу его наконец, расставит все по своим местам. Что моя теория будет завершена, логически полна. Что мне станет ясна во всех деталях суть разума, природа истинного сознания. И что я смогу открыть Тине сущность ее загадочного «симптома», показать ее собеседника-конфидента, вытащить его на свет. Мне не терпелось, меня подгоняло и первое, и второе, и третье. Но я не продвигался никуда.

Будто в тон моему состоянию, в Бангкоке начались грозы. Каждый день, к обеду, собирались тяжелые тучи, цепляясь за шпили высоток. После был недолгий, но яростнейший потоп, и за ним – мутные потоки воды по тротуарам, стада машин, замершие в стоячих пробках. Затем в нашем доме начались проблемы с электричеством: оно отключалось часто и в неподходящее время. Мы не раз просыпались среди ночи в духоте, без кондиционера и света и бродили по квартире, как сомнамбулы, в скупых бликах уличных фонарей. А потом грозы ушли и электричество починили, но у меня случился серьезный конфликт с Тиной.

Он зрел давно; мы двигались к нему с разных сторон и одновременно достигли критической точки, как не раз вместе достигали оргазма. Началось все с того, что я рассказал ей о своем успехе – о полученных уравнениях для шестнадцатимерного случая – хоть «успех» был пока еще призрачен и не давался в руки. Думаю, я сделал это, чтобы взбодрить себя, попытаться взлететь, дернув себя самого за волосы – забежав вперед и произнеся слова, в которые мне так хотелось верить. Все, однако, получилось иначе. Тина, выслушав меня, покачала головой: «Я не понимаю. Я глупа, я знаю, нарисуй мне, пожалуйста…» – и я смешался, стал уклончив, невнятен. Я не мог нарисовать то, чего не видел сам, это был бы худший из обманов!

В результате я лишь разозлился – и на нее, и на себя. Слова, выпущенные на свет слишком рано, не потянули за собой, они, напротив, сделали все хуже. Не видя выхода, я стал предпринимать попытки изменить что-то вокруг себя – а вокруг была лишь Тина, прочее было вторично. Мне стало казаться, что ее присутствие больше не помогает, а, наоборот, мешает, уводит меня не туда. Раз, потом другой я попробовал поработать вне дома, в кафе по соседству. И добился лишь одного – усугубил ее ревность, которая к тому времени уже вовсю давала о себе знать.

После той первой ночи сознание Тины быстро прошло через несколько стадий – уясняя нашу «историю» и ее перспективу. Пока я был занят глобальными концепциями – которые, как я считал, так же глобально объединяли и нас с нею – Тина рассуждала просто, по-женски. Несколько дней, несмотря на переезд ко мне, ее одолевали сомнения – я их чувствовал, но не задумывался об их природе. Потом пора сомнений закончилась, внутренняя работа была завершена. Тина поняла, сформулировала для себя, чего именно она хочет. Она решила, что хочет быть со мной всегда.

Сразу после этого она стала подсознательно, а потом и вполне осознанно, отстаивать свои права на меня. Права собственницы – несмотря на свою молодость и несхожесть наших мировоззрений. Ее позиция эволюционировала быстро, меняясь день ото дня.

Началось от противоположного, отвлеченно эмансипированного. «Я не ревнива, – заявила она мне, – и я вовсе не пытаюсь тебя к себе привязать. Каждый мужчина должен иметь приключения, я знаю. Ты можешь спать с другими женщинами и рассказывать мне об этом…»

Я отшучивался, Тина смеялась. Потом, все так же посмеиваясь, стала несколько экзальтированно шутить мне в тон. «Вообще, – вздыхала она притворно, – тебе многовато лет, ты не находишь? Еще чуть-чуть, и ты превратишься в древнюю развалину, ха-ха-ха. Какие уж там другие женщины – удивительно, что у тебя не случается инфаркт во время секса!»

При этом она – осторожно, будто невзначай – расспрашивала о каждой минуте моего дня, проведенной без нее. Даже – будто играя, дурачась – делала попытки заглянуть в мой смартфон, раз, и другой, и третий. Я не возражал – мне нечего было скрывать. Моя голова была занята теорией, уравнениями, не желающими поддаваться. А потом у нас состоялся разговор.

Он произошел за ужином, в тихом японском ресторане. Тина начала его внезапно – она болтала о пустяках, потом замолчала вдруг, взяла с тарелки кусочек сашими, но не стала есть, ее палочки замерли на полпути. Она подняла на меня глаза и сказала напряженным голосом: «Вообще, я не против, если наши отношения продлятся долго. Может, очень долго. Может быть, всегда».

Застигнутый врасплох, я не нашелся с ответом. Подошла официантка, налила нам зеленого чая. Палочки Тины подрагивали в воздухе. Она положила их на стол, отвернулась и добавила: «Я хотела бы от тебя ребенка, но это не обязательно. Если ты боишься, что я буду напрягать тебя с детьми, то не бойся, для меня это не очень важно».

Мельком я заметил в ее лице что-то очень взрослое – как когда-то, в конце второй нашей встречи. Заметил, но повел себя неправильно: не принял ее всерьез. Подмигнул ей лукаво – мол, я знаю, ты меня дразнишь. Я, мол, для тебя староват, да и нам еще рано думать о будущем, не так ли?.. Тина улыбнулась и перевела разговор на другое. Она больше не поднимала эту тему ни в тот вечер, ни в следующие два дня, но после я понял: именно тогда ею овладела навязчивая мысль, что у меня осталась жена в Европе и я вернусь к ней рано или поздно. Так, знала она, часто заканчиваются истории с западными бойфрендами. И на третий день произошел взрыв.

Я пришел домой из кафе вечером, около семи. Тина встретила меня с застывшим лицом, без улыбки, без поцелуя. «Где ты был?» – спросила она. Я лишь пожал плечами – мол, ты прекрасно знаешь. «Ну да, – кивнула Тина, – это так просто – прикрываться работой, когда на самом деле можно заниматься чем угодно. И никто не знает чем... – Потом спросила: – Ну что, много сделал сегодня? Далеко продвинулся? Совершил трудовой подвиг? Без меня тебе, конечно, работается лучше!»

Это было больное место; я вспылил, нагрубил ей. Она в ответ нагрубила мне, разрыдалась, заперлась с телефоном в ванной. И оттуда стала слать мне короткие сообщения, как вспышки – отчаяния, неуверенности, обиды.

«Больше не хочу, – читал я. – Ты старый. Ты не говоришь по-тайски».

«Неустойчиво. С тобой. Непредсказуемо! – читал я в смятении. – Не буду жить в Европе. Уезжай один».

«Езжай к своей жене. Она старуха? То, что тебе нужно! – И за этим: – Не хочу *фаранга*!!!» – как выкрик во весь голос.

Эти сгустки ее сознания почему-то били в самое сердце, развеивали дурман и – разрушали волшебство. Я вдруг почувствовал, что за ними – бесконечно чуждая мне жизнь, пропасть за пропастью, которые не преодолеть. Все, на что я закрывал глаза, теперь вставало перед глазами. Самообман – ничем другим нельзя было объяснить нашу близость. Наивность – ничто другое не могло оправдать мою беспечную веру в общность наших целей, в нечто, связывающее нас прочной нитью...

После двухминутного молчания от нее пришло последнее сообщение: «Ты меня понимаешь?»

«Да, – написал я в ответ. – Понимаю».

«ОК, – написал следом. – Уходи».

И добавил несколько обидных, несправедливых слов.

Меня переполняли разочарование и горечь. Тина все сидела в ванной, оттуда не доносилось ни звука. Я бесцельно побродил по квартире, потом переоделся и ушел в город, не желая – совершенно искренне – видеть ее, говорить с ней. Неся в себе недовольство ею, недовольство собой, свою тоску. Холя эту тоску, как ручного зверя.

Глава 22

На Бангкок уже спускалась ночь. Я пошел пешком в сторону Сукхумвита, к потным толпам и неоновым бликам, к бесчисленным барам, обителям всех пороков, когда-либо придуманных человечеством. Остановился где-то, съел острый суп, что-то выпил, двинулся дальше. Выпил где-то еще, свернул наугад, шел и шел, не разбирая дороги…

Так я бродил часы – плохо соображая, что я делаю, куда направляюсь. В голове мешались лихорадочные мысли – о Тине, о моей теории, моей судьбе. Я чувствовал, что все, все ускользает от меня, я ни за что не могу ухватиться. На меня наплывали лица – уродливые, старые или раскрашенные, призывные – метались ко мне, отшатывались прочь. Меня хватали за рукав, пытались продать мне что-то, увести куда-то, завлечь, втянуть – я отдергивал руку, кого-то отталкивал, не обращая внимания на возмущенные окрики, шел дальше, останавливаясь лишь за очередной порцией алкоголя. Потом улицы опустели, я забрел в какие-то дебри. Оказался в грязном, очень бедном районе, у моста через гниющий канал. Рядом были груды мусора, несколько жалких лачуг и люди – довольно большая группа. Они звали меня к себе; я подошел, и мне стали показывать – вот, вот, здесь!

Там лежал человек – рядом со спортивным велосипедом. Довольно молодой, белый, с европейскими чертами лица. У его затылка растекалась кровь – видимо, он хотел объехать лужу посреди дороги по бетонному возвышению, но сорвался и ударился о камень.

Я мгновенно ухватил всю картину воспаленным, одурманенным алкоголем мозгом. Ухватил и понял: это напоминание, может даже знамение, и никак иначе. Тут же вспомнил отчима – да, судьба продолжала водить меня вокруг общей темы. Вспомнил детство, себя в ночном поту, пробуждение своего страха, страха смерти – он пришел внезапно, как приходит и сама смерть. Вспомнил Тину и ее страхи – и, почему-то, как она сидела в позе лотоса после первого секса, слушая что-то новое, возникшее в ней. Я вспоминал, а в голове вертелось одно и то же, непонятно откуда взявшееся: «фазовый переход!»

Люди вокруг что-то лопотали по-тайски. Я их не слышал, не обращал на них внимания. Все словно замерло, я был вне действительности, вне событий, превратился в медиума, принимающего сигнал. Мир раскрылся передо мной, открылся мне – весь сразу. Я осознал его взаимосвязи, пусть не умея – и не желая – формулировать их в словах, символах, числах. Это было ощущение предельной ясности – будто мой разум оказался вдруг совмещен, как на кальке, со структурой мироздания и жил с ним в унисон. Не знаю, какой термин здесь уместен более – резонанс, подобие? Все они бессильны. Слова бессильны, но ощущение делало меня всемогущим. Происходившее, происходящее со мною самим и прочими раскладывалось в ряд, разбивалось на образы, и к любому из них я мог проложить дорогу.

Я видел: жизнь была паучьей сетью, лабиринтом, полным тупиков. Я видел Тину, путеводную нить, одну из многих или немногих, доступных мне. И моя теория – она была частью, элементом ряда, одной из деталей. Я чувствовал, стоит сделать лишь небольшое усилие, и я нащупаю колею в ее собственном лабиринте. Я сделал это усилие; в моем сознании – трудно, со скрипом – произошел поворот, смена караула, перевод рельса. Вдруг – вспышка за вспышкой – высветились фрагменты нового понимания: одна формула, другая, третья… Интеграл, казавшийся неберущимся, но распадающийся на несколько независимых частей… Я увидел наконец, на что указывали некоторые конструкции моих уравнений, которые я отбросил для упрощения, для сокращения пути. Но нет, путь нельзя было сократить. Не на это ли мне раз за разом намекала судьба, предлагая подсказки, к которым я был будто глух?..

Тут я очнулся, что-то вернуло меня к реалиям. Звук… Я потряс головой и услышал стон – очевидно, велосипедист был жив. «Скорую!» – закричал я, озираясь кругом, но никто не двинулся с места. Я шумел, размахивал руками, но они лишь молча смотрели на меня. Тогда я вытащил мобильный, сунул кому-то рядом, крикнул ему в лицо: «Ambulance, ambulance!..» Человек тут же исчез – я понял, что больше не увижу своего телефона. И в тот же миг показалась скорая – очевидно, ее уже вызвали до меня.

Бригада медиков занялась велосипедистом, а я почувствовал себя ненужным, лишним. Мне жутко захотелось домой, на улицу Лангсуан. Я стал спрашивать одного за другим, как выбраться отсюда, в какую сторону идти. От меня отворачивались, не понимая; я с тоской подумал, что придется вновь брести наугад, непонятно куда, но тут из толпы вышла пожилая женщина с дряблым, испитым лицом и добрейшими глазами. «Пойдем, – сказала она, – я покажу тебе дорогу».

Не веря своим ушам, я спросил ее: «Ты говоришь по-английски?»

«Я проработала тридцать лет в массажных салонах в Патпонге», – улыбнулась женщина. Улыбка сделала ее почти прекрасной. Она казалась мне похожей на святую.

«Меня зовут Сом, – обернулась она ко мне. – А ты симпатичный…»

Я пошел за ней под мост, петляя среди мусорных куч.

«Вот, здесь я живу», – сказала Сом, показав на хижину из картонных коробок.

«Почему ты здесь, ведь у тебя такая душа?» – спросил я растерянно.

«Где ж мне еще быть? – удивилась она. – Тут мой дом».

За мостом оказалась тропа через кусты, а за кустами – широкое шоссе. «Тебе туда», – показала мне Сом. Вдруг мы услышали окрик.

Нас догнал человек, которому я всучил свой телефон, и сунул мне его обратно.

Я хотел дать им денег, но обнаружил, что у меня нет ни единого бата. Бумажник с карточками остался дома; пришлось идти пешком, путь занял полтора часа. Я ввалился в квартиру, еще не до конца протрезвевший, в насквозь пропотевшей одежде – и сразу увидел Тину.

«Привет, – сказала она. – Я поняла, что не могу уйти», – и подошла ко мне, обняла за шею.

Я осторожно отстранил ее и пробормотал: «Мне нужно в душ».

«Ты мне изменил?» – спросила Тина.

«Нет, – покачал я головой. – Нет, напротив».

Потом я пошел в ванную, но она шагнула за мной следом. Глянула исподлобья, стоя на пороге, и проговорила: «Ты хочешь сразу отгородиться от меня дверью? Ты во мне разочарован и собираешься меня бросить?»

Я усмехнулся: «Похоже, мне никуда от тебя не деться – пусть даже я разочаруюсь в тебе тысячу раз».

«Ага, – кивнула Тина и нахмурилась: – Но ты, конечно же, на меня зол?»

«Не знаю, – признался я и добавил: – Без тебя я в паучьей сети». Я и в самом деле так думал.

«Ага», – повторила Тина, задумалась и сделала шаг назад. Я наконец закрылся и стал раздеваться. Она не уходила, говорила сквозь дверь: «Пока тебя не было, я сходила на улицу и принесла еды – сладкой свинины, ты ее любишь. Я видела собаку без хвоста. Я пила чай и уронила кружку в раковину, но она не разбилась, лишь чуть-чуть откололся край…»

«Да-да», – пробормотал я и повернул кран. Стал под струи и отключился от всего в благословенном белом шуме. Потом, минут через двадцать, вышел из ванной и попросил Тину сварить мне кофе.

«Сейчас», – кивнула Тина, но не пошла на кухню. Она ходила за мной по квартире и продолжала говорить. «Я боялась и не спала, – жаловалась она. – Я отвыкла спать одна. Пришлось включить везде свет и оставить работающим телевизор. Но и так я уснула всего на час или два – и мне приснился плохой сон…»

Она говорила быстро, без пауз между словами, будто боялась, что любая пауза – навсегда. Я обнял ее, прижал к себе. Она глубоко вздохнула и затихла. Потом вывернулась из моих объятий: «Кофе… Я быстро».

В два глотка я выпил чашку, потом другую. В голове окончательно прояснилось, я сел за стол, чувствуя себя истосковавшимся по работе, словно после недельного перерыва. Отлистал назад свою тетрадь и сразу увидел то, что искал – что когда-то пропустил мимо внимания, на что не захотел тратить время. Внизу листа замерли, как перед прыжком, два сопряженных оператора, меняющих поведение поля. Сложнейшее преобразование, странным образом ведущее к простоте. Это и был прыжок – над пустотой, над условностью понятий и терминов. Рывок – от взаимодействия полей к совместимости геометрий. Вся система переформулировалась другим образом: мои квазичастицы, локальные возмущения, порождали деформации, несущие топологический заряд. В прежнем формализме они описывались запредельно сложно, но в новом получались естественно и просто. И эти деформации закручивали поле консионов в вихрь!

За три часа я вывел принципиальное решение модифицированной системы уравнений – устойчивую волну солитонного типа. Я увидел консионный вихрь лишь мельком, наспех, но и этого было достаточно, чтобы в него поверить. Это было стабильное, локализованное в пространстве, волновое движение вокруг источника возмущения – человеческого мозга. В многомерной действительности мозг оказывался окружен консионами, пляшущими вокруг него свой танец. Сложнейший танец, полный смысла. Заключающий в себе все, о чем мы думаем, что помним…

Я дал вихрю название – «Объект Б». Неизвестно, откуда оно взялось – мне просто понравилось слово, отразившее мгновенные ассоциации, мелькнувшие в голове. Ассоциации забылись, а слово осталось.

После я лег, упал в постель и проспал до полудня. Проснувшись, увидел Тину, сидящую рядом и смотрящую на меня. «Тина... – пробормотал я. – Теперь я знаю, что ты чувствуешь вокруг себя. Ты была права – это здесь, здесь и здесь. Это устойчивая, уединенная волна, круговорот новых частиц, их танец».

Она сказала совершенно серьезно: «Ты мой гений!»

Следующие несколько дней прошли в рабочем угаре. Я доводил решение до конечного вида, проверял его и перепроверял, исследовал его свойства. Затем, убедившись, что все корректно и ошибки нет, я взялся за главный тест – связь с реальностью, обсчет энергетических потоков. Все совпало наилучшим образом; «темная энергия» мозга – опосредованно, через колебания дипольной матрицы – уходила на внесение новых «па» в танец консионов. Она тратилась на обогащение консионного вихря, Объекта Б, новым содержанием – и энергетический баланс соблюдался на удивление строго. Это был гармоничнейший механизм, и мои формулы описывали теперь каждую стадию его работы!

Да, наконец-то я мог сказать без натяжек: я вижу всю картину целиком. Могу проследить весь путь шаг за шагом – от реакции мозга на внешний стимул к абстрактной мысли и осознанию себя. Все начиналось с «затравки», триггера, какого-то образа, звука, слова – или запаха, или другой причины для возбуждения той или иной группы нейронов в неокортексе. Нейроны резонировали с водной матрицей, активируя нужный дипольный код, квантовые колебания определенной частоты, «спящие» до поры на низшем энергетическом уровне. Начиналась взаимная игра между микро и макромиром; в стрельбе нейронов появлялась согласованность, наблюдаемая на наших энцефалограммах. Мозг проходил через множество состояний, может быть знакомых ему прежде, кружа вблизи их аттракторов или перескакивая к другим – то есть формируя воспоминания, мысли, переходя к ассоциациям, с ними связанным, возвращаясь назад, потом вновь уходя в сторону...

Изначальный стимул больше не играл роли, мозг сам выстраивал цепочки образов – и на каких-то вдруг сосредотачивался, «застревал». Что-то оказывалось особо важным в данный момент

– и в результате состояния мозга, формирующие это что-то, становились предпочтительны, он проходил через них снова и снова. Некоторые области нейронной согласованности будто начинали светиться красным: в них возникал новый скрытый порядок, особая, «фрактальная» когерентность. Она обеспечивалась фрактальной же упорядоченностью водных диполей, а та в свою очередь поддерживалась квантовыми колебаниями специального типа, бозонами, которые по законам физики, казалось, не могли существовать. Но они существовали – на помощь приходило внешнее поле, компенсирующее тенденцию к неустойчивости, к раскачке. Это и было мое поле консионов – при взаимодействии с ним квазичастицы-бозоны тормозились и фрактальная упорядоченность становилась стабильна!

Так внешнее поле влияло на мозг, но и мозг в ответ тоже оказывал на него влияние. В потоке консионов возникало завихрение – возникало и потом существовало, «жило» в непосредственной близости от своего источника. Его динамика постоянно менялась, обогащалась – воспоминаниями и умозаключениями, на которых концентрировался мозг. А затем обогащенный вихрь, Объект Б, в свою очередь взаимодействовал с мозгом уже слегка по-другому – так обеспечивалась обратная связь. Сознание как бы замыкалось на себя или, если хотите, «смотрело» на себя со стороны. Так, по-видимому, случались озарения, внезапные понимания, формирования новых концепций, будто бы «нашептанных» извне – происходило все, чем сильны истинное мышление, человеческий разум. Я уже не сомневался, что разгадал, математически описал его тайну. И заодно тайну загадочного «симптома» Тины…

Это были удивительные, сумасшедшие дни, подобных им я не знал в своей жизни. Тяжелейший труд предшествующих лет увенчался успехом – и его масштаб потрясал. К этому добавлялась уверенность, что теперь я владею главнейшим секретом мироздания. А еще – меня переполняло ощущение небывалой близости с Тиной.

Я подробно рассказывал ей каждый вечер обо всем, что сделал за день. Она, конечно, понимала немногое, но все главное – я уверен – чувствовала, пропускала сквозь себя. Она как-то сразу поверила

– мне, в меня, в истинность моего открытия. И мы все больше отдавали себе отчет в том, что же именно мы значим друг для друга.

Наша связь была надежней, глубже, чем обычное и привычное – совпадение вкусов, сексуальное влечение или общность взглядов. Нас единило величайшее знание, и мы оба вносили в него свой вклад. Мы играли в нем свои роли – независимые, взаимодополняющие – я мог объяснить явление, а Тина – явно и недвусмысленно пережить его, ощутить физически и, тем самым, подтвердить его истинность, пусть лишь для себя и меня. Это, насколько я мог судить, делало нас обоих и наш союз чем-то уникальнейше-незаменимым. Это придавало огромный смысл нашим жизням, и каждый из нас был источником смысла для другого. Прочие не поверили бы в него, посчитали бы нас притворщиками и лжецами, аутсайдерами, не умеющими найти своего места в мире. Но мы-то знали, что на самом деле представляет собой мир и каково в нем наше место.

Чувствуя нашу близость, мы не говорили о ней – и по-прежнему не говорили о любви. Я старательно избегал нежных слов – и она тем более, это был бы не ее стиль. Мы просто жили близостью, упивались ею, не пытаясь подобрать для нее названий.

Мои вечерние рассказы очень возбуждали нас обоих, они всегда заканчивались сексом. И наш секс стал другим, Тина преобразилась, превратившись за какую-то неделю из зажатой девственницы в распущенную путану. У нее исчез стыд, она теперь позволяла делать со своим телом что угодно. Мы занимались этим в самых разных местах – на кровати и на софе, на полу и в кресле, на кухне рядом с раковиной, в ванной под душем… Гибкая и пластичная от природы, она складывалась в акробатические этюды, принимала самые невероятные позы, пытаясь найти ту, которая приносит новое или большее удовольствие. Ее тонкий, едва уловимый запах – аромат возбуждения, желания, страсти – пропитывал, казалось, всю квартиру. Порой она говорила мне с усмешкой: «Ты вытащил на свет мою *animal side*[44]. Я чувствую себя с тобой как девушка с Нана Плазы, переспавшая с тысячью мужчин!»

---

44 Животную сторону натуры.

Потом, полностью вымотав друг друга, перед тем как заснуть, мы болтали, шутили: над собой, над нашей жизнью, а еще – над недоверием мира. Я говорил, что хорошо представляю, с каким неприятием встретят мою теорию, как в ней будут выискивать поводы для насмешек, придираясь к любой малости. «Тогда, – посмеивался я, – мы предъявим тебя как живое доказательство, это может помочь. Спрятав, конечно, твою *animal side* подальше…»

«Ха-ха, – отвечала Тина мне в тон. – Я тебя знаю, ты в любом случае тут же примешься умирать от ревности. Но не волнуйся, мы меня никому не покажем – потому что мне они не поверят тоже. У тебя хоть есть математика – а что я? Просто скажут, что я лунатик – это мы уже проходили. Или сделают какую-нибудь таблетку, чтоб меня вылечить – чтобы я перестала чувствовать этот твой Объект. Ну уж нет, я не согласна!»

А затем настал день, когда теория была закончена – и нам стало не до шуток. Мы вдруг осознали глубину ее следствий – особенно главного из них – и были ошеломлены этой глубиной. И потом несколько дней пытались справиться с ошеломлением.

Суть этого следствия открылась мне жарким солнечным утром. Я увидел ее на бумаге и долго сидел, не отрывая от формул взгляда, словно выискивая в себе силы до конца им поверить. Суть была проста и понятна: математика показывала, что Объект Б, раз созданный, мог потом существовать и *без мозга*. Отделившись от своего создателя, потеряв его по какой-то причине, он не растворялся, не рассасывался в ничто. Он как бы зацикливался на себе, сохраняя свою обособленность и свою вихревую динамику!

Потом, очнувшись, я, как водится, проверил все еще раз. Потом аккуратно переписал на отдельный лист вывод решения, последовательность преобразований, раскрывающих, как именно Объект Б претерпевает фазовые переходы – один, второй, третий… А затем, уже ночью, я рассказал об этом Тине – волнуясь и тщательно подбирая слова.

Она, я думаю, поняла скорее мои эмоции, чем содержание сказанного. Но тем не менее уловила главное: Объект Б не может обогащаться без мозга, но способен без него жить, храня то, чем обогатился. Жить долго, может быть вечно – и его консионы будут без устали плясать свой танец. Танец, отражающий все полученное в свое время от мозга-хозяина – всю его память или, по крайней мере, важные ее фрагменты…

Сказанное повисло в воздухе, оно было странно даже мне самому. Я горячился, пытаясь сделать его яснее. Я говорил: «После смерти мозга Объект Б теряет связь с нашим миром!» Я жестикулировал, разъясняя: «С ним способны взаимодействовать лишь кванты специфических дипольных волн!» И проговаривал в сотый раз главное, словно выискивая в нем подвох: «Без фрактальной упорядоченности – то есть без активной мозговой работы – специфических квантов нет, а значит, нет и взаимодействия. Объект Б теряет свою энергетическую подпитку и свою компенсирующую часть. Вся его энергия становится как бы направлена вглубь себя, но это его не разрушает. Через какое-то время он переходит в другое фазовое состояние и, будучи не привязан ни к чему, движется в пространстве куда-то прочь, неся все накопленное в себе. Так раскрученная праща летит вдаль после того, как ее отпускают. Так наша память летит вдаль, 'записанная' в Объекте Б. В ожидании – кто знает чего? Быть может, какой-то новой судьбоносной встречи?»

Тина лежала рядом, не шевелясь, замерев. «Твой тайный 'собеседник' плюс твое тело, твой мозг – все это в совокупности есть ты, – говорил я ей. – Твое тело исчезнет, но 'собеседник' – то есть Объект Б – останется жить; он, сам по себе, сделается тобой, храня в себе твой пережитый опыт».

«Твой Объект Б, содержащий тебя в себе, унесется к другим мирам, – говорил я ей, удивляясь, как глупо, жалко звучат слова. – Унесется, как будто в поиске – долгом поиске, бесконечном».

«И быть может, он найдет то, *что* ищет – или *кого-то*? – фантазировал я, гладя ее по спине. – Может, он, то есть ты – ты станешь тайным 'собеседником' кого-то другого. Вот бы узнать это наверняка…»

«Если знать это наверняка, – сказала Тина, – то можно больше не бояться смерти».

И после мы молчали: просто лежали, прижавшись друг к другу, и думали – наверное, об одном и том же.

Глава 23

Голос Тины и ее слова отзываются у меня в ушах. Я будто вновь переживаю ту ночь, звук за звуком, прикосновение за прикосновением, и с неохотой открываю глаза – здесь, на Карантине, в мягком кресле моей спальни. Открываю и долго еще гляжу в никуда – вспоминая, как в Бангкоке, когда теория была завершена и в моей многострадальной тетради был поставлен последний знак равенства, я вышел в город и бродил по нему несколько часов в безудержном ликовании, в эйфории. Перед глазами стояли формулы, а за ними, за интегралами, логарифмами и матрицами, я видел всю вселенную и то, что дальше и вне ее. Мне представлялись потрясающие картины – многомерные миры с экзотичной метрикой, образы и формы, которые невозможно вообразить, и все же я знал, что они есть, и я – их неотделимая часть. Их величие не подавляло – я видел тут же мириады выстреливающих нейронов, дрожь диполей, волны невидимого поля, пронизывающего мозг, видел сложнейший танец – танец консионов, и он был величественен не менее, чем любые вселенные и все то, что за ними. Я чувствовал себя соразмерным мирозданию – себя и каждого человека.

Музыка гремела внутри меня. Я шел по людной улице и вглядывался в лица – торговцев, таксистов, туристов, ошалевших от жары. Я говорил себе: не суди их строго, они тоже оставят свой след. Многие из них наверняка когда-то думали, чувствовали, быть может любили. Кое-кто способен на это и до сих пор – и все накопленное не пропадет, сохранится. Объекты Б, покинув своих «хозяев», донесут части их жизней до других миров. Нужно ли это другим мирам? Может и так, кто знает – и, пожалуй, думал я, среди встречных есть и такие, кто верит в свою глобальную роль, пусть и не умея объяснить ее словами. У каждого, наверное, бывают минуты, когда он ощущает, что космос с ним на «ты». Что он с мирозданием на одной волне – и тогда его не смутить масштабами времен и расстояний. Это отражается в его лице, в глазах – посмотрите внимательно на любого делающего то, что он умеет лучше всего. Быть может, в этот момент он чувствует: сама вселенная неустанно заботится о цельности его «я»! Это ли не повод гордиться своим превосходством над неразумной природой?.. Я ощущал острейшую гордость за человечество. Хотя, конечно, гордость – не то слово. Никто еще не придумал для этого подходящих слов.

Я бродил, не чувствуя жары, говоря сам с собой, ухмыляясь своим мыслям. Мой восторг, мой эмоциональный всплеск был наркотически-неуемен. Даже и теперь мне не стыдно вспоминать о нем – и я вспоминаю, смакую воспоминание, полулежа в кресле, растягивая удовольствие. Потом наконец встаю и выхожу в гостиную – в том же приподнятом состоянии духа. У меня в руках несколько листов, на них – краткая выжимка, суть моей работы. Последовательность преобразований, деформирующих пространство, путь к консионным вихрям, к устойчивым солитонным волнам. К Объектам Б, связавшим миры – мой бывший, земной, и теперешний, почти еще не знакомый.

Эльза стоит у плиты, на ней – короткое платье с бантом и кружевной передник. Она похожа на французскую горничную из качественного порнофильма. Я здороваюсь и вдруг натыкаюсь на ее взгляд. Застываю под взглядом, будто пришпиленный им к стене. Будто у нас роман и меня только что уличили в измене.

«Ты весь сияешь», – говорит Эльза. Голос ее спокоен, ровен, но в нем – колкое электричество, близость грозы.

«Ты был таким же и вчера, и вообще все последние дни по утрам, – продолжает она. – Что бы это значило? Позволь предположить:

ты вспоминаешь ту свою азиатку! Быть может даже видишь эротические сны?»

Я знаю, напряжение между нами зрело — я чувствовал это, но ничего не мог поделать. Думая о Тине, проживая будто вновь нашу с ней историю и завершение моей работы, решающий шаг к танцу консионов, я отдалился от соседки, ничего не рассказывал, отделывался общими словами. Она не приставала с расспросами, но в ее молчании наверняка таилась обида.

«Отвечай же!» — не отстает Эльза.

«Ты угадала, — признаюсь я. — Что-то в этом духе. Плюс некоторое количество математики. У меня прогресс — я не говорил тебе раньше, боясь его спугнуть, но теперь, похоже, опасения позади…»

Во мне живут отголоски утренней эйфории, я не верю в серьезность ее обиды. Я все еще жду, что она порадуется за меня, но при этом чувствую, как глобальность картин в моем сознании уступает место чему-то другому — локальному, мелкому — и само свершение будто уменьшается в размерах.

«Да, я вспомнил Тину, я восстановил свою теорию, теорию консионов, — продолжаю я, не желая сдаваться. — Я увидел их вихри — между прочим, мы здесь именно благодаря им. Если хочешь, я могу рассказать тебе все в деталях…»

Эльза машет рукой, прерывая меня: «Брось. Я не пойму твои детали, куда мне. Я приземленная женщина, я знаю лишь одно — к тебе вернулась наконец твоя муза. Я-то, конечно, не гожусь на ее место, хоть музы, прямо скажем, бывают разные… Что у тебя в руках — ты рисуешь ее портреты? Или это ваша любовная переписка?»

Она не скрывает своего раздражения. Не очень зная, как себя вести, я делаю круг по комнате, отодвигаю и вновь задвигаю стул. Потом подхожу было к ней, но Эльза отстраняется и садится за стол.

«Хорошо, — говорит она равнодушнейшим тоном, — расскажи, если хочешь. Должны же мы продвигаться как-то с этой нашей таблицей», — и поджимает губы, почти как Нестор.

Я усаживаюсь напротив и — как-то стыдливо, скомканно — рассказываю ей всю историю. Эльза серьезно смотрит мне в лицо. Когда я заканчиваю — совсем уже сбивчиво, несмотря на торжественную развязку – она вздыхает и произносит: «А ты к тому же был ее первый мужчина… Наверное, она вела себя глупо и стеснялась всего на свете. Нет ничего скучнее девственниц, я знаю по себе. В любом случае эта твоя Тина никак не связана со мной и моим прошлым. Мы топчемся на месте – как всегда!»

Она встает, отходит к окну и говорит, кивая на заоконный городской пейзаж: «Дурная картинка. Я хотела поставить что-то получше, но у меня не вышло. Вообще, день начался плохо… Кстати, тебе не кажется странным, что даже здесь, где только ты и я, тебе нужен кто-то другой, чтобы вспомнить эти твои вихри? Я гожусь лишь на то, чтобы жарить тебе яичницу!»

Отчего-то у меня сжимается сердце. Эльза продолжает, пробуя улыбнуться: «Яичница – это тоже немало; по крайней мере, в этом у меня нет соперниц. И знаешь, мне кажется, у меня получается лучше и лучше – ты не находишь?»

Я цепляюсь за ее слова, как за спасательный круг. Посмеиваюсь чуть натужно, киваю: «Должен признать, в той жизни мне никто не готовил таких завтраков. – И добавляю: – Что же касается Тины, тут все сложнее, ревновать нет смысла. Видишь ли, она была способна ощутить физически все то, что я описывал уравнениями на бумаге. Ощутить и осознать ощущение – я и сам, глядя на нее, будто чувствовал, что наши Объекты Б здесь, рядом».

«Думаю, – говорит Эльза, – все дело в том, что ты мог физически ощущать *ее*. Все же это так обидно – тело, которое лишь дразнит!»

«Думаю, – говорю я ей в тон, – все дело в том, что присутствие Тины не давало мне усомниться. В этом главная роль музы – не позволять усомниться!»

Эльза продолжает – упрямо, будто не слыша: «Хорошо, что я себе запретила все попытки сделать тебя моим. Запретила сразу, с первого же дня – чувствовала почему-то, что это до конца не выйдет. А теперь я еще понимаю: если бы даже здесь все было взаправду, если бы мы спали вместе и у тебя голова шла кругом, я все равно проиграла бы ей – той, которая не то что не рядом, а вообще в какой-то другой жизни. Проиграла бы по всем статьям – у меня просто не было шанса!»

После мы молчим. Я ем яичницу – в самом деле очень вкусную – а Эльза маленькими глотками пьет свой кофе. Позавтракав, я встаю, убираю посуду в раковину и беру чистый лист.

«Вот смотри», – говорю я, рисую голову человека и нечто неопределенное вокруг.

«Ну конечно, – хмыкает Эльза. – Какой-то святоша с нимбом. Только не говори, что ты нарисовал себя!»

Я продолжаю: «Это не нимб, представь – наш трехмерный мир и расширенное пространство. Представь его над и под листом…»

«Некоторые мужчины, – вздыхает Эльза, – не понимают с первого раза. Напрасно стараешься, это не мое. Мой круг восприятия лимитирован очень жестко».

Я удивляюсь, совершенно искренне: «Неужели ты действительно не хочешь про это слышать? Неужели тебе не интересно знать, как и где сохраняется твоя память? Твой бывший опыт для всех будущих жизней – их, кстати, может оказаться много. Они могут оказаться длинны – и ты не интересуешься, в чем их смысл?»

Эльза морщится: «Подумаешь, откровение. Я всегда подозревала: что-то такое есть – то, что случилось раз, обязано повториться. Мало что кончается с первым опытом – который, кстати, часто выходит скомкан… Что же касается смысла, типа зачем и как, мне вообще не важно, мне важней результат. Так же, как, думаю, и всем прочим».

«Да, – соглашаюсь я, чувствуя себя уязвленным. – Да, потому-то так легко продать незамысловатую концепцию бога. Она проста для восприятия, куда проще многомерных пространств и квантовых полей. А *результат*, в общем, один и тот же. Стоит ли удивляться, что в моей первой жизни у теорфизиков были такие маленькие зарплаты…»

Эльза не улыбается моей шутке. «Если это замаскированный упрек, – говорит она, – то зря – как ты помнишь, у меня был свой способ попасть на небо. Пусть он так же незамысловат, но, по крайней мере, я выбрала его сама, а в церкви мне вообще не нравилось, там было скучно».

«Да», – киваю я и смотрю на нашу скатерть. *Good girls go to heaven…* – вьется из-под моей тарелки.

«Да! – повторяет она за мной и продолжает: – Вот, кстати: может ты хочешь, чтобы я вышила тут какое-то из твоих уравнений? Это будет еще один мой вклад – кроме яичницы, я имею в виду. Или хотя бы очень умное слово – я помню одно: лагранжиан… А рядом можно добавить твое имя – кто-нибудь когда-нибудь вышивал твое имя?»

В ее голосе – нарочитый холод, сосредоточенность на своей обиде. Я лишь развожу руками.

Потом, вдобавок, она отказывается гулять. Сидит с рукоделием на диване, не поднимая головы. Я смотрю в окно, меняю в нем виды – один, другой, третий. Сажусь за стол, маюсь без дела, рисуя какие-то значки вместо формул. А затем, неожиданно для себя, подхожу к раковине и перемываю посуду с полки, без того сверкающую чистотой. Это успокаивает меня, и к вечерней сессии ко мне возвращается часть былой приподнятости. В конце концов, говорю я себе, именно разговор с Нестором является главным событием дня, а вовсе не размолвки с Эльзой.

Мой бывший советник, а теперь лишь «друг», появляется на экране ровно в пять. «Приготовьтесь, – говорю я ему, – сейчас и вы услышите ‘кое-что забавное’. Например, что такое Объект Б – в самом строгом математическом смысле».

Нестор ощутимо напрягается. «Вы как-то слишком просто одеты, – пытается он шутить. – Я бы ожидал по меньшей мере смокинга…» Потом трет висок, бормочет что-то еще в том же духе, но меня не задевают его подначки. Я преисполнен уверенности и спокойствия – и рассказываю ему по порядку, от «а» до «я»: про идею о разделении миров и как я пришел к ней с помощью Тины, про шестнадцать размерностей и новое квантовое число, про консионное поле, пронизывающее вселенную, и его завихрение у источника возмущения. Говорю о волнах солитонного типа – Объектах Б, формирующихся вокруг мозга, достигшего определенной зрелости. А затем – без всяких драматических пауз – о главной интриге: почему мою теорию оказалось так трудно воспроизвести. О внезапном скачке в сторону, об ином формализме, о топологическом заряде и деформациях пространства-поля. И о преобразовании, что открылось мне в пьяном угаре после ссоры с Тиной и очередного напоминания о смерти.

«Вот вся математика, – говорю я и выкладываю листы с формулами на стол. – Вот они, перед вами, Объекты Б, – добавляю чуть пафосно, не удержавшись. – Содержимое памяти записывается в них в течение жизни мозга. Вероятно, записывается не все. Допускаю, что воспоминания, идеи, мысли, к каковым наш мозг возвращается вновь и вновь, сохраняются с большей вероятностью, чем прочие. Также можно предположить, что особый шанс получают те продукты мышления, над которыми производится некоторая работа – когда их, к примеру, переформулируют несколько раз, чтобы озвучить в оптимальном виде. Работа мысли или над мыслью – это гарантия своего рода, что мысль не забудется, не пропадет, причем не только в конкретной жизни. Кстати, думаю, что для самой жизни, для физического тела, сам процесс обмена с консионным вихрем может быть неприятен или даже, в особых случаях, небезопасен. Это я, конечно, фантазирую, но тем не менее: могу представить сердцебиение и головные боли, скачки давления – до экстремальных величин...»

Нестор хмыкает: «Ну, это уже лирика... – И интересуется: – Так вы закончили?»

«Не совсем, – отвечаю я, – есть кое-что еще», – и кладу на стол последние три листа. На них в формальном, строгом виде – то самое следствие, апофеоз моей теории и, быть может, ее главнейшая суть. Шаг за шагом, уравнение за уравнением – путь к этой сути, к фазовым переходам, которые Объект способен претерпевать, не разрушаясь, сохраняя внутреннюю динамику.

Я говорю: «Возможно, и это фантазии, но от них никуда не деться. Они сами просятся на язык...» – и делюсь с ним тем же, о чем рассказывал Тине ночью: как консионный вихрь, отделившись от мозга, что его создал, продолжает нести в себе изощренные «па», оставляя неизменной всю их сложнейшую картину. Как он мчится со своим содержимым куда-то прочь – долго, долго, может быть вечно...

Нестор молчит. Тогда я выражаю благодарность ему лично, подчеркивая его помощь. Отмечаю связь основных положений моей теории с тем, что он приоткрывал мне – пусть скупо – с первых моих дней на Карантине. Я говорю и про метабрану, и про намеки на консионное поле, и про нередкие, хоть и не вполне связные, упоминания Объектов Б. Все это тоже, наверное, подталкивало меня в правильном направлении, задавало нужный тон. Пусть мне кажется, что он, Нестор, мог бы быть пооткровеннее, пооткрытее, но тем не менее результат получен, а для скрытности у него могли быть свои причины.

Проговорив это, я смотрю на своего «друга». Тот кивает – мол, принято к сведению – но по-прежнему не произносит ни слова. Что ж, его право; я складываю листки в аккуратную стопку и заявляю: «Позвольте подытожить!» И, наскоро, прохожусь еще раз по главным вехам, самым важным аспектам.

«Квантовый механизм! – восклицаю я. – Он играет принципиальную роль. Квазичастицы, что способны взаимодействовать с консионным полем, 'видны', лишь если спуститься на уровень атомов и самых мелких молекул. На уровень квантов – к специфичным эффектам, которым в классической физике нет места».

«Уникальность структуры мозга, – продолжаю, – ее невероятная сложность! Плотная упаковка в водной среде огромного количества связанных между собой нейронов. Она нетривиальна, в ее основе – фрактальный принцип, самоподобие в разных масштабах. И масштабы сближаются, границы между ними стираются – так соприкасаются микро и макро. Наш мозг – это *макроскопически-квантовая* система, простите мне такое сочетание слов».

«И наконец, – я еще повышаю голос, – наконец главное: динамический характер памяти! Тот удивительный для многих факт, что воспоминания являют собой не статические записи, а варианты движения от состояния к состоянию, определенные динамические режимы. Статика не живет, она мертва, лишь динамика имеет шанс – на перерождение, возрождение. Если бы память хранилась в виде отпечатков в сетях нейронов, она – неминуемо, навсегда – умирала бы вместе с мозгом!»

Тут Нестор прерывает меня: «Ну понятно, понятно. Что вы мне разжевываете, будто я девочка-институтка...»

Он раздосадован – без всяких на то причин. Я обиженно замолкаю. Нестор отворачивается и говорит в сторону: «Что ж, поздравляю. Это, бесспорно, достижение, свершение в своем роде».

Его поведение мне странно. Я, признаться, ждал совсем другого. Ну а Нестор вздергивает подбородок и добавляет: «Если, конечно, все это окажется верно. Как мы помним, у вас есть опыт выдавания желаемого за действительное!»

Я, по-видимому, изменяюсь в лице. «Ладно, ладно, – бормочет он, примирительно поднимая ладонь. – Дело прошлое, занесено пылью, почти уже забыто за давностью лет. Но в вашем личном Объекте Б записано наверняка... Шучу. Почему-то мне кажется, что в данном случае придраться будет не к чему. Слово за экспертами – я передам по инстанциям. Ну и – я рад, что вы прожили тут такие яркие моменты. Испытали все это вновь – восторг открытия, смелость идеи, торжество мысли...»

«Почему вы так язвительны, Нестор?» – интересуюсь я.

«Торжество...» – повторяет тот, задумывается ненадолго, потом вдруг щелкает пальцами у себя перед носом, словно пытаясь прогнать наваждение, и заявляет: «А теперь о другом. О насущном – от торжества к будням. К поиску точки пересечения воспоминаний с вашей очаровательной соседкой. Этого никто не отменял, будь вы хоть тысячу раз особая персона. Перед лицом обязанностей все равны...» – и он долго выговаривает мне, как школьнику. При этом мне кажется, что его мысли бродят где-то далеко отсюда.

Как бы то ни было, я ошарашен – несвоевременностью нотации, ее тоном. Моя уверенность улетучивается, за ней и спокойствие. Я показываю всем видом, что недоволен, что разобижен, в конце концов. Нестор смотрит на меня внимательно-отстраненно, будто ожидая каких-то слов. Но сказать мне нечего, и он пожимает плечами: «Ну вот, все. Или вы хотите, чтобы я вернулся к началу, разделил с вами эти ваши восторги? Поучаствовал бы в пиршестве вашей мысли?»

Я не удостаиваю его ответом. Нестор откашливается и говорит: «Вот еще о восторгах. Вы не задумывались, что сам факт вашего пребывания *здесь* подразумевает, что в истории *там* не все вышло гладко? Карантин – не место для эйфории. И у прошлых историй, как правило, не бывает хорошего конца».

На этом он исчезает. Я откидываю спинку кресла, закрываю глаза, но долго лежу без сна. Почему-то вспоминаю свой первый день после «пробуждения» и ощущаю то же, что и тогда. Безысходное одиночество, чужеродность и чуждость; Нестор, Эльза – им все равно. Их былое неравнодушие – лишь иллюзия, что развеивается в один миг. Никакая близость не возможна без общей цели – такой, где у каждого свой интерес. Прописная истина, но она всякий раз ранит...

И я думаю о Тине – с горечью, с невообразимой тоской. Представляю, что было с нами после тех горячечных дней, как сложились наши жизни. Мои сны пока что молчат об этом – долго ли мы оставались вместе или скоро расстались? Родились ли у нас дети? Ушла ли она от меня или, может, я ее бросил, разочаровавшись в чем-то? Каков он выдался, финал нашей истории, который, по словам Нестора, редко бывает счастливым? Надеюсь все же, что перед плохим концом произошло еще много хорошего. И что все пришло к завершению без надрыва, само собой, ни по чьей вине...

Я лежу и размышляю об этом и вдруг осознаю с предельной четкостью: вот оно, разделение миров. Место Карантина предстает наконец таким, каково на самом деле есть – малой, тесной окрестностью, будто сжатой со всех сторон. И ему в противовес – все, что вне... Так же было и в земной жизни – наше с Тиной общее пространство не имело границ. Ну а мир друг без друга – в нем было не повернуться. Не зря она говорила: «Здесь так тесно!»

Я ворочаюсь час, другой, сокрушенно вздыхая. Хочется изгнать из головы все мысли – навсегда. Размышлять больше не о чем – мне кажется, я достиг понимания всего, что бывает. Я познал все, что можно – отчаяние, поражение, восторг свершения, истинную близость...

«Танец консионов», – произношу я вслух, усмехаясь своему шепоту. Потом наконец проваливаюсь куда-то, мои сновидения бессвязны. С целлулоида кинопленки будто смыли половину кадров. Образы и лица снуют от пустоты к пустоте – и так проходит вся ночь.

Глава 24

На другой день Нестор отменяет полуденную сессию, а на вечернюю опаздывает почти на десять минут. Объявившись, он сухо кивает и так же сухо говорит: «Поздравляю. Судя по всему, ваши вычисления верны. Преобразование, вводящее в систему топологический заряд, действительно все меняет. Открывает двери, сбрасывает вуали… Так, по крайней мере, утверждают наши эксперты. Они сейчас перевозбуждены и склонны к преувеличениям».

Он серьезен и хмур. Я бы даже сказал, что он будто небрит и имеет вид человека, проведшего трудную, возможно пьяную ночь. У него на лице мне чудится тень пережитого сожаления о чем-то несостоявшемся. Словно он потерял надежду, устал бороться и махнул рукой.

Конечно, это лишь мой вымысел, но я могу позволить себе пофантазировать слегка. Я только что сделал большую вещь – теперь я могу позволить себе многое. Например, какую-нибудь шутку – и только я собираюсь сострить по поводу его облика, как он вдруг добавляет: «И кстати: меня, наверное, скоро от вас переведут. Вы и вся ситуация с вами превысили уровень моей компетенции. Правда, вопрос о моей замене пока не решен. Некоторые решения вообще даются трудно…»

Это неожиданная новость. Я не знаю, как к ней относиться, лишь понимаю, что острить мне больше не хочется. Нестор же продолжает: «Впрочем, к этому мы вернемся позже, а пока – пока я еще работаю с вами и мой список задач никем не отменен. И даже расширен, мне теперь надлежит... – Он смотрит вниз и цитирует с кривой усмешкой: – Надлежит ввести вас в курс дела в рамках той же тематики, но расширив кругозор. Говоря проще, мне предложено рассказать вам кое о чем – о вещах, что так и находятся в пределах моего уровня, в чем моя компетенция, слава богу, пока не оспаривается. Это касается космологии – и отмечу: ваша гипотеза о шестнадцати измерениях совпадает с нашим пониманием мира, хотя все ее подтверждения весьма косвенны. Более того, другие – возможные – количества измерений из вашего ряда также соответствуют нашей самой признанной космологической модели...»

Меня вдруг осеняет. Я, не слишком вежливо, прерываю его: «Ну конечно! Я только сейчас понял – вы, Нестор... Признайтесь, вы случайно не космолог?»

Нестор тут же обижается, будто он только и ждал повода для обиды. «Не понимаю, какое это имеет значение, – бормочет он, надув губы. – Да, я *бывший* космолог; да, у меня не получилось, но посмотрим, что получится у вас – и как. Вы всегда были везунчиком, Тео – даже тычась наугад, наталкивались на идеи, всякий раз выбираясь из тупиков. Интересно, на сколько жизней хватит вашего везения, отмеренной вам удачи».

«Вы желаете мне невзгод и бедствий?» – интересуюсь я.

«Что вы, что вы, – Нестор машет рукой и делает невинное лицо. – Как вы могли подумать? Мы ж почти коллеги, я бы никогда... Просто мне интересно, как вы справитесь со всем этим. Я имею в виду вашу гордость собой, вашу склонность ощущать себя на пьедестале...»

Он глядит на меня в упор, потом ухмыляется и произносит язвительно: «Полагаю, вы всегда мечтали, чтобы вам поставили памятник при жизни?»

«Да, – отвечаю я ему в тон, – и кстати, Эльза хочет вышить на нашей скатерти мое имя».

«Да ну? – Нестор качает головой и вдруг говорит с неподдельной, искренней горечью: – Ну вот видите!»

Потом он что-то перебирает там, у себя, я терпеливо жду. Проходит минута, за ней другая. «Что ж, – наконец вздыхает Нестор, – разрешите продолжить? Про космологию – если вы удовлетворили ваш внезапный интерес к моей карьере. Подытожим для начала – пересказав основные тезисы 'теории Тео', как они видятся в нашем мире. Я просил бы вас подтвердить – все так? Проследить, что я ничего не напутал и не переврал, ненароком преуменьшив… Я бы вам посоветовал отмечать кое-что – можете даже ставить галочки, я не обижусь. Не подумаю, что вы копируете меня – этак, знаете, с некоторой издевкой».

Да, сегодня с ним трудно. Я молча беру карандаш и чистый лист бумаги.

«Первое, – говорит Нестор. – Мы считаем, подобно вам, что сознание есть не что иное, как результат взаимодействия с внешним полем. Мы – благодаря вам, из уважения к вам – используем введенный вами термин, называя это поле консионным. Ставьте галочку – тут нам не о чем спорить. Консионы, по-видимому, эмитируются метабраной и распространяются через весь космос – с этим вы пока не знакомы, так что можете ничего не ставить. Ну и: нам известны лишь два примера взаимодействия консионов с чем-либо. В обоих случаях это сложнейшая структура, макроскопическая, как вы выразились, квантовая система. Назовем ее 'мозг', имея в виду и ваш, земной, и наш, здешний».

«Далее, – продолжает он, – агентами взаимодействия являются частицы-волны специального типа, возникающие в мозге при выполнении ряда условий. Тут будьте поосторожнее с галочками, слушайте внимательно, с этим не все просто. По вашей теории, человеческий мозг становится 'годен' к взаимодействию не сразу. Он должен развиться, достичь некой зрелости, лишь тогда в нем может происходить специфическое упорядочение – нарушение симметрии, которое вы назвали фрактальным. Это квантовый эффект, и теория поля требует появления квазичастиц-бозонов, поддерживающих фрактальный порядок – именно они и взаимодействуют с консионами, в результате чего вокруг мозга формируется консионный вихрь. Вы назвали его 'Объект Б'

– ставьте галочку пожирнее: мы в него верим и называем его так же с вашей легкой руки. Мы относимся к нему трепетно – а как иначе? Ведь он в некотором смысле копирует нашу личность. Его динамика отражает совокупность квантовых колебаний, кодирующих нашу память – и, таким образом, в него постепенно 'переписываются' воспоминания и мысли, от предметных образов до абстракций и ассоциаций. Однако тут же, рядом с галочкой, поставьте-ка знак вопроса, не менее жирный – есть нюансы. Вы были правы не до конца, но не расстраивайтесь: в вашей неправоте – благо! И потом, никто не бывает прав без исключений, во всем, всегда...»

В его голосе – скрытая надменность. Надменность космолога, замечаю я про себя. И послушно рисую вопросительный знак – так, чтобы он видел – а рядом другой и третий, просто из озорства, ему назло.

Нестор хмыкает: «Не перестарайтесь. И сосредоточьтесь: вы утверждали, что, когда условия взаимодействия пропадают – к примеру, мозг умирает – для Объекта Б это не является концом всего. Он не разрушается, не обращается в ничто – напротив, он в некотором смысле взрослеет и мужает. Переходит в другое состояние и живет своей жизнью, путешествуя в пространстве, пока не найдет, фантазировали вы, нечто подходящее, иную структуру, за которую сможет 'уцепиться'... Ставьте галочку – ваши фантазии в данном случае совпали с реальностью. Есть пример такой структуры – наш здешний 'мозг'. Можете добавить еще и восклицательный знак – ура! Человеческое сознание возрождается в ином естестве. Пережитые опыты сохраняются в консионном вихре; личность не умирает, она вновь обретает тело и живет в этом теле, обогащаясь и развиваясь. Более того, есть основания полагать, что после здешней смерти вся история повторяется. Объект Б претерпевает очередной фазовый переход, вновь находит что-то подходящее для взаимодействия – и так далее. Вы сделали наброски, показывающие, что фазовых состояний у Объекта может быть много – ставьте галочки и восклицательные знаки. Ну а рядом – да, нарисуйте-ка еще знак вопроса, даже и не один. Потому что здесь тоже есть момент, который вы совершенно неправильно себе представляли!»

Он кивает со снисходительной гримасой. Потом добавляет: «И отметим тут же, я был несколько небрежен в формулировках. Говоря, что Объект Б 'живет', я лукавил: сам по себе Объект не способен жить, хотя и может существовать, не разрушаясь, бесконечно долго. Жизнь – это всегда развитие, обмен с внешней средой, для жизни нужно тело. Именно оно 'добывает' информацию извне, а мозг, как посредник, транслирует ее Объекту Б. Ставьте галочку – вы про это упоминали. И давайте подведем итог: все вместе формирует связную концепцию, каковая, безусловно, является выдающимся научным открытием, подтвержденным к тому же на практике. Повторюсь: возрождение земных сознаний в нашем мире – никакая не теория, а наглядный факт. Потому разрешите вас еще раз поздравить... – и он несколько раз сводит и разводит ладони, видимо имитируя аплодисменты. После чего говорит: – А теперь перейдем от дифирамбов к конструктивной критике. К знакам вопроса, которыми пестрит ваш листок – не зря вы наставили их так много. Чувствовали, не иначе, что ваш взгляд на вещи был безнадежно узок – и, думаю, остался таковым!»

«Интересно...» – бормочу я и довольно-таки нервно постукиваю карандашом по столу. Почему-то слова Нестора меня задели. Тут же я вспоминаю, как совсем недавно чувствовал себя разобравшимся в тайнах мира, познавшим все, что только можно, и это задевает меня еще более. «Надо же, узок», – повторяю я за ним, и Нестор утвердительно кивает.

«Да, узок, и не щурьтесь на меня так сердито, – он грозит мне пальцем. – Вы – и ваша Тина в придачу – рассматривали всю концепцию консионов с очень прикладной точки зрения. Ах, мое сознание... Ах, моя память... Ах, мой страх смерти... Это взгляд одиночек, привыкших спасаться поодиночке. Взгляд отчаявшихся, закоренелых мизантропов!»

Я ухмыляюсь через силу – мол, ценю ваше красноречие, но Нестор серьезен. Он продолжает: «Или же вы суетились около того факта, что человек оставляет след в мироздании, как след ноги на свежем бетоне. Будто ваш земной человек – это нечто особое, предел эволюции. Местечковый взгляд, и на большее вас, увы, не хватило. Потому-то вы удивлялись, что я не был уж так возбужден, когда вы выдали мне этот ваш секрет, это преобразование, открывающее путь. Вы даже и не хотели думать, что отдельно взятый Объект Б – лишь частность в большой картине. Что кое-кто видит эту картину лучше вас... Да, есть такие, кто пытается охватить мыслью нечто большее, чем индивидуальные судьбы, размышляет не о том, как бы наследить во вселенных, а о них, вселенных как таковых. Пусть за это никто их не жалует – да, пусть. Можно было бы ожидать, что они тоже сделаются социопатами и латентными мизантропами, но у некоторых хватает воли таковыми не стать... Впрочем, ладно – не будем о грустном. Обратимся к сути: она в том, что у ваших Объектов могут быть куда более глобальные роль и смысл. Не волнуйтесь, я не пытаюсь принизить сделанное вами. Более того, теперь мы в этот смысл можем проникнуть глубже. Но сначала давайте как следует его обозначим».

Нестор приосанивается, и я чувствую, это не поза. Его уверенность растет на глазах. Что-то меняется неуловимо в его лице, в положении рук – и даже голос, мне кажется, звучит по-другому.

«Итак, вопросительные знаки, – говорит он. – Начнем вот с чего: вы полагали, что взаимодействие по типу эпсилон – так мы его называем здесь – приводящее к возникновению консионных вихрей, это *единственный* вид обмена чем-либо между мозгом и полем консионов. Следовательно, рассуждали вы, мозг должен дозреть, созреть, прежде чем консионное поле его 'заметит'. Помните – усложнение неокортекса, специальная конфигурация нейронов, начальные условия для фрактальной когерентности?.. Если этого нет, то нет и реакции внешнего поля, считали вы – и вот это оказалось не так. Наши математики не смогли без вас добраться до этих ваших Объектов, но получили решения другого типа, более традиционного, кстати говоря. Вы потом посмотрите вычисления, я же пока очерчу грубо: мозг – по крайней мере *наш* 'мозг', который мы изучили досконально – проходит, взрослея, через несколько стадий, качественных скачков сложности. Долгое время в нем действительно не возникает устойчивой фрактальной упорядоченности, но, так сказать, намеки на нее – да, вполне. Мимолетные, нестабильные наброски фрактального порядка – мозг будто примеряется к своей будущей роли. И каждый такой набросок порождает свои квазичастицы – кратким импульсом, который вносит возмущение в поток консионов! Представьте себе камень, брошенный в пруд – так от мозга расходятся консионные волны, и это происходит задолго до того, как мозг обзаводится своим полноценным Объектом. Более того, есть все основания полагать, что и мозг наших предков, живших миллионы лет назад, находившихся на иных, ранних ветвях эволюционного древа, тоже был уже вполне способен 'беспокоить' внешнее поле. И наверняка в вашем земном случае все было примерно так же!»

Я подаюсь вперед, впиваюсь в него взглядом. Нестор замолкает и делает сочувствующее лицо. Разглядывает меня минуту или две и говорит: «Я понимаю, вам грустно. Даже и обидно, но нужно признать: ваша теория – это частный случай. Ваш Объект – лишь частность, пусть и наиважнейшая с точки зрения наших судеб, наших эго, наших личностных устремлений. Что ж, теперь предстоит работа по обобщению, объединению всех решений – как консионных волн, так и их устойчивых вихрей – в одном математическом формализме. Сложная работа, наверняка долгая, но одна вещь ясна уже сейчас. К ней, собственно, я и подводил – уже можно признать, что как ваша, так и наша области пространства 'тревожили' консионное поле задолго до того, как в них появились разумные существа. Они как бы сигналили метабране – мол, здесь скоро будут создаваться структуры, взаимодействие с которыми позволит консионным вихрям формироваться или развиваться дальше. Так глобальное пространство *узнавало заранее* о своих особых точках!»

«Узнавало заранее... – повторяю я, тру ладони, прикладываю их к щекам. Спрашиваю: – Значит ли это?.. – и перебиваю сам себя: – Нет, не значит. Но тем не менее вся картина меняется кардинально... Вы не правы, мне совсем не грустно. Просто все это очень ново!»

«Да-да, – Нестор нетерпеливо машет рукой. – Многое еще

для вас ново. Для меня кстати тоже – кое-чему просто не устаешь удивляться. Вот, к примеру, ваше заблуждение номер два: вы подчеркивали – не иначе, чтобы вас не упрекнули в мистицизме – что встречи Объектов Б с новым мозгом-хозяином происходят случайным образом – если, конечно, происходят вообще. Что каждый Объект мчится сам по себе в непроглядной космической ночи – лелея как бы надежду, что он кому-то нужен… Романтично – об этом можно было бы написать поэму. Жаль, что она вышла бы безмерно грустна – как грустно и ваше рассуждение о случайности. Что ж, вам простительно, вы не космолог, вы даже не поэт, и вообще эта часть вашей теории развита слабо. Можно сказать, не развита совсем, но тут, у нас, к ней отнеслись всерьез. И скоро стало ясно: ваши предположения, к счастью, неверны – иначе новые жизни были бы возможны лишь теоретически, с вероятностью столь малой, что о ней не стоит и говорить. Консионные вихри не нашли бы пригодные для взаимодействия структуры *случайно* – даже на беглый взгляд это кажется странным, а уж если подсчитать… Так что вот: о 'случайно' пришлось забыть и озаботиться поиском закономерности, ибо факт есть факт. Объекты Б перекочевывают из вашего мира в наш, и что-то в этом им помогает. Что бы это могло быть? Ответ напрашивается сам собой – не что иное, как само пространство. Идея смелая, несколько даже безумная, но при этом она вполне очевидна. У нас есть наметки, показывающие ее жизнеспособность. То есть метабрана не только узнает о своих особых точках. Она, по-видимому, *реагирует* на эти известия!»

И опять я смотрю ошарашенно. Потом бормочу: «Неужели что-то как-то влияет на кривизну? Псевдогравитационные неоднородности, энергетические сгустки? Но эффективная масса должна быть огромна, чтобы это было хоть чуть-чуть заметно…»

«Вы, конечно же, мыслите в правильном направлении, – кивает мне Нестор – снисходительно, как студенту. – С эффективной массой, однако, не все так однозначно, и вообще, уравнения Эйнштейна – это тоже частный случай, справедливый лишь для вашего локального мира. На метабране, очевидно, другая физика, пространство-время зависит от разных факторов, и консионное поле – один из них. Может быть, с точки зрения метабраны, создание и усожнение консионных вихрей представляет какую-то энергетическую выгоду. Может, что-то минимизируется таким образом, какой-то глобальный функционал… Нам остается лишь гадать, повторюсь – есть лишь наметки, до связной космологической теории, принимающей во внимание консионное поле, нам, увы, далеко. Но согласитесь, это предположение вполне правдоподобно!»

«Подождите-ка», – прошу я. Придвигаю к себе бумагу, рисую что-то поверх галочек и вопросительных знаков, судорожно пытаясь осознать услышанное. Нестор спокойно, терпеливо ждет. Так проходит около четверти часа.

«Что ж, – я машу рукой. – Пусть так… Признаю, мне пока не под силу охватить все это вместе, сразу. Я подумаю после – и, прошу вас, дайте мне наконец какие-нибудь статьи, книги. Ну и должен сказать: перспектива потрясает неимоверно!»

Нестор разводит руками: «Не могу с вами не согласиться. Трудно даже осознать в полной мере всю глобальность, всю необычность масштаба… Способность к разумной мысли – или даже ее зачатки – через возмущения консионного поля вызывают реакцию безмерного космоса. Заставляют пространство, загадочную метабрану, менять свою геометрию – право же, о подобном более привычно говорить в контексте космических катаклизмов, слияния звезд, образования черных дыр. А тут всего лишь зарождение разума – на каких-то ничтожных пылинках… Вот она, значимость маленького человека, вот она, его роль. Не идет в сравнение с вашим робким упоминанием о каком-то там невнятном следе. И к тому же как приятно сознавать, что мы кому-то не безразличны. Не кому-то, самому мирозданию!»

Трудно сказать, шутит он или нет. Я молчу, но мои губы растягиваются сами собой в какую-то глупую полуулыбку.

«Но не будем слишком высокопарны, – продолжает Нестор, – чтобы не растратить все силы. Приберегите восторги, я вам вскоре кое-что добавлю – про перспективу. А пока…»

Он перебирает что-то внизу, под экраном, затем у него в руках вдруг оказывается продолговатый черный предмет, похожий на мобильный телефон. Он глядит в него, подносит к уху, молча слушает и удовлетворенно кивает.

«А пока мы должны прерваться ненадолго, да и вам, чувствую, нужен отдых. Нужна пауза – я прав? Как это у вас говорили, *bathroom break*[45]... Даже если туалет вам тут и ни к чему, вы все же можете туда заглянуть по привычке. Вернуться, так сказать, к основам...» – и Нестор смеется своим странным смехом. Это определенно шутка – и он ею доволен.

---

45   Поход в туалет (англ.).

Глава 25

Отсмеявшись, Нестор исчезает с экрана, я же действительно иду в ванную – освежиться. Там я долго стою над рукомойником, разглядываю себя в зеркале, плещу в лицо холодной водой. Прислушиваюсь к своим мыслям – в них какая-то математика, тени формул. Полустертые образы уравнений, руины тождеств. Они не способны ничего прояснить – впрочем, было бы наивно ожидать иного.

«Ничего, ничего, – произношу я вслух, – все впереди». Затем возвращаюсь в спальню – Нестора еще нет, но экран не пуст. Там появилось изображение – на первый взгляд оно кажется мне абстракцией, месивом форм и красок. Понемногу, однако, я различаю что-то осмысленное – множество разноцветных нитей, спутанных вместе, как в клубке пряжи. Это знакомо – и мне, и даже Эльзе – но теперь картинка не статична, она приходит в движение. Присмотревшись, я понимаю, что в нем есть согласованность, изощренный порядок. Разные участки разных нитей то приближаются друг к другу, то разбегаются прочь. Время от времени на каких-то из них появляются яркие светящиеся точки, а вокруг некоторых из точек возникают палевые ореолы, как вспышки света в тумане. Точки горят недолго, они исчезают, но ореолы, окружающие их, остаются. Они слегка вытягиваются, как кометные хвосты, и плывут куда-то – похоже, к другим светящимся точкам на других нитях, которые в свою очередь устремляются ореолам навстречу...

От экрана невозможно оторвать взгляд. Я смотрю, будто завороженный, а потом раздается голос Нестора, размеренный, чуть торжественный: «Представьте себе метабрану и в ней – сплетение нитей, скопление локальных вселенных. Все они постоянно меняют форму – в том числе и потому, что метабрана меняет свою кривизну. Точки, которые загораются и гаснут – это сполохи разумной жизни, той, что способна взаимодействовать с консионным полем. Ну а ореолы – не что иное, как совокупности вихрей этого поля, Объектов Б. Думаю, вы уже догадались по моему намеку, по моей критике ваших предположений: да, Объекты путешествуют в пространстве отнюдь не независимо друг от друга. Не мечутся в космосе поодиночке, не летят каждый в свою сторону, наугад. Они объединены в коллектив, в систему – именно это позволяет нашим жизням массово 'перетекать' из одного мира в другой. И главное – то, о чем мы говорили: ореолы и точки постоянно ищут друг друга, порываются сблизиться, пересечься. По властному велению метабраны!»

Потом и сам Нестор появляется на экране. Картинка отодвигается в правый верхний угол. «Ну, как вам наглядное пособие? – спрашивает он. И добавляет с показной скромностью: – Это, признаться, моя собственная работа».

Я вижу, ему хочется, чтобы его похвалили, и говорю вполне искренне: «Блестяще. Я впечатлен!»

«Бросьте, бросьте... – Нестор машет рукой и продолжает: – Что же касается ореолов – то, конечно, мы уверены в существовании лишь одного из них. Но по-моему нельзя не предположить, что их много – может быть, очень много. И возможно, с точки зрения метабраны, им энергетически выгодно сближаться друг с другом. Может даже сливаться вместе, формируя супер-ореол – если хотите, абстрактный образ супер-разума, супермозга!..»

Он еще преобразился – у него горят глаза, он будто раздался в плечах, раздвинув рамки экрана. Передо мной другой человек – совсем не похожий на обидчивого типа в начале сессии. Это, конечно, лишь иллюзия, однако я видел подобные перемены. Вспомнить хоть Кирилла – но, конечно, между ними нет ничего общего. И вообще, это было в другой жизни.

«Ну да ладно, – Нестор поднимает ладонь, будто притормаживая себя. – Образ супермозга – это лишь предположение, одна из гипотез, которую мы вряд ли скоро сможем проверить. Да, одна из – и не скрою: надо мной смеялись. Скажу больше: надо мной смеялась моя семья. Вам это знакомо, над вами потешались тоже, когда вы впервые в своей карьере заикнулись о полях и силах, пришедших из других пространств. Помните – в эпоху вашей неравной схватки с бозоном Хиггса? Так что еще неясно, кто будет смеяться последним, но мы сейчас не об этом, мы о перспективах, которые ближе. О тех, что я вам обещал – и они связаны с единственным известным нам 'ореолом'. Мы, кстати, называем его *Облаком* – Облаком Объектов Б».

Нестор замолкает и бросает на меня внимательный, строгий взгляд. Потом, как обычно, склоняет голову набок и произносит, несколько даже сочувственно: «Приготовьтесь. Возьмите, к примеру, еще бумаги – вам наверняка захочется записать мысли. Но особо не напрягайтесь: в ваших мыслях будет сумбур. Да, сумбур и разброд – а как иначе?»

Я послушно беру карандаш, придвигаю к себе чистый лист. «Облако! – восклицает Нестор и вновь делает паузу, трет лицо. Потом сообщает мне доверительно: – Облако загадочно, его загадки по-настоящему нетривиальны...» – и смотрит вниз, в свои бумаги.

Мне хочется его поторопить, подтолкнуть, я почти ерзаю в своем кресле.

«Одна из загадок и вовсе выходит из ряда вон, – продолжает Нестор. – Видите ли, 'союз' Объектов неоднороден. Структурирован сложным образом – и притом у нас есть основания полагать... Есть уверенность, подкрепленная научно... – он поднимает на меня глаза и заявляет: – Мы уверены в том, что Объекты в Облаке взаимодействуют друг с другом!»

Наступает тишина. Потом я взмахиваю руками: «Погодите, погодите, я об этом думал. Я пытался исследовать, пусть лишь в теории... Да, мне приходила такая мысль, но, по моим расчетам, даже если два мозга находятся рядом, близко, их Объекты Б не интерферируют – вы хотите сказать, что и здесь я был неправ, что это не так?»

«Так! – веско говорит Нестор. – Так и *не так*. Никто не утверждает, что, сблизившись головами с кем-то, вы нечаянно залезете в его Объект. Ваш мозг всегда 'общается' лишь с одним единственным консионным вихрем – но вот сами эти вихри, независимо от мозга-хозяина...»

«Э-э... Шутите?» – произношу я, прекрасно понимая, что он не шутит.

Нестор лишь пожимает плечами. Потом продолжает: «Начну издалека. Когда-то одно из Облаков сблизилось с нашей 'особой точкой', с тем самым миром, где сейчас находимся мы с вами. Очевидно, оно было создано вашей разумной жизнью – или, по крайней мере, взаимодействовало с ней – поскольку тут, у нас, стали рождаться индивидуумы с земным прошлым. Вначале им приходилось несладко – представьте вдруг прозревающих одиночек, на которых наваливаются реалистичнейшие воспоминания. Что им думать, как и с кем делиться? Случалось всякое, но, постепенно, мы перестали отворачиваться от фактов и начали уяснять, что же такое происходит. Концепция возрождения с сохранением памяти и субъективных свойств и черт сознания была сформулирована и принята официально. Теперь к вновь прибывшим относятся гуманно: Карантин – это, без преувеличения, идеальный способ подготовки к новым реалиям. Это наиважнейший шаг – без него возродившиеся надолго бы остались в состоянии слепоты и запутанности, весьма похожем на то, в котором они прожили свою первую жизнь. Впрочем, и у нас запутанности хватало, и была своя история познания, довольно своеобразная, надо сказать, но при том все развивалось куда динамичнее, чем в вашем случае – прошлый коллективный опыт брал свое. И конечно же, основные усилия в этом самом познании были посвящены главнейшему – собственно возрождению и механизмам, что, вопреки масштабам расстояний и времен, делают его возможным».

Нестор трогает переносицу, будто поправляет воображаемое пенсне, и усмехается: «Отмечу кстати. Уже известно, что наш здешний 'мозг' может играть двоякую роль в отношении консионных вихрей. Он способен как 'прикреплять' к себе уже существующие, пришедшие от вас, так и создавать новые, в которых о прежней жизни ничего не 'записано'. Многие из рождающихся в нашем мире так и не вспоминают ни о чем земном. Очевидно, в Облаке могут сосуществовать Объекты разной степени зрелости – возможно, некоторые из рождавшихся у вас на Земле тоже, знаете ли, 'подключались' к уже существующим Объектам Б, несущим какой-то предыдущий опыт. Быть может, их мучили воспоминания о непонятном, необъяснимом прошлом, и их не пестовали, как здесь – с ними, полагаю, беспощадно боролись. Ваше общество вообще легко навешивало ярлыки – ярлык безумия например…»

Он замолкает и смотрит на меня, будто ждет, что я вступлюсь за свой бывший мир. Потом говорит значительно: «Но речь не о прошлом. Речь о нашем социуме – тут, у нас, воспоминания дотошнейше изучают. Они – как замочная скважина: сквозь нее мы можем заглянуть в потайную жизнь – жизнь наших сознаний, как бы странно это ни звучало. Я, конечно же, имею в виду Облако, подступиться к которому невероятно сложно. Мы не можем забраться внутрь, что-то там выделить, рассмотреть, померить. Нам доступно лишь внешнее – статистика возрождений плюс воспоминания о прежней жизни. И в этом внешнем есть два главных аспекта: хронология и группировка».

Я вскидываюсь на знакомые слова, пытаюсь прервать его – у меня родился вопрос. Очень важный вопрос, кажется мне, но Нестор лишь морщится на мой нетерпеливый жест. «Вот как раз сейчас – не нужно! – говорит он веско. – Как раз сейчас вам лучше послушать. Замерев, не перебивая, даже не ерзая, как за партой. Хотя первая часть весьма скучна…»

Я послушно замираю. «Скучна хронология, – поясняет Нестор. – Многого о ней не скажешь. Все вполне логично: вновь прибывшие объявляются здесь приблизительно в той же последовательности, в которой они покинули свою первую жизнь. Именно поэтому

Облако на моей картинке чем-то напоминает хвост кометы – по-видимому, оно имеет вытянутую форму и более ранние Объекты располагаются ближе к его голове. Бывают исключения: порой даже те, кто умер на сотню лет раньше, могут возродиться позднее, но такие расхождения редки и относительно невелики – не превышают ста пятидесяти лет. Те, кто ушел из вашего мира в промежутке пятнадцати-двадцати лет относительно один другого, могут прибыть к нам в любом порядке – раньше, позже или одновременно. Тут статистика не показывает ничего значимого – и на этом скучное заканчивается. Потому что значимое в другом… – он делает торжественное лицо и отчеканивает: – Вновь прибывшие рождаются группами. Группами! Как вам такое?»

«Группы? Не совсем понимаю…» – бормочу я.

«Ничего непонятного, – машет рукой Нестор. – Группа есть группа. Если использовать ваши земные термины, то, к примеру, в одном и том же 'госпитале' одного 'города' можно видеть следующее: один день – ноль вновь прибывших; второй – тоже ноль; затем третий – скажем, четырнадцать; за ним один, потом опять никого. И так далее, подобные картины – правило, а не исключение. То же и в масштабах одного 'города': кластеры по сто-двести возрожденных в один день, разделенные почти пустыми неделями. Конкретные числа могут меняться, но само явление безусловно имеет место. Долгое время мы не могли понять, что стоит за всем этим – рождавшиеся в одной группе умирали на Земле в разное время, в разных местах и даже не знали друг о друге. Не было никаких корреляций, сплошной статистический шум, но однажды кто-то выявил интересный факт с совершенно невероятными следствиями!»

Я встреваю нетерпеливо: «То есть какая-то корреляция наблюдается?»

Нестор делает вид, что не замечает вопроса. Он слегка морщится и продолжает, как-то даже неохотно: «Факт таков. Первые жизни вновь прибывших из одной группы пересекаются все же – хотя порой неявно и очень кратко. Яркие эпизоды, переживания, внезапные потрясения одного всегда соотносятся с моментами жизни другого или других. – Он делает паузу и поднимает вверх указательный палец: – Вдумайтесь! До и после пересечения их судьбы независимы: эти люди живут и умирают в разных странах и в разные годы. Но их сознания – закодированные в Объектах Б – возрождаются в нашем мире вместе. Это правило было подвергнуто тщательнейшей проверке, и мы уверены: из него почти не бывает исключений. Что это значит? – Нестор вперивается мне в зрачки и медленно, раздельно выговаривает: – Это значит, что Объекты Б внутри Облака 'распознают' друг друга. 'Видят' друг друга, многое друг про друга 'знают'. И перераспределяются, группируются вместе *в зависимости от их внутреннего содержания*, от тех опытов, что в них накоплены!»

Я кладу карандаш на стол – осторожно, беззвучно. В комнате повисает тишина – на несколько долгих минут.

«Смешно, – говорит наконец Нестор без малейшего намека на веселость. – Вижу, вы поверили мне сразу, даже не пытаясь подвергнуть сомнению. А ведь многие не верят – даже те, чей ум куда менее критичен, чем ваш. Многие принимают за выдумку, за детские сказки. Может просто вы так верите *мне*? Я для вас столь авторитетен? Шутка, шутка... Понимаю вас как ученый ученого: мы не можем спорить со статистическим подтверждением. Ну, признайтесь, вы ошеломлены? Хотите еще один *bathroom break*? Не поможет: я, к примеру, тоже ошеломлен – до сих пор. А уж сколько мы тут все размышляли над этим!»

«В зависимости от внутреннего содержания... – повторяю я за ним. – В каких же терминах его определить, содержание? Как его хотя бы назвать? И, даже на беглый взгляд, из этого должно вытекать множество следствий...»

«Безусловно, – кивает Нестор. – Следствия потрясают масштабностью. Опыты первой жизни влияют на начало второй – и не на одно лишь начало. Цифры из 'роддомов' – лишь один из примеров, есть и другие, куда более изощренные. Куда менее очевидные – и вообще неясно, когда и как оно возникает, взаимодействие Объектов Б друг с другом. Может быть, оно имеет место не только когда Объекты освобождены от тел? Может их притяжение-отталкивание проявляется и *во время* жизни – первой, второй, всех прочих? Не это ли является скрытой причиной неожиданных поворотов наших судеб?»

Он усмехается: «Теперь можно фантазировать как угодно, и никто не осудит, не упрекнет в пустомыслии. Любая расхожая 'мудрость', граничащая порой с дремучими предрассудками, играет новыми красками. Как насчет вот этой: испытания даются по силам? Или – желай чего-то изо всех сил, и это обязательно сбудется? Что *теперь* на такое скажет представитель большой науки? А вот что: почему бы и нет? Может, желаемое и впрямь сбывается, в этой ли, в следующей жизни – через стремление вашего Объекта Б к соответствующей перегруппировке, спровоцированной вашими мыслями? Или и вовсе наоборот: что такое вообще желание – может Облако желает за вас? Метабрана желает за вас – ведь перемещение Объектов в Облаке тоже можно интерпретировать как изменение ее геометрии. Бесконечно малое изменение, вы скажете, но как знать, в каких пропорциях многомерные искривления отображаются в пространство-время любой локальной вселенной?.. Так что да: быть может, ваши желания, стремления и прочее – это лишь *следствия* происходящего где-то вне – вне вашего тела, вне вашего мира. Более того, может быть они – вовсе и не стремления, а предвидения, то есть неосознанные расшифровки сигналов о перегруппировке Объектов Б где-то в ближайшей окрестности? И то же можно сказать об опасениях, страхах...

Или вот: как быть с вопросом – вечным вопросом, на котором ломают копья? Есть ли свобода воли, является ли человек хозяином своей жизни – всех своих жизней, сколько бы их ни случилось? Его разум – управляет ли он ими сам? Может и управляет – но не совсем так, как человеку представляется: сам и не сам, вместе со всеми, благодаря всем или вопреки... Легко сказать, что ваши мысли, пусть опосредованно, влияют на вашу собственную судьбу. Но, как выясняется, и не только ваши – вам никогда не казалось, Тео, что вы связаны по рукам и ногам ожиданиями, желаниями, измышлениями всех прочих?..»

«Как же просто на этом сочинить религию, – Нестор качает головой. – И как же трудно докопаться до сути – до настоящей, математической сути! Шагнуть от следствий вглубь, к причинам – какая физика тут работает? Как осуществляется связь судеб, какими формулами ее описать?.. И ведь почти никому не объяснишь, зачем. Зачем причины, когда следствиям верят и без них? Все их чувствуют так или иначе – спроси любого, верит ли он, что *things happen for a reason*? Что вам ответят – ну кроме тех, кто не решится сказать правду?»

И снова мы смотрим друг на друга и молчим. Я вспоминаю Эльзу, ее категоричное – «мне важен лишь результат». Потом откашливаюсь и произношу, с трудом ворочая непослушным языком: «Но, Нестор... Но не кажется ли вам все же, что притягивать Объекты и Облако к объяснению всего, всего – это как-то спекулятивно? Как-то слишком удобно: придумать абстрактные образы и свести все явления к их взаимодействию где-то там, куда не дотянешься ни одним детектором...»

«Ну да, – тут же откликается Нестор. – Оно, конечно, спекулятивно, упрощенно, но я отмечу одну вещь. Объект Б вовсе не придуман, он есть, и кто-то это доказал. Кто же, кто же? Ах да – вы, Тео!»

Теперь моя очередь вертеть головой. Слова совершенно не идут на ум.

«Вообще, – продолжает Нестор, – перевод вопроса о судьбах на иной уровень абстракции, рассмотрение его в терминах Объектов Б, каким-то образом взаимодействующих друг с другом – это совершенно другая игра. Открываются невиданные горизонты, новые возможности прямо-таки стучатся в дверь. Можно пытаться подвести фундамент под очень многое – к примеру, под понятие предназначения, ощущение миссии. Не иначе, где-то внутри Объекта бьется та самая пружина, завод которой никогда не ослабевает – сейчас, благодаря вам, мы можем рассмотреть ее попристальнее. Или можно разложить по полочкам влияние одной жизни на другую – в том числе наших прежних жизней на следующие... Сделать шаг как бы к *математической модели кармы* – в нашем мире никто больше не смеется над словом 'карма'...»

Я моргаю, раз, другой, тру глаза ладонями. Что-то

странно-тревожно звучит в моей голове – струна? Просто мелодия, совокупность звуков? Или тень воспоминания, прозрения, воспоминания о прозрении – глубочайшем, невнятном – о начале понимания тех вещей, что не могут быть поняты до конца. Но к ним можно сделать шаг, потянуться мыслью. Кажется, я его уже делал, тянулся. Кто-то даже подталкивал меня – я почти помню имя, хмурое, обрюзгшее лицо напротив...

Нестор же разглагольствует, не замечая: «Никто не смеется даже над словом 'магия' – теперь от необъяснимого не открестишься так просто. То же касается и всяческих предсказаний: можно коситься презрительно на все эти, говоря по-вашему, карты, руны, хрустальные шары, можно потешаться над шарлатанами, но кто рискнет ткнуть в конкретного шарлатана пальцем и сказать – брехня? Получается, сама жизнь – это магия в некотором роде, так выходит, если копнуть глубже. Она управляется явлениями, которые невероятны, не поддаются здравому смыслу, но и – от них не отмахнуться, они есть. Их существование подтверждает статистика – нельзя отмахнуться от статистики. Представляли ли вы себе, что когда-то магия и статистика будут упоминаться в одном контексте? Работать, так сказать, в одной упряжке?»

Я слушаю его и уже не слышу, мое внимание рассеивается. В голове стучит стаккато: «*Things, things... Reason, reason...*» Почти физически я чувствую, как меняется мое восприятие мира – восприятие *грандиозного* мира. Как меняемся я и Нестор – кажется, он смотрит на меня чуть ли не с нежностью. Наш разговор и впрямь будто отдает чем-то интимным. Слишком тонки материи, чересчур смелы фантазии...

Потом стаккато стихает. Я спрашиваю: «Скажите, почему вы раньше молчали обо всем этом? Мне кажется, мы сэкономили бы столько времени... Может быть, я лишь сейчас верю, что этот мир – и Карантин – взаправду. Уж не знаю, как вам объяснить».

Нестор машет рукой: «Не будьте *слишком* самонадеянны. Вряд ли вам сподручно судить о *времени* – и о становлении вашей веры во все. Время должно было прийти, и следил за ним не я. Это был не мой каприз и вовсе не мой расчет. Я лишь выполняю указания

– да, над развитием вашей личности работают специалисты. Целая группа – вы понимаете, почему. И быть может, скоро вы узнаете, что причин для такого внимания еще больше!»

«Когда же случится это 'скоро'?» – бормочу я.

«Очевидно, когда придет его *время*, – ухмыляется Нестор. – Тут просто невозможно удержаться от тавтологии. Дам лишь одну подсказку: мои галочки в менеджере задач играют важную роль. Вспомните – обязанность, долг соседа…»

«Полагаю, – говорю я задумчиво, – роль соседа связана с тем самым Облаком».

«Несомненно, – кивает Нестор, – и я даже уполномочен разъяснить вам, как именно. Пусть и не в деталях, лишь в самом общем виде. Но – это не сегодня, наш разговор затянулся. Потерпите до завтрашнего утра…» – и он исчезает, не обращая внимания на мой протестующий жест.

Глава 26

Всю ночь мне снится одно и то же – череда символов и чисел в бесконечной бегущей строке. Чем-то это походит на биржевую ленту или на субтитры для страдающих расстройством слуха. Не иначе, подсознание пытается донести до меня истины, к которым я пока глух. Потом все сливается в одну цветную полосу, после ее проглатывает тьма и я просыпаюсь в тревоге. Сердце колотится, мне душно, кажется даже, что меня знобит. Черный океан был вокруг меня – в таком я уже барахтался, не в силах выплыть. С этим как-то вяжется ощущение, которое я испытал в разговоре с Нестором, когда он упомянул карму, магию, что-то еще. Затем я вновь погружаюсь в дремоту. Погружаюсь и вижу, вижу... Нет, увидеть пока не могу. Что-то мешает, обволакивает, слепит.

Я завтракаю один, без Эльзы – она не выходит из своей спальни. Сам делаю себе невкусный бутерброд, запиваю его невкусным чаем. Пробую прикинуть кое-что на бумаге, выписываю пару уравнений. Потом зачеркиваю их и выхожу на улицу – в одиночестве, в неурочный утренний час. Иду быстрым шагом по пустой набережной и думаю, думаю, думаю...

Сдвиги в сознании происходили как-то слишком быстро. Моя математика, моя Тина... Жаркий Бангкок, наша с ней предельная близость, тут же – консионное поле, теория Объектов Б. Как на качелях, от экстрима к экстриму, от одного пласта воспоминаний к другому – а лишь только я добрался до главного, Нестор играючи разорвал масштабы, полностью поменял перспективу. Теперь моя теория – лишь частный случай. То, что я считал глобальным свершением, обратилось одним лишь малым шажком...

Следующая сессия выходит скомканной. Нестор подчеркнуто будничен и сух, его лицо непроницаемо, как маска. Мы будто слегка стыдимся друг друга после совместно пережитого восторга. Как после разгульной ночи, полной стыдных вещей.

Он бубнит монотонно: «Напоминаю – вы и ваша соседка Эльза помещены в один жилой блок в связи с тем, что ваше 'пробуждение' произошло в одном месте и в одно время. Это, по-видимому, означает, что Объекты Б, завихрения консионного поля, в которых 'отпечатались' ваши сознания, сблизились в пространстве, оказались в одной, как мы говорим, группе. Статистические исследования показывают, что группировка Объектов прямым образом связана с их содержимым. Не с параметрами динамики – скоростью, угловым моментом и прочим, а с опытами и событиями ваших земных жизней...»

Я не вижу его рук, но мне кажется, он сидит, вцепившись в подлокотники кресла, как на приеме у зубного врача. Его речь отдает казенщиной, она полностью лишена эмоций. От вчерашнего оживления не осталось и следа.

«Сам факт группировки консионных вихрей чрезвычайно важен, – бормочет Нестор. – Это означает, что их 'сообщество' – то, что мы называем Облаком – не статично и его эволюция не случайна. Это динамическая система, функционирующая по определенным законам; наша цель – понять эти законы. Вихри взаимодействуют, и параметрами взаимодействия являются аспекты людских судеб – можно сказать, это сами судьбы выказывают какую-то взаимосвязь. Очевидно, прежде всего нужно выявить эти параметры-аспекты, распознать, какие же 'особенности' земных жизней заставляют соответствующие Объекты сближаться, собираться вместе – или же удаляться друг от друга, или как-то еще друг на друга влиять. Для этого мы должны описать судьбы на каком-то формальном, логически строгом языке – что, понятно, является очень сложной задачей. Выбрать правильные подходы трудно, но у нас тем не менее есть прогресс, и, не скрою, Карантин – это один из важнейших источников наших данных. Есть разные методики, не буду останавливаться на них подробно. Скажу лишь, что одна из них как раз и связана с таким, простейшим на первый взгляд исследованием: разбивкой вновь прибывших на пары и поиском пересечения воспоминаний».

«Факторное объединение, анализ соответствий... – говорю я негромко. – Что-то я про это читал – психометрия?»

В том, что он излагает, нет ничего неожиданного – все это я уже предположил и сам, размышляя над вчерашним разговором. У меня даже появились идеи, мне очень хочется поделиться ими, но я сдерживаю себя – наверняка они поспешны и незрелы.

Нестор морщится: «Психометрия – это из прошлой жизни. В нашей науке сделаны шаги вперед. Факторный анализ, как вы его понимаете, в данном случае помогает не слишком – но отрадно, конечно, что вы так быстро улавливаете суть! – Он усмехается и добавляет: – Кстати, вашей соседке не повезло, она провела в одиночестве три дня. Обычно так не бывает, но с вами, Тео, возились долго, чтобы сделать ваш файл максимально полным. Уж не знаю, насколько это удалось – кое-что так, по-видимому, и осталось скрытым. Эта ваша Тина, к примеру...»

Я хочу возразить, но, неожиданно для себя, соглашаюсь: «Да, это странно. Тина, моя теория – а что было дальше? Я стою перед многоточием, как перед пазлом. Я застрял на нем, увяз в нем, как в трясине!»

Нестор лишь кивает, у него на лице – старательно подчеркнутая безучастность. Вскоре сессия заканчивается, экран гаснет. С четверть часа я сижу в кресле, размышляя бессвязно, потом вдруг вскакиваю, прохожусь взад-вперед и восклицаю: «Но каково!..» Нет, сегодняшняя сухость Нестора ничуть не умаляет главного. Неожиданного, невероятного, приоткрывшегося мне вчера. Оно живет во мне и будто ждет своего часа – когда я возьмусь за него как следует. Группировка Объектов, связь судеб... Это фокус почище тех, с которыми я имел дело! Я вновь поражаюсь грандиозности всей картины и с этим ощущением выхожу в гостиную – надеясь, что моя соседка тоже там.

Так и есть, Эльза на диване, на своем привычном месте, но в руках у нее не рукоделие, а книга. В последние дни она вообще охладела к вышивке. Я, конечно же, понимаю, что на нашей скатерти никогда не появится ни уравнений, ни моего имени. Это была ее маленькая издевка.

«Представляешь, – говорит Эльза, увидев меня, – тут можно заказывать книжки, как в библиотеке. Я сразу заказала почти десяток – мой Нестор подумал, что я слегка того».

Я отмечаю, что у нее подведены глаза и губы накрашены ярко-красным. Она нечасто пользуется косметикой – сегодня мне чудится в этом какой-то вызов. «Добрый день, – бормочу я, гоня из головы глупые мысли, и интересуюсь: – Что читаешь?»

«Боевичок, – Эльза показывает мне обложку. – Надеюсь, плохие парни всех обдурят. Ну, а что у тебя? Азиатские женщины? Формулы? Нимбы вокруг голов?»

«У меня? – переспрашиваю я, наливая воду в кофеварку. – У меня был важнейший, интереснейший разговор. И я должен признать: Нестор за какие-то два часа перекроил напрочь очень многие мои представления – так бывает нечасто. Смел границы, беспощадно укрупнил масштабы – я под впечатлением до сих пор!»

«Ого, – Эльза откладывает книгу. – Посмотри-ка на меня – ты не заболел? Столько эмоций – на тебя не похоже. Обычно ты такой холодный сухарь!»

Я не обижаюсь на нее, зная, что она не может простить мне Тину. Я даже чувствую свою вину – словно и впрямь что-то предал. Будто не оправдал каких-то там ожиданий – все же ее участие было взаправду. Да и теперь еще она вовсе не так бесчувственна, как хочет казаться.

Эльза подходит, щупает мне лоб – с преувеличенной, комичной заботой. Я пытаюсь обнять ее за талию, но она отстраняется, мне достается лишь запах ее парфюма. Потом мы пьем кофе, она рассказывает незамысловатый сюжет прочитанного. Потом убираем со стола, моем каждый свою чашку и идем гулять.

Сегодня солнечно, но то и дело налетает ветер и море неспокойно. Эльза держит меня под руку, вцепившись крепко, я чувствую ее сильные пальцы. Так мы бредем, изредка кивая знакомым, давно примелькавшимся парам. Едва ли кто-то может подумать, что у нас размолвка.

«Хорошо идти и идти вот так, – говорит Эльза, щурясь на солнце. – Ты в моих руках – и, пусть из одного лишь приличия, не станешь вырываться. Я могу быть занудной, склочной, выговаривать одно и то же тысячи тысяч раз – и ты будешь слушать, это твой крест мужчины. Так и строится воздушный замок, создается фантазия – будто кто-то безраздельно кому-то принадлежит».

Я вдыхаю влажный ветер, он пахнет солью и водорослями. И тончайшей сладостью, кажется мне – но сладость исходит от Эльзы, не от моря.

«Признаюсь кстати, – говорит она. – Я жуткая собственница по своей природе. Как и твоя азиатка – ты, надеюсь, не будешь спорить? В этом-то для нее и был смысл присутствия, которое ты так ценишь. Муза, не муза, общность, не общность... Женский интерес всегда основан лишь на одном – на ощущении собственности. По крайней мере, очень скоро сводится к этому – скатывается на дно параболы, ха-ха-ха...»

Я усмехаюсь с ней вместе, даже и не пытаясь возразить. Эльза еще крепче вцепляется мне в руку.

«Азиатке просто повезло, – заявляет она. – С живым, теплым телом трудно соперничать, как ни крути, хоть и тут, мне кажется, не все однозначно. Я порой думала, что мы с тобой приноровились бы, нам это, может, даже стало бы нравиться – мало ли извращенцев, находящих удовлетворение непонятно в чем? Может и мы оказались бы извращенцами, парочкой сумасшедших – странной такой парочкой...»

И я вновь пытаюсь смеяться, делая вид, что не замечаю некоторого надрыва в ее словах. Потом поворачиваюсь, чтобы спросить о чем-то – мне хочется сменить тему – и вижу, что у Эльзы очень грустное лицо.

«Забавно, – говорит она, – у меня почему-то...»

Налетает порыв ветра, треплет ей волосы. Она замолкает, закусив губу, потом продолжает: «Почему-то у меня никогда не задерживались бойфренды. Даже было смешно, я себе говорила: мол, хорошо ли, плохо ли я отношусь к мужчине, он в любом случае исчезает – скоро и навсегда. А теперь и еще смешнее, пусть ты не бойфренд и не исчез пока. Мне уже понятно: все не важно – гладкая ли у меня кожа, какова я в постели, первая ли у меня жизнь, вторая… Явление обретает свойство глобальности, ты не находишь?»

Это трудно свести к шутке; я бормочу что-то, но слова выходят неловки. У меня по спине, непонятно откуда, ползет холодок. Тем не менее я ухмыляюсь через силу: «Ну вот и ты теперь рассуждаешь о глобальном».

«Почему бы и нет? – пожимает плечами Эльза. – Ты что, совсем уже в меня не веришь? – И интересуется: – А кто еще?»

«Впрочем, что тут гадать, – сразу же добавляет она. – Конечно же, это твой Нестор. Этот ваш разговор, от которого ты так возбудился. Вы вечно строите из себя умных!»

Она отворачивается, бормочет в сторону что-то неслышное, а потом вдруг спрашивает: «Ну и о чем же шла речь?»

«Об очень многом, – отвечаю я, – например о судьбе. И еще о магии, о карме…»

«Ха! – восклицает Эльза. – Что нового вы можете сказать о карме? Что нового *ты* можешь сказать – хотя бы лишь о судьбе?»

«Что? – откликаюсь я рассеянно. – Ну, может, кое-что…»

В моей голове будто переключается триггер: я физически ощущаю упорядочение своих мыслей. Все услышанное вчера наконец начинает оформляться во что-то – по чуть-чуть, очень медленно, неохотно. Я чувствую, что должен помочь процессу, проговорить вслух слова, высказать их кому-то – чтобы уловить, ухватить понимание за край одежды. Со мной лишь Эльза – я должен высказать ей, и она будет слушать, ей тоже никуда не деться. Как бы это ни было для нее чуждо, скучно.

«Судьба опекает тебя и хранит, пусть до поры, – говорю я. – Ей не пойдешь наперекор, с ней не поспоришь. И под этим есть базис – Объект Б!»

«Твои собственные стремления, высказываемые в словах, могут быть далеки от того, что в действительности движет тебя по жизни. Этому есть причина – Объект Б!»

«Траектория жизненного пути – твоего пути – выстраивается не тобой одной. Все участвуют, все прочие – посредством взаимодействия Объектов Б!»

Дойдя до слова «взаимодействие», я жду, что Эльза по обыкновению отмахнется, заявит: «Чушь!» – но она слушает внимательно, не перебивая. В ее молчании – не отторжение, в нем ожидание.

Мы спускаемся к морю, садимся на камень метрах в двадцати от воды. Я еще воодушевляюсь несколько – даже разравниваю ладонью песок под ногами, рисую на нем картинки. Мне почти уже кажется, что мы с Эльзой вновь союзники – как еще несколько дней назад. Я примеряюсь к формулировкам, выцеливаю их смыслы – и она участвует, она со мной. Ей интересно – между нами будто возникает невидимая связь…

Я говорю: «Вихри консионного поля – это материальные сущности, не фантомы. Они стремятся сгруппироваться – в дебрях мироздания, недоступных нашему взгляду. Это их стремление управляется тем, что в них 'записано' – твоими мыслями, твоей памятью, всем, что ты передумала и пережила. Так содержания наших жизней влияют на наши последующие судьбы – формируют намерения и порывы, заставляют нас метаться от занятия к занятию, от одной страны к другой, сталкивают с людьми и разлучают с ними внезапно. С легкостью, которая необъяснима».

«С легкостью… – повторяет за мной Эльза. – С неуместной легкостью – если думать о ней, то порой невозможно удержаться от слез. Но, полагаю, в моем Объекте не содержится ни одного рыдания. Может, мне и следовало иногда поплакать, но я же не знала. Мне всегда казалось, что мирозданию ни жарко, ни холодно, ха-ха».

Я усмехаюсь ей в ответ, потом прикрываю глаза ладонью и несколько минут смотрю на море. С ним будто что-то не так, волны невелики, но их картина почему-то раздражает зрение. В них чудится угрожающая нерегулярность – и белые яхты, скользящие вдоль берега, раскачиваются слишком сильно, как во время шторма.

Тут мне в голову приходит еще одна мысль. Я воскликну, позабыв про яхты: «Да, и кстати: быть может, есть и более глубокая обратная связь! Содержание Объектов определяет их группировку, но ведь и группировка может влиять на содержание. На *желаемое* содержание – не просто на взаимное притяжение и отталкивание, не на тягу к материкам и странам, а на какие-то особенности судьбы, специфические перипетии жизни. Что если группа Объектов должна, к примеру, минимизировать свою внутреннюю энергию? Не значит ли это, что тот или иной Объект стремится 'наполниться' определенным жизненным опытом? Не от этого ли в нас возникает неосознанное стремление пережить что-то – раз и другой? Может, это и твой случай – потому тебе предначертаны скорые расставания, как бы ты ни хотела иначе…»

«Мироздание – сука! – говорит Эльза и берет меня за руку. – Хорошо, хоть ты все еще рядом».

«Я поняла, – добавляет она, – винить в чем-то кого-то – пустой номер. Виноваты сразу многие, если не все!»

«Многие… – бормочу я. – Вот и Нестор рассуждал о чужих желаниях, которыми мы связаны по рукам и ногам. Впрочем, тот же механизм формирует наивысшую степень свободы. Миссия, истинное предназначение – если ощутил их в себе, это тоже прихоти группировки, 'вина' всех прочих, скажи им спасибо!»

Ветер усиливается, становится зябко. Эльза поворачивается ко мне и опирается подбородком о мое плечо.

«Представляешь, – говорит она, – эта твоя группировка, она может разделить навеки. Как бы ты ни старался, вспять не повернуть: расстаешься с кем-то и вдруг понимаешь – больше с ним не увидишься, ни в одной из жизней. Это и называется 'никогда' – в нем больше страшного смысла, чем кто-либо может себе представить. Про это можно написать много слов, и это будут очень сиротские слова!»

«Представляешь, – говорю я ей в тон, – тебя может столкнуть с кем-то, и ты думаешь, что это счастье навсегда. Думаешь, что нашел свою половину, а это просто эпизод с не сразу понятной целью – например, чтобы ты написал книгу, которую даже и не будут читать. А порой тебе дается шанс научиться на одной и той же ошибке: например, в твою жизнь, одна за другой, входят женщины, похожие друг на друга…»

Эльза молчит, будто – мне хочется думать – размышляя над сказанным. Потом наклоняется и рисует череду человеческих фигурок, напоминающих негритят из считалки.

«Мне нравится сидеть здесь с тобой, – признается она. – У нас будто пикник у моря. Очень романтично – в следующий раз нужно бы подготовиться получше. Раз у Нестора можно заказать книжки, то он, наверное, и в другом не откажет. Я могу попросить специальную посуду – и термос, и корзинку. Можно будет даже приготовить пирог – его удобно нести с собой. Кстати: почему-то я никогда не пекла здесь печенье…»

Я смотрю на ее профиль, на линию скул, губ. Все в ней выверено, изящно, почти совершенно. Мне хочется сказать ей об этом. «Ты…» – начинаю я, но вдруг лицо Эльзы вытягивается, взгляд застывает. Она коротко вскрикивает: «Что это? Это?..»

Я оборачиваюсь и вижу нечто невообразимое: море вспухает, на нем растет гигантский гребень. Мелькает мысль: к этому шло, нас предупреждали – по крайней мере меня. Нерегулярность не угрожает зря; ощущение, что с окружающим не все ладно, почти никогда не подводит. Дурная привычка – не обращать внимания на знаки!

Через секунду гребень вырастает в стену. Еще через секунду стена заслоняет собой небо. Я ясно вижу, что она вот-вот обрушится на нас, размозжит нас, раздавит – и, не раздумывая, одним быстрым движением сталкиваю Эльзу с камня, пытаюсь прикрыть собой. Конечно, мое тело – никуда не годная защита, но меня все равно толкает какой-то инстинкт. А в закоулках сознания свербит: это не в первый раз – уже были и ураган, и град камней…

В мозгу словно щелкает, за кадром кадр: темные волосы Эльзы, песок на моей щеке. Ее тело подо мной, податливое и упругое – я его чувствую почти по-настоящему. Ее плечо, сдавленное моими пальцами, ее талия, бедра… «Щелк-щелк» – фиксируется картинка за картинкой, ощущение за ощущением. Потом, в самый последний миг, я оглядываюсь обреченно и вижу, как исполинская волна, нависшая над всем пляжем, замирает на границе с берегом, будто наткнувшись на невидимый экран. Замирает – и сползает назад в море, порождая огромные клубы пены и множество волн поменьше, бегущих прочь от нас, к горизонту…

Через минуту все кончено: море по-прежнему неспокойно, но в его волнении нет угрозы. Все как прежде, лишь яхты исчезли, об их судьбе не хочется думать. Мы поднимаемся, отряхиваем одежду, заполошно осматриваемся вокруг. До нас доносятся возбужденные голоса, откуда-то слышен женский плач. Очевидно, волна-убийца не почудилась нам, она была на самом деле.

«Ты выглядел довольно-таки смешно, – произносит Эльза, поправляя волосы. – На четвереньках, как обезьяна…»

Она не слишком напугана, но ее настроение изменилось. Я понимаю ее – почему-то вместе с волной рассеялось волшебство, пропало ощущение близости, словно уже найденной вновь. Пытаясь вернуть хоть что-то, я провожу ладонью по ее спине – и ничего не чувствую, ни намека на отклик, ни даже иллюзии тепла.

Эльза не отстраняется, но и не делает никакого жеста мне в ответ. Я убираю руку, сажусь на камень, гляжу на полузатоптанных негритят на песке. Эльза присаживается рядом и говорит, морщась: «Конечно, я могла бы удивиться, что тебе никак не надоедает меня спасать – хоть мы и знаем, что опасности, скорее всего, не взаправду. Но я не удивляюсь, все ясно: ты при этом думаешь о своей азиатке, у тебя будто комплекс вины. Ты не хочешь за себя стыдиться – но, может, она и не нуждалась в спасении? Может, она вообще в тебе не нуждалась – я даже допускаю, что у тебя не хватило решимости досмотреть свои сны, чтобы не увидеть все как есть».

«Не болтай, – отвечаю я холодно. – Ничего тебе не ясно, и не ясно мне самому, и ты знаешь это и просто стараешься меня уязвить!»

Я произношу это и понимаю: смыслы выцеливал я, а в мишень попала она. Или куда-то близко к мишени. Вот они, ее «сиротские слова». Почему-то, по неясной пока причине, именно в них мне видится какая-то разгадка, черная точка в середине круга.

Эльза не отвечает, молча смотрит вдаль. Вскоре мы встаем, поднимаемся по выщербленной лестнице и бредем по набережной к своему дому.

«Вообще, в пикнике у моря нет ничего романтичного, – говорит Эльза. – Только и остается, что песок, набившийся в туфли».

Лицо ее мрачно – тем не менее она держит меня под руку и прижимается плечом. Мы идем в ногу, как маленький отряд потрепанной, но еще не побежденной армии. Армии, отступающей к демаркационной линии.

«Я поселюсь с тобой у реки…» – доносится до меня.

Это певец – он сидит на своем привычном месте, но сегодня возле него пусто. Возможно, в этом виновата волна. Его голос, будто в тон нашему настроению, звучит как-то особенно надрывно-хрипло. «Подожди», – говорю я Эльзе, и мы останавливаемся чуть поодаль.

«Я поселюсь с тобой у реки Чао Прайя. В ветхой лачуге на берегу канала. Посреди лиан и полусгнивших свай. У воды, в которой отражаются джунгли».

У меня сжимается сердце. Я вспоминаю Тину, нашу прогулку в длиннохвостой лодке. Беспечное плутание в лабиринте протоков. Шутки лодочника, сидящего на корме. Я угостил его банкой пива, и он стал нашим лучшим другом на те два часа…

«Белая птица с черным клювом будет бродить позади дома. Наш скромный быт будет открыт всем взорам – взглядам всех, кто проплывает мимо. Прямо у воды мы посадим Будду, маленького Будду в окруженье даров. Все будут видеть, как мы его любим. Все будут видеть, как мы любим друг друга».

Я стою, замерев, позабыв, где я. Песня отзывается у меня внутри – сладчайше-острым, мучительным, непонятным. Видимо, Эльза чувствует это – она внезапно отдергивает свою руку и заявляет: «Довольно! Я пошла домой, ты можешь дослушивать тут один. – Потом оборачивается к певцу и кричит на него: – Сколько можно? Ты всегда поешь для него, мне назло!»

Тот не отвечает, лишь молча перебирает струны.

На вечерней сессии Нестор все так же нарочито отстранен и сух. «Я зачитаю вам один параграф, – говорит он, листая что-то внизу. – Это написано не мной, не придирайтесь».

И он читает – размеренно, монотонно: «...*в конце концов она привыкла и называла его просто: 'мой господин'. Частые дежавю перестали казаться странными – она играла в его игры, смирившись с их мужской сутью. Все ее потери питались его ненавистью, стоны ее страсти посвящались ему. Она знала, поток Дао швыряет ее, как щепку, из стороны в сторону с ним вместе. Они мечутся бок о бок в мутных водоворотах, и он, 'господин', всегда чуть впереди. Ее счастье – следовать за его тенью; именно в этом ее особый путь. Она часто гадала, на каком континенте, в каком времени он существует, и жалела лишь, что не может полюбить его всем сердцем. Ибо, полагала она, любить можно только тех, кто рядом*».

Нестор умолкает, трет пальцем переносицу. Потом усмехается одними губами: «Занятный пассаж, не правда ли? Конечно, это всего лишь проза. Фикция, вымысел, но вообразите...»

Он вновь перебирает свои листы внизу, ищет что-то, потом поднимает на меня взгляд. Глаза его блестят, отстраненность куда-то делась. «Вообразите, – повторяет он. – К примеру, представьте длинную нить с узелками в разных концах. Бросьте ее на стол, сложите из нее фигуру, совместите далекие края... Кто знает, насколько точки, разнесенные на локальных бранах, близки или далеки, если взглянуть сверху? У вас на столе узелки нити могут расположиться очень даже рядом. Кто знает, чьи Объекты Б оказываются вблизи? Нет ли здесь намека на необъяснимое родство душ? На какое-то особое ощущение близости другого человека, не связанное ни с чем видимым? Ни с местоположением, ни с укладом жизни... Нет ли тут намека на истинную общность мыслей, на невосстановленную справедливость, на жажду мести?»

«Или просто, – говорю я, – на необходимость быть рядом с кем-то, с кем рядом быть, увы, нельзя?»

«Ну да, ну да...» – Нестор кивает и как-то сразу замыкается, втягивается внутрь себя. Теперь на нем снова маска – бесстрастия и даже скуки.

«Сессия закончена! – заявляет он. – Спокойной ночи».

«Вы сентиментальны сегодня, вы даже со мной попрощались», – пробую я его поддеть, но экран уже мертв, меня никто не слышит.

Я пытаюсь заснуть, но сна нет и в помине. Побродив по комнате, я отправляюсь в ванную, долго стою под горячим душем, бормоча: «Общность, общность…» Слова Нестора не идут из головы – и, похоже, они что-то разбередили и в нем самом. Хотя, конечно, по нему наверняка не скажешь.

Вернувшись в спальню, я бросаю взгляд на кресло и решительно открываю дверь в гостиную. Там горит настольная лампа, за столом сидит Эльза и размышляет о чем-то, подперев ладонью щеку.

Я сажусь рядом. «Не спится, – жалуется она. – Мне не о чем смотреть сны. И не подумай, что я тебя простила».

У нее на лице почти такое же выражение, как у Нестора – отрешенности, безучастности. Но я все равно чувствую нашу глубоко запрятанную близость. Близость, которую не нужно и бессмысленно прикрывать неискренностью. Мы – как супруги, накопившие множество взаимных обид, но знающие, что друг от друга никуда не деться.

Эльза, по-видимому, ощущает то же самое. Она говорит довольно-таки сердито: «Все же, это ты собственник в нашей ситуации, а не я. Ты владеешь мной, зная, что я не собираюсь покидать Карантин – и, значит, твоя собственность неприкосновенна. Ты владеешь мной надежнее, чем кем-либо когда-либо, надежней, чем своей азиаткой – она могла разозлиться, взбрыкнуть, уйти от тебя в свой азиатский город, в азиатскую ночь, в свой азиатский мир. А я не могу!»

Она поднимает на меня глаза и продолжает, чуть прищурившись: «Конечно, можно рассудить рациональнее: вы с азиаткой уже расстались – смерть, как говорится, вас уже разлучила. Она теперь неизвестно где, а я тут, с тобой. Ваша разлука – твоя плата за твое мной владение, но мне все равно обидно: владея мною, ты еще долго будешь думать о ней, может даже по ней страдать. По ней, по своей музе! Я пока не могу с этим смириться. Но, наверное, смирюсь».

Мы молчим. Я, подобно ей, подпираю ладонью голову. Гляжу, прищурившись, на пятно желтого света, потом бормочу: «Удивительно, почти все, что ты говоришь, помогает мне так или иначе. Может, дело вовсе и не в тебе? Может, все, что я слышу от тебя, от Нестора, просто-таки обязано обратиться поводом к нужным мыслям, интерпретируясь странным образом? Страшно сказать: а вдруг дело и не в Тине тоже? Вдруг и она – и все, все, кого я встречал когда-то – даны мне лишь для того, чтобы заставить мой мозг работать?»

«Центр мира», – хмыкает Эльза, но как-то неуверенно, через силу.

Я продолжаю: «А с другой стороны, я занимаюсь сложнейшими вещами, но чувствую каждый миг свою зависимость от самого примитивного. От наличия в моей жизни хоть кого-то, пусть временно, моментально… Я чувствую зависимость от женщины, от женщин – и от тех, что рядом, кого я порой довожу до слез, и от той, что далеко, неизвестно где. Может, она в другой вселенной, но, я хочу думать, тоже тоскует – или даже плачет без меня».

«Я тебе уже говорила, – холодно произносит Эльза, – я не плачу. Но это не значит, что мне не больно».

«Да, – киваю я. – Да, я понимаю».

Я действительно понимаю – мне уже ясно, что я ощутил сегодня, слушая уличного певца. Нет, не слова помогли мне, я будто увидел это сейчас, в желтом пятне от ночника. Порой понимание гонишь, но оно возвращается – болью. Возвращается былым предвиденьем – простейших, всем знакомых вещей. Памятью о неизбежности и неизбежностью памяти – к ним приходишь, даже витая в самых заумных дебрях. Из уравнений, понятных лишь единицам, выводишь то, что чувствуют все – и это связывает тебя со всеми. Мимолетно, но прочно; я вспоминаю теперь, как глядел на Тину и знал: она принадлежит мне, но не навсегда, ненадолго. Я предчувствовал «ненадолго» во всех его страшных смыслах – и боль предчувствия была сладчайше страшна. И она, эта боль, единила меня с другим человеком – он познал ее, он стал ее рабом…

Я прощаюсь с Эльзой и иду к себе. Сам придумываю себе

сновидение – скрупулезно обозначив момент, с которого оно должно начаться. Мне не нужна ничья помощь, я соскакиваю с многоточия, освобождаюсь от его цепких крючьев.

И разматывается цепочка воспоминаний: мы с Тиной выходим из дома вечером, держась за руки. Мы идем отмечать событие – только что я нажал кнопку «Ввод», опубликовав мою теорию на сайте препринтов. У нас праздник – но сейчас, засыпая, я не чувствую радости, у меня не празднично на душе. Там тоскливо, тревожно, и я знаю причину – она в одном слове, в одном имени: Бревич. С этим я и проваливаюсь – в предвкушение боли, в пучину сна.

БЕСПОКОЙНЫЙ ПРИЗРАК

Глава 27

Проведя в комнате Нок почти всю ночь до рассвета, Иван Бревич решил, что делать дальше со своей жизнью. С ее оставшейся частью, которая, он знал, будет недолгой. Длящейся ровно столько, чтобы отыскать надежный путь воссоединения с Нок после его собственной смерти.

Это не было решением отчаяния – Иван не сомневался, что может вытерпеть все, справиться с чем угодно. С потерей Нок в том числе – но жить без нее было бессмысленно, несуразно, нелепо. Любая из альтернатив представлялась разумнее – и теперь, новым взглядом, пусть сквозь мутную призму, он видел: альтернатива возможна. Мысль о ней не покидала его ни на минуту, оттеснив все прочее на задний план. В глубине души он понимал, что задача очень сложна, цель быть может недостижима. Но поверить в недостижимость, принять ее разум отказывался наотрез.

Вернувшись в Москву, Иван занялся переустройством своих активов. Стратегия была проста: быстро продать все, что имело заметную ценность. Уже через три недели фирма Бревича и огромный дом на Клязьме обрели новых владельцев. Деньги, очень большую сумму, он перевел в оффшоры и оставил в наличных, ни во что не инвестируя, чтобы весь капитал был доступен в любой момент.

Тем временем свои плоды дало расследование гибели Нок. Дело

было громким, за ним следили высшие чины и пресса. Охранник, хоть и был серьезно травмирован, все же выжил и дал показания. Похищение супруги крупного бизнесмена было тут же увязано с насильственной смертью его партнера. Исполнители, несмотря на тщательно продуманный план действий, попали в кадр камеры видеонаблюдения в соседнем здании. Их идентифицировали, объявили в розыск и арестовали где-то на юге, под Краснодаром. Доставив в Москву, их обоих подвергли очень жесткой обработке, быстро вытянули из них всю информацию, и на этом расследование застопорилось: Данилов был мертв, а Сахнов исчез бесследно. Бывшую жену Бревича вызвали на допрос и отпустили – против нее не было ни показаний, ни улик.

Иван следил за ходом следствия через свой главный «контакт» в полиции – полковника Сибирякова, замглавы городского отдела. Вся цепочка событий – в частности, смерть «Санька» и исчезновение «Валька» – в его понимании была логична и укладывалась в связную картину. Бревич не сомневался: содеянное – не что иное, как попытка мести со стороны его друзей детства. Он не был удивлен, но при этом не собирался никого прощать. Через Сибирякова он вышел на начальника СИЗО, где содержались исполнители, и имел с ним приватную беседу. Тот артачился поначалу, но после внял аргументам Ивана и согласился взять деньги. Дело было не только в том, что денег тот предложил много. Похищение жены по любым «понятиям» считалось беспределом, выходящим за рамки. Начальник СИЗО втайне гордился тем, что сохранил тягу к справедливости, несмотря на свою должность.

В тот же день оба исполнителя, до того сидевшие с бывшими силовиками, были помещены в карцер за надуманную провинность, а оттуда разведены по «черным» камерам, полным матерых уголовников. Там их выучка и крутость не стоили ничего. Обоих быстро искалечили, лишив возможности сопротивляться, а затем полуживых, но еще способных воспринимать происходящее, провели через все мыслимые и немыслимые унижения и издевательства. Потом, полностью потерявших человеческий облик, их ликвидировали. Ивану был представлен подробный отчет – не уменьшивший, впрочем, его внутренней боли. Но подстегнувший к действию, к осуществлению главного, основного.

Бревич не имел конкретного плана, у него было лишь ощущение: путь к тому, что он ищет, находится в Бангкоке. За этим не стояло никакой логики – кроме памяти об эмоциональном всплеске, об их с Нок первой совместной неделе. Для Бревича, впрочем, это был достаточный аргумент: город помог ему встретить любимую женщину, единственную в жизни – на него же он теперь полагался в другом, таком же или еще более сложном деле. Больше полагаться ему было не на что.

Через месяц после похорон Бревич вновь сидел в лайнере Тайских авиалиний. Это было его третье путешествие в Таиланд, путешествие решимости с билетом в один конец. Иван не собирался возвращаться назад, он знал: его нынешнее существование на этом закончится – обернувшись чем-то новым и опять наполнившись смыслом. А из всех смыслов его интересовал лишь один.

В полете Бревич, как и все последние недели, думал о смерти. Раньше, до истории с Нок, он, подобно большинству прочих, относился к ней как к абстракции, не имеющей отношения к нему лично. Эта тема никогда не маячила на виду – теперь же вопрос о небытие и его природе встал во всей своей полноте. От него было не отмахнуться, его масштаб нельзя было приуменьшить. На него требовалось найти ответ, убедительный, непротиворечивый, такой, в который он сам поверил бы без оговорок... Бревич вполне осознавал, насколько это трудно. Как непросто вести поиск в самых зыбких материях, в непроглядной тьме, полагаясь лишь на чутье. Тем не менее он не сомневался, что и там, раньше или позже, отыщется выход.

Необходимые условия были ясны: они с Нок должны встретиться вновь не в бездушных формах, не в образе камней или растений. Они должны узнать друг друга, у них обязана сохраниться память. Возрождение такого рода здесь, в привычном земном мире, было невозможно, иначе об этом давно бы уже знали все. Значит, существование продолжается где-то вне – так в его голове укрепилась идея другого пространства, в которое из здешнего должен иметься доступ. Иван даже думал порой о нем в терминах сложных метрик, иных измерений, искривленных плоскостей и сфер – вспоминая обрывки университетских знаний. Но дальше в эту сторону он продвинуться не мог – мысли скатывались на штампы из научной фантастики, которую он не принимал всерьез.

В поисках идей Бревич весь месяц читал книги. Научную литературу он отмел сразу как недоступную для понимания и углубился в психодуховное, в религиозно-мистическое. Суждения и догмы иудеев, индуистов, буддистов перемешивались в его сознании, подпитывая друг друга. Он перескакивал от концепции к концепции – от Шеола к Маймониду, от Упанишад и Сансары к трактатам Лао Цзы, от магических формул египетской Книги мертвых к мрачным древнегреческим мифам. Порой ему казалось, что ответ почти найден, потом, напротив, что все придуманное человечеством до сей поры слишком наивно и не выдерживает критики. Иногда – болезненно, до обморока – он чувствовал, что его помутневший разум не справляется с противоречиями, пасует перед безднами, в которые пытается заглянуть. Подкатывало отчаяние, оно всегда поджидало неподалеку, но Иван лишь стискивал зубы, не давая ему воли. Не позволяя себе опускать руки и терять надежду, для которой у него был базис – город, где все началось. Бангкок должен был дать ему толчок, направить в нужную сторону, а затем – привести к ясности, к разгадке.

Выйдя из терминала к стоянке такси, вдохнув густой, влажный воздух, Бревич еще больше уверился в том, что именно здесь было теперь его место. Он зарезервировал тот же отель в Читломе, тот же пентхаус, где они с Нок провели несколько счастливых дней. Войдя в номер, пройдясь по комнатам, глянув из окна на панораму зданий, простирающуюся внизу, Иван ощутил: он дома. Это была его крепость, цитадель, форпост, отсюда он готов был планировать и вести последнее сражение со всем миром. Биться с обстоятельствами, со зловещими силами – за то, что он хочет и обязан отвоевать.

Первую неделю Бревич провел в кажущемся бездействии. Он хотел войти с городом в один ритм, в синхрон, почувствовать себя с ним на одной волне. Просыпался около полудня, долго сидел в ресторане, ковыряясь в позднем завтраке, потом вызывал такси. Не торопясь, объезжал и обходил раз за разом все те места, где они бывали с Нок. Зорко вглядывался в людей, в предметы, во все окружающее, словно пытаясь прочитать в зашифрованном, разгадать какой-то код.

В первый же день он зашел в бывшее экскурсионное бюро – там теперь находился магазин сувениров. Хозяйка, миниатюрная молодая тайка, заговорила с ним, предлагая что-то, потом вдруг испуганно смолкла под его взглядом. Бревич отвернулся, надел темные очки, зачем-то осмотрел полки с безделушками и вышел, не попрощавшись. Затем съездил в Муанг Боран, посидел у дома на сваях. На другое утро отправился в Тонбури, остановился у плавучего рынка, зачем-то купил орхидею в склянке и возил ее с собой до вечера. Побывал и в Аюттайе, долго бродил по жаре, потом вышел к каналу и вгляделся в противоположный берег. Туда, как через Стикс, было не перебраться, даже если там и скрывались отгадки. Не помогла бы ни лодка с каким-нибудь тайским Хароном, ни золотая ветвь Персефоны…

Бангкок не спешил с подсказками и вообще затаился, надел другую маску. Бревич знал лицо под маской, но понимал, что город не имеет причин этим лицом открыться – теперь, когда в нем не стало Нок. Иван был один в своей крепости, никакое войско не спешило на помощь. Всё и все кругом были предельно безучастны к его потере – как безучастна была Москва, его знакомые, полковник Сибиряков, стюардессы Тайских авиалиний… Он не зря возненавидел мир – мир был фальшив во всех своих попытках небезразличия. Бревич чувствовал эту фальшь в каждом взгляде, в каждой тайской улыбке и вспоминал Лотара: Бангкок – это город-фейк. Это его любимая ипостась, самое естественное для него состояние – но, однако ж, Иван верил: рано или поздно что-то верное проступит сквозь маску. Нужно только его не упустить.

Пока же ничто не проступало, и Бревич ждал, следуя установившемуся распорядку. Вечером, после ужина, он шел в бар на крыше, открывал блокнот и пытался записать свои дневные мысли, выискивая в них скрытый смысл. Скоро ему это надоедало, он просто рассматривал ночную панораму, словно звездную карту. Считал скопления ярких точек, давал им имена. Мысленно проводил линию от одной галактики к другой. Следил за игрой света, а более всего – за сигнальными огнями на верхушках небоскребов, что отражались в окнах, вспыхивали и гасли, будто перекликаясь друг с другом. Иван видел в них союзников, они подавали знак самолетам, которые никогда сюда не прилетят. Они сигналили безучастным, старались без устали, несмотря на безучастие, и он уважал это старание.

Когда бар закрывался, Бревич шел в номер, с полчаса валялся на кровати, потом вскакивал, надевал поношенные шорты и футболку и уходил в ночь. Уезжал на такси или забредал пешком в самые нищие, неприглядные районы, забирался в паутину узких улиц, бродил среди помоек и развалин, шатких строений и вонючих каналов. Оступался и спотыкался в темноте, натыкался на ржавую проволоку, полусгнивший штакетник. Отпугивал своим безумным взглядом и шпану, и бродячих собак. Его не смущали ни грязь, ни вонь. Он знал, что должен нырнуть в пучину города как можно глубже. Должен сблизиться с городом так, чтобы ничто их не разделяло – быть может, тогда мелькнет знак, прозвучит намек...

Ближе к утру, весь взмокший, с воспаленными глазами, он ехал на Сои Ковбой. Бары были уже закрыты, жрицы платной любви, переодевшись, превращались в простых смуглых девчонок – они толпились у передвижных лотков, у пластиковых столов и стульев, ели свой поздний ужин, смеялись и болтали друг с другом. Бревич покупал большую бутыль тайского бренди, ставил ее на первый попавшийся стол, говорил «плиз» и молча пил со всеми желающими до рассвета. Через пару дней к нему привыкли, никто не смотрел с удивлением и не лез с расспросами. Некоторые из девушек пытались было продать ему свои услуги, но скоро оставили эти попытки. Ему просто освобождали место и накладывали еды, которую он почти не трогал...

Потом Иван вдруг понял, что тактику нужно менять. Требовалось какое-то иное действие – и он уже чувствовал, что именно нужно сделать. Лишние, негодные варианты отпали сами собой. Остался лишь один: Бревича физически потянуло в ту среду, где он когда-то прикоснулся к тайне тайской души. Две ночи подряд ему снилось одно и то же – голос из репродуктора, сосредоточенно-умиротворенные лица тайцев, тихий шепот Нок, переводящей ему слова, почему-то казавшиеся знакомыми. Где-то там, в этом всем, таилась и суть Сиама, и суть города, надевшего маску, прикидывающегося совсем иным, предлагающего, как паяц на ярмарке, лик за ликом на потребу доверчивым невеждам, дурящего их суетой и смогом, гоу-гоу барами и поддельным ширпотребом. Но Бревича было не обмануть, он видел вход в потайные шлюзы. Там скрывалось то, во что город верил – и верил каждый из живущих в нем. В то же верила Нок – быть может, на это она намекала в своем послании? Может, то и была исходная точка – и от нее следовало прокладывать путь?

На другой день Иван отправился в буддистский храм по соседству. Ему удалось найти монаха, готового поговорить с *фарангом*, но разговор у них не сложился. Бревича раздражал и сам монах – молодой еще парень, больше похожий на пронырливого дельца – и тон беседы, не вязавшийся ни с чем сакральным. К тому же они очень плохо понимали друг друга – языковой барьер был слишком велик.

Тем не менее, помогая себе жестами и ухмылками, монах с полчаса разглагольствовал о карме и тщетности людских желаний, а потом вдруг перескочил на тему зримости образов, реального в нереальном. «Ты должен думать о своей жене каждый миг, представлять ее воочию, держать перед глазами ее лицо, – втолковывал он. – Ты должен видеть его будто наяву – как когда ты вдоволь накуришься дури. Когда поплывешь, получишь знатный приход…»

Бревич отметил, что про дурь и приход монах рассуждает со знанием дела. Затем ему было предложено пожертвовать на нужды храма тысячу бат и аудиенция завершилась.

«Можешь представить меня кому-нибудь из старших?» – спросил Иван на прощание.

«Мой английский лучший в монастыре, – ухмыльнулся монах. – Старшие вообще не понимают ни слова!»

Было видно, что он очень горд собой. Иван хмуро кивнул и ушел, раздраженный донельзя. Безучастность мира вновь обволакивала со всех сторон, лезла в глаза. Сплотиться против нее было не с кем.

Позже он посетил еще два храма – примерно с тем же успехом. Однако же ему было ясно: исходная точка обозначена верно, просто к ней нелегко подобраться. Всему виной трудности с языком – и вечером Бревич, открыв свой ноутбук, ввел в строку поиска: «Bangkok English Thai interpreter». Сначала выскочили многочисленные фирмы, их он пропустил и ткнул в первую же ссылку, ведущую на чью-то персональную страницу. Там был номер телефона – Иван набрал его и услышал голос Дары. Они договорились о встрече следующим утром, и это стало поворотной точкой его «проекта».

Глава 28

Переводчица-фрилансер Дара родилась в восточной части Таиланда, в Бурираме, «городе счастья». Ее мать была наполовину кхмеркой, и густая кхмерская кровь проявилась в Даре очень явно – темной кожей и упрямым, вспыльчивым нравом, который она долго училась держать в узде. В семье больше не было девочек, и к тому же Дара родилась первой из всех детей – потому считалось естественным, что именно на ее плечи должна лечь забота о семейном благополучии. Так в шестнадцать лет, не окончив школы, Дара оказалась в Бангкоке – ее девственность продали в один из баров. А перед этим мать свозила ее в Камбоджу, к своей троюродной сестре-шаманке, которая сделала ей на лобке невидимую татуировку, приваживающую мужчин.

Дара не затаила на семью обиды, но поняла, что рассчитывать в жизни можно лишь на себя саму. На себя да еще на удачу – и все шесть лет, прожитые жизнью барной феи, она усердно молилась богине счастья Нанг Квак, оставляла ей сладости в храме и каждый раз зажигала не менее двух свечей. А потом, в двадцать два, судьба подбросила ей выигрышный билет – в нее влюбился пожилой англичанин и увез с собой в Лондон. Это был потрясающий успех – Дара поняла: Нанг Квак снизошла наконец до нее, заметила, одарила улыбкой. Хотя, допускала она, быть может, свою роль сыграла и татуировка, так что семья в результате дала ей больше, чем от нее получила.

С англичанином они прожили семь лет; потом тот умер и Дара вернулась в Бангкок – с неплохим английским и некоторым количеством денег. Это позволило ей вести вольную жизнь фрилансера, оказывая услуги иностранным туристам и бизнесменам. Спектр услуг был широк, от устного перевода до массажа и, иногда, постели. При этом Дара была разборчива и не растрачивала себя почем зря. Она всегда помнила свою цель: найти новый источник благосостояния, которого хватило бы надолго.

С первых слов телефонного разговора с Бревичем Дара почувствовала, что это необычный вариант. А увидев его, поняла две вещи: он по-настоящему богат и у него далеко не все в порядке с головой. Это было многообещающее сочетание, чуткий внутренний сенсор Дары дрогнул и запульсировал, замерцал. Она тут же включила весь свой шарм, все свое умение подстроиться под то, чего в данный момент хочет мужчина. И это сработало, как срабатывало всегда: Бревич вдруг ощутил, что в городе, кроме безмолвных сигнальных огней, у него есть еще союзник – один неравнодушный к его проблеме человек.

Перед встречей Иван не собирался откровенничать чересчур. У него была припасена история – будто бы он пишет книгу о загробной жизни, ездит по миру и собирает материал. Но Дара слушала с таким вниманием, в ее взгляде было столько готовности к соучастию и сочувствию, что он, незаметно для себя самого, раскрылся и понемногу выложил все как есть.

Они просидели во французском кафе у парка Люмпини больше трех часов. Бревич рассказал про знакомство с Нок, про их роман и свадьбу, потом – про ее гибель, про кремацию и намек на «другое Солнце», про свое решение следовать за ней, обрести ее вновь, как бы фантастично это ни звучало. Рассказал про своих дворовых сверстников, «Санька» и «Валька», ставших худшими из врагов, лишивших смысла его нынешнюю жизнь. Про успешный бизнес и бывших жен, про свой план, что пока не складывался, про слова Будды, которые он слышал вместе с Нок…

Дара сидела молча, не перебивая, подперев щеку рукой. Ей становилось все яснее: перед ней вновь замаячила редчайшая удача. Она хорошо знала *фарангов*, приезжающих в Таиланд со своими планами – все они были лузерами, лелеющими надежду так или иначе отомстить судьбе. Все они были слабаками, и их жажда реванша, жажда доказать недоказуемое переносилась на тех, кто только и был готов иметь с ними дело – на девушек из баров, в которых они, кто как мог, искали компенсации за свои обиды на жизнь. Бревич был не таков, он не походил ни на лузера, ни на слабака, но все же судьба нанесла ему ужаснейшую из обид… В этом крылось какое-то глубокое противоречие. Дара не могла ухватить его, обратить в понятную мысль. Но она чувствовала: противоречие несет в себе шанс. Все взаправду и все по-крупному – Иван не будет мелочиться и не остановится на полпути.

В конце разговора Бревич ступил на тонкий лед – полез в дебри недопониманий, в плохо стыкующиеся обрывки, почерпнутые из прочитанного и придуманные им самим. Стал перескакивать с одного на другое – от иных пространств по соседству к дхарме океана и ее вкусу, от каббалических перерождений-гилгулим к притчам Экклезиаста, к дуализму «предопределенности» и неприятия смерти. Скоро он запутался и стал противоречить сам себе – нервничая, но продолжая нагромождать усложнение на усложнение.

Дара пришла ему на помощь – тщательно подбирая слова. «Я понимаю, о чем ты говоришь, – мягко подбодрила она его. – И знаешь, все может оказаться намного проще…»

Иван усмехнулся и отвел глаза, но она поймала тень его взгляда. Уловила отблеск – промельк надежды – и это тоже было ей знакомо. Жизнь *фарангов*, чуть не каждый ее аспект, никогда не была понятна – ни им самим, ни прочим. Все они подсознательно искали упрощений, каких-то азбучных истин – это был рычаг, которым Дара научилась манипулировать в совершенстве. Так же, как и ее товарки – оттого мужчины, умудренные опытом, имевшие образование, семьи, деньги, с удивительным постоянством попадались в наивнейшие из ловушек, расставленных тайскими прелестницами, едва умевшими читать и писать. Западный разум – больной ли, как у Бревича, или обычный, здоровый, рациональный – оказывался бессилен перед примитивной хитростью, как будто ему, разуму, был только нужен повод, чтобы спасовать и сдаться. Тайки, не пытаясь рационализировать происходящее, твердо верили, что поток жизни принесет их куда нужно – потому им было чуждо сомнение и убедительность их слов была огромна. Клиенты обманывались один за другим, десяток за десятком, сотня за сотней – несмотря на множество одинаковых историй, которыми пестрел Интернет. Всем им нужны были простые рецепты – так же и Бревич, понимала Дара, не сможет противиться, у него – несмотря на его силу, его богатство – отсутствуют средства сопротивления…

В тот вечер Иван изменил своему распорядку – не пошел ни в бар, ни на ночную прогулку. Безмолвные огни, подающие знак, больше не тянули его к себе – появился новый союзник и знаки стали другими. Не все в них было благополучно – они скорей волновали, чем вели куда-то. В тупике будто забрезжил свет, но он был еще едва различим. Ненадежен, может быть даже обманчив… Бревич вдруг стал бояться опоздать, не успеть – и не понимал, куда. Весь вечер и половину ночи он провел за экраном ноутбука в бесплодном поиске каких-то новых зацепок, вновь бродил по ссылкам, от пророка к пророку, от религии к религии, от текста к тексту, но лишь запутался еще больше. Потом наконец уснул, но проспал немного: напряжение не отпускало, больной разум метался по кругу – все лихорадочней, суетливей, перескакивая от одной бесплодной мысли к другой.

После полудня Дара повезла его в храм, что был построен не так давно на деньги влиятельного полицейского чина. Туда не заглядывали туристы, на всей территории с большим парком было малолюдно и очень тихо. Их встретил пожилой монах, отвел вглубь парка и усадил на циновку под раскидистым деревом. Он напоминал удава, в его повадке было что-то змеиное. Быть может, где-то внутри у него билось сердце змеи. Почему-то это произвело на Бревича приятное впечатление.

Дара довольно долго разъясняла монаху суть дела. Наконец тот остановил ее, показав жестом, что ему все ясно, и проговорил, глядя в сторону: «Мы все боимся смерти, но если и испытывать страх, то, скорее, перед возрождением, что последует за ней». Дара перевела. Иван согласно кивнул. Это было ему близко: конечно, опасность в том, что там, *после*, он не встретит Нок. Монах еще подумал и добавил: «Остающимся позади труднее всего», – и Бревич уверился, что они хорошо понимают друг друга.

Потом пошел разговор – монах, полуприкрыв глаза, долго вещал о пути буддиста. «Спокойствие внутри нас... Сострадание и терпимость... В основе всего – закон кармы...» – прилежно переводила Дара. Вскоре терпение Бревича иссякло, он забеспокоился, засопел, заерзал. Ночное смятение возвращалось, разум продолжал свой забег по кругу. Витиеватые фразы еще больше запутывали и уводили в сторону. Иван стал коситься недобро и наконец резко поднял вверх руку.

Монах тут же замолчал. «Объясни ему, что у нас нет времени на *bullshit*[46], – угрюмо сказал Бревич Даре. – Спроси его, где она меня ждет, как туда попасть? Мне нужны место, время, способ».

Дара перевела монаху всю тираду, отметив, что тот чуть заметно усмехнулся на английское слово «bullshit». «Да, и вот еще что...» – встрепенулся вдруг Бревич, но тут уже монах поднял ладонь вверх, прервав его на полуслове, и сказал спокойно: «Ты находишься в самом начале, но хочешь сразу перескочить к концу. Потому тебе кажется, что место и время так важны. А ведь конец – далеко не конец; в этом, собственно, все дело».

Бревич впился в него взглядом. Затем обратился к Даре: «Как, как он сказал?»

Дара повторила. Иван молча кивнул и вновь уставился на монаха.

«Миг новизны следует за мигом, – монотонно забубнил тот. – Капля за каплей пополняет озеро. Твоя карма меняется, и каждая перемена неразрывно связана со всеми прежними, с каждым отражением в озерной глади. Свеча зажигается от свечи, возникает другое пламя – но можешь ли ты отличить его на вид? Нет, оно – та же сущность, то же пламя свечи... Мне есть что ответить на

---

46 Болтовня, чушь (англ.).

твои вопросы, но ты должен воспринять сказанное всем сердцем. Должен пропустить слова через сердце, иначе их смысл останется для тебя ничем».

Дара перевела, подумав, что Бревич сейчас заартачится и занервничает еще больше, однако тот лишь коротко пообещал: «Я восприму».

Монах быстро и остро взглянул на Ивана, потом вновь прикрыл веки и продолжил: «Есть энергия жизни и есть то, что направляет жизнь. Есть энергия воли – твоей собственной воли – она скрыта в глуби, но нет ничего ее мощнее. Время меняет твою карму и твою способность управлять жизнью. Энергия воли – квинтэссенция кармы, пыльца в цветке, сухой остаток всего, что ты значишь. В нужный момент она и ничто другое может увлечь тебя – из пламени в пламя, в существо, в новую оболочку… Ты понимаешь, что я говорю?»

Иван подумал и сказал: «У меня есть воля. – И добавил: – Я умею управлять жизнью».

Монах кивнул, помолчал и вновь заговорил: «Мир жизни – мир тела – не является главной сутью. Есть причина, первее первых – мир переживаний, отражение пламени в неисчислимых мириадах зеркал. Так проявляется энергия твоей воли – и швыряет тебя в потоке из мира в мир, где твое пламя обретает форму, обращается собственно жизнью. Если потоки сближаются, если их пульсации сходны, то и миры, в которых вновь загорится их пламя, могут совпасть…»

Он еще с четверть часа рассуждал об энергиях, о перерождении и карме, о последовательности воплощений и непрерывности проявлений. Бревич слушал, не перебивая, чувствуя, как что-то и впрямь проникает к его сердцу. В мутной взвеси, в лихорадке мысли выкристаллизовывался зачаток плода. Круг сходился к какой-то точке – нужно было лишь не мешать, лишь чуть потерпеть.

«Нельзя выйти из потока и нельзя плыть вспять, но поток может принести тебя к цели. Твоя воля способна помочь, но помни: она – суть форма кармы, ничто другое», – сказал монах и замолчал.

Бревич тоже помолчал, прислушиваясь к себе, и спросил

каким-то чужим голосом: «Но там, у цели, в новом пламени, как бы его ни назвать... Там, в новом мире, если он будет у нас один, мы сможем узнать друг друга?»

«Я не скажу тебе 'да', – пожал плечами монах. – Будда не учит, что есть какое-то неизменное 'я', переходящее со своим опытом из жизни в жизнь. Но я и не скажу тебе 'нет' – ведь сам Будда помнил свои прошлые жизни. Почему бы и новым вам не испытать узнавание – почувствовав свою близость?»

Дара перевела слово в слово и подумала тут же, что, наверное, стоило сгустить краски, но Бревич казался вполне удовлетворенным ответом. Он сидел спокойно, не меняя позы, лишь слегка прищурившись – солнце пробилось сквозь ветви, играя бликами у него на лице. Теперь он не сомневался: та самая точка, точка разгадки становится ближе. Они с монахом двигались к ней постепенно, ход за ходом, как в шахматной партии, вместе выстраивая позицию на доске.

«Ты должен знать, – снова заговорил монах. – Есть три основных типа кармы. Первый, наиглавнейший – это *весомая* карма, так ее называл Будда. Ее определяют краеугольные, самые значимые поступки. Те, что меняли твою жизнь, делали тебя другим. И я должен быть с тобой откровенным: порой порча кармы необратима. Потому я не могу не спросить – приходилось ли тебе убивать?»

Бревич подумал: хорошо, что Данилов оказался мертв. Хорошо, что «Валек» Сахнов исчез бесследно и его не смогли найти. Он не раз фантазировал, как сам, собственноручно, ломает им кости, всаживает в них пули. Заплатив достаточно, эту фантазию вполне можно было обратить в реальность... Заказ на ликвидацию исполнителей в следственном изоляторе он решил в расчет не брать. Эти двое были не важны, и к тому же расправа была совершена не его руками.

«Нет, – твердо сказал Иван. – Чего-чего, а убивать мне не приходилось».

«Пусть так, но все же... – не отставал монах. Его змеиные глаза заглядывали в душу. – Все же: ведь раньше ты не принимал всерьез учение Будды. Ты не знал Пути и вдруг решил встать на Путь. Что заставило тебя к нему обратиться? Что толкнуло тебя, развернуло твой взгляд?»

«Строки в тетради», – сказал Бревич.

«Нет, – монах покачал головой. – Я думаю, ты спешишь с ответом. Строки были лишь последней каплей. Прислушайся к себе, будь честным с собой».

Иван подумал несколько минут и негромко, но внятно проговорил: «Боль».

Дара перевела и запомнила – и само слово, и то, как Бревич его произнес. Монах удовлетворенно кивнул, будто ждал именно этого ответа. «Хорошо, – сказал он, – теперь я тебе верю».

Партия продолжалась, фигуры двигались медленно, как тени ветвей на траве. Дара достала бутылку воды, предложила Ивану, но тот махнул рукой, отказываясь. И спросил после долгой, томительной паузы: «Каков же второй тип кармы?»

«Карма *привычки*, – сказал монах. – Отражение происходящего каждодневно. Результат того, что ты делаешь раз за разом, не задумываясь, не отдавая себе отчета. Это кажется незаметным, неважным, но сосуд полнится – жизнь длинна. И потом оказывается, что влияние рутинного очень даже велико».

Бревич задумался о своих привычках. Ничего устойчивого не вспоминалось, кроме, пожалуй, тяги к спиртному.

«Да, я понял, – кивнул он. – Каждодневное, неосознанное… А каков третий?»

Монах помолчал, склонив голову. Потом поднял глаза и проговорил тихо, глядя Бревичу прямо в зрачки: «Прежде чем родиться вновь, нужно умереть. Толчок твоему возрождению дает *предсмертная* карма – это третий тип. Карма, приближенная к смерти – ее формирует то, что ты прочувствовал, осознал в свой последний миг. И в твоем случае это может быть самым главным».

Дара перевела. Бревич, выслушав, задумался, ушел в себя. Поразмыслив, нахмурился и заметно встревожился. Точка разгадки была рядом, но шагнуть к ней не получалось. Напряжение в мозгу еще усилилось, там зрел нарыв.

Он откашлялся и проговорил с усилием, стараясь, чтобы голос

звучал ровно: «Про меня все понятно, но моя Нок, она... Что она успела осознать, о чем подумать? Каков был ее порыв, куда? Мы не знаем и не можем знать!»

«Твоя Нок, – спокойно сказал монах, – думает об этом до сих пор».

«То есть?» – Бревич повысил голос, страдальчески наморщил лоб. Ему было трудно держать себя в руках, звон в голове стал невыносим. Сказанное монахом взбудоражило еще более все его надежды, недопонимания, сомнения. Он совсем перестал чувствовать, чему можно верить. Разум замер на вершине горы, на острие иглы, с трудом удерживая баланс.

Монах пожал плечами: «Тут не о чем спорить. Ее убили, это насильственная гибель. Она умерла раньше своего возраста смерти – потому ее дух не успокоился, он мечется до сих пор. Мечется, ищет, ждет знака...»

«Дух?» – перебил его Бревич, сжал лицо ладонью и стал раскачиваться взад-вперед. Потом замер, выкрикнул ругательство и расхохотался. Дара и монах уставились на него – не без испуга. Взгляд его был безумен, а ухмылка-оскал – по-настоящему страшна.

«Дух!» – повторил Иван и пробормотал несколько русских слов. Скривился, скрипнул зубами – и вдруг черты его лица разгладились, оскал исчез. Он мотнул головой и попросил Дару: «Пожалуйста, переведи еще раз».

Та стала переводить, слово в слово. Бревич кивал, больше прислушиваясь не к ней, а к разноголосице своих мыслей. Они кружились вокруг какого-то устойчивого центра. «Мятущийся дух», – тихо проговорил Иван и уставился вниз, перебирая пальцами плетение циновки.

Он знал: только что он пережил прозрение, как когда-то в комнате Нок. На смену удушающей сложности пришла живительная свежесть простоты. Истинность простоты – он плутал в лабиринте и вот теперь выбрался наружу. Нарыв сознания прорвался, разум больше не балансировал на вершине. Мысли, пляшущие на острие иглы, скатились к подножию, в одну из долин. Сказанное монахом стало последним толчком, который прояснил для Бревича все.

Конечно, слова, высказанные вслух, были наивны, но в них, за ними, как за невзрачной оболочкой, крылось важнейшее из содержаний. Все встало на свои места; предмет веры, о тайне которого он выспрашивал у города, обрел конкретику – беспокойный призрак, стремящийся к тому же, к чему стремился он сам. Прочие концепции, учения, догмы, теории, выстроенные мудрецами, отпали, превратились в труху...

Бревич поднял голову и огляделся, будто заново привыкая к окружающему. Потом произнес твердым, не допускающим возражения голосом: «Первое: как его найти? И второе: как вступить с ним в контакт? Мне нужны детали – в практическом смысле!»

Монах стал бормотать нараспев – про скитания призраков и про судьбы, что их ожидают. В его речи не было ничего практического, но до ушей Ивана доходило иное. Партия продолжалась, но позицию на доске выстраивал теперь другой участник. В игру вступила Дара – и делала ходы за всех.

Ей не требовалась ничья помощь: духи умерших, снующие повсюду, занимали большое место в ее картине мира. Как любая тайка, Дара знала о призраках многое и могла рассуждать о них часами. Монах твердил свое, а она, под видом перевода, сочиняла на ходу – как дух убитой Нок первое время оставался неподалеку от ничего не подозревающего Ивана. Как он следовал за Бревичем повсюду и, конечно, вернулся вместе с ним в Бангкок, ибо – куда ему еще метнуться, чтобы обрести свободу, от кого ждать сигнала к освобождению, если не от самого близкого ему человека? Он и сейчас кружит где-то вблизи, найдя себе временное пристанище, вселившись – так делают все духи – в кого-то, выбранного им наугад. И этот «кто-то» объявится в свое время, выдаст себя, окажется рядом. Нужно будет только не упустить этот шанс...

Иван слушал внимательно и не задавал вопросов. У него в голове докладывался образ, долгожданная разгадка головоломки. Дара же фантазировала напропалую, чувствуя, что ее собственный шанс где-то рядом и уж она-то его не упустит. И шанс, действительно, скоро возник.

Монах вдруг замолчал, поднял голову вверх, к кроне дерева,

будто высматривая там что-то, а потом сказал негромко: «Но есть одна проблема».

Дара перевела, и Бревич нахмурился – новым проблемам сейчас было не время.

«Ты хотел забежать вперед, – продолжал монах, – но мы должны вернуться назад, к началу. Я полагаю, твоя Нок была хорошей девушкой?»

Иван угрюмо кивнул. «Тогда, – пожал плечами монах, – перед тобой трудная задача. Как гласит закон, твоя карма должна быть не хуже, чем у того, с кем ты хочешь возродиться вместе. У твоей жены карма была чиста, а какова твоя? Готов ли ты приложить усилие, чтобы сделать ее лучше, чище?»

Дара подобралась: было ясно – богиня Нанг Квак махнула ей рукой. В шахматной партии настало время двигать вперед ферзя. Она перевела сказанное, чуть изменив вопрос. «Готов ли ты отдать многое?» – добавила она в конце.

«Я готов, – твердо сказал Бревич. – Что именно я должен сделать?»

Он с трудом сдерживал нетерпение. Вдруг возникшая проблема, очевидно, имела решение – значит, он ее решит.

«Он говорит, что хочет помочь деньгами, – перевела Дара монаху. – Хочет одарить тех, кто беден – это ведь улучшит его карму?..»

Так возникла тема денег, вызвавшая у монаха оживление. Он разразился речью о том, что да, помощь бедным – это правильный путь, но при этом карму нельзя купить раз и навсегда. Одарение неимущих должно войти в привычку – формируя карму привычки. Нужно делать это как что-то обыденное, почти незаметное для себя.

«В одной из прежних жизней, – вещал он назидательно, – Будда был королем Виссантарой. Прозрев, Виссантара избрал щедрость главным каноном своей жизни. Он отдал нищим свою карету, потом – своих лошадей и слуг. Отдал братьям свое богатство и титул. Отдал своих детей в работники на чужой ферме и даже подарил простым людям своего волшебного белого слона…»

Все это было Даре на руку, ей даже ничего не приходилось добавлять. Бревич слушал, кивал, запоминал, глядя монаху в лицо, в его глаза змеи. Неподвижному взгляду было легко верить.

После истории о Виссантаре монах счел вопрос денег исчерпанным. Он вновь пустился в рассуждения о пути истинного буддиста, о воздержании и ритуалах, церемониях и молитвах, но Дара «переводила» совсем другое. Она твердо держалась одной и той же мысли: нужно отдавать. Нужно избавляться от того, что имеешь – Ивану оно только мешает. Нужно облегчить жизнь другим, это лучший рецепт, быть может единственный из доступных. Так и поднимаются по кармической лестнице, шагают с уровня на уровень, подобно древнему королю, пусть не у многих есть волшебный слон, с которым они готовы расстаться. У Ивана его тоже нет, но, возможно, и того, что есть, хватит, чтобы достичь своей цели…

«С уровня на уровень…» – повторил за ней Бревич. Его мозг просчитывал услышанное и не находил в нем изъянов. Все звучало верно, все сходилось во взаимозачетах с его собственной судьбой, с его жизнью.

«Белый слон, – усмехнулся он. – Слона тоже можно купить. Ну да ладно. Переведи: я могу, я готов помочь беднякам, пусть хоть целым деревням – но что случится потом?»

На это у Дары был готов ответ. Она спросила что-то у монаха, прослушала длинную тираду и «перевела»: «Гарантий нет. Есть лишь шанс, и ты можешь обратить его в свою пользу. Рано или поздно дух твоей Нок даст о себе знать. Он окажется рядом, все сойдется в одно, и тогда – если твоя карма будет готова – вы вместе обретете свободу, в одно время, с помыслами друг о друге. Большего требовать, увы, нельзя, но и это немало – по крайней мере, тут многое зависит от тебя!»

«Пожалуй…» – пробормотал Иван и почувствовал, что да, требовать большего он не может. Ни от монаха со змеиной повадкой, ни от кого-то другого – все, что ему пообещают сверх, будет уже слишком хорошо, чтобы оказаться правдой.

«Главное, помни, что говорил Будда – *by oneself, one is purified*[47]»,

---

47 Каждый очищает себя сам (англ.).

– произнес монах, подводя итог, показывая, что встреча подошла к концу.

«Главное, помни, что у щедрости нет и не может быть границ», – «перевела» Дара.

«*Our spirit will still remain and seek out through the need of attachment*[48]», – добавил монах, поднимаясь с земли.

На это Дара пробормотала: «Странно…» – а на улице за воротами тронула Бревича за рукав.

«Знаешь, что он сказал напоследок? – проговорила она с усмешкой. – Это тайская поговорка, что-то вроде ʼДержись своей звезды, она укажет тебе дорогуʼ. А ведь ʼзвездаʼ – так переводится мое имя. Может, мы встретились с тобой не случайно?»

Бревич усмехнулся вместе с ней. Потом она поинтересовалась: «Ты мной доволен? Тебе еще нужна моя помощь? Учти, в этой стране каждый, кто узнает, что у тебя есть деньги, тут же постарается тебя надуть».

Бревич поморщился, подумал и спросил: «Не желаешь ли поработать со мной – неделю, две, три? Я хорошо тебе заплачу».

«Что тут скажешь? – вздохнула Дара. – Я уже начала, как я теперь брошу тебя на полпути? Это было бы неправильно – мне ведь тоже нужно думать о своей карме…»

В такси она спросила Бревича: «В отель?»

«Да, в отель, в бар», – ответил тот. Ему срочно нужно было выпить, он вдруг почувствовал, что разговор в храме отнял у него все силы. Сил, однако, было не жаль – столь многое открылось ему наконец! В голове позванивало, но горячечная суета почти сошла на нет.

В баре Иван, несмотря на привычку и устойчивость к алкоголю, быстро напился пьян. Потом он пил еще и в своем пентхаусе, куда они отправились вместе с Дарой, прихватив с собой бутылку джина. Она чувствовала себя как рыба в воде: пьяный *фаранг* в гостиничном

---

48 Наш дух останется и будет искать без устали, чувствуя необходимость соединиться с кем-то (англ.).

номере – это было знакомо. Это было так просто – предупредить его желания, сделать его счастливым…

Они провели вместе всю вторую половину дня. Дара назаказывала еды, кормила Бревича чуть ли не с ложки, подливала спиртного, следила, чтобы он не трезвел. Иван совсем расслабился; его разум, утомленный борьбой с безумием, отдал безумию первенство. Оно теперь было вольно делать все что хочет – впрочем, Бревич не хотел многого, ему нужен был лишь отдых.

Он бормотал что-то с бессмысленной улыбкой на лице: «Зазубренных перекатов скорлупа в гнезде… Алмаз режет стекло-алюминий… В трещине подворотни дряхлый щегол…» Это было так приятно – наслаждаться абсурдом. Дара кивала ему, гладила его по руке. Она не понимала фраз, но чувствовала: никакие фразы уже не могут ей помешать.

Вечером она потащила его в ванную, мыла мыльной водой, взбивая пену. Потом настала очередь массажа, во время которого она как бы невзначай разделась, но большего у них не вышло, Иван просто заснул. «Ну и ладно», – произнесла Дара вслух, налила себе джина, накинула роскошный банный халат и подошла к окну.

Бангкок сиял, играл, искрился светом. От него исходили волны соблазна, зуд желания, энергия действия. Дара распахнула полы халата, открывая себя городу, и закусила губу – ее собственное желание становилось все острее. Впереди маячили большие деньги – это, вкупе с переливающимися огнями пространства, распростертого перед ней, возбуждало не на шутку.

Она провела ладонью между ног и обернулась на Бревича. Тот лежал на спине, совершенно голый, и негромко храпел.

«Пошалим…» – пробормотала Дара, сбросила халат и шагнула к Ивану. Он и не думал просыпаться. Она взяла его руку, погладила ею себя, потом влезла на кровать и присела над его лицом, чувствуя, что истекает влагой. Бревич все так же похрапывал; Дара осторожно опустилась ниже и уткнулась ему в лицо своей скользкой промежностью. Тот тяжело задышал, зачмокал. «О-ох…» – простонала она, подбираясь к финалу. И еще: «О-ох, о-оо-ох…»

Желание было нестерпимым, Дара почти не контролировала

себя. Она елозила по Ивану, вскрикивала и стонала, щипала ему соски. Когда она кончала, он застонал тоже – поддавшись эмоциям, она ущипнула его слишком сильно, впилась острыми ногтями. Думать об этом Дара не могла, ее сотрясали судороги – лишь чуть отдышавшись, она увидела, что один сосок Бревича почти кровоточит, а еще – что его естество неудержимо рвется ввысь.

«Ого», – прошептала она, потом умелыми руками довела Ивана до оргазма. Он так и не проснулся, лишь повернулся на бок, перестал храпеть и задышал беззвучно, умиротворенно, как большой ребенок. Дара укрыла его простыней и долго сидела рядом, глядя на его могучие плечи. Потом написала записку с обещанием позвонить наутро, неслышно оделась и поехала к себе.

Глава 29

На другой день Дара пригласила Бревича на ланч. Она пришла в строгом брючном костюме, не допускающем и намека на фривольность. Сразу сказала, что не голодна, заказала себе лишь кофе с сухим бисквитным пирожным. И потом отламывала от него по кусочку, манерно отставив в сторону мизинец – живя в Лондоне, она видела, что так делают англичанки.

Бревич, напротив, ел с аппетитом, несмотря на похмелье. Он чувствовал себя полным сил, был целеустремлен, хотел действий. Мятущийся призрак Нок утвердился в его голове идеей фикс. Он думал о нем все утро и – еще больше уверился, что монах прав, что решение найдено, план почти ясен.

Оставались технические детали – именно о них говорила Дара, Иван молча слушал. Она рассказывала о нуждающихся и бедствующих, о тех, кому трудно, чью убогую жизнь деньги Бревича могли бы облегчить. О нищих фермерских семьях, у которых отбирают землю. О девушках, которых продают в гоу-гоу бары. О беспризорных детях обоего пола, которыми кишит Бангкок. Их прибирают к рукам мафиозные сети, заставляют побираться на улицах, воровать по мелочи, а тех, кто посмазливее, подкладывают в постель богатым извращенцам…

Услышав о детях, Бревич почувствовал комок в горле. Он вспомнил младенца, которому было не суждено родиться, их с Нок ребенка, своего наследника, преемника. Его ждали не горести и нищета, напротив, впереди у него была благополучнейшая из судеб, но это не помогло ему ничуть…

У Ивана сковало мышцы лица, он сидел, словно окаменев. Дара заметила, что с ним не все ладно, но, не зная как реагировать, продолжала говорить. Через минуту Бревич справился с собой, откашлялся и остановил ее нетерпеливым жестом. «Я решил, – сказал он. – Это будут дети».

«Очень хорошо, – кивнула Дара. – Я сегодня же войду в контакт с кем нужно. Но я должна знать хотя бы примерную сумму».

«Пусть будет миллионов десять, – пожал плечами Иван. – Ну там, плюс-минус… Только нужно будет разбить по порциям. Чтобы, типа, вошло в привычку».

«Десять миллионов тайских бат?» – уточнила Дара. Это были большие деньги, столько стоил очень хороший дом.

«Долларов США», – буркнул Бревич и снова взялся за свой суп том-ям, от которого у него на лбу выступили капли пота. Съев две ложки, он продолжил: «Ну, если все пойдет хорошо, можно добавить еще столько же. Уж если станет привычкой…»

«А, Ок, – кивнула Дара. – Понятно».

У нее почти пропал дар речи, слова давались ей с трудом. «Я могу начать поиск и переговоры прямо сейчас», – еле выдавила она.

«Ну да, – сказал Бревич, – сейчас. Чего тянуть».

Дара быстро скомкала разговор и ушла. В такси у нее закружилась голова, она попросила водителя прибавить мощность кондиционера, щипала себя за руку, терла щеки ладонями. Войдя в свою маленькую квартирку, тут же влезла под душ – это всегда помогало ей собраться с духом. Так случилось и на этот раз – вытираясь полотенцем, Дара почувствовала, что может рассуждать здраво. По крайней мере, ей стали ясны две вещи. Во-первых, несмотря на заоблачность объявленной суммы, Бревич не врет, у него эти деньги есть. А во-вторых, кхмерская татуировка не была все же главной причиной ее успехов, а теперь и вовсе оказалась ни при чем. Потому что *такую* удачу могло принести только недвусмысленное благоволение богини Нанг Квак.

Она уселась с ногами в кресло и стала прикидывать практические шаги. Вскоре ей стала понятна и третья вещь: она сама не справится с этим делом, ей нужен партнер.

Конечно, это сильно все осложняло. Дара знала, что в свой бизнес лучше не вовлекать никого, иначе тебя наверняка подведут или обманут. Верить можно было только себе – но тут рассчитывать лишь на себя не получалось. Озвученное Бревичем количество денег далеко выходило за привычные ей рамки. Она никогда не думала о таких суммах, не имела понятия, как ведут себя люди, имеющие с ними дело, как общаться в их кругах, что говорить. Эта территория была ей незнакома – значит, рассудила Дара, она наделает фатальных ошибок. Потому что – это она знала твердо – очень быстро найдутся те, кто вынудит ее делать ошибки, захочет на них подловить. Большие куски притягивают серьезных хищников, в одиночку ей с ними не совладать.

К счастью, у нее на примете был подходящий человек. Дара еще подумала немного, потом взяла свой мобильный и набрала номер. «Привет, похотливый папочка, – сказала она деловито, – это я. Есть новый бизнес, нужно встретиться – срочно! Что ты делаешь после пяти?..»

Потом, положив трубку, она откинулась в кресле и наконец позволила себе расслабиться. Все было сделано правильно, она еще на шажок приблизилась к какой-то новой жизни. К какому-то заманчивому будущему... Дара представила себе Бревича, его грузную фигуру, угрюмое лицо. Он был сильный мужчина, но и ему было не совладать с ее коварством. Потому что за ней – все коварство Сиама... Она перенеслась мыслями к своему детству, к трущобам Бурирама. Потом к юности, проведенной в бангкокских барах, среди клиентов-*фарангов*. Вспоминала свое прошлое и шептала вслух: *«So proud to be Thai!*[49]*»*

Человека, на которого рассчитывала Дара, звали Джеф. Когда-то он был преуспевающим адвокатом в Бостоне, но попался на подделке поручительских документов, потерял лицензию, бросил

---

49   Я так горда быть тайкой! (англ.)

семью и уехал в Таиланд. С Дарой они познакомились вскоре после ее возвращения из Лондона – он нашел ее так же, как Бревич, для помощи с переводом. Потом ее помощь понадобилась ему еще раз, они подружились, стали иногда спать вместе, а вскоре провернули первую совместную сделку по отправке в Европу тайского контрафакта. В общении с таможенниками Дара проявила себя прекрасно, Джефа впечатлили ее хладнокровие и умение держать лицо. Потом было еще несколько дел, они окончательно притерлись друг к другу. Джеф видел в Даре большой потенциал, и она, в свою очередь, ценила его, как «входной билет» в западный мир – где вращаются большие деньги и обретаются обеспеченные мужчины.

В основном Джеф работал с инвесторами, слетающимися в Азию за легкой, не всегда законной наживой. Не гнушался он и мелкими аферами, благодаря которым завел знакомства в тайской полиции. За время, проведенное в Бангкоке, он еще не успел растерять американский лоск – умел носить хорошие костюмы и, если нужно, выглядеть «на миллион». Лучшего партнера для «обработки» Бревича Даре было не найти.

Они встретились у Джефа дома, немного выпили, похохмили, посмеялись, потом он попытался было затащить ее в постель, но Дара отмахнулась: «Погоди. Я пришла с серьезным делом – ты даже не представляешь, насколько серьезным. Вчера я подцепила на крючок одного русского психа…»

Она рассказала Джефу всю историю. Тот поверил не сразу, но после дотошного расспроса убедился, что она не сочиняет и не пытается на что-то его развести. За вечер они разработали план действий, включавший схему, благодаря которой деньги Бревича будут оседать в гонконгском банке. И договорились на другой же день открыть для этого совместный счет через знакомого Джефу банкира.

Когда речь зашла о банковском счете в далеком Гонконге, где она никого и ничего не знала, у Дары возникли понятные сомнения. Она потребовала гарантий, что Джеф не обманет ее и не прикарманит всю прибыль. Ему пришлось пообещать, что деньги можно будет снимать со счета лишь совместно, имея на ордере подписи их обоих.

«Ну, хорошо, – сказала Дара. – Только имей в виду, *darling*, если ты меня надуешь, я найду способ отомстить. Как говорят ревнивые тайские жены, скормлю твой *dick* уткам».

«Что ты, *darling*, зачем мне это, – ухмыльнулся Джеф, подходя к ней сзади и запуская ладонь под футболку. – У нас с тобой долгое светлое будущее!» При этом он подумал, что подпись Дары нетрудно будет скопировать на факс.

«Только вот я боюсь одного – добавил он, разворачивая ее к себе лицом. – Ты уверена, что этот русский запал на твои сказки по полной? Вдруг он заподозрит что-то и соскочит с крючка, предварительно оттрахав тебя во все дырки?»

«Вот странно, – подумала Дара. – Джеф, конечно, человек серьезный, с ним можно делать дела, но при этом он не понимает очевидных вещей...»

Она, впрочем, не подала вида, что удивлена его наивностью. Лишь пожала плечами и разъяснила то, что знает любая девчонка из бара. «Во-первых, – сказала она, – *фаранги* глупы, когда дело касается денег. Во-вторых, они еще глупее, когда дело касается женщин. А в-третьих, ему никуда не деться, потому что... – и Дара с удовольствием произнесла главную мантру всех путан Сукхумвита и Патпонга, Паттайи, Самуи и Пхукета. – Потому что, – сказала она, – *Thai pussy is number one!*[50]»

Через два дня они были готовы. Состоялась встреча с Бревичем, где Джеф проявил себя во всей красе. Он смотрелся как солидный чиновник, а не средней руки мошенник. Представился куратором международной программы, предъявил бизнес-карточку одного из благотворительных фондов и тут же предложил глянуть на веб-сайт этого фонда, который он сам смастерил за сутки. Сайт выглядел не хуже, чем сам Джеф. Он был полон впечатляющих фото – на их фоне Дара рассказала несколько историй о голодающих детях Исаана, о том, как родители продают их в столицу, а фонд помогает им выжить...

Все звучало и смотрелось правдиво. Изведшийся от ожидания

---

50 Тайская «киска» лучше всех! (англ.)

Бревич хотел поверить и поверил. Ему не терпелось начать – дух Нок будто слал ему безмолвные сигналы: скорей, скорей.

«Как вы думаете, – спросил он, – в каком режиме переводить деньги, с какой частотой? Так, чтобы это было оптимально для кармы».

«Делай это каждое утро перед завтраком, – предложила Дара. – Что может быть естественнее утренней привычки?»

Иван почувствовал, что ему, как всегда, нечего ей возразить. Правота упрощенности придавала ее словам какую-то предельную убедительность.

На следующее утро он сделал первый трансфер. Потом, после завтрака, Дара повезла его за город. По дороге они заехали на рынок и купили два десятка живых рыбин, которых им упаковали в пластиковые пакеты с водой.

«Это хороший буддистский жест – мы будто дарим им новую жизнь», – сказала Дара. Они остановились у пруда в небольшой роще, спустились к воде и стали выпускать рыб на волю. Иван завороженно смотрел, как те били хвостами, сигали прочь, потом возвращались назад и поедали брошенный Дарой хлеб. Он размазывал брызги по лицу и радовался как ребенок – и она, глядя на него, радовалась тоже, они оба были почти искренне беззаботно-счастливы. Потом наступило время обеда, и в ресторане Даре пришло сообщение от Джефа о том, что «пожертвование» поступило на счет.

Она сказала Ивану: «Твои деньги получены. Я горжусь тобой – ты делаешь такую правильную вещь!»

Бревич, внезапно и остро, почувствовал облегчение. Будто отданное им само по себе сбросило часть груза с его плеч. Он расслабленно, благодушно развалился на стуле с бокалом пива, потом вдруг встрепенулся и пробормотал: «Знаешь, я хочу сегодня вечером послать еще. Ты не думаешь, что это будет чересчур?»

«Да нет, – ответила та, – ведь это твой первый день. Понятно, что ты нетерпелив в первый день. Так начинаются все привычки».

Вернувшись в отель, Иван включил лэптоп и сделал еще один трансфер. Потом был массаж, но без продолжений, Дара даже не стала раздеваться. Когда она собиралась домой, начался ливень. «Зачем тебе ехать? Оставайся во второй спальне», – предложил Бревич. Дара согласилась. Ближе к ночи, когда она уже была в постели, ее телефон чуть слышно тренькнул. Джеф вновь прислал сообщение, подтвердив получение и второго перевода. Дара лежала в комфортабельной кровати, лениво поигрывала со своим клитором и думала, что такого идеального дня у нее, быть может, не было в жизни никогда.

Глава 30

Следующим утром Бревич проснулся в дурном расположении духа. Всю ночь ему мерещилось что-то – за портьерами, у письменного стола, в углу у шкафа. Пару раз он вскакивал, светил фонариком смартфона, пытался высмотреть врага. Но в комнате было пусто – или же враг затаивался, не выдавал себя…

Уже очнувшись от сна, но не открывая глаз, Иван попытался вспомнить вчерашних рыб, отпущенных на свободу, свою безмятежную радость, но перед внутренним взором почему-то возникал лишь монах, похожий на змея. Он – и еще переплетение теней на циновке; тени дрожали мелкой дрожью, от этого у Ивана кружилась голова, к горлу подступала дурнота. Сделав над собой усилие, Бревич поднялся, пошел в гостиную и сделал трансфер. Это – осмысленное, нужное действие – принесло облегчение, но ненадолго. Что-то было не так с его разумом, с его внутренним миром, он сам уже не мог не отдавать себе в этом отчет. Мозг будто застилала мутная пелена, за которой происходило движение, лихорадочная суета, не различимая снаружи. Иван замычал, выругался сквозь зубы, но тут отворилась дверь второй спальни, оттуда вышла Дара. Это странным образом успокоило его – и за завтраком он вел себя как обычно, даже пытался шутить.

Потом, в течение дня, ему вновь несколько раз становилось не по себе. Помогало лишь присутствие Дары – осознав это, Иван, глядя в сторону и мучительно морща лоб, предложил ей переехать к нему на время. Дара согласилась – это как нельзя лучше соответствовало ее планам. За вещами они отправились вместе – Бревич, хмурый, насупленный, сидел на кухне и ждал, пока она соберется. Потом повез ее на ужин, но сам почти не ел и сидел молча, то ухмыляясь чему-то, то вновь мрачнея. Дара приложила много усилий – и в ресторане, и затем в номере – чтобы отвлечь его от гнетущих мыслей, удержать в равновесии и уложить спать. Наконец он уснул, а она забралась на софу в гостиной и задумалась – ситуация явно выходила из-под контроля.

Ей было понятно, это – обратная сторона монеты, следствие ненормальности Ивана, без которой не сработала бы и их с Джефом афера. Но и с обратной стороной нужно было что-то делать: непредсказуемость Бревича могла все испортить. Руку следовало держать на пульсе, но как контролировать безумие – даже ей, хорошо умеющей приспосабливаться к мужчинам? К тому же Иван отказывался от секса – это еще добавляло беспокойства, для Дары контроль над мужчиной во многом был связан с контролем над его потенцией…

Ночью, лежа в кровати, она продолжала размышлять, к ней – неслыханное дело – не шел сон. Ей становилось все тревожнее: нездоровый разум Ивана мог нарушить их планы в любой момент. Что, если он взбрыкнет и действительно «соскочит с крючка», как и говорил Джеф? Сегодня он получил что хотел – ее переезд – но завтра потребуется что-то новое. Чем она может его удивить?.. Ситуация раскачивалась, как утлая лодка, и Дара не понимала, за какой рычаг дернуть, чтобы остановить раскачку. При этом она чувствовала: решение – где-то здесь, рядом. Нужное слово зудело в подсознании, никак не выбираясь наружу. Дара злилась на себя, по привычке щипала себе предплечье, и с очередным щипком решение наконец пришло. Слово пришло, оно действительно лежало на поверхности, было неотделимо – от Бревича, от его угрюмого взгляда, от пораненного соска несколько вечеров назад…

Утром Дара отлучилась ненадолго и приобрела нужную атрибутику. Ее было немало: зажимы, восковые свечи, семирядное игольчатое колесико с удобной рифленой рукояткой, несколько деталей одежды. Продавщица предложила ей еще и набор фаллоимитаторов, игриво при этом подмигнув. Дара подумала и отрицательно покачала головой.

В такси, на пути к отелю, она размышляла над сценарием. Это возбудило ее саму – Дара еле дождалась вечера. После ужина она уединилась в своей спальне, но скоро вышла оттуда, переодетая в банный халат. Подошла к Ивану и предложила как ни в чем не бывало: «Массаж?»

Бревич бродил по номеру со стаканом джина в руке, не находя себе места. «Массаж? Да, массаж…» – пробормотал он в ответ, было видно, что голова его занята другим. Они немного постояли у окна, потом он пошел в свою комнату, разделся и лег на кровать лицом вниз.

Дара сбросила халат, под ним было короткое полупрозрачное платье медсестры. Потом натянула черную маску, закрывающую пол-лица – почему-то это придало ей уверенности. Помассировав Ивана с четверть часа, она сказала: «Ты слишком напряжен. Есть одно средство, чтобы тебя расслабить – переворачивайся, и давай прикроем твой взгляд от света…»

Бревич с удивлением посмотрел на ее наряд, но промолчал. Она надела ему повязку на глаза, потом зажгла свечу, погладила его по руке и сказала: «Верь мне». Спросила: «Веришь?» Иван молча кивнул. «И не бойся», – добавила Дара, наклонила свечу и начала капать расплавленным воском ему на живот.

Он судорожно напрягся, но почти сразу расслабился, издав странный звук. Дара произнесла: «*Welcome to my world*[51]», – подражая кому-то, хоть и не помнила кому. Бревич глубоко дышал, вцепившись пальцами в простыню. Она повторила: «*Welcome*», – взяла два зажима и защемила ему соски, внимательно следя за его реакцией. Иван не сопротивлялся, но у него менялось лицо. От гримасы к гримасе – страдания, прояснения, приятия…

Она стала капать воском ближе к его паху и отметила могучую

51 Добро пожаловать в мой мир (англ.).

эрекцию. Потом он завозился, зачмокал губами, стал вертеть головой, будто искал что-то. Дара поняла, что он хочет ее плоти. Она забралась на кровать поверх него, опустилась ему на лицо, заерзала властно, будто бы заставляя доставлять ей удовольствие, а сама занялась его членом. Почти полчаса не позволяла ему кончать, пустила в ход еще три зажима, водила зубчатым колесиком по бедрам… Потом наконец разрешила ему излиться.

Бревич долго дергался в судорогах, а после, когда все закончилось, разрыдался. Стал бормотать неразборчиво, мешая вместе английские и русские слова. Дара почти ничего не понимала, лишь уловила, что он жалуется ей – на что-то невыносимое, ставшее сильнее его. Это действительно было так – Иван, чуть ли не впервые в жизни, не боялся показаться слабым, вызвать чью-то жалость. Дара гладила его по голове, зная, что еще один важный шаг сделан – она имеет над ним контроль.

Потом Бревич затих, некоторое время они лежали рядом, не говоря ни слова. Вскоре он уснул. Дара накрыла его простыней и пошла к себе.

С тех пор сессии «терапии» стали повторяться каждый вечер. Они стали для Ивана настоящим открытием – и, в каком-то смысле, спасением. Боль физическая оттесняла в сторону любую другую, заставляла мозг смещать акценты, свои «операционные центры». Она сама становилась центром – общим знаменателем под дробной чертой. Как невидимая субстанция, она пронизывала окружающее, перекидывала мосты между сознанием и телом, между осязаемым и эфемерным, потусторонним. От нее в глазах рассыпались искры – то был свет каких-то невиданных звезд. Свет новых солнц, зовущих к себе.

Перед сессиями они с Дарой обычно сидели в баре на крыше. Говорили мало – лишь потягивали напитки и смотрели на ночной город. Как всегда, к вечеру Иван становился взбудоражен, взвинчен, его разум застилал вязкий туман. Но теперь это можно было терпеть, с ним рядом находился надежный лекарь. Бревич знал – скоро они отправятся в номер и можно будет отдаться инициативе Дары, сосредоточиться на физических ощущениях.

Боль, как наркотик, как милосердный опиоид, избавит от тревоги, от невыносимой суеты в мозгу. Ее импульсы восстановят на время видимость порядка в расшатывающейся системе, возвращая ее с острия иглы назад в долину, демпфируя энергетические излишки. Так голдстоунские бозоны поддерживают структуру, сохраняют асимметрию, мог бы сказать Иван, если бы знал такие слова…

Сексуальное наслаждение, которое он испытывал, тоже стало для него неожиданностью. Тело реагировало на испытание болью с удивительным энтузиазмом, всякий раз награждая в ответ сильнейшим оргазмом. Это отдавало чем-то мазохистским, но Бревич не стыдился себя. Все казалось естественным – как проявление еще одной из черт его брутальной натуры. В конце концов, вся его жизнь крупного бизнесмена, проходящая под постоянным прессингом, была как будто тренировкой смены ролей. Удовлетворение от борьбы было чем-то схоже с удовольствием от боли. Долгие годы бизнеса словно выкристаллизовали инвариант реакций, являющий себя теперь под зажимами и горячим воском…

После сессий Иван, обычно немногословный, становился разговорчив, без стеснения говорил о себе. Такова была степень его доверия к Даре после того, как он отдавал в ее власть свои болевые точки. Впрочем, это продолжалось недолго – очень скоро Бревича одолевала сонливость. Речь его становилась бессвязна, переходила в удовлетворенное сопение. Тогда Дара неслышно выскальзывала из постели и шла в свою спальню.

Там происходил ее собственный ежевечерний ритуал – наиприятнейший из возможных. Она забиралась под одеяло с новеньким смартфоном и – вновь и вновь – подсчитывала свою долю из тех денег, что они с Джефом «заработали» на настоящий момент. Каждое утро она узнавала от Бревича об очередной транзакции, а к концу дня получала подтверждение, что средства поступили на счет. Все это она аккуратно фиксировала и перед сном подводила текущий баланс. Подсчет плавно перетекал в мечты – о том, как она распорядится своим богатством, когда вся «акция» наконец завершится.

О конкретике «завершения» она старалась не думать. Было ясно, что Бревич должен будет исчезнуть из их жизни – когда эту мысль отогнать все же не удавалось, Дара убеждала себя, что «исчезнуть» может иметь разные смыслы. Например, покинуть Таиланд навсегда – хотя, конечно, в глубине души она знала, что полумерами обойтись не выйдет. Хорошо еще, если удастся склонить Бревича к исчезновению по собственной воле, в погоне за «освобожденным» духом его Нок…

Впрочем, говорила она себе сердито, пусть это будет проблема Джефа. Он *фаранг* и не верит в Будду – вот пусть и портит свою карму. А касательно ее собственной у Дары, еще со времен гоу-гоу прошлого, были в запасе надежные аргументы для самоуспокоения. Во-первых, она помогает своей семье – это ее долг, самый главный кармический фактор. Во-вторых, Бревич – иностранец, не таец; обман иностранца считается не так сильно, может даже не считаться вовсе. Это лишь восстановление справедливости – почему у них, у западников, полно денег, они ездят на хороших машинах, путешествуют по миру? Почему они покупают что хотят, а ей, Даре, приходится лезть из кожи вон, чтобы просто сводить концы с концами? А ведь она тайка, представительница Сиама – то есть она объективно лучше всех *фарангов* и заслуживает счастливой доли…

Доводы были непробиваемы, безупречны. К тому же, продолжала убеждать себя Дара, когда деньги будут у нее в руках, она позаботится о своей карме наилучшим образом, куда более эффективно, чем сейчас. Например, она каждый день будет раздавать несколько банкнот нищим у храмов. Это войдет у нее в привычку – она хорошо запомнила слова монаха о силе «привычной» кармы. Допустим, прикидывала Дара, она сможет ежедневно жертвовать по сто бат. А ведь у нее при этом будут миллионы – нет, десятки миллионов… Это прекрасная сделка. Вот как нужно тратиться на карму, а не так, как этот псих Бревич. Ну а что с него взять, он же не таец!

Впрочем, следовало признать: к Ивану Дара испытывала невольное уважение. Она даже чувствовала с ним некую общность – они вместе делали важное дело! Прибавляла Бревичу очков и искренность, с которой он вживался в местные реалии, то, как он воспринимал буддизм – не в виде отвлеченных сущностей, а в практическом смысле, для решения своих проблем. Это совпадало с тем, как относилась к религии она сама – утилитарно и прагматично, как к чему-то способному оказать поддержку в трудные дни.

Да, говорила себе Дара, этот русский, пожалуй, лучший из всех *фарангов*, кого она знает. Он даже лучше Джефа, которому раньше принадлежала пальма первенства. Джеф хитер, но Бревич все же совсем из другой лиги. Во-первых, он сказочно богат и обогащает ее, Дару. А во-вторых, хоть он и повелся на их приманку, дал себя провести, он все равно сильнее всех и когда-то, в самом высшем смысле, поквитается за все. Поквитается с судьбой, с врагами, может даже и с Таиландом, и с Джефом… Только бы ему не пришло в голову поквитаться с ней самой. Главное – уйти с его пути, как с пути мчащегося поезда, когда он окончательно съедет с катушек.

Глава 31

Тем временем в Москве в расследовании убийства Нок был сделан шаг вперед. Следственная группа, зайдя было в тупик в связи со смертью Данилова и исчезновением Сахнова, продолжала искать зацепки, и на одном из совещаний было решено взглянуть пристальнее на бывшую жену Бревича, Инну Витзон. Шустрый следователь, который вел ее первый, безрезультатный допрос, проявил настойчивость в прокуратуре и получил доступ к истории телефонных разговоров Инны. Вскоре была выявлена интересная картина ее звонков на один из номеров Данилова, внезапно прекратившихся незадолго до попытки похищения. Тогда Инну вызвали в полицию и допросили уже очень тщательно, оказав сильное психологическое давление.

Допрос длился почти шесть часов. Инна рыдала, падала в обморок, несколько раз теряла над собой контроль, но все же интуитивно выбрала верную тактику. В слезах она призналась, что да, они были любовниками и ей стало известно, что «Санек» замышляет что-то, чтобы отомстить Бревичу, но она не могла и подумать, что это всерьез – ведь он был такой тряпка! Она и бросила его из-за этого, ей осточертело его нытье – а что это случилось за две недели до трагедии, совпадение, не более…

Ее отпустили, взяв подписку о невыезде, но информация о допросе просочилась к полковнику Сибирякову. Тот решил поделиться ею с Бревичем и позвонил в Бангкок, когда там была глубокая ночь. Иван долго не понимал спросонья, кто это и чего от него хотят, потом наконец понял, выслушал, помолчал и сказал: «Спасибо. Завтра я подумаю над этим».

«Да, подумай, – пророкотал в трубке голос Сибирякова. – У твоей бывшей явно рыльце в пушку, хоть и нет доказательств. Для следаков она пока неперспективна, но, если им заплатить, ее возьмут в разработку по-серьезному, как, типа, сообщницу. Обвинение может и не состряпают, но нервы так потреплют, что запомнит надолго. Вот и будет расплата, какая-никакая».

«Я понял», – буркнул Бревич и отключился. Глухо выматерился, отшвырнул мобильный, лег на спину, раскинул руки и так, без сна, пролежал остаток ночи.

Ему тут же стало ясно, что Инна была частью истории, он лишь удивлялся, что не понял этого сразу. По-другому быть не могло – теперь, глядя словно издалека, он отчетливо видел, сколько яда, желчи, нерастраченных обид на жизнь умещалось в ее душе. Все это должно было выплеснуться когда-то и вот – выплеснулось в полной мере… Бревич скрипел зубами, сжимал кулаки. В нем бушевал порыв – мстить Инне, рушить ее жизнь. Натравить на нее следователей – пусть прессуют по полной, корежат, сминают ее личность!

И тут же возникали сомнения – вдруг это навредит его карме, над которой он уже потрудился, которая так важна? Что, если Инна невиновна все же – или виновна лишь чуть-чуть, не слишком? Вдруг отмщение перечеркнет разом помощь тайским детям и его уверенность в том, что он на пути, на правильном пути к новой жизни? Будущее звало, оно значило куда больше, чем разборки с никчемным прошлым!

Тут же он думал о самой Инне Витзон, об унылых годах, что они провели вместе. Память подсовывала полуразмытый образ, включавший немногое – в основном «понты», составляющие содержание ее жизни, и склонность к истерикам как проявление «утонченной женской натуры». Он вспоминал ее нудные рассуждения, полные вычитанных в Сети штампов, ее большую, вялую вагину, похожую на полумертвого моллюска… Отсюда, из Бангкока, было видно: ей жутко не повезло. Не повезло с местом рождения, с воспитанием и характером. С окружением, с генетикой, с общим складом ума… Она уже наказана судьбой – может, и это довод? Может, стоит лишь пожалеть ее, не более?

С этим он задремал, но утром очнулся в мучительнейшем смятении. Имя Инны разбередило память; демоны, вспугнутые ночным звонком, подтолкнули его безумие ближе к краю. Он сел на кровати, стиснув лицо в ладонях, посидел и крикнул с мольбой в голосе: «Дара!» И еще: «Дара, иди сюда!»

Дара была в гостиной; услышав крик, она тут же побежала к нему. Иван, не вставая, привлек ее к себе, обхватил руками бедра, уткнулся головой в живот. Она замерла, не зная, что ей делать. Бревич вдохнул запах ее тела и хрипло проговорил: «Поедем к монаху. Я не понимаю – сколько мне еще ждать?»

«Конечно. Поедем, – мягко сказала Дара. – Я договорюсь, давай позавтракаем для начала…»

Было ясно: ситуация вновь ухудшилась, ее нужно было как-то выправлять. Не очень понимая, как именно, Дара решила выиграть немного времени. Она позвонила в храм и назначила встречу со знакомым им монахом через два дня.

«Он уехал в горы, – пояснила она Ивану. – Медитирует в одиночестве, ему так нужно. Наверное, хочет стать ближе к нирване».

«Нирвана, *fuck*, – сморщился Бревич. – Ну Ок», – и улегся на кровать.

«Если я тебе не нужна, можно мне отлучиться ненадолго?» – спросила Дара. Ей хотелось обсудить все с Джефом.

«Нет, нельзя, – сказал Бревич. – Будь тут, без тебя мне плохо. Если тебе что-то нужно, позвони консьержу, они все купят и принесут».

«Хорошо, как скажешь, – успокоила его Дара. Ей все меньше нравился его взгляд. – Может, хочешь массаж? Или поиграем в игры?»

«Не сейчас», – буркнул Бревич, не глядя на нее.

Дара проворковала что-то успокаивающее, забралась с

ногами в кресло и написала Джефу: «Он психует. У него вот-вот поедет крыша».

«Сделай так, чтобы он перевел всю оставшуюся сумму сразу», – ответил тот.

«Как я это сделаю, гений?» – вспылила Дара. Потом, чуть успокоившись, добавила: «Послезавтра мы едем в храм, я попробую придумать что-то. А пока нужно его подбодрить».

«Вечером зайди с ним на наш сайт, – откликнулся Джеф. – И не трусь, я в тебя верю. *Thai pussy is number one!*»

После ужина Дара потащила Бревича в бар и там показала ему обновленный сайт фиктивного фонда. Джеф постарался: раздел новостей пестрел благодарностями анонимному жертвователю. На другой странице было расписано, куда пошли деньги, кому и как помогли. Были и фотографии – страшных трущоб, помоек и несчастных детей, у которых с помощью Бревича будто бы изменилась судьба.

Бревич долго рассматривал снимки, читал благодарности. Потом задумался и вдруг повернулся к Даре, глаза его пылали. «Я чувствую, – сказал он, – я готов. Моя *весомая* карма готова. Я хочу освободиться – нет смысла ждать. Мы должны отыскать ее дух!»

Дара поняла, что развязка, какова бы она ни была, приближается неотвратимо. «Я с тобой согласна, – кивнула она, – мы нажмем на монаха. Он единственный, кто может помочь. Думаю, после медитации в горах у него должна лучше варить голова... И вот, кстати, раз уж свобода близится, не хотел ли бы ты дать своей карме решительный толчок вверх? Мне на днях звонили из фонда – у них затевается строительство приюта. Представь: ты подаришь беспризорным детям большой дом. Это не хуже, чем волшебный белый слон!»

Иван тяжело глянул, ей пришлось напрячь все силы, чтобы не отвести глаз. «Что ж, подарю, – проговорил он медленно. – Подарю, когда ее дух будет со мной. Перед самым освобождением – я должен знать точно. Должен чувствовать – и я почувствую, не сомневайся».

Было видно, что дальше нажимать на него не стоит. «Конечно, ты прав, – сказала Дара и взяла его за руку. – Будь спокоен, чутье тебя не обманет».

Тем же вечером она заметила, что Бревич стал по-другому

реагировать на боль. Эрекции не было, он просто терпел – терпел и не мог отвлечься от своих мыслей. Боль больше не успокаивала, ее кванты перестали справляться с хаотической раскачкой. Разум метался, отрицая порядок, и никакие бозоны уже не могли вернуть ему покой.

Время до встречи с монахом Иван провел, лежа на кровати и потягивая спиртное. Любые действия казались ему неуместными, они лишь отвлекали от сосредоточенного ожидания. Дара была с ним – сидела неподалеку, разгадывая кроссворды в тайском журнале.

Когда они ехали в храм, Бревич неожиданно повеселел. «Ну вот, – сказал он Даре, – сейчас все решится, так или иначе». Она согласно кивнула, по-прежнему не понимая, что ей делать, если встреча закончится ничем.

Разговор с монахом длился недолго. Тот, бросив на Бревича беглый взгляд, сразу сказал: «Объясни ему: убить себя – это капкан, тупик».

«Он не спрашивает об этом, – попыталась возразить Дара. – Он просто больше не может ждать, пока ее дух проявит себя. Он пришел спросить совета…»

«Зачем бы он ни пришел, – перебил ее монах, – я вижу, что у него в голове. Если он покончит с собой, никакого воссоединения не случится. Если он при этом заберет еще чью-то жизнь, его карма будет испорчена навсегда».

Дара стала переводить, монах не отрывал от нее взгляда. Почему-то она не решилась слишком уж переврать его слова. «Он говорит, – перевела она, – что твое освобождение должно наступить само. Он настаивает, чтобы я произнесла это вслух: Будда не приемлет самоубийств!»

Иван отмахнулся: «Знаю, знаю. Ничего такого не будет, мы просто полетаем как птицы… Скажи ему, что мы пришли не за этим. Скажи, что спасены дети, что скоро я построю им дом. Что я не буду мстить никому за прошлое, что я готов – ГОТОВ! Осталось только понять – где, когда, как? Где найти, как подать сигнал?»

«Что-что?» – переспросила Дара. Речь Бревича была не

очень внятна. У него на висках вздулись жилы, он хмурился и глядел недобро.

Иван повторил, она послушно перевела. «Ты можешь лишь медитировать и молиться», – пожал плечами монах. Ему явно больше нечего было сказать. Дара понимала: все висит на волоске.

«Мысль определяет… Твое намерение определяет… Энергия воли…» – пробормотал еще монах и встал. Бревич отвернулся и уставился вдаль. Чувствовалось, что его нервы натянуты, как струна.

Раздались глухие раскаты грома, собиралась гроза. Монах озабоченно посмотрел на небо, и тут Дару вдруг осенило. «Он имеет в виду, – 'перевела' она Бревичу, – что энергия твоей воли копится, как в грозовой туче. Она ударит как молния – это и будет сигнал. Она сверкнет – и ты все увидишь сам в ее свете».

Бревич впился в нее зрачками. Переспросил: «Молния?» – потом повторил слово, пожевал губами, будто пробуя его на вкус. И вдруг крикнул: «Да! Молния – это имеет смысл!» – Вскочил на ноги и потянул за собой Дару: «Домой!»

Такси долго ползло по пробкам. Бревич молчал – было видно, что он напряженно раздумывает над чем-то. Дара не решалась мешать ему, но, когда они зашли в номер, все же сказала: «Наверное, тебе нужно собрать свои эмоции воедино – чтобы притянуть разряд. Нужно, чтобы то, что переживаешь ты, совпало с пережитым ею когда-то – вспомни, где у вас был какой-то важный, эмоциональный момент?»

Она действовала по наитию, у нее не было никакого плана. Просто импровизировала, не зная, куда это заведет. Кто-то будто тянул ее за язык – быть может, все та же богиня удачи.

Бревич задумался над ее вопросом, поразмыслил несколько минут и вдруг выкрикнул: «Знаю!» Зашагал по комнате, возбужденно жестикулируя, потом замер, повернулся к Даре и сказал: «Готовься. Готовь самое красивое платье – мы идем ужинать на верхотуру. Молнии притягиваются к высоким точкам – моя молния ударит там!»

Он расхохотался и вновь забегал по комнате. У него был совершенно сумасшедший вид. Он взмахивал руками, щурил глаза, бормотал бессмысленные вещи. «Я пересчитал приметы по пальцам... они летят в бричке к концу света... ваше блюдце раскололось на множество кусков...»

Дара по-прежнему не имела понятия, чем все это закончится, но видела: от нее больше ничего не зависит. Бревичу было невозможно перечить, она могла лишь послушно следовать за ним. Будто и в самом деле энергия его воли, его желаний искривила пространство, изменила реальность вокруг него – как и учил Будда.

За стеклом продолжало грохотать, потом небеса разверзлись, начался ливень. «Ха-ха, – злобно рассмеялся Бревич, подбежав к окну, – трюкачи! Мне подсказывают, а я и сам уже знаю! – И обернулся к Даре: – Массаж?»

Эта сессия получилась интенсивной донельзя. Бревич реагировал очень остро, дергал лицом, стонал сквозь зубы, но не сопротивлялся, полностью отдав Даре инициативу. Она шептала: «Я чувствую, ты восприимчив до предела. Твои рецепторы чутки как никогда. Ты весь наэлектризован – ты готов, да, готов. Ого, как у тебя стоит!..»

После бурного оргазма Иван не впал в сонливость, как обычно, а будто даже посвежел, напитался силой. Он залез под душ, пел там песни, вопил их во весь голос. Дара не знала, что думать, к чему быть готовой, лишь чувствовала, что развязка уже близка. Она взяла телефон, но тут же отложила его в сторону. Потом вновь схватила, стала было писать сообщение Джефу, чуть подумала и стерла все буквы. Тот все равно не мог ей помочь.

В ресторане, по настоянию Бревича, им дали тот же столик, где он когда-то сидел с Нок. Воздух был чист после грозы, жара спала. Иван с удовольствием подставлял лицо порывам ветра, потирал ладони, то и дело оглядывался по сторонам. Дара была на взводе, не имея ни малейшего представления, как себя вести.

Тем не менее нужно было что-то делать. Заказав напитки, она взяла руку Бревича в свою и забормотала: «Я чувствую что-то: от тебя исходят вихри. Я чувствую, она здесь, тебе лишь нужно соприкоснуться с ее духом. Он в нашем мире и не в нашем, он там, где его видят и не видят, слышат, не слышат...»

Иван кивал, его пальцы были холодны как лед. Шли минуты,

ничего не происходило. Дара была в отчаянии, у нее заканчивались варианты действий. «Дай, я посмотрю по твоей руке...» – начала было она, но тут Бревич стиснул ее ладонь так, что, казалось, хрустнуло запястье, и воскликнул жутковатым шепотом: «Вот она! Вот!»

Глянув ему в лицо, Дара поняла, что он не шутит. Что каким-то непостижимым образом он и впрямь разглядел, услышал, поверил: та, кто им нужен, где-то здесь, рядом. Дара проследила за его взглядом. У ограды стояла девушка, обеими руками удерживая волосы, которые трепал ветер. Платье облепило ее тело, казалось, она сейчас взлетит, унесется прочь. В ней была какая-то необъяснимая странность, неуловимый изъян, подвох...

По невероятному совпадению это была почти точная копия образа, что врезался Ивану в память – так стояла Нок в последний вечер в Бангкоке, здесь же, в этом же ресторане, у этой же ограды. Не хватало лишь браслета на тонкой руке, но браслет был неважен. Призрак в поисках выхода мог пренебречь браслетом, понял Бревич и вновь шепнул: «Она!» Шепнул и расслабился, стал вдруг почти нормален. Все совпало – действительность и фантазии, слова монаха и жесты судьбы. У него получилось: все было в его руках и никто уже не мог ему помешать.

Дара не знала, что пришло ей на помощь, но сомневаться в убежденности Бревича не приходилось. И она мысленно, в который уже раз, поблагодарила богиню Нанг Квак за ее поддержку. Тем временем девушка в легком платье отошла от ограды и села за столик неподалеку, рядом с мужчиной-европейцем.

«Познакомься с ними», – тихо сказал Бревич.

Дара кивнула, встала, пошла в дамскую комнату, а на обратном пути, проходя мимо девушки, спросила ее о чем-то. У них завязался разговор, и вскоре все четверо уже сидели за одним столом. Началось знакомство, пара назвала свои имена. «Тина», – произнесла Тина. «Тео», – протянул Бревичу руку Тео.

Глава 32

Даре не составило труда расположить к себе девушку, которую «опознал» Бревич. С первого же взгляда она поняла, что та имеет исаанские корни и, скорее всего, родилась неподалеку от Лаоса. Это было верно лишь наполовину, но и половины хватило вполне.

«Не из Удон-Тхани ли ты, сестра?» – спросила она. Эта провинция была главным поставщиком «кадров» для бангкокских гоу-гоу баров – Дара хорошо знала, как себя держат, какие словечки употребляют девчонки, приехавшие оттуда. Разговор завязался естественно: две землячки встретились в престижном столичном ресторане, обе, судя по всему, неплохо обжились, у обеих были мужчины-*фаранги*. Это давало много поводов для шуток, и Дара умело использовала их, развеселив Тину. А потом будто спохватилась: «Кстати, сегодня мой день рождения, не хотите отпраздновать вместе? Иван, – она кивнула на Бревича, – тоже будет очень рад!»

Отказ выглядел бы невежливо. Тина и Тео переглянулись, пожали плечами и согласились.

«У нас тоже есть повод, – гордо сказала Тина, когда все перезнакомились друг с другом. – Тео только что закончил большую работу. Он из науки – изучает, что происходит у нас в мозгах».

«Еще один псих, – подумала Дара, а вслух воскликнула: – Интересно! Может, научите нас читать мысли?»

Тео сморщился и покрутил в воздухе рукой. Дара тут же сменила тему, позвала официанта, спросила у него что-то и стала по-тайски болтать с Тиной об Исаане.

Бревич, до того сидевший молча, покряхтел и уставился на Тео. «Вы здесь часто бываете?» – спросил он, стараясь звучать учтиво.

«Нет, – покачал тот головой, – впервые, хоть и живем тут рядом».

Иван кивнул, подумав: «Сходится!» – и оглядел собеседников с благодушной ухмылкой. Он пребывал в прекрасном состоянии духа, внутри него, впервые за многие дни, царили мир и покой. Незнакомцы, сидящие напротив, олицетворяли победу над несовершенством мира, над его враждебностью, его коварством. Все случайности сошлись вместе, сложились в нужный вектор. В закономерность, которая отвечала его целям, была сонаправлена с его волей.

Официант принес закуски. Дара церемонно поухаживала за Бревичем, положила чуть-чуть себе и, для поддержания беседы, спросила Тео очень светским тоном: «Ну, как вам Таиланд?»

«Неоднозначно», – откликнулся Тео. Дара удивленно моргнула. Это был не тот ответ, которого она ожидала.

«Большая палитра, как абстрактная картина. То, что на ней, можно толковать по-разному, – попытался пояснить Тео. – Но я, конечно, благодарен Бангкоку», – он с улыбкой кивнул на Тину.

Дара улыбнулась в ответ, но злобно ощерилась внутри. Как все соотечественники, она не терпела сомнений в отношении Таиланда, короля и Будды.

«Многие говорят, что Таиланд волшебен, – проговорила она задумчиво. – Побывавшие здесь обязательно возвращаются – его магии нельзя противиться».

«Магия… *Little mystical mumbo jumbo*[52], – пробормотал Тео с усмешкой. – Ну не знаю, мне об этом трудно судить. Хоть, признаться, я вижу: да, сюда может тянуть вновь и вновь».

«Здесь, у нас, настоящая жизнь, – сказала Дара, обращаясь к Тине. – Не так ли, сестра? Я жила на Западе, там холодно и скучно».

Тео ей не нравился, она сразу распознала в нем врага – и для

---

52 Маленькие мистические штучки-дрючки (англ.).

этого ей не пришлось лазить по углам с фонариком, как Ивану. В едва заметной ухмылке, которая была у него на губах, ей виделось превосходство – непонятно, над чем. Может быть, надо всем сразу – это чрезвычайно раздражало Дару, противореча ее представлениям о жизни. Тео явно не был богат, одевался недорого, но при этом считал себя вправе смотреть как-то свысока... Или не свысока? – Она никак не могла разобраться, что бесило ее еще больше.

«Тайские улыбки часто лживы, а истинная магия подразумевает искренность», – сказал Тео, не обращаясь ни к кому конкретно.

«Ка[53]», – Дара согласно наклонила голову. Ей вдруг стало ясно: он напоминает ненавистнейший для барных фей тип мужчин. Тех, что не ведутся на жалостные истории и не верят во внезапную любовь. Не теряют голову и не шлют потом денег из-за рубежа. И к тому же не дают чаевых – а если дают, то немного.

«При этом тайцы очень приветливы друг с другом, – продолжал Тео. – И это нельзя не уважать!»

«Ка-а, – промяукала Дара и обратилась к Тине: – Знаешь, я провела в Англии несколько лет. Они наделали разных умных штук, но все равно не знают, как жить, и не верят словам тех, кто знает. Они смотрят на мир через фотокамеры айфонов и через экраны своих ТиВи... – Она повернулась к Тео: – У меня тоже есть телевизор, и есть айфон, и я люблю делать фото. Я фотографирую еду и себя саму везде, где только бываю. Но я знаю, как жить – знаю путь, который указал Будда!»

«А у меня нет айфона, – беспечно улыбнулась Тина. – У меня дешевый китайский телефон. Но я тоже знаю, как жить – лучше, чем кто-либо, особенно сейчас».

«И я. Особенно сейчас», – проборматал Бревич и прикрыл веки. В его чертах сквозило что-то снисходительное, покровительственное, как у человека, который действительно знает все. Знает все, что будет, и понимает, что спорить не о чем.

«Ха-ха-ха, – посмеялась Дара. – Ты молодец, сестра. Нам легко знать, потому что мы несем в себе веру. А вы, – она опять обратилась

---

53 Да (тайск.).

к Тео, – вы не верите ни во что. Для вас магия – *mumbo jumbo*, а мы видим, что она везде вокруг!»

Она не могла совладать с собой, Тео раздражал ее все сильнее. То, что он говорил, было неправильно, недопустимо. Он иностранец, он обязан любить Таиланд, потому что, если вдуматься, вся ее страна – *number one*, а не только тайская *pussy*. *Фаранг* должен тратить тут свои деньги – ничем другим он Таиланду не интересен. Потом *фаранг* должен уехать – его деньгами тут распорядятся без него. Но, пока он здесь, он обязан уважать, ценить окружающее, даже и восхищаться – хоть его самого не уважает тут никто...

«Настоящая магия – это Объект Б, – заявила Тина, приходя Тео на помощь. – А также невидимая стрела в послезавтра».

«Настоящая магия – это математика, – сказал Тео. - В ней гармония и величайшая мощь, по сравнению с которой магия – детский лепет. Но я согласен – Азия завлекает».

«У меня есть магическая татуировка, – лукаво прищурилась Дара. – Жаль, что я не могу вам ее показать, ха-ха-ха...»

Ей вдруг стало спокойнее, ощущение врага почти исчезло. «Математика... Точно, псих, – подумала она. – Чуть что, лезет в дебри. Значит, даст слабину в решающий момент».

«Как вам еда? - спросила она у всех. - Лично я предпочла бы что-нибудь поострее».

Они заговорили о тайской кухне, потом о дне рождения Дары. Тео произнес тост, атмосфера разрядилась. Дара стала рассказывать про Лондон, а Бревич исподтишка посматривал на Тину и думал – удивительно, что дух Нок выбрал эту, непохожую на нее, юную, странноватую девчонку. А может вовсе и не удивительно – Нок, наверное, хочет обновления, омоложения. Он и сам, будь он на ее месте, предпочел бы вселиться не в потрепанного жизнью мужчину под пятьдесят, а в молодого самца с горящими глазами... Как бы то ни было, сомнений не возникало - Нок была здесь, с ним рядом. Об этом говорило все: неуловимая отчужденность Тины, ее чуть косящий взгляд, даже рыжая прядь в волосах. Да и ее лицо - так ли оно непохоже на самом деле? Тайские лица - они будто разные, а будто и нет...

После закусок Дара увела Тину в дамскую комнату. Иван наполнил бокалы и спросил: «Выпьем?»

«Да», – легко согласился Тео.

«Вообще, давай напьемся», – предложил Иван.

«Давай», – махнул рукой Тео. Он ощущал приятную расслабленность человека, только что завершившего долгое дело. Трудное дело – он заслужил отдых. Может даже маленькое безумство.

В воздухе была редкая для Бангкока свежесть, столики обдувал легкий ветер. «Хорошо, что днем случилась гроза», – сказал Тео. Бревич кивнул с усмешкой, взял свой бокал и сделал большой глоток.

Потом вернулись их женщины, бойко обсуждая что-то. «У нас идея – объявила Дара. – Давайте все съедим и переберемся в *Jokey*. Это клуб по соседству, – объяснила она Бревичу. – Он крутой, там классно».

«Будем танцевать!» – поддержала ее Тина и рассмеялась. Тео отметил, что никогда не видел ее такой.

В клуб пошли пешком. Узкая полудорога-полутропа петляла среди дворов и зданий. По ней рыскали чадящие скутеры, сновали собаки, толкали свои тележки продавцы еды. Всем было весело, споры забылись. Поскользнувшись и чуть не угодив в лужу, Тео обернулся к Даре и заявил чуть нетрезвым голосом: «Я только что понял: на самом деле я очень люблю Таиланд!»

«Лжец! – воскликнула та со смехом, хлопая его по плечу. – Лжец и дамский угодник!»

«А вон там – наш дом, – сказала Тина. – Кстати, не подождете ли меня буквально минуту? Я хочу поменять туфли».

Ждать решили в кондиционированном холле. Бревич осмотрелся по сторонам, глянул Тине вслед на двери лифта. Он не сомневался: это еще один из знаков, которые подает ему Нок. Показывает, где ее искать, чтобы уже больше не терять из виду... Вечер можно было заканчивать прямо сейчас. Все было ясно, танцы в клубе ничего не могли добавить. Тем не менее Иван медлил, ему почему-то не хотелось расставаться с этими двумя так сразу. Наблюдать за Нок в чужом теле было как-то обостренно-волнительно, непривычно, почти запретно...

В клубе, лишь только глянув на Бревича, им предложили самый удобный столик. На нем тут же появились самые дорогие шампанское и скотч. Девушки отправились на танцпол, а Иван с Тео развалились в креслах со стаканами в руках.

«Помаши рукой своему, – шепнула Тине Дара, – чтобы он не чувствовал себя покинутым. Ты с ним давно?»

«Два месяца, – честно сказала Тина. – Хоть кажется, что уже полжизни».

«Ну да, – кивнула Дара. – Так оно и бывает…»

Тина вызывала в ней все больше любопытства. Дара пыталась понять, почему Бревич так решительно выделил ее из всех, почему сам, по собственной воле, клюнул на нее, на наивнейшую из приманок – и не могла взять этого в толк. Также ей было невдомек, что же такого нашел в ней Тео. При всех его странностях он все же выглядел как вполне приличный мужчина – в Бангкоке такие были нарасхват. Тина не обладала ни женской цепкостью, ни какой-то особой сексуальностью; она, на взгляд Дары, была очень обычна. И тем не менее два видных европейца носятся с ней как с писаной торбой!

Они танцевали долго, и Дара так и сяк пыталась найти к Тине подход. Расспрашивала ее про Тео, про подробности их жизни. Поинтересовалась, что ее мужчина любит есть, не скуп ли он, большой ли у него член.

«Не знаю, – смутилась Тина, – мне не с чем сравнить».

«А, понятно… – задумчиво проговорила Дара и вдруг спросила: – Ты его любишь?»

«Да, наверное, – пожала плечами Тина. – А ты? Ты-то любишь своего *фаранга*?»

Дара помедлила и «призналась»: «Пожалуй, нет. Я хорошо к нему отношусь, но люблю я себя и никого больше». Потом, поддавшись внезапному импульсу сочувствия к сестре-тайке, добавила: «Тебе тоже советую», – и прикусила язык, вспомнив о Бревиче и о его намерениях, неизвестных пока и ей самой.

Тем временем Иван и Тео накачивались шотландским виски. Тео быстро опьянел и сделался болтлив – стал разглагольствовать о Таиланде и Западе, о религиях и мифах, христианстве и Будде. Бревич кивал, почти не слушая, размышляя о том, что, с богами или без, в богатых ли странах или в самых бедных, этот мир все равно ублюдочен и увечен. Лишь порою, из ниоткуда, возникает светлый луч и все вдруг обретает смысл – таким лучом в его жизни стала Нок. А затем, если луч гаснет, отвращение наваливается стократ. И никто не может помочь – ни монах со змеиной повадкой, ни сам Будда, явись он тут внезапно, ни золотой телец с кубышкой алмазов. Алмазами искрится небо; среди них – другое Солнце. В этом – единственный оставшийся смысл.

Мимо них прошли два пожилых американца в окружении нескольких таек. Девушки ласково щебетали что-то, заглядывая мужчинам в глаза. «А вот этих, – хмыкнул Бревич, – их тоже направляет Будда?»

«Думаю, – откликнулся Тео, – что они искренне в него верят. Роль богов не в том, чтобы куда-то направить; путь указывает лишь одно – человеческая природа, которую не изменить никаким 'всевышним'. Истинная значимость любого бога только в том, что он создан как абстрактная идея – столь убедительная, что она захватывает умы, выталкивает сознание за пределы обыденного. Человек наделяет смыслом статуи и фигуры, изображения святынь. Разум человека и ничто другое создает содержание, связанное с ними – без работы разума этого содержания, то есть богов как таковых, не было бы вовсе. Человек придумывает божество, полагает его всесильным, но, на деле, сам властвует над божеством; человеческий разум – высшее, что есть».

«Да, – пробормотал Бревич с усмешкой, – моя воля – самое могучее, что есть. Сегодня я в этом убедился».

Он поднял глаза на Тео, чувствуя с ним какое-то внезапное единение. Причиной этому был виски и – что-то еще.

Тео же продолжал: «Сам по себе Будда, по существу, бессилен. Можно создать любую, сколь угодно глубокую философию, систему веры вокруг каждого отдельного бога, но это будет не его заслуга, а твоя. Система веры отражает не значимость божества, а лишь твою собственную воображенческую мощь. Я, стоя перед Буддой, знаю: этот Будда может лишь то, что я осмелюсь придумать, во что я осмелюсь поверить. Ну – в зависимости от того, насколько у меня крепкие яйца, как говорят в народе. Насколько большой *йонг*, как говорят в народе. Или нет – ха-ха – не *йонг*, а Объект Б!»

«Что такое Объект Б?» – спросил вдруг Бревич совершенно трезвым голосом. Он услышал это слово во второй раз, и почему-то оно его задело.

«То, что остается после тебя, – ответил Тео. – Остается и, может быть, живет вечно. Может, путешествует к другим звездам».

«К другому Солнцу?» – Иван сузил глаза. Слова Тео встревожили его. Они будто проверяли на прочность то, что он уже понял и принял. Стройную картину в его голове, которой не нужны были никакие проверки.

«Можно сказать и так, – поморщился Тео, – но не суть. Лучше не забираться в эти дебри».

«А потом что – другая жизнь?» – не отставал Бревич.

Тео рассмеялся пьяноватым смехом: «Я не люблю фантазий на эти темы. Но сейчас я нетрезв, потому отвечу: да, так можно сказать тоже».

«О том же говорила и моя женщина», – пробормотал Иван.

Тео продолжил, не расслышав: «Можно сказать так, можно и по-другому, никто не знает точно, включая меня. Я не могу проникнуть туда математикой, и вообще, признаюсь, обо всем этом трудно думать. Мысль о возрождении, о новых жизнях, равнозначна мысли о предельнейшем одиночестве».

«Это я слышал, – усмехнулся Бревич. – Они говорят – мол, страшно потеряться. Ха-ха… Они говорили это мне, но не знали, кто на что способен… Потеряться – *fuck*! Они не знают – ничего не знают обо мне и моей карме. Я был рекрут кармы, меня взяли в строй; я нашел свою женщину, она была со мной, рядом. Теперь я витязь кармы, а потом – потом сделаюсь всадником! Я буду смотреть вдаль с коня. Я буду *видеть* вдаль с коня. Нести будет меня мой конь…»

Что-то в нем изменилось, он вдруг стал выглядеть то ли пьяным, то ли не вполне здоровым. При этом его голос, гримасы, жесты были переполнены животной силой.

«Витязь кармы – да, – проговорил Тео. – Это как раз про Объект Б...»

Ему сделалось неуютно, захотелось отсесть или вообще уйти. А Бревич продолжал в той же манере: «Твой Объект? Хорошо, пусть. В нем тоже есть полет. Полет, свобода... Океан слез - сплошная соль, но его дхарма имеет вкус свободы!»

«Я понял», - сказал Тео, потом извинился и отправился в туалет. Иван погрузился в свои мысли. Он не был так уж пьян, скорее – возбужден, к нему вернулась ясность. Он победил этого математика, тот выдал себя, проявил свою слабость, боязнь грядущего - что ж, ему поделом. Одиночка виден в нем за версту, его идеи никому не понятны, а ясность базируется на вере большого социума, в ней мощь. Карма, призраки, духи - пусть звучит убого, но подтверждения везде вокруг. А самое главное подтверждение в том, что он вновь нашел Нок - и Бревич зашарил глазами по танцполу, высматривая Тину, как свою неделимую собственность.

Вернувшись к столику, Тео увидел, что туда подошли и Тина с Дарой, чтобы выпить шампанского. Он, с преувеличенной любезностью, бросился ухаживать за ними, чуть не перевернув ведерко со льдом. «За вас, прекрасные дамы!» - поднял он свой стакан с виски, чувствуя, что его пошатывает. Тина посмотрела на него с тревогой, но тут опять зазвучала музыка, и Дара увлекла ее с собой.

«За прекрасных дам!» - повторил Тео, салютуя стаканом им вслед.

«Да, за них», - негромко проговорил Бревич. Он вновь был спокоен и благодушен - казалось, ничто в мире не могло бы вывести его из себя.

«Говоря еще о богах - ты, наверное, слышал вот такое: бог есть любовь, - обратился к нему Тео. - Но любовь - больше, чем бог! Бога порождаешь ты сам, но любовь не может быть ни порождена тобой, ни отменена. Ты можешь лишь ее предать, стать ее недостойным. Это твой единственный выбор в отношении любви: предать ее или нет... - Тео облокотился на стол, подавшись вперед, и признался:

– Тут, с Тиной, я понял, что ничего не знаю о любви. В том числе и в рамках моей теории Объектов Б!»

«Верно, – сказал Бревич. – Предать, не предать… Моя женщина, наверное, имела в виду то же».

Музыка стала громче, Иван и Тео говорили свое, почти не слыша друг друга. Слова казались бессвязными, а взгляд Ивана был прикован к Тине с Дарой, танцующим неподалеку. «Я был рекрут кармы, меня взяли в строй…» – повторял он и смотрел – с невыразимой нежностью, так не вязавшейся с его обрюзгшим лицом, с его жесткой, грубой натурой. «Будто берет пальцами тончайшую пушинку», – подумал про себя Тео и услышал сквозь музыку: «В тот самый раз… Когда я видел ее в последний раз…» Это звучало странно в отношении Дары – и при этом в тоне Бревича была отнюдь не тоска…

Все вдруг стало выглядеть ирреально, фантасмагорично. Тео потряс головой, чтобы сбросить наваждение, и ощутил: ему что-то не нравится и он не может понять что. По телу прошла дрожь, его на мгновение потрясла непрочность, ненадежность всего на свете – и особенно того, что имеешь, чем дорожишь. Многое ли зависит от него самого? Что ждет впереди – прозрение или, может, страдание? Какое-то далекое предчувствие накатывало, отступало, дразнило…

Бревич заметил, что собеседнику не по себе, и сам замолчал. С ним самим все было прекрасно, именно так, как нужно. Его собственное прозрение состоялось, привело к цели. Ему больше не нужно было осознавать, искать что-то – пусть этим занимаются другие. Хоть вот этот Тео, например, если у него такая карма. Он, Бревич, готов передать ему эстафету. Ему или любому, кто захочет взгромоздить на себя груз, что был на его плечах!

Пьяный взгляд Ивана расплывался, действительность расслаивалась как табачный дым. Лицо Нок вставало перед глазами, стройная фигурка Нок, потом лицо Тины… Он теперь видел: между ними почти нет разницы. Они слились в одно – и лишь одно было в его голове: скоро, очень скоро он и Нок воссоединятся, освободятся вместе. Эта мысль была физически ощутима, у него даже заломило виски. И он вдруг почувствовал сильнейшее нетерпение, такое, что почти нельзя было вынести.

Бревич поймал зрачками взгляд Дары и жестом поманил ее к себе. Вскоре обе девушки сидели за столиком; Тина держала Тео за руку и что-то шептала ему на ухо. Даре бросилось в глаза: эти двое связаны чем-то очень прочным. То же стало отчетливо видно и Ивану.

Он с трудом удержал себя в руках. Покрутил ладонями стакан, отставил в сторону и сказал, громко, хрипло, не заботясь о приличии: «Потанцевали и будет. Пора прощаться, у меня завтра трудный день. – И бросил Даре: – Собирайся!»

Та тут же нацепила сумочку на плечо. Иван сделал знак официанту и затребовал счет. Тео полез было за деньгами, намереваясь заплатить половину, но Бревич категорично отмел эту попытку. Было видно, что с ним бесполезно спорить.

«Пусть это будет мой вклад в математику – наверное, это тоже улучшает карму», – проговорил он хмуро и вдруг посмотрел на Тину – неприкрыто, в упор, смутив ее своим взглядом.

В такси он сел мрачнее тучи. «Все нормально?» – спросила Дара.

«Ни черта не нормально, – буркнул Бревич. – Математик не отдаст ее, он хочет забрать, зацапать то, что принадлежит мне. Нужно решать вопрос – сейчас, сразу. Сегодня, завтра, немедля!»

«Хорошо, – тут же откликнулась Дара. – Все под контролем, мы знаем, где они живут. – И обратилась к водителю: – Останови-ка».

Таксист прижался к тротуару. Дара вышла и набрала Джефа. «Все на мази, – сказала она. – Клиент созрел, но есть проблема. Нужно срочно увидеться – не телефонный разговор…»

Иван смотрел на нее через боковое стекло и морщился, понимая, что больше не хочет ее видеть. В ней не хватало чего-то главного – того, что было в Нок и угадывалось в Тине. Но раздумывать над этим не хотелось – теперь главным было другое. Долгожданное, выстраданное, финальное.

В его голове шумело от выпитого, в глазах мерцало что-то – отблеск недавних молний? Бревич представлял: они с Нок несутся навстречу друг другу среди грозы, среди всех самых буйных гроз. Сквозь времена и пространства, с безумными скоростями. По траекториям, что вот-вот должны пересечься.

КОНЕЦ КАРАНТИНА

Глава 33

Место пребывания моей фантомной сущности погружено в полумрак. Это ранние сумерки или, может, рассвет – какое-то неизменное теперь время суток. Звук медной струны выводит меня из очередного кратковременного забытья.

Я полулежу все в том же кресле, в той же комнате, но она поменяла облик. Из нее нет выхода, вместо двери – сплошная стена. Исчезли шкаф с одеждой и портьеры на окне, за стеклом – одна и та же картинка: зимний парк, хмурое, низко нависшее небо и хлопья снега, медленно скользящие вниз. Аллея парка сужается к горизонту. Сенсорный пульт не действует, пейзаж не изменить. И ничего уже не изменить: мой Карантин подходит к концу.

Не знаю, что происходит за пределами спальни, до размеров которой сжалась для меня действительность. Я не уверен даже, что вообще нахожусь в том же блоке, по соседству с Эльзой. Быть может, я уже отделен, изолирован, абстрагирован. Может, у Эльзы новый сосед и они живут своей жизнью в ином, не связанном со мной пространстве. Так или не так, это лишь мои фантазии, не более. И мне, в общем, все равно.

Экран теперь никогда не гаснет, тускло мерцает серым. На нем лишь одно слово: СКОРО. Ожидание длится и длится, счет времени мною потерян. Не могу сказать, прошли ли сутки, трое, пятеро – или, может, неделя, две. Так и должно быть, об этом предупреждал

Нестор. Он, кстати, до сих пор остается единственным связующим звеном между мной и каким бы то ни было внешним миром. Порой экран начинает мигать, слово пропадает, и на его месте появляется знакомое лицо с высоким лбом. Он приходит не по обязанности, в свои часы отдыха – просто поговорить. По крайней мере, по его собственным словам.

«Имейте в виду, – сказал он при первом своем явлении, – я не должен этого делать. – И добавил, несколько язвительно: – Впрочем, я не замечал, чтобы вы так уж ценили мою дружбу. Может, хоть теперь вам станет неловко…»

Наши с ним разговоры коротки – я быстро устаю. Моя сущность стареет, я замечаю это с каждым новым вздохом, поворотом головы, с каждым взглядом на свои руки. Все идет по плану, успокоил меня Нестор, это связано напрямую с формированием реального меня *там*. В настоящей моей новой жизни, в новом младенчестве – с зачатками всех воспоминаний, всех знаний, что я восстановил. Они активируются в свое время естественным путем, сказал он. Когда мой новый мозг – настоящий мозг – станет готов к общению с моим Объектом. Когда он созреет для осознания себя. *Cogito me cogitare.*

Устав, я дремлю – в вязкой тьме без снов. Потом вновь звучит струна – я подскакиваю в кресле, гляжу на экран, вижу все то же «СКОРО». И вспоминаю – как очнулся в пустом подъезде, как знакомился с Эльзой, спорил с Нестором, вгрызался в свои теории. Как провел в этом месте, месте Карантина, удивительное время. И как наконец решился его покинуть.

Перед тем как пришло решение, я вновь вспомнил свою смерть – а к сновидению, что привело меня к ней, подбирался почти неделю. Оно складывалось из осколков, как цветной витраж, по неосторожности сброшенный на пол. Я пригонял их друг к другу, шаг за шагом заполнял пробелы. Дни тянулись привычно: прогулки с Эльзой, все пестующей свою обиду, и короткие беседы с Нестором – ни о чем, мы почти не касались ни его, ни моей науки. Облако Объектов, их группировка, скрытая подоплека связи судеб – все это будто зависло в воздухе, ожидая своего часа. Может быть, я свыкался с масштабом проблематики – и Нестор, чувствуя это, давал мне время. Или просто скрытничал по какой-то причине – порой мне казалось, что он помалкивает со смыслом, но любопытствовать в открытую я не хотел.

А потом витраж сложился в целое – тот сон был долог, нарочито детален. Вся пьяная ночь – ресторан, клуб, знакомство с русским богачом и его подругой – воспроизводилась поминутно, без купюр. Я прожил еще раз, слово за словом, наши разговоры, все их странные повороты. А проснувшись, понял: где-то здесь, рядом, за условной границей, притаилось главнейшее из воспоминаний – и дотянуться до него нетрудно.

Я встал, прошелся по комнате, выглянул в окно. За стеклом был незнакомый городской пейзаж. Я отошел поспешно, не стал на него отвлекаться. Не позволил себе – было ясно, что я стою перед выбором: вспомнить все до конца сейчас или остановиться, отложить на потом, смалодушничав, даже струсив. Выругался сквозь зубы, сел в кресло, закрыл глаза. Моя память только этого и ждала – замелькали картинки, одна за другой. Вот мы, распрощавшись с Иваном и Дарой, идем домой из клуба. Почему-то нам невесело, несмотря на выпитый алкоголь. Вот Тина вдруг всплескивает руками: «Ну зачем, зачем я дала ей номер своего телефона?» Вот уже внутри, в квартире, она садится на кровать и говорит: «Давай уедем куда-нибудь. Прямо завтра. Или, может, прямо сейчас?»

Ее тревога была очень искренней – я не понимал, в чем состоит опасность, но не стал перечить. Мы решили, что следующим же утром возьмем напрокат машину и отправимся в Хуа Хин, к морю. Ночью мы оба почти не спали – опять же, без всяких на то причин. Затем был рассвет, мрачный вид из окна, низкие тучи, мое похмелье. Тревога Тины никуда не исчезла, а, казалось, еще усилилась, она была сама не своя. Мы стали собираться; пока Тина возилась в ванной, я хотел сделать кофе и обнаружил, что у нас кончилась питьевая вода. Натянул старые кроссовки и крикнул ей: «Сейчас вернусь».

«Ты куда?» – спросила Тина, высунув голову из-за двери.

«В 7-11 напротив», – сказал я и добавил что-то шутливое.

Тина не улыбнулась, она смотрела на меня пристально и серьезно.

Я ободряюще подмигнул ей, вышел из квартиры. И больше не видел ее никогда.

И почти ничего больше не видел – лишь несколько последних бессвязных кадров. Лоток торговки прямо у подъезда – от него несет дымом жаровни. Вереница розовых такси у тротуара, тут же автобус, в который грузятся туристы. Вынырнувший из потока машин мотоцикл, на нем двое в черных шлемах – и вдруг тот, что сидит сзади, выхватывает черный предмет из-под куртки. Отблеск вороной стали, длинный ствол – и я сам, замерший на тротуаре не в силах двинуться с места...

Я вспомнил все это от секунды к секунде, зная: вот он, конец моей жизни. Вновь, как и в первый день Карантина, меня окатил ледяной ужас – но лишь на мгновение, на краткий миг. Миг прошел, и ужас отступил прочь. Его сменила отрешенность, я будто оторвался наконец от прошлого, окончательно разорвав пуповину. Оно стало независимо от меня, как пачка пожелтевших от времени фотоснимков. Я мог перекладывать их в любом порядке, рассматривать под любым углом. Я мог сколь угодно *осознавать*...

И осознание приходило понемногу, а с ним приходила боль, которую я предчувствовал, сидя с Эльзой у ночника. Боль потери, вопль нервных волокон близости, которую разрезали по живому. Стиснув кулаки, вжавшись в кресло, я переживал ее – раз, другой, третий – зная, что не смогу разделить ее ни с кем. Я старался запрятать ее поглубже внутрь и понимал, что уже видел ее тень и отблеск, слышал ее отзвук. Все той же ночью – в глазах Бревича, в его хриплом голосе, в его усмешке.

Завтракать я не пошел, остался в спальне, бродил из угла в угол – час, другой – бормоча что-то вполголоса. Долго стоял у окна, вглядываясь во все тот же урбанистический пейзаж. Казалось, абстрактный город включал в себя все места, где я жил, но в то же время не был похож ни на одно из них. Серые здания, река, мосты. Очертания, контуры, силуэты. Геометрия, сплетение пунктиров, по которым сходятся и расходятся жизни... Бесконечные росчерки черной туши – ими словно обозначено твое будущее в тайных скрижалях. В тех, до которых не дотянуться – на метабране, в

Облаке Объектов. Там, где твой собственный консионный вихрь как-то вписан в мирозданческую структуру. Им распоряжаются неодолимые силы, дергают за ниточки тебя, паяца, подсовывают тебе крохи счастья, краткие мгновения удач, восторгов. И ты радуешься как дитя, а потом горюешь, когда пунктирные линии сворачивают внезапно, каждая в свою сторону – и вот уже бегут прочь друг от друга, стремительно, необратимо. А тебе остается лишь память – ее не отключишь, она тиранит тебя из жизни в жизнь. Память и твое «я», твой разум, твой открытый всему пространству, подвластный прихотям судьбы Объект Б…

В полдень на экране объявился Нестор. Я рассказал – сухо и сжато, без эмоций: ресторан, Бревич, Тина и ее тревога, а потом – мотоцикл, вынырнувший из потока, двое седоков, черный шлем, длинный ствол. На этом мы закончили – Нестор понял, что я не расположен к долгой беседе.

«Жаль, – пожал он плечами, – как раз сегодня у меня есть что вам сказать, но давайте отложим…» – и пропал, отключившись. Я вздохнул было с облегчением, но почувствовал вдруг, что сыт затворничеством по горло. Встал, сделал еще круг по спальне и решительно толкнул дверь в гостиную.

Там была Эльза. «Наконец-то! – обернулась она ко мне. – Еще минута, и ты бы меня не застал. Я собиралась гулять одна – не надеясь уже дождаться тебя сегодня».

«Я вновь видел свою гибель, – сказал я, садясь за стол. – И я видел, как мы с Тиной попрощались в последний раз. Наша история была недолгой, ей не случилось задержаться в моей жизни. Так же, как и твоим бойфрендам, тут мы с тобой похожи…»

Потом, на набережной, я, во второй раз за день, пересказал утреннюю цепочку воспоминаний – чувствуя при этом какое-то новое беспокойство. Мне теперь казалось, что я ухватил не все, упустил что-то важное и след его утерян. Эльза слушала, не перебивая, крепко держа меня за руку, а когда я закончил, произнесла негромко: «Интересно все же, что это за случайные такие знакомцы, что к вам подсели?»

Я отмахнулся: «Кто бы они ни были, не в них дело. Бревич…

Видимо, судьба послала мне его, чтобы я понял какую-то важную вещь напоследок. Что-то было такое в его словах, мы говорили о карме – вот, здесь я снова думаю об этом, но совсем по-другому. На ином качественном уровне – быть может, мне удастся даже облечь это в формулы...»

Светило солнце, синело ясное небо. Волн почти не было, треугольники парусов плавно скользили в безупречном ультрамарине. Среди этой идиллии было странно говорить о смерти, особенно о своей.

Мимо прошла пара, увлеченная разговором. Девушка с короткой стрижкой втолковывала своему спутнику: «...Когда во мне подрагивает хорошо эрегированный член, я будто чувствую, как звенит струна. И это восхитительно!»

Ее голос разносился далеко вокруг, словно резонируя – от перил, от плитки променада. Эльза обернулась, задержалась на них взглядом. А мне вдруг снова вспомнился разговор в ресторане.

«Он называл себя кармическим воином, – сказал я. – Говорил, что был рекрутом кармы и его женщина была с ним рядом. Потом его пытались сбить с пути, но не смогли – он как-то там нашел, чем ответить. И сделался витязем кармы, а после собирался стать всадником – чего, не помню...»

Меня вдруг передернуло – вместе со словами пришло ощущение животной силы, исходящей от Бревича, вспомнилась судорога в его лице. Я сжал ладонь Эльзы, она быстро глянула на меня и усмехнулась: «Да, кармический воин – это звучит волнующе. И вообще – воин... Думаю, его женщина была с ним счастлива».

«Что ж, – добавила она, – а ты теперь, получается, не узнаешь, что же случилось с твоей Тиной дальше. Тебе ведь это уже не приснится».

Я проглотил комок, отвернулся к морю. Потом произнес через силу: «Очевидно, у нее продолжалась жизнь – надеюсь, она была долгой. Или продолжится, или сейчас продолжается – грамматика тут пасует. Время в том, земном мире и в здешнем, нашем, течет по-разному. Связь между ними – лишь через Объекты Б, через закодированные в них опыты. Тонкая, невидимая нить – через равнодушнейшее пространство».

Потом мы просто шли молча, а когда повернули назад, я вдруг вспомнил утренний пейзаж за окном и свои невеселые мысли – о контурах и пунктирах, о скрижалях судьбы в Облаке на метабране, которые не прочесть, не потрогать. Нет, об этом я не хотел говорить с Эльзой – не хотел, но вдруг признался: «Я понял сегодня – здесь, на Карантине, всем должно становиться ясно: предчувствие потери тех, кто тебе по-настоящему дорог, и есть самый главный страх. Он приходит на смену страху смерти, когда узнаешь, что тебе суждено жить снова. Когда вдруг понимаешь, как это – иметь, терять и лишь гадать потом, найдешь ли вновь. И видеть все отчетливей: вероятность очень мала».

Та же пара вновь попалась нам навстречу. Теперь говорил мужчина – почти неслышно, склонившись к уху своей спутницы. До нас донеслись лишь обрывки: «...медленно, как окаменевшая река... Но и ее камень текуч по-своему...»

На этот раз я, а не Эльза, обернулся и проводил их взглядом. Потом продолжил: «Вероятность ничтожна. Тут вы можете родиться в разное время, в разных местах, в непохожих обличьях и не узнать друг о друге ни в одной из следующих жизней. И останется лишь гадать – в одном ли вы времени, в одной ли точке пространства, есть ли у вас шанс?»

Эльза вдруг топнула ногой и сказала сердито: «Тебе не кажется, что ты просто наворовал моих мыслей? Я уже твердила тебе – та самая группировка тех самых твоих Объектов есть прямой путь к сиротству. Вот и впускай кого-то в свое сердце... А смерти я не слишком-то боялась и без того!»

Мы гуляли долго, дольше, чем обычно. Потом я сразу ушел к себе и ждал Нестора – хоть и не горел желанием его видеть. Кажется, тот понял это – едва показавшись на экране, он вгляделся мне в лицо и поморщился: «Вы все под впечатлением... Ну, дело личное, не мне судить. Перенесем на завтра – наш разговор, – он повторил с нажимом: – *важный разговор*, от которого зависит многое. И для вас, и, признаюсь, для меня!»

Я лишь молча кивнул, вжавшись в кресло. Мне, как и утром, хотелось остаться одному.

Глава 34

Обещанный разговор произошел на следующий день, в пятичасовую сессию. Я зашел в спальню раньше нужного времени и увидел, что экран уже светится. Нестор сидел в одной из своих поз – будто вцепившись в подлокотники кресла – и смотрел в сторону, не замечая меня.

«Как вы? – поинтересовался он, разворачиваясь, когда я кашлянул негромко. – Разобрались с эмоциями? Пришли в себя? Говоря формально, каков ваш статус? Готовы ли вы поговорить о важном?»

Я сделал утвердительный жест. Мои эмоции и впрямь поутихли, я будто смирился с неизбежностью, принял правила игры. Картинка с мотоциклистом поблекла, ей на смену пришло любопытство – Нестор звучал загадочно, наверное неспроста.

«Что ж…» – протянул советник и как-то суетливо потер руки. Мне показалось, что он волнуется и с трудом это скрывает.

«Что ж, – повторил он, – тогда приступим. Меня, признаться, гложет чувство вины – я предрекал, пусть и без всякой задней мысли… Помните, про истории, что почти никогда не заканчиваются ничем счастливым? Мне теперь неловко, но зато у меня есть что сказать вам, сорвав еще часть покровов. И не подумайте, что это про мой перевод от вас – нет-нет, с переводом теперь неясно. Я, знаете ли, давно ношусь с одной идеей, а как раз вчера, наконец, пришло разрешение – так совпало. Безотносительно к вашим снам, прошу отметить».

«Вот как?» – я вопросительно наклонил голову.

«Да-да! – произнес Нестор с нажимом. – Пришло разрешение, и я *уполномочен*. Уполномочен сделать вам предложение, не больше и не меньше. Ну а сначала, в качестве вводной, те самые покровы – прочь: я готов рассказать вам то, что еще недавно вынужден был скрывать. То, что считалось преждевременным – сейчас вы узнаете, на что случайно наткнулись еще в первой жизни. Помните, я намекал – универсальность принципа… Потрясающее развитие, выводящее далеко за рамки – за *все* рамки… Может, мне тоже следовало бы нацепить костюм с галстуком? Все же я собираюсь открыть вам всю картину целиком!»

«Так уж и всю?» – усмехнулся я, чувствуя однако же, что заинтригован. Нестор не отреагировал на мой смешок. Он глянул вниз, глубоко вдохнул, словно успокаивая сам себя, и продолжил: «Для начала, как всегда, подытожим. Повторим вкратце уже пройденное – несколько дней назад оно казалось таким значительным… Но все познается в сравнении – и мы сравним. А пока следите за мыслью – поправьте меня, если я допущу логический ляп».

Его обычная уверенность возвращалась – как у человека, приступающего к предмету, которым он хорошо владеет. «Итак, раз, – сказал он, чуть вздернув подбородок, – индивидуальные судьбы, взаимодействие Объектов Б друг с другом. Факт этого взаимодействия подтвержден доподлинно – в том числе и статистикой возрождений, о которой я вам рассказывал. Объекты Б группируются вместе, притягиваются друг к другу, отталкиваются друг от друга. Они 'знают' о содержании друг друга – мы с вами проецировали это на связь человеческих жизней, на влияние всех на каждого. Мы говорили о свободе воли, о предназначении, о мессиях и миссиях, о карме с точки зрения математики и о магии с точки зрения строгих фактов. О том, что ваша теория, быть может, позволит исследовать взаимодействие Объектов, так сказать, изнутри – описать его *механизм*, приоткрыть завесу над изнанкой взаимосвязей. Как 'видят' друг друга Объекты Б? Какие аспекты закодированных в них опытов влияют на притяжение-отталкивание? Что тут важнее – погоня за своими страстями, неудовлетворенные амбиции или жажда любви, мести? Как работают начальные условия – место рождения, нищета, богатство? Каково влияние семьи? Или вот еще: в чем, скорее, дело – в намерении или в самом событии, в лишь планируемом или в уже свершившемся? Как расставить приоритеты, чему придать больший вес? Обращаться к частностям или же обобщать, выделять категории, предикаты, субъекты?..»

Нестор сделал небольшую паузу, словно давая мне возможность задуматься, и продолжил: «Да, формальный язык описания отдельно взятой судьбы – это очень непростая вещь, а еще, отмечу, связи судеб хронологически и пространственно размыты. Я упоминал статистику из роддомов – она, конечно, очень наглядна, но известны и другие примеры. Скажем, часть жителей разных мест, у которых нелады с законом, оказались объединены явлениями прежней жизни, хоть и не зависели друг от друга. Этакая разнесенная во времени и пространстве общность опытов, приводящая к неочевидной группировке – и таких случаев не один, не два. То и дело выделяются новые группы с мимолетным сходством судеб – например разорившиеся финансисты или, скажем, неприкаянные холостяки обоих полов. Эти 'мимолетные сходства' могут быть разделены годами, десятилетиями, но относиться при этом к одному и тому же повторяющемуся событию. Здесь эти люди тоже могут существовать в разных местах и временах, но 'коллинеарность' их жизней неопровержима… И так далее, вы поняли мою мысль. С подытоживанием можно закончить».

Нестор умолк, привычно поджал губы, потом, прищурившись, поинтересовался: «Вы уже вновь возбуждены нашим разговором, не так ли? Помните, как мы вместе были взволнованы, когда говорили о связях судеб в первый раз? Повторюсь, я не устаю удивляться, пусть уже давно – и профессионально! – имею с этим дело. А теперь внимание: я был искренен с вами не до конца. Индивидуальные судьбы – это далеко не все. Это лишь верхушка айсберга».

«Нетрудно предположить, – я подался чуть вперед. – Вы уже упоминали как-то – эволюция, динамика… Наверняка вы имеете в виду развитие системы в целом!»

«Не откажешь в догадливости, – хмыкнул Нестор. – С

вашим-то тренированным умом… И конечно, вы правы, под номером два значится все Облако целиком. Его, как вы выразились, динамика – ведь, понятно, группировка судеб не статична. Это не застывшая мозаика – это очень изменчивая картина. Все течет, все перегруппируется – жизни сходятся, расходятся, их 'хозяев' швыряет по городам и весям, разбрасывает во времени и пространстве, вновь сталкивает, не отпускает друг от друга. Все они при этом взаимозависимы – Объекты Б взаимодействуют каждый с каждым, налицо ярко выраженная обратная связь. То есть мы имеем дело с нелинейной динамической системой, состоящей из огромного количества элементов – такой как, к примеру, атмосфера планеты, или большая экосистема, или столь знакомый вам человеческий мозг. Эту систему тоже можно описать своим формальным языком, формализовать уже не личные опыты, не отдельные судьбы, а сам процесс их столкновений, метаний. А потом в получившемся пространстве параметров рассмотреть динамический портрет, траектории движения – от состояния к состоянию, от одного мгновенного снимка к другому. Взглянуть сверху на трагедии и триумфы, отдаления и сближения, маленькие локальные катастрофы. Обозреть совместную эволюцию наших жизней – представляете, да?»

Я лишь молча кивнул. Почему-то у меня пересохло во рту.

«Это, конечно, запредельный вызов, – продолжил Нестор. – Сложность задачи непомерна, но кое-чего мы добились – все же данных у нас в достатке. Повороты, скачки от одной пертурбации к другой в настоящем, в прошлом – мы их можем классифицировать, сравнивать, выделять что-то значимое. Пусть о полноте говорить не приходится – мы барахтаемся в безбрежном море, ориентируясь лишь по ветру – но, однако ж, результат есть. Несколько формальных моделей построены и исследуются. Фазовые портреты Облака получены – и я даже не буду играть в недомолвки. Вы все равно выскажете это сами, если я не опережу вас: да, в своей эволюции Облако проявляет типичную 'хаотическую' динамику. Детерминированно-хаотическую: смена его состояний выглядит как движение вокруг аттрактора – странного хаотического аттрактора. Дадим ему название – например, назовем его скромно: *аттрактор судеб!*»

«Это значит следующее, – Нестор как-то смешно взмахнул руками. – Это значит: отдельные жизни не просто зависят друг от друга – одна от другой и от всех вместе. Под этой зависимостью есть надежнейший базис. Облако Объектов Б – это самоорганизующаяся система, развивающаяся не случайным образом, а в соответствии с универсальным принципом. Этот факт не позволяет сказать многого в смысле предсказания каждой отдельной судьбы. Но он окончательно подтверждает: события наших жизней, все их столкновения, пересечения не являются случайными. Вот вам и подоплека под причинностью. Вот вам, если хотите, математическая основа кармы…»

«*Things happen for a reason…* – пробормотал я и вдруг вскинулся: – Пожалуйста, Нестор, этот аттрактор – можно на него посмотреть? Можете ли вы нарисовать его мне – пусть лишь приблизительно, неточно?»

Нестор поморщился: «Я хотел бы потянуть интригу, но это бесполезно, вы, конечно, уже догадались. Да, ваш 'лик мысли' – мы, кстати, называем его более веско, *фундаментальный эллипсоид* – выглядит в точности как аттрактор, вокруг которого пульсирует Облако Объектов Б – то есть, если хотите, вся совокупность наших судеб!»

Наверное, у меня на лице расползлась глупая ухмылка. Я издал какой-то жалкий смешок, повертел головой, даже и не пытаясь полностью осознать услышанное. Нестор сделал паузу, наслаждаясь моей растерянностью, потом вновь приосанился и заявил: «Пройдемся по кругу. Вышеизложенное столь важно, что нам стоит остановиться на нем подробнее. Итак… В соответствии с 'теорией Тео', наши мысли и воспоминания – это динамические процессы. Мозг последовательно проходит через множество состояний благодаря взаимной 'игре' между квантовой системой диполей и макроскопической сетью нейронов. Эта динамика, отображенная в пространстве фаз, есть движение по 'хаотическим' траекториям, вокруг типичного 'хаотического' аттрактора. Именно этот динамический принцип позволяет мозгу, во-первых, быстро набредать на нужную мысль, ассоциацию или воспоминание по первому, даже и не очень внятному намеку, а во-вторых, удерживаться на мысли, концентрироваться на ней и не отвлекаться, несмотря на постоянную бомбардировку множеством разнообразных сигналов. Все верно?»

Я кивнул. «Хорошо, – сказал Нестор и помял пальцами переносицу. – Далее. Вы получили приблизительное изображение этого аттрактора и назвали его 'лик мысли' – с абсолютно правомерной гордостью. Мы также знаем, что мышление в здешнем мире подчиняется тем же принципам и аттрактор наших мыслей выглядит в точности как ваш – что добавляет ему универсальности, а вам – оснований возгордиться. Ну и наконец то, что я открыл вам сегодня: 'лик мысли' являет себя и совсем в другом месте. Тот же принцип и та же картина лежат в основе эволюции Облака – управляя нашими стремлениями, надеждами, страхами. Ваша гордость имеет повод разрастись вовсе уж немерено: похоже, все, что имеет отношение к консионному полю – и, значит, к истинному сознанию – развивается, меняется во времени в соответствии с одним и тем же фундаментальным законом. Как отдельные наши мысли, так и вся совокупность наших жизненных опытов, закодированных в Объектах, проявляют одно и то же, будто бы хаотичное, но на самом деле очень детерминированное поведение!»

Я встрял, волнуясь: «Мысли, опыты... Тут напрашивается аналогия: быть может, Облако, с точки зрения динамики, тоже можно представить как какой-то огромный 'мозг'? Может, оно стремится прийти к какой-то глобальной 'супермысли'...»

«И в этом состоит смысл всех наших жизней, взятых вместе, – договорил за мной Нестор. – Что ж, эта гипотеза по-своему очевидна. Она высказывалась неоднократно – аналогия между нашим мышлением и динамикой Облака очень уж соблазнительна! Конечно, она остается лишь спекуляцией – наравне с другими, заманчивыми ничуть не менее. Как к ним относиться, верить ли им? Верить многим из них хочется, да... – Он сделал мечтательное лицо и тут же прервал сам себя: – Однако, со спекуляциями подождем, отложим приятное на потом. Если вы еще способны слушать, а не парите где-то там, в эйфории, нужно прежде закончить с фактами – потому... Потому переходим к третьему, ставим, как вы любите, восклицательный знак. Очень жирный восклицательный знак – есть повод. Даже и превосходящий только что отмеченные нами».

Нестор внимательно посмотрел на меня, перевел взгляд вниз, переложил там что-то, задумчиво потер щеку. И сказал, очень веско и внятно, почти по складам: «Рассмотрим теперь метапространство, всю метабрану целиком»!

Почему-то это сразу меня отрезвило, даже насторожило, а он понимающе кивнул: «Да, целиком – вы испугались, не так ли? Вы чувствуете себя на зыбкой почве – вы не космолог, на вселенских просторах вам неуютно? Ладно, ладно... Так вот: в целом наша наука не очень далеко ушла от вашей, но в одном аспекте мы продвинулись изрядно. Мы научились отслеживать с большой точностью эффекты гравитации – включая гравитационные волны и их интерференционные картины. В результате мы можем, вполне реалистично, моделировать эволюцию метабраны в разных масштабах – от локальных вселенных до их галактик, звезд, даже планет. Я уже упоминал не раз о главном выводе, следующем из этих моделей: геометрия, структура всего пространства меняется быстро и с большой амплитудой. Мы также упоминали роль консионного поля в этих изменениях: похоже, что метабрана двигает свои фишки – локальные вселенные и тела внутри них – так, чтобы столкнуть друг с другом Облака Объектов Б и миры, способные с ними взаимодействовать. То есть консионное поле прямо влияет на геометрию пространства, и наоборот: изменение геометрии вносит возмущения в консионное поле, усложняет его Объекты и Облака. Вы как, следите за мыслью?»

«Да», – коротко сказал я, ощущая, как внутри зреет предчувствие нового огромного чего-то.

«Тогда сформулируем: в лице метабраны мы вновь имеем динамическую систему с обратной связью, – медленно проговорил Нестор. – Было бы логично ожидать от ее динамики проявления типичных нелинейных свойств – и мы обнаружили такие свойства».

«Аттрактор... – произнес я негромко. – Ваш *фундаментальный эллипсоид*».

«Экая скромность, – хмыкнул Нестор. – Вы не сказали 'мой лик мысли'... Да, пусть наши данные неполны, но все же мы можем с уверенностью сказать: причуды метапространства не случайны, они – сюрприз, сюрприз! – подчиняются все тем же, многократно упомянутым нами, законам. Их фазовые портреты – не что иное, как типичные хаотические аттракторы, и – слушайте внимательно: они, аттракторы, одни и те же в разных диапазонах. Да, фрактальное самоподобие – вселенных, галактик, звездных и планетарных систем. В динамике метабраны присутствует симметрия масштабов – это замечательно само по себе. Еще более удивительно, однако, то, чему вы уже не удивляетесь, для вас это уже рутинно, привычно. Да, динамический портрет метабраны выглядит точно так же, как те, о которых мы говорили ранее – как 'лик мысли' и аттрактор судеб. Теперь вы понимаете, почему мы предпочитаем термин *фундаментальный эллипсоид* – это хоть как-то отражает его поистине глобальную роль!»

«Невероятно... – произнес я, нисколько не кривя душой. – Это не то что удивительно, это... Невероятно!»

«И главное, все это – реальность, – добавил Нестор. – Реальность, которая утвердилась в научных умах. Эти теории уже изучают студенты, сдают по ним зачеты. А уж философы... Ну да ладно. Обобщим все сказанное, от большого к малому...»

И он забубнил, как ментор, поучающий нерадивого школяра: «Метабрана динамически и структурно повторяет себя в разных масштабах... В основе ее динамики лежит стабильный порядок... Имя ему – детерминированный хаос, его облик – странный аттрактор...»

«Можно сказать, пространство пытается приблизиться к некоему совершенству, – доносилось с экрана. – В процессе оно перемешивает все внутри себя – вселенные, галактики, звезды. Делает оно это так, чтобы максимизировать совокупную 'разумность' – то есть чтобы в его консионное поле вносилось все больше пертурбаций, чтобы вихри этого поля, Объекты Б, создавались, усложнялись, насыщались содержанием. Метабрана нацеливает Облака Объектов и 'готовые' или 'готовящиеся' к ним миры друг на друга, и удивительная точность этого нацеливания достигается той самой симметрией масштабов: геометрия 'подстраивается' одним и тем же способом на всех уровнях, от вселенных до отдельных небесных тел!»

«Точно такой же принцип управляет динамикой консионных Облаков, то есть, в некотором смысле, совокупностей наших жизней. Он же, на самом глубоком уровне, лежит в основе наших мыслей и воспоминаний, всей работы нашего мозга. И каждая индивидуальная мысль, и все коллективное вселенское 'сознание' будто стремятся к тому же совершенству, что и глобальное пространство. Это стремление, с одной стороны, определяет то, как мы мыслим, а с другой – все, что случается и случится с нами. Отмечу тут же: внезапно то, что казалось поэтической метафорой – нашептывание небес, музыка высших сфер как источники творческого вдохновения – сделалось математической теорией. Гармония космоса стала неотделима от гармонии мышления – в самом прямом смысле...»

Я представлял, что мог – за ним, за его словами; от грандиозности услышанного у меня кружилась голова. Я уже переживал подобное неделю назад, когда впервые узнал об Облаке и о связи судеб, но теперь картина выходила масштабнее в сотни раз. А Нестор все вещал: «Концепция динамического хаоса чрезвычайно обогащается смыслами. Ее практическая, так сказать, сущность в следующем: настоящее действительно определяет будущее, но никто не может предсказать это будущее – нелинейность делает развитие слишком нерегулярным, неподдающимся расчетам. И все же оно, будущее, не случайно, оно детерминировано. Оно выглядит как торжество беспорядка, подчиняясь при этом скрытому, но непреклонному порядку. С этим порядком невозможно спорить, он определяет каждую индивидуальную судьбу. Налицо жесткая причинность, но она – не обидное предначертание, не мертвые знаки в пергаментных списках, не статика, застывшая в камне. Она не связывает по рукам и ногам – ни мышление, ни судьбы, ни мироздание. Она дает свободу

– высшую свободу. В ней – развитие, а не застой, в ней возможность метаться из стороны в сторону, делать противоречивые шаги, откликаться глобальными сдвигами на смещение в самом малом, но при этом никогда – НИКОГДА – не терять конечную цель из вида. Нам никуда не деться от аттрактора, от фундаментального эллипсоида, как вам, Тео, никуда не деться от вашего файла!»

«Предопределение, нашептывание небес...» – бормотал я вслед за ним. Вторя – то ли его голосу, то ли своим собственным мыслям.

«Причинности, обратная связь... – бубнил Нестор. – Трудно даже представить себе масштаб проблематики! Мышление, его способ; сознание, его роль и смысл; судьбы, их взаимосвязи; мироздание, его структура. Все это увязывается в одно – и ждет своего единого описания. А пока такого описания нет, можно вдоволь играть догадками. К примеру, возникает вопрос – к чему стремится пространство, к какому такому идеалу? И сразу приходят в голову возвышенные идеи о глобальном сознании – не его ли пестует метабрана?

Многим нравится такая гипотеза. Многие спекулируют, подобно вам: будто пространство эволюционирует, пытаясь сосредоточиться на какой-то 'мысли', как гигантский метамозг, обладающий гигантским метаразумом. И части этого разума – Облака Объектов, несущие наши жизненные опыты – сами по себе проявляют ту же динамику, пытаясь достичь своих каких-то 'мыслей', перетасовывая в процессе наши жизни и судьбы. И мы сами напрягаем наш лилипутский разум, производя на свет крохотные мыслишки, лелея иллюзию, что происходящее с нами управляется нашей собственной волей – и не подозреваем, каким исполинским силам мы при этом бросаем вызов. Но и однако ж: без наших микроскопических мозгов, без их настойчивого, неугомонного копошения все эти силы не к чему было бы применить!»

«Есть еще предположение, что метабрана – это гигантский самообучающийся компьютер, – бормотал Нестор. – Или мощный классификатор, направленный на решение какой-то глобально важной задачи... Вообще, предположений много. Нынешняя математика такова, что с помощью хитрых приемов можно найти косвенное подтверждение самым невероятным теориям. Вы хотите поучаствовать в создании невероятной теории?»

Я собрался сказать: «Да, да, хочу!» – но меня вдруг оставили силы. Со мной такого не было уже давно – я перенапрягся, пытаясь ухватить, осознать слишком многое сразу. Я лишь прошептал: «Простите, я сейчас засну», – перебивая Нестора на полуслове.

Тот усмехнулся, я услышал еще: «Только благодаря динамическому хаосу нам не скучно жить. И при этом 'хаос' – не хаос на самом деле. Как на самом деле и смерть – не смерть...»

Говорил ли это Нестор или думал, бормотал я сам? Теперь уже было не разобраться. Перед глазами поплыли круги, в голове зазвенело. Я уткнулся подбородком в грудь и заснул, не дождавшись конца сессии.

Глава 35

Утром, очнувшись, словно вынырнув из глубокого омута, я протер глаза и застыл на время, уставившись в пустой экран. Я спал долго – крепким, здоровым сном без сновидений. Он был нужен мне, последние двое суток вместили в себя слишком многое.

«Метабрана…» – прошептал я, попытался представить какие-то невероятные пространственные формы и тут же о них позабыл. Заумные концепции, математические абстракции ушли на второй план, отодвинулись в дальний угол. На меня вдруг властно навалилось позавчерашнее – ресторан, пьяная ночь и, главное, расставание с Тиной.

Воспоминание о ней заслонило все. Полулежа в кресле, я видел как наяву – ее невинную полуулыбку во время самых откровенных ласк, ее манеру встряхивать мокрыми волосами под феном, ее слишком взрослый взгляд, от которого не улизнуть, перед которым бессильна любая фальшь. Рецепторы близости вновь сигналили о катастрофе; меня захлестывало невообразимое – беззащитность ее позы, запах ее разгоряченного тела, ощущение безраздельного обладания ею. И тут же, будто само собой: страшная горечь – горечь и обида за нас обоих. Ощущение глубочайшей несправедливости, которую не обратить вспять. Мы в разных мирах – это ли не предел, не свидетельство зловредности всего сущего, его бездушности, его несовершенства? Его безразличия – к нам, связанным общим свершением, общей тайной…

Я сидел как в ступоре, не двигаясь с места, потом все же заставил себя подняться, пошел в ванную, влез под горячий душ, подставил струям лицо. Это помогло; зажмурившись, я гнал из головы все мысли, все видения, а потом забормотал сам себе: «Эллипсоид, универсальный принцип, музыка высших сфер…» Нужно было переключиться, сменить фокус, не сдаваясь отчаянию – и я шептал слова, а затем, уже за столом, взяв бумагу и карандаш, писал, черкал – за пунктом пункт. За логическим шагом логический шаг – от квантовой модели мозга к консионному вихрю, Объекту Б, от локального ореола, Облака наших судеб, к геометрии всего метапространства… Худо-бедно, что-то мне удалось – хоть я и не чувствовал, что проникаю вглубь, к сути. К смыслам, сцепленным воедино – их словно ограждал непреодолимый барьер. Тем не менее я старался, даже и топчась на месте – а потом лишь взмолился: пусть все это окажется правдой! Не фантазией Нестора, не каким-то из его трюков. Тогда на моем листе – будущее, ждущее впереди. К нему можно тянуться – вырываясь из пут, из историй, в которых не бывает хороших концов. Можно сделать прыжок, ухватиться руками за крошащийся край карниза, ощущая пропасть под ногами, холодея душой. Подтянуться из последних сил, втащить себя на крышу, а там раскинуться на теплом гудроне и уставиться в огромное небо, новое небо…

К завтраку я вышел поздно, Эльза уже допила свой кофе. Я отметил, что она выглядит очень по-домашнему, но при этом ее наряд тщательно продуман – пушистый свитер с горлом, мягкие балетки, бриджи в обтяжку. «Хочешь сэндвич или тосты с джемом?» – спросила она меня. Потом встала, отвернулась к холодильнику и поинтересовалась, как бы невзначай: «Тоскуешь по ней?»

«Меня бесит несправедливость», – произнес я сквозь зубы и замолчал, не желая ничего пояснять. И тут же бросился в пояснения, многословные и невнятные.

Эльза не отвечала, она возилась с тостером, мне не было видно ее лица. Потом по комнате распространился аромат поджаренного хлеба. Лишь только тосты оказались на столе, я схватил самый верхний, слегка обжегся, и это меня отрезвило. Я стал молча есть, намазывая поочередно то абрикосовый, то клубничный джем.

«Слушай, – сказала вдруг Эльза, – я все думаю про этого твоего мотоциклиста. По-моему, в азиатских странах так работают наемные убийцы. В боевике, который я читаю, есть такой типаж. Может, ты стал помехой, перешел кому-то дорогу?»

Я с досадой махнул рукой: «Какая из меня помеха – изгородь из интегралов? Самоподобный фрактальный капкан? И я никому не переходил дороги – очевидно, меня хотели ограбить. И наверняка ограбили, только им немного досталось».

Эльза не стала спорить, но явно осталась в сомнениях. Что ж, у меня больше не было ни доводов, ни версий. Я жевал тосты, прихлебывал остывший кофе, а потом добавил с усмешкой: «Нестор рассказал вчера кое-что. О том, как в ход наших жизней транслируется устройство мира. Но я должен признать: какой-то таец на чадящем байке не видится мне посланником самой метабраны. Я ненавижу не метабрану, а того, кто в меня стрелял. С удовольствием отплатил бы ему тем же. Или лучше бы подвесил за яйца!»

«Да, – кивнула Эльза, – я тебя понимаю. Хоть и не уверена, что ты нажал бы на курок».

Я лишь хмыкнул, потом поставил тарелки в раковину и стал их мыть – раз и еще раз. Прямо-таки наша традиция – бессмысленное мытье посуды. Особенно, когда нечего сказать. Мне хотелось возражать Эльзе, убеждать ее в чем-то, но я молчал, понимая, что любые мои слова прозвучат неубедительно, легковесно. Потому что я и сам не убежден до конца – и, кстати, был ли вчера так уж убежден Нестор? Отчего в моей голове сумбур – был ли он по-настоящему *убедителен*?.. Я скривился, потер висок – и тут меня осенило. Теперь я твердо знал, что делать дальше.

К вечерней сессии я готовился тщательно. Проговорил заранее несколько фраз, одну даже записал в блокнот. Поздоровался первым, едва дождавшись появления Нестора. Тот ответил церемонным кивком, произнес что-то дежурное и вдруг, без паузы, заявил: «Я должен признаться. И я признаюсь: во вчерашнем рассказе был и мой личный интерес!»

«Э-э…» – протянул я в растерянности, а Нестор продолжил, глядя в сторону: «Так бывает – мы уже не раз отмечали это: чьи-то судьбы сближаются и после никак не могут разойтись. Даже можно перефразировать, не боясь упрека в сентиментальности: какие-то люди однажды встречаются и потом живут свои жизни неотделимо. Да, неотделимо – и вот теперь о моем предложении, так сказать…»

Он умолк, взял откуда-то снизу очки в тонкой оправе. Надел было их, но тут же снял, задумчиво повертел в руках… «Помните, я упоминал еще, что за вашей персоной наблюдает целая группа, – проговорил он наконец. – Что придет время, и появится вывод, и он может быть неординарен. Так вот, вывод сделан – с моим участием, не скрою. Вас готовы привлечь к работе – к настоящей работе. Прямо сейчас, то есть не дожидаясь, пока вы пройдете весь долгий путь детства, отрочества, взросления, пока вольетесь в наше общество естественным, так сказать, образом, как полноправный его член. Это исключение из правил, а для вас – очень серьезный бонус: представьте – ваша первая жизнь словно продолжается и при том следующую тоже никто не отменял… Пусть это продолжение условно, пусть есть ограничения, но главное – ваше сознание – тут, с вами. И соседка – вам гарантирована соседка, не одна, так другая, это будет записано в контракте. И еще с вами буду я – меня утвердили в качестве связующего звена. В качестве медиатора между вами и всей экспертной группой с той – то есть с этой, с нашей стороны. Вместо моего перевода получается вот такое – не ожидали?»

В его голосе послышалось ликование, но он сразу же спохватился: «Понимаю, конечно: это в первую очередь мой шанс. Но и для вас тоже приоткрывается дверца – сразу, лишь за прошлые, так сказать, заслуги, а возможности налицо! И подумайте тут же: вместе мы составляем неплохую команду. У вас в голове вся теория поля, а я – я космолог, очень даже неплохой космолог. Ну и фантазия, воображение – этого у нас обоих в избытке. И мы уже так притерлись друг к другу… Конечно, вы везунчик, а я неудачник, мне не повезло, но ведь это не умаляет! Вы можете судить, чего я стою, по тому, как я говорю, какие слова употребляю – подбор терминов очень важен. Он показывает, насколько я на 'ты', позволяет, может даже заставляет мне верить. Ну или не верить… Вы верите мне, Тео?»

Он ощутимо разволновался, и волнение передалось мне. Я не сомневался: его предложение – никакая не шутка, не трюк, но пока не знал, как именно к нему отнестись. К тому же у меня был свой план – на эту сессию, по крайней мере.

«Верю – наверное…» – выдавил я из себя. В моей голове все смешалось, приготовленные фразы забылись.

«Да, наверное, – с трудом продолжил я. – И готов на эту тему подумать, но…»

Нестор очень напрягся на это мое «но». Воззрился на меня в упор, не мигая, чуть закусив губу. Почему-то меня это разозлило, и я выпалил как-то сварливо: «Мне, знаете ли, нужно что-то существенное кроме ваших слов, даже если вы подбираете их безупречно. Мне нужна конкретика, я хочу наконец обрести почву под ногами. Математика – я хочу видеть. Дайте мне статьи – *научные* статьи. Почему от меня скрывают? Даже странно. Не подумайте, что это ультиматум, но… Да, в каком-то смысле это ультиматум. Может и во всех смыслах!»

Я сделал нажим на «во всех», ожидая возражений, обид, но Нестор тут же расслабился, черты его разгладились, на губах появилась лукавая усмешка. Он погрозил мне пальцем: «А ведь я вас прочел, прямо как открытую книгу. Это, кстати, доказывает, что мы – да-да – на одной волне: я предугадал эту вашу реакцию в два счета! Гляньте-ка в ту часть шкафа, где вы когда-то нашли блокноты. Там есть кое-что для вас – думаю, не разочарует».

Я вскочил и распахнул шкаф. Нижний правый ящик был задвинут неплотно, в нем лежала большая кипа ксерокопий. Схватив их в охапку, я вернулся к креслу и сел, не выпуская найденное из рук.

«Все в привычном вам виде, – торжествовал Нестор. – Ностальгии в угоду – тоже моя идея. Бледноватый ксерокс на плохой бумаге… Как вы хотите – поговорим сейчас еще или вы сначала полистаете, почитаете?»

Я в ошеломлении потряс головой. Бросил взгляд на заголовок

самой верхней статьи – «Квантовая корреляция и глобальная когерентность» – пробормотал: «Потом, потом...» – отложил ее, открыл следующую. Бегло проглядел аннотацию, поднял глаза на Нестора и сказал умоляюще: «Я бы почитал, пожалуй...»

Тот усмехнулся, экран погас. Я принялся листать страницы; работа была посвящена дуализму между теорией бран и квантовыми полями – в моей жизни это называлось AdS/CFT-подход. Так оно так, но не совсем: уравнения были мне понятны, однако в главной подынтегральной функции появилась совершенно незнакомая часть. Спектр колебаний гипотетической струны расширялся, но на суперсимметрию это не было похоже...

«Хорошо!» – заявил я вслух и взял следующую ксерокопию с многообещающим заголовком: «К вопросу об эффективной массе и динамике гравитационных волн». Сразу же наткнулся взглядом на систему уравнений Эйнштейна – но тензор пространства-времени в них был другой. Немного другой... Нет, не немного. Существенно, существенно иной!

Я схватил карандаш и бумагу, потом отложил – нет, рано. Просмотрел статью до конца, прочел выводы – они выглядели странно. Впрочем вот, один был понятен – если предположить, что кривизна меняется равномерно, без скачков. Ну а если допустить разрыв, сингулярность?.. Я вновь вернулся к началу, переписал, ломая грифель, первое уравнение, мучительно пытаясь разобраться, что значат загадочные символы в диагоналях тензора...

Так прошли следующие пять часов, затем, после короткого сна, все утро, после – день, два, четыре, шесть. Целую неделю, не отвлекаясь ни на что, я барахтался в океане новых для меня формализмов, незнакомых преобразований, аксиом, теорем, на которых строилась физика этого мира. Ощущение бессилия сменялось восторгом, удивлением, лихорадочным нетерпением, вновь бессилием, досадой на себя, на неповоротливость своего ума... Впрочем, уже на вторые сутки появились первые успехи – я начал связывать одно с другим, наводить мосты между разными, казалось бы, разделами и областями. Почти ничего еще не прояснилось, но возникло предчувствие направления – словно стрелка воображаемого компаса указывала, дрожа, куда именно пытается проникнуть взгляд. Я уцепился за это предчувствие, и оно не подвело – постепенно белых пятен становилось меньше, пробелы заполнялись содержанием. Наши прошлые разговоры с Нестором обретали новые смыслы, под ажурными сводами стали угадываться надежные стены. А потом и фундамент – а к концу недели я увидел контуры всего здания целиком. Пусть пока без деталей – лишь в очертаниях, в пунктире, в скетче, прерывающемся то и дело под робким карандашом, но оно высилось тут, передо мной, в него больше нельзя было не верить. И я поверил – поздним вечером в своей спальне, обессиленно откинувшись на спинку кресла. Осознал свою веру, зажмурив веки, пристально вглядываясь внутрь себя. Чувствуя, как зыбкость этого места, места Карантина, перестает быть помехой – потому что твердая почва есть, она подо мной...

Так я сидел долго, час или два. Сидел, переживая вновь и вновь восхищение – гармонией и масштабом. Причин и поводов для сомнений больше не было, они исчезли. Пусть я не знал пока, насколько новые теории полны и непротиворечивы, пусть в них, наверное, хватало заблуждений, неточностей, я был готов работать над любой из них, прорываться вперед – там столько всего заманчивого впереди!

Затем, очнувшись, я открыл глаза. Осмотрелся вокруг, окинул взглядом – *новым* взглядом – листы бумаги, стопку ксерокопий, черный прямоугольник окна. Я сознательно затемнил его позавчера, словно закрыл воображаемой шторой. Покосился на черный же экран – да, общения с Нестором в эти дни было немного. Как и общения с Эльзой – впрочем, они оба отнеслись к этому с пониманием. Все же мне повезло – и с советником, и с соседкой. Кстати, мелькнула мысль, что она делает – быть может, тоже бодрствует?

Я поднялся и пошел в гостиную – понимая вдруг, что устал от горячечного порыва. Чувствуя, что должен поделиться с кем-то своим сдвигом в сознании, своей новой верой. Соседка действительно не спала, она сидела за столом, склонившись над рукоделием. Рядом с ней были разложены витиеватые бумажные фигурки, что-то вроде кружев.

«Я ждала, что ты выйдешь, – сказала она, не поднимая головы. – Ты опять весь сияешь в последнее время – как когда вспоминал свою Тину. Будто тебе, ребенку, дали леденец на палочке. Но теперь, я уверена, дело не в женщине… А у меня бессонница – уже несколько дней».

Меня слегка задело упоминание о Тине – тем более Эльза впервые назвала ее по имени. Задело еще и потому, что мне было как-то неловко. За эти дни и Тина, и все мое прошлое отодвинулись на задний план. Новизна и мощь математики заслонили все.

«Женщины ни при чем, – пробормотал я сухо. – Я был очень занят – наукой нового мира. И признаюсь, я ею впечатлен – к тому же все вроде складывается одно к одному…»

И я стал рассказывать – о предложении Нестора, о зыбких контурах и ажурных сводах, о величии вызовов и целей. Говорил и чувствовал: я звучу *убедительно* – может, убедительнее, чем когда-либо. В моей голове сложилась ясная картина – к ней, как к аттрактору в пространстве фаз, стягивались все разрозненные мысли. Я рассуждал, весьма вдохновенно, о миссии, в которой не сомневался никогда. Она обязывала, и она же давала шанс, она толкала к пониманию жизней, судеб, первопричины всех подоплек, истинной природы всех стремлений. А от этого можно было шагнуть и дальше – к мирозданию, к его устройству, к глубинной связи разума и пространства…

«Что-то ты намешал все в кучу, – вдруг перебила меня Эльза. – Ты бы еще приплел сюда свою тайку!»

Тон ее был странен, он как-то сразу сбил меня с мысли. «Все и впрямь перемешано, – пожал я плечами, вновь покоробленный упоминанием Тины. И добавил, будто защищаясь: – Мироздание, хаос – я пока не могу с ними спорить. Я хочу хотя бы понять…»

Эльза усмехнулась: «А еще недавно ты утверждал, что спрашивать нужно с кого-то конкретного, а не с абстрактных законов мира. Но это было до того, как тебе дали леденец на палочке. А вот, к примеру, тот человек, Иван, помнишь его слова – рекрут, витязь?»

«Кармический воин, – пробормотал я. – Рекрут кармы, витязь кармы…»

«Именно, – кивнула Эльза. – А затем – всадник. Видишь, он-то уж никак не мог понять, но все равно решил поспорить!»

«Ну знаешь, – хмыкнул я сердито. – Если так рассуждать…»

Мы помолчали какое-то время, потом я сказал: «Ему, Ивану, спорить было легко, он не видел большой картины. Его противником было нечто, милосердно адаптированное для толпы – отлакированное, подслащенное, очень далекое от истины».

«Не вы ли с Нестором подмечали, – вновь усмехнулась Эльза, – что и расхожее, адаптированное нельзя сбрасывать со счетов? Ты мне сам втолковывал про магию, карму – как они, мол, играют новыми красками, стоит лишь сдуть сахарную пудру. А еще ты так любишь рассуждать о свободе воли – тебя послушать, так ее вовсе и нет. Все кому не лень управляют тобой: люди, их желания, пространства, звезды – а я вот думаю, не слишком ли просто взять и отказать себе в этой самой свободе? Списать на других или какую-то миссию…»

Я лишь развел руками.

«Ты тоже хочешь, – не успокаивалась Эльза, – усмирить что-то там, накинуть узду, но, мне кажется, так ничего не оседлаешь. Чисто по динамике, по ритму, по темпу: нужно бы – раз и вскочил в седло, а ты со своими формулами кружишь вокруг, выписываешь восьмерки, выплясываешь ритуальные танцы перед божеством, установленным на алтарь. А как поступает всадник?»

«Неужели ты думаешь, – спросил я с обидой, – что наивный нахрап – это лучший способ? Что им можно хоть чего-то добиться – хоть когда-то, как-то, где-то?»

«Может, в данном случае и нельзя, – ответила Эльза, поправляя волосы, – но иногда… Впрочем, я вообще не о результате, я об ощущении всадника в себе. Для себя самого ты этим добиваешься кое-чего, верно?»

Она переложила свои кружева, их узор изменился. Он стал нерегулярен, бессмысленно-хаотичен. Я хотел указать ей на это, но она вдруг смешала все вырезки, чуть не сбросив их на пол, и сказала: «Может, конечно, все дело в 'группировке' – мне запало в голову это слово. Как там было в твоих теориях – то, что Объектам нужно накопить в себе, поодиночке или в группе, нами ощущается как решения – наши собственные, не чьи-то? Вот, может, тебе и достается раз за разом такая судьба – не уходить далеко от своих формул. Потому твоя Тина оказалась для тебя лишь средством, а для него его женщина была смыслом. Он хотел прожить, а ты – лишь изучить».

«Кстати, – добавила она, вновь пытаясь выложить что-то из своих кружев. – Кстати: в этом мы с тобой похожи. Но все равно, если бы я была на ее месте… Мне бы хотелось, чтобы за меня боролись, пусть даже и с мирозданием, а не использовали бы меня, чтобы понять это самое мироздание, разгадать его заумные секреты!»

Она встала, подошла к холодильнику, долго изучала содержимое, потом налила себе стакан молока. Все это время я молча смотрел на нее, чувствуя, как мои мысли расползаются кто куда, нестройно ропща. Я встряхнул головой и пробурчал в сердцах: «Ты всегда умеешь как-то все перевернуть и приземлить. С тобой любая наука превращается в кухонную склоку!»

«Не злись, – откликнулась Эльза с едва заметной насмешкой, – я не нападаю. Ни на тебя, ни на твои ажурные своды. Моя позиция тебе известна: просто-напросто мироздание – сука!»

«Спокойной ночи», – сказал я мрачно, но, однако же, не двинулся с места.

«Спокойной ночи», – сказала и Эльза, села за стол и отпила молоко из стакана. Потом тщательно вытерла губы салфеткой и повторила: «Не злись. Я все это говорю, говорю, но на деле думаю совсем о другом. А именно о том, что у нас теперь есть шанс».

Я поднял на нее глаза. «Ты, судя по всему, задержишься здесь, – пояснила она. – Ну и я тоже, и – обиды обидами, но факт остается фактом: с тайкой вы в разных вселенных, а я – тут, рядом. Более того, заметь: мы можем сколь угодно привязываться друг к другу – на Карантине нас не разлучит ничто, кроме нас самих. Ничто, включая смерть – ее здесь нет. Забавно, не так ли? Мы можем даже разнообразить наше меню – я научусь готовить что-то еще кроме яичницы и тостов!»

«Ну… Хорошо», – сказал я, не понимая, где здесь грань между серьезностью и шуткой.

«Да, вот так… – Эльза задумалась ненадолго и добавила:

– Теперь никто не скажет, что я не живу полной жизнью. Тут полнота означает лишь одно: ты мой сосед, я твоя соседка и мы *созданы* друг для друга – как фантомные сущности, я имею в виду. По-моему, куда уж полнее… Мы живем в одном блоке – это значит, мы живем в своем общем мире. На одной частоте, одной волне – воспоминания воспоминаниями, но по большому счету сосед не делит соседа ни с кем. *I love Quarantine!*[54]»

«Хорошо», – опять проговорил я и подумал: шутки шутками, но ее слова почему-то бывают *убедительнее* всех моих, вместе взятых.

«Смотри, сколько мы уже всего пережили, – Эльза покачала головой. – Иллюзию сближения, иллюзию измены, иллюзию моей ревности – нас теперь мало что может испугать. Место Карантина полно обмана, но с его ирреальностью нечем спорить. Как это говорится – океан слез… Почему-то я помню, хоть сама никогда не плачу. Океан слез – это сплошная соль, но его дхарма имеет вкус свободы!»

И меня пронзило – молнией, разрядом тока. Память, как всадник, швырнула в меня копье. Пробила кольчугу, опрокинула наземь…

«Что? Что ты сказала? – почти закричал я, впиваясь в нее взглядом. – Я не говорил тебе этих слов – где ты их слышала, от кого?»

Эльза оторопела, ее пальцы судорожно сжали стакан с молоком.

«Вспомни! – не отставал я. – Это важно – ты должна вспомнить!»

Она очень медленно, осторожно поднесла стакан к губам, но не стала пить, поставила его на стол. Помолчала и сказала негромко: «Как я умею кое-что приземлить, так ты обладаешь удивительным талантом все портить. *Все* портить – все, все!»

Я не ответил. Эльза встала и пошла к двери в свою спальню. На пороге она обернулась, я мельком увидел ее лицо. Увидел сжатые губы, сведенные вместе брови. И суженные, непрощающие глаза.

---

54   *Я люблю Карантин! (англ.)*

Глава 36

Ночью я почти не спал, мой мозг трудился, передо мной то мелькали, то неспешно плыли смазанные, полуразмытые картины. Окружающее словно было заштриховано разводами инея или нитями кокона, спеленавшего меня, как младенца. Мне казалось, я смотрю на знакомую местность, проносящуюся за окном поезда, и пытаюсь угадать станции, и ошибаюсь вновь и вновь.

Все это, впрочем, не имело значения – я сам, мои сны, узнавания, неузнавания не играли никакой роли. На самом деле, в бодрствовании или в забытьи, я лишь ждал того, что мне расскажет Эльза. Потом пришло утро и я подскочил заполошно – пора, пора – хоть было еще слишком рано. Чтобы занять себя, убить время, взял в руки одну из статей и тут же отбросил ее прочь. Математика, поля и пространства сделались чужими, ненужными. Вместо недавней еще восторженности я ощущал лишь досаду и непонятную злость.

Затем, не выдержав, я отправился-таки в гостиную, несмотря на неурочный час. Открыл дверь и с удивлением увидел, что Эльза уже там – она ходила по комнате, поправляя что-то, перекладывая с места на место. Я поздоровался, она кивнула, не произнеся ни слова. В ее лице я заметил незнакомую ранее жесткую складку – неизгнанную тень решимости.

Какое-то время мы молчали. Я повозился с кофейником, наполнил свою чашку и сделал первый глоток. Потом Эльза подошла к кухонному шкафу и сказала, не оборачиваясь: «Хорошо, что я иногда встаю так рано. Если бы и ты не вскочил ни свет ни заря, то так бы и думал, что порядок наводится сам собой. Очень удобно, ты не находишь?»

«Ты же говорила о каких-то горничных», – напомнил я ей.

«Ну что за спрос с горничных? – пожала плечами Эльза. – Сплошная казенщина, уют не по их части».

Она налила себе кофе, разорвала пластиковую упаковку и выложила в корзинку холодные хлебцы для тостов. Поставила ее на стол и произнесла язвительно: «Что-то вы ничего не едите, неужели не голодны? Что бы вы вообще хотели на завтрак? У нас сегодня тефтели из кенгуру. Нежные, как перепелиный мусс. Вам придется по вкусу!»

Я не ответил, лишь отпил из чашки, отметив при этом, что моя рука чуть дрожит. Было ясно: соседка вспомнила что-то важное и оно ей не по нраву.

Эльза села напротив меня и придирчиво оглядела стол. «Знаешь, – сказала она, – мне как-то перестала нравиться наша скатерть. Глупости какие-то вышиты, детский лепет. Вообще, пора разнообразить интерьер. Можно повесить кое-что на стены… – Она оглянулась по сторонам и добавила тем же тоном: – Да, кстати, по поводу слов, на которые ты вскинулся вчера как гончая. Я посмотрела занятный сон этой ночью!»

Я поднял на нее глаза. «Извини, – сказала Эльза, – 'занятный' – не совсем верное слово. То есть совсем неверное, хотя начиналось все весело: за три года до своей первой смерти я была с любовником на Бали. Дней через десять я от него устала и сбежала домой раньше срока. Прямого рейса мне не досталось; пересадка была в Малайзии, в Куала-Лумпур. Целых шесть часов, я чуть не рехнулась от скуки, а под конец как раз все и случилось…»

Она отпила кофе, разломила пополам мягкий, незажаренный хлебец и прикрыла глаза рукой. «Что случилось?» – не выдержал я.

«Не суетись, я пытаюсь визуализировать, представить в деталях, – холодно произнесла Эльза. – Значит так: до моего рейса оставалось всего ничего. Я шла к самолету и вдруг наткнулась на людей, уставившихся в телевизор. Большой такой телевизор под потолком, а во весь экран – искаженное лицо человека в ярком, прыгающем свете прожектора. В одной руке он держал мегафон, а другой прижимал к себе девушку-азиатку – она к тому же была примотана к нему веревкой. Фоном был какой-то шум – потом стало ясно, что это от вертолета, на котором стояла камера. Помню, я оторопела от нереальности всей картинки, а затем он поднес мегафон ко рту и заорал на плохом английском те слова, про океан, про дхарму и – еще и еще раз – мол, я дарю нам свободу! Вы все можете обрести свободу, кричал он, свободу от своих утрат. И еще – мол, это ваш буддистский праздник смерти, но мы не ищем смерти, мы ищем новую жизнь. Мы не самоубийцы, повторял он, мы освободители себя!»

«Бревич... – прошептал я и спросил хриплым, непослушным голосом: – А девушка? Расскажи мне про девушку!»

«Я запомнила не очень многое, – пожала плечами Эльза. – Она была молода, стройна, и да, у нее в волосах – густых черных волосах до плеч – была яркая прядь. А главное, что я помню, это жуткий страх в ее глазах. Невообразимый страх – конечно, на ее месте кто угодно был бы испуган, но, казалось, она боится чего-то большего, чего я не могу представить. Даже и не знаю, как объяснить».

«Ну – и дальше?» – пробормотал я.

«Дальше... – Эльза поежилась. – Потом, помню, ему кричали что-то, наверное полиция, а камера с вертолета чуть сменила ракурс, и стало видно, что к его спине приделаны крылья – большие черные крылья. Затем пошла бегущая строка – так я узнала, что все происходит в Бангкоке, на крыше заброшенного небоскреба. Я даже помню его название – Саторн Юник. Вот... Ну а затем объявили мой рейс и я пошла на посадку».

«То есть как? – я не поверил своим ушам. – Ты ушла, не узнав, как все закончилось – и чем?»

«А что мне было делать? – возмутилась Эльза. – Я что, должна была опоздать на самолет? Это происходило в чужой стране с людьми, которых я не знала. Пусть даже там и была самая настоящая драма...»

Я все смотрел на нее – будто не веря, будто даже умоляя о чем-то.

«Это все, – сказала она твердо. – Лишь могу признаться: потом я еще долго была под впечатлением – и ее страха, и его безумного взгляда. Но прошло время, и все забылось. И не думай, – добавила она сердито, – что я все это от тебя скрывала. Так уж распорядилась моя память – ты ведь тоже восстанавливал свою не быстро».

«Да, не быстро, – проговорил я тихо, глядя в свой остывший кофе. – Но, однако же, рано или поздно…»

И я вдруг сразу поверил во все – в рассказ Эльзы, в крик безумного Бревича, в то, что именно Тина была с ним там, на крыше небоскреба. Все части пазла наконец-таки сомкнулись. Не у кого просить милосердия, некого умолять – и не о чем…

Я с размаху стукнул кулаком по столу – чашки подпрыгнули, расплескивая мутную жидкость. Вскочил с места, подбежал к окну, потом сделал шаг назад, к столу – и вновь метнулся к оконному проему.

Эльза смотрела на меня с испугом. «Воин? Тебя восхищал воин? – крикнул я ей. – Вот он, поступок всадника, не имеющего мозгов. Лишь способного разрушать, не создавая, ничего не добиваясь, все портя… Я лишь не понимаю, как я сам был столь туп, столь наивен и слеп? Даже Нестор видел – что-то не так, а я все отмахивался, нес какой-то бред про дразнящие тени смысла, неуловимый твист… *Fucking* неуловимый твист! Тени смысла – как вам такие тени?»

Эльза встала, взяла рулон бумажных полотенец, оторвала несколько и начала вытирать стол. «Я должен, должен был догадаться! – простонал я, вцепившись пальцами в подоконник. – Все к тому шло: интонации, взгляд, фразы, и главное – конечно же, он говорил не о Даре! Мне лишь не ясно, как связана Тина с женщиной, которую он имел в виду. А ведь, бесспорно, какая-то связь есть… Тут можно только гадать – вообще подозреваю, что ему не нужны были мы сами. Что-то мне подсказывает: в его глазах мы представляли собой лишь оболочки, которые мешают. И он решил убрать помехи!»

«Он решил, и его было не остановить, – сказала Эльза и

усмехнулась. – Наверное, это и есть свобода воли. Не подумай, что я его оправдываю, конечно...»

Я не ответил ей и даже не обернулся. Стоял и смотрел в окно, в серую дымку над холмистой степью. Потом проговорил с трудом: «Легко представить, чем она обернется для него, эта свобода. Объект Б не позволит ему ускользнуть в небытие, веря в успех. Он все вспомнит и поймет: его 'триумф' оказался пустышкой, он ничего не достиг. Это будет его расплата – разочарование и стыд. Расплата 'всадника', участь 'витязя кармы'».

«Ты опять про свои Объекты, – прищурилась Эльза. – Опять умничаешь, выписываешь реверансы?»

Я едва сдержался, чтобы не накричать на нее в ответ. Помолчал и спросил холодно: «Почему ты не хочешь меня понять? Я не умничаю, мне плевать – на Объекты, на все их группировки, на метабрану в конце концов. Я хочу найти, встретить Бревича и пристрелить его из пистолета с длинным стволом. И это желание останется со мной всегда!»

«А что потом – разочарование? – не унималась Эльза. – Или ты рассчитываешь на иную участь?»

«Пусть, – махнул я рукой, прижимаясь лбом к стеклу. – Плевать. Мне уже ясно: свобода лишь в том и состоит, что ты принимаешь, соглашаешься принять заранее разочарование в том, что делаешь. Принимаешь будущий стыд за себя – иначе он замучит тебя в настоящем. Только в этом ты по-настоящему свободен».

«Очень может быть», – вздохнула Эльза, и я почувствовал, что больше на нее не злюсь.

«Садись, съешь что-нибудь, – добавила она. – Хочешь, я сделаю яичницу или гренки?»

Я отказался, оторвался наконец от окна, сделал несколько кругов по комнате и, в каком-то изнеможении, опустился на стул рядом с ней. Эльза отпила кофе, сосредоточенно глядя перед собой. Складка на ее лице никуда не делась. И вся она была напряжена, как пружина.

«Что ж, мы можем доложить своим Несторам – наша совместная

задача решена, – сказал я через силу. – Пересечение наших жизней – весьма косвенное, признаться – найдено. И что теперь?»

«Теперь... – Эльза обернулась ко мне. Взгляд ее был холоден и серьезен. – Теперь можно и подытожить. Если ты хочешь, чтобы это сделала я, изволь: тот человек, Иван, без сомнения, довел все до конца. Это значит – и он, и твоя Тина отправились в то же 'небытие', что и ты, почти одновременно с тобой. Ну и: я, конечно, мало что понимаю в этой вашей науке, но, мне кажется, ваши судьбы – с Объектами или без Объектов – так переплелись, что их трудно отделить одну от другой. А вот моя судьба – нет, она от твоей отдельно. Как бы я ни пыталась, с вашими ее не связать. Потому что, когда я говорю, у меня вместо губ расплывчатое пятно. Потому что у меня ненастоящее тело. Потому что мой запах – обманка».

«Ты хочешь сказать...» – начал было я.

«Ничего я не хочу сказать! – вдруг взорвалась Эльза. – Уж это как ты сам хочешь – *чего* ты сам хочешь?»

Она рассерженно отвернулась, помолчала несколько минут, потом произнесла негромко: «Кстати, я припоминаю, ты мне это рассказывал сам – время течет по-разному там и здесь. Так что мы ничего не знаем – насчет того, кто куда попал и когда. Как-то могут разнестись возрасты – старше, младше, вот ведь забавно...»

«Вообще, – добавила она после паузы, – время – странная штука, но его почему-то никогда не выходит использовать как отмазку, как причину соскочить в сторону... – И покачала головой: – Не могу поверить, что я *сама* тебе это говорю!»

Вскоре я ушел к себе и до встречи с Нестором сидел в одиночестве, собираясь с мыслями. Думал о Тине, представляя ее в плену, переживая плен вместе с ней – будто пытаясь забрать себе хоть часть ее смятения, ее страха. Потом мой разум сбился на другое. Ткань кокона разорвалась с треском; я словно видел в самых мелких деталях Ивана Бревича, сидящего напротив, его обрюзгшее лицо. Видел его запавшие глаза, обвисшие щеки, слышал пьяное бормотание. И вспоминал его взгляд – тот, которым он смотрел на свою женщину, почему-то принимая за нее Тину... Я видел перед собой врага – у меня появился заклятый враг. Не какой-то абстрактный, нет, а предельно персонализированный, у него было имя. Имя, сознание, память, Объект Б…

И я думал, думал о своем враге, чувствуя, как внутри меня тяжело ворочается ненависть. У нее не было границ, она затмевала 'теорию Тео', связи судеб и фундаментальный эллипсоид. Мощь математики пасовала перед ней. Перед ней и моим желанием мести.

Но и образ Бревича, разросшийся перед внутренним взором, не уступал моей ненависти по масштабу. Он был огромен, Бревич, его уверенность в том, что все случается, как он того хочет, будто возводила вокруг него крепостной вал. Его готовность пожертвовать всем высвобождала энергию самого зловещего толка. Я представлял себе ее вихрь, словно надвигающийся торнадо, кажется даже мог вывести его формулу. Заточить в квадратные скобки, засунуть под знак интеграла подноготную «всадника», его сущность. Его решимость – подчинить себе принцип, на котором зиждется вся причинность, утвердить над ним власть, использовать в своих целях. Этого он хотел, этому приносил жертвы…

«Ха-ха, – едко кривил я губы, – как наивно!» И имел в виду обоих: Бревича и себя самого. Его наивность вела в тупик, я это видел – но и черкание формул не уводило далеко. Абстрагирование, быть может, выделяло суть – но выхолащивало жизнь. Все формулы были ущербны, ни одна не могла помочь восстановить справедливость – в любом из миров. Сбросить камень со своих плеч – или, к примеру, вернуть женщину, без которой не хочешь жить. Да, к примеру… Это пример Бревича – а каков мой? Эльза утверждала, что Тина для меня – лишь средство. Где тут на самом деле средство, а где цель, смысл?..

Потом появился Нестор. «Можете радоваться, – сказал я холодно вместо приветствия. – Ваш выбор снов про Ивана Бревича рационализирован на все сто».

«О чем вы?» – не понял Нестор.

«О развязке, о кульминационной точке! – зло усмехнулся я. – Если начинать с конца. Если двигаться назад навстречу, как вы когда-то… Ну а новость такова: мы с Эльзой отыскали-таки то, чего от нас ждали. Наши воспоминания пересеклись – на Бревиче и Тине, как ни удивительно связывать все и всех вместе. И, тем не менее, связь налицо!»

Затем я коротко пересказал ему воспоминание Эльзы. Нестор задумался, склонив голову, и произнес: «Да, трудно не удивиться. Но с другой стороны, это свидетельствует в пользу наших алгоритмов подбора соседей… В любом случае… – он приосанился и принял официальный вид. – В любом случае теперь все упрощается, не так ли? Я могу поставить в своем списке галочку, которую заслужили все – вы, я, ваша соседка… – Он помолчал, вгляделся мне в лицо и спросил: – Это найденное пересечение, оно ведь ничего не меняет в *главном*? Могу я, кстати, поинтересоваться: что вы решили?»

Я пропустил вопрос мимо ушей и заявил: «У меня просьба. Можете ли вы похлопотать – учитывая мой особый статус?.. Или даже без статуса: можно ли поискать Тину – тут, на Карантине, или где-то там в вашем мире – по моим описаниям, я их систематизирую и уточню? Соберу все детали вместе – выйдет многоплановый, подробный портрет».

«Как в полицейском протоколе… – съязвил Нестор и отрезал: – Нет. Новых носителей Объектов Б по приметам бывших не ищут – и уж тем более по частным запросам. Неприкосновенная тайна прошлого, знаете ли, право на совершенно независимое будущее. Может, кое-кто из вновь прибывших вовсе и не хочет 'найтись' таким образом – кто бы ни разыскивал, пусть и близкие люди. *Бывшие* близкие люди – вы уверены, что женщины вашей первой жизни так уж безоговорочно стремятся встретить вас вновь? Включая и вашу Тину».

«Вот как, – проговорил я задумчиво, – что ж… В логике не откажешь, больше вопросов нет». В голове опять вертелось: наивно, наивно! И за каждой наивностью – непрошибаемая стена.

«Если у вас больше нет вопросов, то ответьте на мой, – мягко, но настойчиво произнес Нестор. – Вы решили что-нибудь – имея в виду мое недавнее предложение?»

«А, предложение… – сказал я с нарочитым безразличием. – Мне нужно еще подумать, почитать статьи».

Нестор бросил на меня острый взгляд, потом поджал губы и

кивнул: «Читайте, читайте. – И добавил: – Ну и позвольте выразить вам официальное – и мое искреннее – сопереживание по поводу Тины, она ведь была вам дорога. Сочувствую, что ее первая жизнь оборвалась так рано, вы наверняка желали для нее другого. Хоть теперь вы понимаете: никогда не предугадаешь, хорошо это или плохо...»

«Спасибо за сочувствие», – буркнул я и закрыл глаза. Вины Нестора не было ни в чем, но продолжать разговор казалось невыносимым.

Глава 37

Когда я вновь взглянул на экран, он был уже пуст. «Предложение… – вертелось в голове. – *Mierda*!» Почему-то раздражение на Нестора не проходило. Пришлось одернуть себя – нет, Нестор не враг. Я знаю врага, его ни с кем не спутать.

«Чего ты сам хочешь?» – повторил я вслух слова Эльзы. И замолчал, не давая ответу вырваться наружу. Мои мысли были в разброде; впереди ждала еще большая часть дня, который тянулся слишком долго. Я не знал, как им распорядиться, куда себя деть. Главное уже случилось – и что теперь? Никогда еще у меня не было избытка времени. Оно не тяготило меня, его всегда не хватало. Теперь же все будто было наоборот…

Я взял несколько статей со стола, сложил их в аккуратную стопку, тщательно выровнял края. Смотрел на нее минуту или две, потом, неожиданно для себя самого, швырнул бумаги в угол комнаты. Они разлетелись, как листья на ветру. «*Mierda*», - пробормотал я негромко и ударил ладонью по столу, задев при этом сенсорный пульт. На окно надвинулись плотные шторы, свет погас, спальня погрузилась в темноту. Я стал тыкать в кнопки наугад, шепча ругательство за ругательством. Потом вскочил, собрал ксерокопии с пола и пошел к двери, оставляя комнату фиолетово-полутемной, с готическими вензелями на обоях.

Эльза сидела на диване с книгой. Я кивнул ей, отвел глаза и, не произнеся ни слова, прошел к лифту. Это было неправильно, следовало сказать хоть что-то – соседка уж тем более не была мне врагом. Но говорить не хотелось вовсе.

На улице было ветрено, но тепло. Я долго бродил вдоль парапета, то убыстряя, то замедляя шаг. Шел, не замечая никого и ничего, почти как в Бангкоке, в прошлой жизни, после размолвки с Тиной. Но нет, это был не Бангкок – с его пороками, буйством запахов, алкогольным угаром. С меня не лил пот, одежда не липла к телу. Самого тела как бы не существовало вовсе. И, главное, тут не было Тины.

Потом окружающее начало понемногу проникать в сознание. Я посматривал по сторонам, вглядывался во встречных, пытался читать в их лицах. Наверное, получалось слишком настойчиво – на меня оборачивались, некоторые из мужчин щурились в ответ с угрозой. Я лишь усмехался про себя – может быть, то, что я теперь здесь, с ними, это каприз Облака, следствие того, что наши Объекты находятся в одном кластере? Может даже и в новой жизни моя судьба будет так или иначе зависеть от тех, кто сейчас праздно прогуливается по набережной? Может, это их прихоти и планы перемешаются с моими, будут ставить палки в колеса или подталкивать меня куда-то? А может вовсе и нет – критерии отбора карантинщиков мне неизвестны. В любом случае, что бы ни ждало впереди, сейчас мне не было до них дела. Их фантомные сущности не интересовали меня ничуть – и наверняка никто из них не стал бы даже слушать про консионные вихри. Им, как Эльзе, важен лишь результат – тем, кто вообще способен задуматься о многих жизнях. О сохранности памяти, своей уникальной личности, о путешествии сознания из мира в мир...

Я спустился к воде, побрел меж камней, рассматривая остатки водорослей. Потом сел на гладкий валун, нагретый солнцем, и долго смотрел на волны, вчитываясь в тайнопись их хаоса, который не хаос. Сидел, не двигаясь, погрузившись в транс, чувствуя, как во мне зреет что-то – решение, намерение, желание? Совокупный вектор мириада судеб, связанных с моей? Или плод моей собственной свободной воли, ха-ха?

Из оцепенения меня вывел звук – бой часов. Потом ожили громкоговорители, расставленные вдоль пляжа – оповещая, что до вечерней сессии осталось совсем немного. Я не двинулся с места – встреча с Нестором была мне не нужна. Пусть он не враг, но говорить с ним было не о чем, не имело смысла.

Волны, однако, больше не зачаровывали, хрупкое волшебство разрушилось. Посидев еще с полчаса, я встал и поднялся по лестнице к безлюдному променаду. Безлюдному, но не пустому: вдоль балюстрады медленно двигался автомобиль странного вида. Понаблюдав за ним, я понял, что это автоуборщик – он собирал урны, стоящие у перил, и заменял их пустыми. Догнав его, я заглянул в кабину – водителя не было, лишь мигали светодиоды под ветровым стеклом.

Я пошел рядом, а потом вдруг, повинуясь необъяснимому порыву, воровато осмотрелся, протиснулся внутрь и уселся на жесткое пластиковое сиденье. В кабине было тесно, мои колени упирались в переднюю перегородку, но я терпел – никто и не обещал комфорта. Терпел без всякой определенной цели – не понимая, что я делаю и чего хочу добиться.

Сначала мы едва ползли, то и дело останавливаясь, а потом, наверное заполнив кузов, авто набрало скорость. Теперь уже из него было не выскочить так просто – я и не пытался, просто сидел и ждал. Понемногу здания вокруг становились ниже и плоше, вся местность принимала необжитой вид. Потом потянулись приземистые строения, похожие на склады – дорога петляла между ними, удаляясь от моря, и вдруг закончилась, уперлась в ворота. Машина остановилась. Я понимал, что должен воспользоваться моментом и убраться прочь, но почему-то промедлил – и опоздал.

Ворота распахнулись, мы въехали внутрь большого ангара, в котором не было света. Я лишь успел выхватить взглядом какие-то конструкции с обеих сторон – высокие железные шкафы, узкие лестницы между ними – и все, двери закрылись, наступила полная темнота. Автомобиль тронулся с места, ускорился и помчался куда-то. Мне сделалось жутковато, затем откровенно страшно. В ушах звенело, я с трудом сдерживался, чтобы не закричать, потом вдруг раздался свистящий сигнал, авто резко затормозило, и я издал-таки жалкий вопль, вцепившись в сиденье изо всех сил. Мы свернули куда-то и через минуту остановились. Зажегся тусклый свет – он шел от потолка и стен небольшой комнаты, скорее камеры, в которой едва умещался мой автоуборщик. Прямо перед лобовым стеклом темнел экран – такой же, как в моей спальне. Вскоре он ожил, и на нем появилось незнакомое мне лицо без волос и бровей с гладким высоким лбом.

«Нарушение инструкции, – буднично сообщил человек на экране. – Идентификация. Как зовут вас? Как зовут соседа? Помните ли вы номер жилого блока?»

Его губы едва шевелились, глаза не мигали. Я откашлялся и ответил на вопросы. Спорить было глупо, возмущаться тоже – я явно сделал что-то не то. Выслушав меня, человек кивнул и пропал с экрана, а через четверть часа на его месте появился мой Нестор.

«Любопытствую: вы хотели сбежать? – спросил он и рассмеялся своим странным смехом. – В вас проснулся граф Монте-Кристо?»

Я угрюмо молчал. Нестор издал еще смешок и продолжил, уже серьезнее: «Должен заметить, что проникновение в хозяйственную часть очень даже небезопасно. Для вашей здешней сущности это может быть фатально. Хорошо еще, что тут, у нас, надежная система контроля».

«Окей, приму к сведению», – с трудом пробормотал я. Почему-то язык слушался меня плохо.

Нестор склонил голову, внимательно рассматривая меня, и спросил: «Хотите назад? Или, может, вы *не хотите* назад? Впрочем, ничего другого вам не предложат. Процедура совершенно определенна».

Он прикрыл веки, потер пальцами переносицу и вдруг снова впился в меня взглядом: «Ну, что вы решили? Я о моем предложении, конечно».

«Я вам дам ответ послезавтра», – сказал я сухо, чувствуя, что меня утомляет его настойчивость.

Нестор молча кивнул и произнес скучным, брюзжащим тоном: «Теперь ждите. Ждать придется долго, но вы виноваты сами».

Ожидание и впрямь затянулось, я провел в тесной комнате будто целую вечность. Ерзал на жестком сиденье, казалось даже отсидел свою ненастоящую задницу. Несколько раз пробовал позвать хоть кого-то, но безрезультатно – отклика не было, экран оставался пуст. Лишь когда я выбирался из авто и пытался обойти его кругом, с трудом протискиваясь между ним и стенами, раздавался механический голос, повторяющий вновь и вновь: «Вернитесь в кабину. Вернитесь в кабину…»

Я возвращался, голос стихал. Мне было жарко, душно, на спине и на лбу будто даже выступила ненастоящая испарина. Я ждал, ждал, ждал. Счет времени был утерян, я не знал, прошли ли часы или, может, сутки. Пропало и ощущение места – я будто был подвешен в пустоте, запертый в железной коробке. Запертый в темнице… Мне стало жалко себя, у меня защипало веки. Ненастоящее тело едва не пролило ненастоящие слезы. Мое понимание – с приставкой «не» – действительности, всего безбрежного космоса, дошло до абсурда. Я ощутил, остро, как никогда, чужеродность пространства, его огромность, мощь. Тут же я осознал свою безмерную малость и – почувствовал вдруг, как мне был нужен абсурд. В нем, из него выкристаллизовывалось наконец то, что я силился вычитать в хаосе волн, к чему должен был подобраться, что пытался решить – для себя, для всех прочих, вопреки, благодаря всем прочим. Лишь одно способно было помочь разуму сделать этот маленький шаг – теснота, почти полная неподвижность. Ограниченность координат – почти предел, лимит, к которому сходилось место Карантина…

Назад, к моему блоку, меня отвез все тот же автоуборщик – уже в темноте, по совершенно безлюдной набережной. Я бормотал себе всю дорогу: «Глупец, глупец!» Мне было неловко за свою слабость, за свою слюнявую тупость. В слепоте «прозрений» заплутать нетрудно – особенно когда хочешь этого сам. Будто стремишься опустить руки, отдаться неизбежности, спасовать перед нею. И потом упиваться своим мелким, местечковым страданием – из жизни в жизнь. Очень простой выход и дверь на виду, маркированная табличкой «Exit», но вот выйти в нее совсем не просто. Как бы ни затягивала воронка, водоворот безнадежности, в твоем Объекте – может быть, как следствие перегруппировки, ха-ха – бьется упрямым пульсом незавершенность действия. Истинная связь со всеми теми, с кем сталкивают тебя Облако и судьба. Сталкивают, бросая веревочные лестницы с неприступных скал, наводя висячие мосты без перил между прошлым и будущим, заманивая и пугая яркими сполохами, пиротехникой эмоций, чувств, вспышками локальных сверхновых твоего «я»...

Автомобиль резко затормозил у моей входной двери. Я поднялся в лифте, прошел через пустую гостиную и сел, просто упал в кресло. Вяло подумал, что голоден, но прогнал эту мысль и провалился в сон. Заснул накрепко, непробудно и спал до самого утра как младенец.

На другой день Эльза встретила меня ироничной ухмылкой. «Мой советник сказал, что ты вчера заблудился, – сказала она с преувеличенным сочувствием. – Что тебя будто нашли где-то возле свалки... Ты задумался и пошел не туда? Или ты пытался сбежать? От меня? От своего Нестора? От всего вместе?»

Я попытался отшутиться, но у меня вышло плохо. К счастью, Эльза не настаивала на ответе. Она поставила на стол свежеподжаренные тосты, мы быстро позавтракали и занялись каждый своим.

Столь же равнодушен был ко мне и Нестор на полуденной сессии – словно не интересуясь, что я там себе надумаю завтра. Наша встреча длилась всего ничего; затем я вновь вышел в гостиную и увидел Эльзу, одетую для прогулки – в легком плаще и с зонтом в руках.

«Well[55], – сказала она. – Пройдемся, поговорим? Там моросит, но что нам такие мелочи...»

Вскоре мы уже неторопливо брели по мокрой плитке променада. Эльза крепко держала меня под руку, посматривая сбоку очень серьезными глазами, потом вдруг спросила, практически словами Нестора: «Ну, что ты решил?»

«Что ты имеешь в виду?» – уточнил я не вполне искренне.

«А, в этом смысле... – вздохнула Эльза. – Ну хорошо, будь

---

55 Что ж (англ.).

по-твоему, я скажу за тебя. А то, пожалуй, ты так и будешь сомневаться, убегать на помойки, чтобы тебя вылавливали целой командой Несторов и возвращали в безопасное место».

Она замолчала – мы поравнялись с уличным певцом, сидящим у балюстрады. Он был накрыт с головой огромным дождевиком; рядом с ним, под накидкой поменьше, стояла гитара, прислоненная к перилам. Я кивнул ему, но он не отреагировал, полностью погруженный в себя.

Мы прошли в молчании несколько шагов, потом Эльза сказала сердито, видимо имея в виду певца: «Какой-то он все же странный, что-то с ним не то. Не знаю, как ты, а я ему не верю!»

Я издал неопределенный звук. «Так вот, – продолжила она. – Поиграй в угадайку. Кто в домике, а кто нет? Чья очередь, кому водить? Кто не спрятался и кто виноват?»

«Не понимаю», – покосился я на нее.

«Жаль, что тебе все приходится разъяснять как ребенку, – Эльза покачала головой. – Ну да ладно. Скажу прямее: ты не сможешь создать теорию судеб, не прожив отведенной тебе судьбы. Не напишешь уравнение кармы, не прочувствовав, как вертит тобой твоя карма, чего эта тварь, мироздание, хочет от тебя на самом деле. Ты это уже знаешь? Нет. И значки на бумаге тебе не помогут».

Ее голос чуть подрагивал, пальцы сжимали мою руку с зонтом стальной хваткой. Я чувствовал, даже через плотную ткань куртки, ее ногти, впившиеся мне в предплечье.

«Эту мысль я формулировала долго, – призналась Эльза с нервным смешком. – Видишь, сколько в ней заумных слов. Но все можно сказать и проще: твоя азиатка верила тебе и в тебя – куда от этого деться? Тот человек, Иван, лишил вас друг друга – и ты что, его простил? У тебя есть *unfinished business*[56], тебе повезло. У меня вот нет, к примеру. Мне, к примеру, некуда спешить!»

Она еще сильней сжала мою руку, потом вдруг отпустила ее, отвернулась и пробормотала в сторону, как вчера утром: «Не могу поверить, что я сама тебе это говорю...»

---

56 Незаконченное дело (англ.).

Потом мы просто шли рядом под моросящим дождем. Напряжение между нами исчезло, мы будто преодолели перевал, гряду камней с острыми зазубренными краями – и теперь медленно спускались вниз по склону. В моей голове вертелось что-то – все о том же, о враге, о мести, о свершениях, для которых всегда нужен кто-то рядом. И о том, *что* я сам понял, что решил в кабине автоуборщика. Я мог бы многое сказать Эльзе в ответ – или мог хотя бы с ней согласиться – но чувствовал отчего-то, что любые фразы пришлись бы некстати. Стали бы опрощением ее усилия, которое далось ей трудно.

Я лишь поглядывал на нее искоса, вспоминая складку на лице, непрощающие глаза. Мне хотелось, чтобы прямо сейчас случилось что-то – пусть бы рушились здания, вздымалось море. Как бы счастлив я был делать что-то для Эльзы, защищать ее, ограждать, спасать... Но нет, действительность оставалась тиха, спокойна, не желая ничем помочь.

Эльза вдруг остановилась, развернулась ко мне и воскликнула: «Ну вот что ты молчишь?» И тут же увлекла меня дальше, прибавила шагу и вновь заговорила сама.

«Наверное, им не понравится, что я толкаю тебя прочь, – усмехалась она. – Ну а что я могу сделать, я должна быть с тобой честной. Я должна оставаться *good girl*, мне все так же хочется когда-то попасть на небо. Карантин – это как бы 'небо', но все-таки не совсем».

Мы шли все быстрее, я едва за ней поспевал. «Я прожила с тобой столько... Столько разных стадий, – говорила Эльза. – У меня так не было ни с одним мужчиной. И случались моменты, когда я тобой владела – пусть всего по нескольку часов, минут. Это видимо и значит 'жить полной жизнью'?»

«Вот какова она, ваша полная жизнь, – бормотала она. – Глубина – теперь я знаю, что там у вас в глубине. Ничего хорошего у вас в глубине... Представь, я ведь только поверила, что с тобой все может быть по-настоящему – ну настолько, насколько это вообще возможно на Карантине. И вот я сама должна сделать ужасную вещь: оттолкнуть от себя, отдать тебя другой, у которой почему-то на тебя больше прав. И совсем не ясно, где эта другая, найдешь ли ты ее вообще...»

Справа, со стороны моря, налетел порыв ветра, едва не вырвав зонт из моих рук. Спицы согнулись, захлопала черная ткань, мелкий дождь сыпанул нам в лица. С минуту мы боролись с зонтом, потом ветер так же резко стих, мы пошли дальше. Эльза проговорила уже спокойнее: «Ну да ладно. Тут, в этом *месте*, не может быть больших потерь и жертв. Тут даже девственность было бы не потерять. И во всем есть логика: как ты объяснял мне – наши тела, наши жизни нужны лишь для того, чтобы накапливать опыты в этих твоих Объектах. Что ж, буду накапливать – сколько их еще у меня случится? Даже и здесь – с одним соседом, с другим...»

Она замолчала, потом добавила: «Какие-то из опытов могут выйти счастливыми, как считаешь? Должна признаться: проживая все здесь, с тобой, я почувствовала, что когда-то смогу быть счастлива – всерьез, взаправду. И еще мне ясно – быть по-настоящему счастливым можно лишь после смерти. Хотя бы после одной!»

Мы дошли до ажурной беседки с мокрыми, пустыми скамейками и повернули назад. Сделав несколько шагов, Эльза остановилась, обхватила себя за плечи и сказала: «Иди домой, я немного погуляю одна. Нет-нет, мне не нужен зонт, я так...» – и быстро пошла прочь, свернула к лестнице, стала спускаться вниз к морю. Не оборачиваясь, помахала мне рукой – мол, иди, иди...

Больше мы с ней не виделись в этот день. Поднявшись в квартиру, я послонялся по гостиной, сварил себе кофе, сделал глоток и вылил все в раковину – во рту от него была лишь горечь. На столе лежала одна из ксерокопий – что-то о квантовании гравитации. Я взял ее, пошел в свою спальню, сел в кресло, но вместо чтения лишь рассматривал стену напротив с молчащим экраном, размышляя обо всем сразу.

Вечерняя сессия с Нестором началась ровно в пять. Он появился все с тем же выражением безразличия, показывая всем видом, что меня никто не торопит, что ему все равно. Сухо поздоровался и поинтересовался: «Как ваш день? Мерзкая погода, не так ли?»

«Да-да…» – рассеянно согласился я. Мне хотелось рассказать ему – как советнику, как *другу* – о нашем разговоре с Эльзой, о том, как она ушла от меня в дождь. Об уличном певце на пустой набережной и о его гитаре под дождевиком.

«Нестор… – проговорил я и вдруг, неожиданно для себя самого, спросил: – Скажите, Нестор, как меняет людей знание о новых жизнях? У вас большой опыт, вы видите многих на перепутье. Они убеждаются у вас на глазах, что жизнь не одна, за первой следует другая, другие. Убеждаются наверняка – не сомневаясь более, не гадая».

Нестор усмехнулся: «Хотите пофилософствовать? Что ж, это успокаивает нервы. Хоть вас и так взволнованным не назовешь…»

Он замолчал, по обыкновению пожевал губами и сказал, будто нехотя: «Мой ответ удивит вас. В целом, мне кажется, это знание делает человека лучше. Я об этом размышлял, признаюсь – даже и записывал кое-что».

«Делает – каким образом?» – не отставал я.

«Повторяю: *в целом*, – произнес Нестор с нажимом. – Потому что есть 'верующие' и есть 'думающие' и массу верующих ничто не изменит, она безнадежна. Ну а те, что отваживаются на мысль, вдруг понимают: ни от чего не сбежишь – никогда. Объект Б не позволит, и отпущенное тебе время лучше уж тратить не на то, чтобы усугубить… Ну а если времени отпущено больше, чем было принято считать, это лишь фокусирует, повышает ответственность».

«Так просто?» – недоверчиво спросил я.

«А что в данном случае усложнишь? – пожал плечами Нестор. – В вашем мире уж как только ни старались облагородить природу человека – ничто не работало, а вот дайте ему знание, что жизней много, что все не напрасно… Дайте ему уверенность, что это знание не обман, и он изыскивает в себе такие ресурсы… И начинает смотреть по-другому – даже, знаете ли, ощущает связь с мирозданием, пусть лишь интуитивно, не имея понятия о консионном поле. Даже чувствует взаимозависимость – судеб, жизней, всех от всех – пусть ему никто не рассказывал об Облаке и кластеризации Объектов. Ну и как следствие, индивидуум вдруг верит, что, отдавая, а не потребляя, он генерирует некий реальный, почти материальный исходящий поток, так или иначе влияя на жизни прочих, добавляя в них содержания. Его маленькие потуги толкают других к своим каким-то – и все это, заметьте, осознается без всякой математики. Этакий слюнявый гуманизм, вдруг обретший индульгенцию, неоспоримый смысл…»

«Все же позвольте, – прервал я его. – Усложнение тут напрашивается само – нелинейность, ярко выраженная обратная связь. Судьба то манит тебя морковкой, то дразнит красной тряпкой, и ты бросаешься – с ней наперегонки или поперек. Она заманивает тебя в ловушку, где ничего, кроме памяти и боли – и тут же меняет местами цель и средство, заставляя тебя двигаться вперед… Нелинейная динамика в чистом виде, не так ли?»

«Открыли Америку, – хмыкнул Нестор. – Ребенку понятно: цикл с обратной связью – от безнадежности к иллюзорной цели, от кажущейся случайности к своему, как бы собственному, ‘непреклонному’ стремлению… Можно порассуждать и в терминах Объектов Б – притянуть тут же к ответу всех окружающих, ‘случайных’ встречных. Многие из них когда-то становятся не нужны твоему Объекту – и ты освобождаешься, отталкиваешь их прочь. Да, отталкиваешь – а может и нет…»

Нестор помолчал, потом махнул рукой и добавил как-то устало: «Ну и конечно, говоря еще о смыслах, всякие там игрушки, сундуки с богатствами остаются за скобками при переходе из жизни в жизнь. Это тоже помогает пополнять ряды – если глянуть со стороны меньшинства – или, если посмотреть с другой, выбывать из рядов. Вырываться из матрицы, из негласных, но очень цепких соглашений с обществом, из навязанных им стереотипов. Человеческую природу не изменишь так сразу, но все же тут, у нас, власть общественного мнения послабее. Уже не так очевидно, что считать ‘успехом’ – это шаг вперед, согласитесь. Трансформируется и еще кое-что – например страхи. Страшно копить разочарования, поражения, страшно быть неудачником из жизни в жизнь. Или знать, что ты не реализуешь себя – пусть даже в то, что ты мог бы делать, никто не верит, пусть над тобой смеется твоя семья. Ну и... – советник подается вперед, его голос как-то истончается, еще заостряется подбородок. – Ну и страх смерти: он предстает вовсе не тем, чем изначально казался. Он – не более чем сублимация двух других: страха не успеть и страха потерять. И все закручивается в клубок: ты стремишься, от тебя ждут, потом потешаются над тобой, не понимая, чего ты на самом деле сумел достичь. И ты принимаешь это как плату за освобождение от одного из страхов – и тут же вспоминаешь о втором и думаешь с тоской: где она, та, что не может себе позволить полюбить тебя всей душой, считая, что любить можно лишь тех, кто рядом... Полагаю, я ответил на ваш вопрос? Конец сессии. Следующий ответ – за вами!»

Я кивнул в пустой экран, встал, подошел к окну. Долго рассматривал свое отражение в стекле, думая – а каков же мой страх? Потом, несмотря на поздний час, пошел в гостиную, надеясь увидеть там Эльзу. Однако комната была пуста; тогда я принес из спальни чистый блокнот, карандаш и сел за обеденный стол. Стал писать – но на бумаге выходили не формулы. Формул не было у меня в голове – как и мыслей о том, что случится со мной дальше.

Я зачеркивал написанное, комкал страницы. Морщил лоб, начинал снова. И так продолжалось до глубокой ночи.

Глава 38

Утро застало меня полусонным и вялым. Я пошел в ванную, умыл лицо. Потом помахал руками, даже сделал несколько наклонов и приседаний. Фантомное тело откликнулось будто бы, взбодрилось, в голове прояснилось. Я осторожно прислушался к себе. Там, внутри, все осталось прежним. Моя решимость никуда не делась.

Я тщательно оделся и вышел в гостиную. Сразу увидел Эльзу и не смог сдержать удивленного возгласа: ее облик стал другим. Темно-русые волосы сделались ярко-рыжими, и это меняло все – улыбку, выражение лица, глаз.

«Просто думала, тебе будет приятно, – сказала она, чуть смущаясь. – Я могла бы сделать прядь как у нее, но решила быть оригинальной. И к тому же вся голова – это больше, чем прядь...»

Она прошлась по комнате, потом открыла холодильник, достала пакет молока и усмехнулась: «Это было непросто – разобраться, как тут делать *dyeing*[57]. Я пристала к своему Нестору, он сначала отнекивался, но потом рассказал-таки, не удержался. Наверняка подумал, что я делаю это для него. Я не стала его разочаровывать, зачем? Не стоит совсем уж портить с ним отношения. Будешь яичницу или только кофе? Я почему-то совсем не голодна».

«Погоди-ка, – воскликнул я. – Вот, теперь мне ясно...»

---

57   Здесь: покраска волос (англ.).

Я побежал в свою спальню, схватил блокнот, исписанный вчера, и зачеркнул начальную строку. «Теперь знаю, знаю», – пробормотал сам себе, вписывая на ее место другую, отгородившись от Эльзы плечом. И отдал блокнот ей: «Вот, я тоже пытался что-то для тебя сделать. У меня, конечно, получилось хуже…»

Эльза негромко прочитала вслух: *«Однажды я украл рыжую белку…* – и подняла на меня глаза: – Это стихи? Мне?»

Я кивнул, теперь уже сам мучаясь от неловкости. Пробормотал, отворачиваясь к окну: «Извини, что в них нет рифмы».

Эльза дочитала все молча, подошла, тронула меня за руку и сказала: «Я никогда не видела более красивого стихотворения!»

Мне было приятно это слышать – почти так же, как когда я узнал от Нестора об универсальности моего «лика мысли».

«Я возьму себе?» – спросила Эльза и, не дожидаясь ответа, вырвала из блокнота страницу с моими виршами. Потом мы выпили по чашке кофе. Потом – пошли в ее спальню смотреть сегодняшнюю погоду.

За стеклом был ливень, почти потоп. Над набережной и морем нависло небо цвета свинца, изливающееся отвесными струями. Они вонзались в плитки променада, как стрелы со стальными наконечниками, высекали брызги, обращались в мутный поток, бурлящий вдоль балюстрады. Горизонт был скрыт водной стеной.

Мы молча смотрели в окно, затем Эльза спросила очень спокойным голосом: «Ты уходишь?»

«Да», – ответил я так же спокойно, без эмоций.

«Когда?» – повернулась она ко мне.

«Может быть, сегодня, – сказал я. – Сразу после дневной сессии, если выйдет. Я не знаю, каковы правила на этот счет».

«Да, – произнесла Эльза негромко. – Этих правил никогда не знаешь. Как и в той жизни, ничего, в общем, не изменилось. – Потом поежилась и добавила, кивая на дождь: – Хорошо, что не нужно искать повод, чтобы не идти сегодня на прогулку».

Я промолчал. Эльза приложила ладонь к оконному стеклу и несколько минут рассматривала свои изящные пальцы. Потом убрала руку и сказала: «Прости, что вчера я была несколько истерична. Просто чувствовала, что *нужно* высказать тебе все... Наверное, это то, что я на самом деле должна была для тебя сделать, рыжие волосы – не в счет».

Я кивнул, проглотив комок. Эльза усмехнулась: «Мне говорили – постарайся, мол, стать ему другом. Что ж, я старалась, как могла – разве нет? *Они* должны оценить это, я, по-моему, честно заработала свои очки. Кто ж виноват, что мне при этом хотелось большего? И сейчас хочется – несмотря ни на что».

Дождь хлестнул в окно – наверное, поднимался ветер. Струи стали тоньше и злее.

«Интересно, – пробормотала Эльза, – каков будет мой следующий сосед? Пусть бы это оказался, к примеру, высокий мужчина с сильными руками. Черноволосый... Как ты думаешь, то, что я этого хочу, мне поможет? Не могу же я так прямо попросить это у своего Нестора!»

«Может и помочь, – откликнулся я как мог легко. И пошутил: – Надеюсь, консионное поле, 'почувствовав' твое желание, перетасует что-то там как нужно».

«Пора бы ему, – поддержала шутку Эльза. – Оно способно наконец расстараться? Я ведь никогда не просила его ни о чем – вот и в новые жизни взяла с собой лишь несколько слов на скатерти. Меня нельзя упрекнуть в корысти».

Я положил ей руку на талию: «Думаю, ты самая бескорыстная соседка, какие только бывают. Ты готовила мне завтраки каждый день».

«Да, – Эльза чуть прищурилась, – а вот ты – ты корыстен, как все мужчины. Ты меня использовал – по крайней мере, мою яичницу – продвигаясь к своим вершинам и далям. Так же, как и свою азиатку – без нее, насколько я понимаю, у тебя не все выходило».

«Это так, – согласился я. – В результате, у меня – свершение, которое не отнимешь, а у нее – лишь память о нашей близости. Признаю, это нечестно».

«Потому ты и чувствуешь себя виноватым, – вновь усмехнулась Эльза. – Вот и бегаешь на помойки, а теперь вообще уходишь из Карантина!»

«Не обижайся, я не всерьез, – добавила она. – Я вовсе на нее не зла. Я думаю о твоей Тине тепло, пытаюсь даже представить, что она видела в последний миг перед смертью. Что пронеслось у нее перед глазами – наверное, лицо ее незачатого ребенка? Говорят, они похожи на инопланетян…»

Дождь все не стихал. Постояв еще у окна, мы вернулись в гостиную и сели на диван. Рядом, но чуть поодаль, не касаясь друг друга. Эльза взяла свою книгу, лежащую у подлокотника, но не открыла, сидела, слегка отвернувшись в сторону, упрямо сжав губы. Я поглядывал на нее искоса – на выверенную линию скул, чуть вздернутый подбородок, копну ярко-рыжих волос.

«Вообще, я хотела бы подружиться с ней, – сказала Эльза, будто и не прерывалась. – Мы ходили бы вместе в фитнес-клуб, в парикмахерскую, в кафе. Может, открыли бы какой-то бизнес на двоих – магазинчик или салон. Или просто болтали бы иногда, как подружки – в том числе о мужчинах. Она бы рассказала мне, каков ты в постели».

Я рассмеялся, хоть мне не было весело.

«Знаешь, – вздохнула Эльза, – я попрошу, чтобы мне не сразу давали соседа. Как я буду после тебя с каким-то новым соседом? Хочу пожить одна – дня хотя бы два. Или даже три… – И добавила сердито: – Если тебе хочется посмотреть на часы, посмотри, не нужно меня жалеть».

Я поднял голову. Стрелки приближались к двенадцати. По моей спине пробежала дрожь, я подался вперед, уперся локтями в колени.

Эльза придвинулась, коснулась меня бедром. «Прямо сейчас, – с трудом выговорил я, – мне нужно сделать невозможное – одно, другое, третье. Расстаться с тобой, объявить Нестору, что я его бросаю, можно сказать, предаю – и самому уйти в какую-то неизвестность. Я не знаю, как делать все это, мне стыдно и страшно».

«Вставай, – сказала Эльза, – пойдем со мной. – Она взяла меня за руку и подвела к двери в спальню. – Иди, сделай это. Сделай это хорошо».

И я шагнул внутрь и закрыл дверь за собой. За ту секунду, что я шел к креслу, мой разум предельно ясно осознал несколько вещей. Например, как мне будет не хватать моей соседки – в любой из жизней. Или – что фантомная близость точно так же рвется по живому. Что это столь же мучительно, столь же несправедливо, как и в случае с Тиной. Или – что никак по-другому я поступить не мог.

Глядя в пустой экран, я подумал еще, что любые решения делают кому-то больно. И при этом не меньше боли испытываешь и ты сам. Это была старейшая из истин, но мне она открылась как новая.

Едва появившись и коротко кивнув, советник спросил без предисловий: «Ну, каков ваш ответ?»

«Нестор, – сказал я, глядя ему прямо в глаза, – я хочу покинуть Карантин. Я хочу сделать это прямо сейчас».

Его лицо окаменело, но он не отвел взгляда. Какое-то время молчал, потом наклонил голову и медленно выговорил: «Признаюсь, вы наконец смогли меня удивить. Удивить по-настоящему: я понимал, вы сомневаетесь, прикидываете за и против – и притом был уверен, что вы ответите мне другое».

«Почему?» – я вопросительно поднял брови.

Нестор, казалось, не заметил вопроса. «Я был уверен – даже когда увидел вас, скорченного в кабине мусоросборщика, – так же медленно произнес он. – Даже и зная, что если побег начат, его трудно остановить...»

«Я понимал, вас тянет прошлое, – продолжил он, помяв ладонью щеку. – Наблюдал вашу рефлексию, муки вашей совести, нависшей, как пудовая гиря. Но и все же: я твердо верил, что, побесившись, вы примете иное решение. Верил, что ваша совесть даст слабину в последний момент».

«Но почему, почему вы так думали? – вновь спросил я и добавил: – Мне, конечно, очень жаль вас огорчать...»

«Огорчать? – усмехнулся Нестор. – Ну-ну... И как, по-вашему, я должен был думать? Имея в виду, к примеру, любопытство ученого, востребованность таланта... Масштаб задачи, что вас ждала... Конечно, предопределенность не обманешь, но порой можно получить отсрочку. Это не побег в мусоросборщике, это нечто совершенно реальное. У вас был шанс – такой редкий, такой явный, недвусмысленный шанс!»

Он опять помял лицо и потом произнес неохотно, едва выдавливая слова: «Надеюсь, вы осознаете все следствия вашего выбора, все его смыслы, грани? Вы должны будете вырасти, повзрослеть, жить, жить – ожидая, что ваша судьба так или иначе пересечется с судьбами той или тех... Полагаю, вы чувствуете, пусть подспудно, ужасающую наивность такого вот взгляда на группировку Объектов Б, на все, что происходит в Облаке – наивность, сравнимую с верой вашего врага Бревича в то, что все случается, как он того хочет. Вы подгоняете вероятность фактов под зудящую настойчивость вашей веры, вашего желания – это как раз противоположно тому, что должен бы делать человек науки. Вы... – и Нестор отчеканил, помогая себе ладонью: – Вы поступаете так же, как какой-то малообразованный, не побоюсь этого слова, дикарь!»

«Что ж, – пробормотал я, – мне приходилось слышать, что мы часто походим на своих злейших врагов. Иначе для вражды как бы недостает общей почвы. А что касается выбора, я не слишком-то выбирал. Просто почувствовал, что должен сделать единственно правильную вещь».

Нестор не отреагировал, может даже не услышал, не захотел меня слышать. Он твердил свое – монотонно, упрямо: «А еще я думал, что, помимо рациональных доводов, вас остановят страхи. Те, о которых мы говорили: к примеру, страх никогда не встретить вашу Тину – вы понимаете, насколько мизерен шанс такой встречи? Или страх неудачи – кто знает, что случится во второй жизни, кем вы станете, чего сможете добиться? И потом: а вы уверены на сто процентов в самом факте вашей второй жизни? Куда вы уходите? От чего, откуда? Что такое на самом деле это место, место Карантина? Вы не задумывались, что это, быть может, вообще все, что у вас осталось? Вдруг Карантин – это компьютерная симуляция или, скажем, последняя фантазия вашего затухающего разума, которую искусственно продлевают – быть может, вы в коме, из которой вам уже не выйти? Но вы тем не менее решаетесь на риск...»

Он замолчал и как-то смешно, сердито всплеснул ладонями

– будто сигналя, что у него закончились аргументы. Будто показывая, что ему больше нечем противостоять моей недалекости.

Но теперь аргументы были у меня. «Да, – сказал я, пожав плечами. – Все это, так или иначе, время от времени приходило мне в голову. И были страхи – и не кто иной, как вы сами, помогли мне преодолеть их. И я очень вам благодарен, Нестор!»

Советник сфокусировал взгляд на мне. Пристально вгляделся в мое лицо, потом – ворчливо, несколько заносчиво – поинтересовался: «Чем же? Чем, позвольте узнать, я вам помог?»

«Своим примером, – развел я руками, – чем же еще? Отголосками своей истории, ее тенями. Всем, что дало мне понять: я, в каком-то трудно формулируемом смысле, отнюдь не первопроходец. Были до меня и другие – кое-кто, к примеру, занимался космологией, писал пассажи, тоскуя о той, что ждет в непонятно каком пространстве-времени, пытался вырваться из социальной матрицы, над ним смеялась его семья… Если бы не он, я, быть может, боялся бы совсем по-другому».

Нестор неожиданно смутился, завертел головой, стал прятать глаза. Потом, понемногу, справился с собой. Покряхтел, откашлялся и сказал устало: «Будем считать, что мы обозначили наши позиции – в основном. Ваша мотивация мне понятна. Не то чтобы я ее принимаю или одобряю…»

Какое-то время мы сидели молча, оба в глубокой задумчивости, потом он произнес: «Ну что ж… ʻПрямо сейчасʼ не получится, вам придется ждать. Как и при эвакуации из хозяйственной зоны, процедура совершенно определенна, ее не ускоришь. Но инициировать ее можно немедля, почему нет».

«Мне, наверное, нужна какая-то особая санкция? – спросил я. – Ваша санкция – помню, вы говорили, что несете ответственность за оценку моего, так сказать, ʻвыздоровленияʼ, моей пригодности к новой жизни».

«Да, нужна, – кивнул Нестор, – но в данном случае это простая формальность. У меня нет ни одной причины отказать вам в санкции. Если бы я так сделал, меня, пожалуй, заподозрили бы в чем-то личном…»

«А как же мой враг? – не отставал я. – Вы ведь знаете, что у меня есть враг».

Нестор сморщился: «Вы имеете в виду месть? Не беспокойтесь, этот помысел вполне невинен. *Все* ваши помыслы и вы сами вполне невинны, Тео, как бы вам ни казалось иначе. Так что… – он сложил ладони перед собой и вновь уперся в меня взглядом. – Так что прощайте, мы можем начинать процесс. Вот. И значит… Прощайте!»

«Вы попрощались со мной дважды, – пробормотал я. – Хоть здесь и не принято прощаться подолгу».

Я не хотел его уязвить, мне самому сделалось очень не по себе. Было ясно: процедура, начавшись, уже не остановится. До самого конца.

«Да, не принято…» – согласился Нестор и вновь задумался ненадолго. Его плечи опустились, даже лицо будто слегка обвисло. Он уже не хотел и не мог скрывать разочарования.

Потом он вдруг вскинулся, повторил еще раз: «Что ж, прощайте!» – и исчез. Экран замелькал, на нем появились какие-то полосы, фигуры. Затем их сменило то самое слово, «СКОРО». Я оглянулся по сторонам и увидел, что комната начала меняться. Почти сразу у меня закружилась голова…

И вот остатки реальности вокруг меня: окно с зимним парком, стены без дверей, а также – вязкая сеть временных промежутков, на которых я давно сбился со счета. Их длительность неопределенна, границы между ними размыты; течение времени – это самое странное, что происходит сейчас, на излете Карантина. Сначала мне было жутковато, потом стало легче. То ли потому, что я привык, то ли оттого, что постарел.

Я иду по комнате, вдоль стены с неизменным рисунком к окну с застывшей картинкой. Дальше – к шкафу, у которого не открывается дверца. Дальше – в ванную, где все мертво: нет ни воды, ни душа, туалет наглухо закрыт крышкой. Слегка прихрамываю, у меня болит левый тазобедренный сустав. Недавно я пожаловался на это Нестору. Тот удивился – мол, а что вы хотели? Ничего, согласился я. Все – как оно и должно быть.

С бывшим советником, когда он навещает меня, мы беседуем очень мирно. Не горячась, не пытаясь настоять на своем. Наши эго затаились – по крайней мере мое. Или, может, мне так хочется думать. Каждый раз он прощается – обстоятельно и подолгу, будто в пику привычкам наших прошлых сессий. И каждый раз я не знаю, увижу ли его вновь.

Иногда мы все же подтруниваем друг над другом. Так, я сказал ему раз, в шутку конечно: «Знаете, Нестор, я всегда считал, что в космологах есть скрытая ущербность. Объективная, связанная с масштабами величин, которыми они оперируют: лишь задумайтесь – парсеки, миллионы лет, исчисления в степенях, совершенно диких по бытовым меркам. Что такое человек, если речь идет о каких-нибудь десяти в двадцатой? Жутчайше незначимая пылинка!»

Нестор, понятно, ответил тем же – я подставился со всей очевидностью. «Я часто думал аналогичным образом, – сказал он, – о тех, кто работает на уровне квантов. Они не смеют поднять головы, чтобы осмотреться, их взлеты, их катастрофы никак не связаны с тем, что происходит в реальном мире. Что им до человека – и что там у них за масштабы? Те же степени, только со знаком минус? Десять в минус двадцатой, если округлить?»

«Квиты, – согласился я и спросил его тут же: – А вам не кажется странным, что человек, размеры его тела, время жизни тела находятся ровно посередине?»

«Кажется, не кажется, но, по крайней мере, это значит, что человеку не стоит ныть о собственной малости, – ухмыльнулся Нестор. И тут же добавил: – Не подумайте только, что я имею в виду лично вас. С вашей-то гордыней…»

Или вот, я сказал ему: «В вашем мире, Нестор, бога заменяет фундаментальный эллипсоид, но разницы почти никакой. Все следствия, в общем, те же – да и знаете вы о нем не намного больше, чем у нас знали о боге. И мечетесь вы по жизни так же, как мы, хоть вы и рассказывали мне сказки про стабильность – восприятия, понимания – как одну из целей Карантина. По крайней мере, судя по вам».

Нестор не обиделся, он видел, что я специально преувеличиваю, что мне неуютно. «Вы прямо в точку, – кивнул он, – эта дискуссия – о божественном в законах хаоса – не затихнет у нас никогда. А куда деваться – нужен же какой-то удобный эвфемизм для толпы. Есть и проповедники – целая каста... Суть, конечно, поменялась слегка – часть покровов слетела. Ваши религии представляли бога некой одушевленной фигурой – такой, которая может думать, сравнивать, сопоставлять, имеет эмоции, отличает хорошее от плохого, формулирует в понятных терминах какие-то правила и каноны... Мы же знаем твердо: высшая сила – это не что иное, как специфическое мироустройство, не имеющее ни души, ни морали. Если в вашем мире бога боялись, превозносили, как начальника или господина, которого можно задобрить, разжалобить, у которого можно что-то выпросить, может даже и слукавив, то у нас такие номера не ходят. Так называемого 'Бога' можно лишь понять, исчислить, загнав в рамки математических формул. Но при этом сюрпризов и чудес у мироустройства в рукаве побольше, чем у любого выдуманного божества. А где чудеса, там и проповедники, пусть словарный запас сменился. Ну и всякие там вопросы о курице и яйце...»

Так мы развлекаемся, можно сказать, балагурим, но порой нас заносит-таки в дебри избыточной серьезности. Особенно меня – последний раз это случилось недавно, два-три промежутка назад. Я вспомнил слова Бревича и думал над ними и при следующем, как всегда внезапном, явлении Нестора процитировал их ему.

«Смерть не так страшна, страшно потеряться», – сказал я. Нестор, конечно, не понял, о чем я. Объяснить было трудно, но я пытался, бормотал что-то о новой картине мира и о том, что, несмотря на нее, все мы – как дети, плутающие в лабиринте. По-прежнему как дети, всегда как дети, и никакое из открытий не заставит нас повзрослеть. Потому что мы не хотим верить в истинную жестокость реальности, она для нас чрезмерна. И если мы обретаем что-то – назовите это как хотите, даже и боясь слова – если мы находим кого-то, у нас лишь одно желание, одна мечта: сохранить найденное навсегда. Мы живем этой мечтой, не желая знать, что это невозможно сделать.

Мы не решаемся с ней расстаться даже и в следующих жизнях. А может – *особенно в следующих...*»

«Тут вы не оригинальны, – сказал мне на это Нестор с неудовольствием, – вы ломитесь в открытую дверь. Или в наглухо заколоченную... В общем, вы – не философ!»

И мне стало неловко. После, оправдываясь перед собой, я списывал занудность своих сентенций на фантомную старость, на угасание моей сущности. И впрямь, оно все более заметно. Кажется, я совсем одряхлел. Мои мысли неповоротливы, ненастоящее тело все чаще отказывается повиноваться...

Сейчас я размышляю об этом, лежа в кресле. Потом тяжело встаю, добредаю до окна, смотрю подслеповато в застывший набросок мира и вдруг понимаю, что он больше не мертв. Там, за стеклом, все меняется – медленно, но неотвратимо. Трудно объяснить, что именно происходит: горизонт будто загибается вверх, пространство сворачивается в многомерный кокон. На мгновение меня пронзает: я ощущаю его невообразимый масштаб и, в то же время, перемещение всех его точек, их движение навстречу друг другу. Увидеть это мне не дано, я даже не могу этого толком представить, но чувствую – потому что у меня в голове звенит струна.

Едва передвигая ноги, я возвращаюсь, падаю в кресло и вижу, что экран изменился тоже. Слово СКОРО пропало, на его месте появилось еще более крупное, более выразительное СЕЙЧАС. И я осознаю: на то, чтобы встать, у меня больше нет сил. Я прикован к этому креслу до конца – до скорого конца моего пребывания на Карантине.

Меня охватывает давно знакомое ощущение предельного одиночества – наедине, лицом к лицу с мирозданием. Ощущение абсурдной несовместимости – его мощи и моих микроскопических силенок. Наверное, что-то вроде этого время от времени испытывает каждый. Может, это свидетельствует, что мы все – и мироздание – и впрямь связаны чем-то. Какой-то невидимой, но прочнейшей нитью.

В голове звучат слова старой песни: «*Ground control to major*

Tom...» Я шепчу их вслух, зная: в моем случае никакого *ground control* нет. Нет ни вышки с локатором, ни огромной тарелки радиотелескопа – никто, ни одна душа не следит за моим «полетом». Есть лишь неумолимый, безличный, детерминированный, но непредсказуемый, невычисляемый, но неизбежный – кто? Хаос? *Kaosa? Fowdo? Huru-Hara?* Что ж, назовем его так. Что у него для меня в рукаве? Неужели больше ничего?

Эта мысль в очередной, миллионный раз пугает меня. Я лихорадочно ищу, за что уцепиться – как все мы порой, как каждый. Человечество горазд придумывать себе фальшивки и хвататься за них, чтобы не сдохнуть от отчаяния... Но мне легче, у меня есть теория. Теория, подтвержденная математикой. У меня есть Объект Б.

«Сейчас он претерпевает изменения, – шепчу я себе. – Может быть, проходит через очередной фазовый скачок. Создает пертурбации в глобальном консионном поле...»

Я не могу знать точно, так ли это – лишь очень хочу, чтобы это было так. Чтобы все было не напрасно. Я почти молюсь: пусть все будет не напрасно! Богов у меня нет, я молюсь метабране.

Затем мое сознание почти меркнет. Перед глазами – что-то смазанное, мучительно-мутное. Я моргаю раз, другой, лихорадочно тру веки и вдруг очень ясно представляю, почти вижу Тину – с яркой прядью в волосах, с грацией ребенка – во всей ее хрупкости, беззащитности, во всей ее силе, берущейся непонятно откуда. И я пытаюсь воскликнуть – пусть из моих ослабевших губ вырывается лишь хрип. Я прошу: дай мне знак, помани меня, направь меня. Ты моя мудрость, и ты – чистота, ясность помыслов, предельная невинность. Я вновь зависим от тебя, как и прежде. Не бросай меня – среди пространств, одного. Мы всегда верили, что нас единит нечто большее, чем жизнь – чем одна жизнь...

А потом все звуки – и мой хриплый шепот – заглушает звук струны. Он разрастается, заполняет собой комнату – и мир за ней. А на экране, после очередного мелькания полос, появляются надписи, сменяя одна другую.

Цель вашего Карантина достигнута
Все его задачи решены
Вы знаете, чего от вас ждут
Вы знаете, чего хотите сами
ВЫ ГОТОВЫ

От последнего утверждения мне тревожно. Хочется возразить – нет, нет, по большому счету я все так же растерян и не уверен ни в чем. Но обратиться не к кому, экран бездушен. А потом ярким блицем сверкает команда: «Повторяйте вслух!»

И я бормочу, повторяю послушно, почти не слыша себя за бешеной дрожью струны в голове.

я могу хранить свою первую жизнь в тайне…
я не обязан отвечать на вопросы…
выбор слов и действий остается за мной, при этом
я уже не могу ни от чего отказаться…

Строки вспыхивают и гаснут, отпечатываются в мозгу. Я читаю их одну за другой, почти не улавливая смысла. Почти… Не улавливая… И вдруг приходит осознание: все случится сейчас – да, именно сейчас! Мне становится жутко, я зажмуриваю глаза и кричу, кричу – в стены, в экран, в изгибающийся горизонт за окном…

И мне кажется, я слышу отклик. Он не мертвое эхо, это – едва различимый, но живой отголосок. У него есть источник – в каком-то дальнем, но единственно верном месте. На краю сознания, у самой черты. С одной ее стороны или, может, с другой.

Где-то у колыбели.

Другие книги Вадима Бабенко:

Семмант

Простая Душа

Черный Пеликан

СЕММАНТ

Глава 1

Я пишу это за неудобным столом, у белой стены, по которой движется моя тень. Она ползет, как в солнечном хронометре без цифр, отсчитывая время, понятное только мне. Мои дни расписаны строго, по часам и даже минутам, но спешки нет ни в чем, и тень движется едва-едва – постепенно теряя четкость и расплываясь к краю.

Только что закончились процедуры и от меня ушла Сара. Это не настоящее имя, она взяла его у какой-то из порнозвезд. Все наши медсестры носят такие имена – из коллекции забытых DVD, которую они набрали по палатам. Это их любимая игра, у нас есть еще Эстер, Лаура, Вероника. Ни с одной из них у меня пока не было секса.

Сара, как правило, весела и смешлива. Вот и сегодня: я рассказал ей шутку про попугая – она хохотала до слез. У нее оливковая кожа, полные губы и розовый язычок. Еще у нее – искусственная грудь, которой она гордится. Грудь большая и слишком твердая – по крайней мере, на вид. Вообще, наверное, ее тело обещает больше, чем может дать.

Несмотря на это, меня влечет к Саре, но все же не так, как к Веронике. Вероника родилась в Рио, у нее самба в узких бедрах и взгляд, проникающий глубоко внутрь. И колени, эманирующие бесстыдство. И длинные, тонкие, сильные пальцы. Умелые пальцы, предполагаю я и гляжу на нее с прищуром, но глаза ее полны всезнания, смутить Веронику невозможно. Мне кажется, она ко мне чересчур холодна…

www.semmant.com

ПРОСТАЯ ДУША

Глава 1

Июльским утром жаркого високосного лета Елизавета Андреевна Бестужева вышла из дома на улице Солянка, где жил ее последний любовник, замешкалась на мгновение, щурясь на солнце, потом расправила плечи, гордо подняла голову и зашагала по тротуару. Было около десяти часов, но утренняя суета еще не пошла на убыль – Москва готовилась к долгому дню. Елизавета Андреевна шла быстро и смотрела прямо перед собой, стараясь ни с кем не встречаться взглядом. Все же у поворота на Солянский проезд на нее надвинулся настырный зрачок, но тут же обратился витринным муляжом в виде огромного зеленого глаза, в который она с удивлением заглянула и отметила лишь, что он безнадежно мертв.

Потом она повернула налево, мрачный дом скрылся из вида. Елизавета с облегчением почувствовала наконец, что предоставлена самой себе, гоня прочь мысли о минувшей ночи и необходимости что-то решать. От любовника она устала, и быть может поэтому их встречи становились все бесстыдней. Утром ей хотелось смотреть в сторону и расставаться поскорее, даже без прощального поцелуя. Но он был настойчив, ритуал его прощаний обволакивал, как вязкий туман, и после она всегда сбегала по лестнице бегом, не доверяя лифту. А потом – спешила прочь от серого здания, как от мышеловки, из которой удалось счастливо ускользнуть.

Елизавета Андреевна глянула на часы, покачала головой и прибавила шагу. Тротуар был узок и запружен людьми, но она шла легко, не замечая помех – встречных прохожих, ухабов и рытвин, луж, оставшихся от ночного дождя. Неустроенность города не смущала ее, но какое-то новое беспокойство шевельнулось вдруг внутри и поползло по спине холодной щекоткой. Почему-то казалось, что тот самый глаз наблюдает за ней, полуприкрыв веки. Чудилось, что она не одна, а будто связана с кем-то тончайшей нитью – она даже дернула плечами, отгоняя наваждение, но тут же укорила себя за глупость и вновь погрузилась в собственные мысли...

www.simplesoulbook.com

ЧЕРНЫЙ ПЕЛИКАН

Глава 1

Я и сейчас хорошо помню свое появление в городе М. Оно растянулось во времени – путешествие было долгим, осаждавшие меня мысли переплетались с дорожными картинами, и казалось, видимое вокруг уже имеет отношение к самому городу, хоть до него еще было несколько часов пути. Я проезжал мимо фермерских владений, затерянных в безлюдье, мимо небольших поселков или одиноких поместий с возделанной зеленью вокруг, мимо полей и лесистых холмов, искусственных прудов и диких озер, от которых уже попахивало болотом – затем, около самого города М., оно переходит в торфяники и пустошь, где на многие мили нет никакого жилья. Попадались скромные городки – шоссе ненадолго становилось их главной улицей, мелькали площади, скопления магазинов, потом, ближе к центру, банки и церкви, проносилась колокольня, обычно молчащая, затем вновь мельтешили окраинные пейзажи с магазинами и бензоколонками, и все: город кончался, не успев ни взволновать, ни заинтересовать, дорога снова вилась меж полей, утомляя однообразием. Я видел странных людей, которыми кишит провинция – они предстают забавными на короткий миг, но потом, соизмерив их с окружающим, понимаешь как они обыденны и перестаешь замечать. Кое-где мне махали с обочин или просто провожали взглядом, чаще же никто не отвлекался на мое мгновенное присутствие, оставаясь позади, растворяясь в улицах, отходящих в стороны от шоссе.

Наконец поля пропали и начались настоящие болота – влажная, нездоровая местность. Тучи насекомых разбивались о лобовое стекло, воздух стал тяжел, казалось природа наваливается на меня, чуть придушивая, но это длилось недолго. Вскоре я выехал на холм, болота остались чуть восточнее, уходя к невидимому отсюда океану ровной, заросшей диким кустарником полосой. Вокруг теперь были густые деревья, тени скучивались на полотне неразборчивой вязью, а еще через несколько миль шоссе расширилось и дорожный указатель возвестил, что я пересек границу владений города М…

www.blackpelicanbook.com

Об авторе

Вадим Бабенко ушел из науки и бизнеса, чтобы посвятить себя литературе. Он родился в СССР, закончил Московский физико-технический институт и там же защитил кандидатскую диссертацию. Проработал семь лет в системе Академии Наук, затем переехал в США и, вместе с партнером, основал частную высокотехнологичную компанию. Через несколько лет компаньоны вывели свой бизнес на биржу NASDAQ, реализовав «американскую мечту», и на этом пике успеха, неожиданно для всех, Бабенко полностью поменял свою жизнь. Он вернулся в Европу и стал писать художественную прозу. Лауреат премии «National Indie Excellence Award» (США). Финалист премии «Национальный бестселлер» (Россия).

Все о книгах Вадима Бабенко: *www.vadimbabenko.com*

www.ingramcontent.com/pod-product-compliance
Lightning Source LLC
Chambersburg PA
CBHW031028030726
47497CB00004B/1047